# 中國小説文體古今演變研究

刘晓军　著

上海古籍出版社

本书为中央高校基本科研业务费项目
华东师范大学精品力作培育项目"中国小说文体古今演变"
（批准号：2018ECNU-JP005）的结项成果

# 序

　　晓军的新著《中国小说文体古今演变研究》即将由上海古籍出版社出版,这是他申报的国家社科基金项目的结项成果,也是晓军近年来的第三部专著。除短时期关注归有光研究,撰写《归有光与昆山》一书外,晓军多年来一直在从事中国古代小说文体的研究工作,从专注于章回体小说的文体特性,到如今对中国古代小说文体的整体研究以及小说文体的古今演变研究,晓军可谓一步一个脚印地在自己的研究领域留下了深深的印迹,在古代小说研究界产生了较好的影响。研究之外,晓军也是教学工作的"劳模"。据我所知,从中山大学中文系博士后出站到华东师大中文系工作以来,他已开设八门本科生课程和一门研究生课程,编撰教材《新编中文工具书》,还常年担任本科生的前期导师与后期导师,又坚持为研究生开办"古代小说读书会",深受学生喜欢。可以说,经过多年的努力,晓军在教学与科研两方面都取得了不错的成绩,这的确是令人高兴和欣慰的。当然,多年的操劳也使晓军从翩翩青年慢慢显出了中年的样态,头发日渐稀疏,身材已然发福。望善自珍摄,劳逸结合。

　　读晓军的新著,给我印象比较深的是其研究中充满了对中国小说史研究的反思精神。他在《绪论》中说:"二十世纪以来的中国古代小说研究,基本上是在'以西例律我国小说'的格局中进行的。

从文体观念的确立到小说文本的认定,再到理论方法的使用与研究范式的选择,无不带有'藉助于西人之论'的痕迹。这种研究格局造成了二十世纪小说史书写的最大问题——评价机制的问题——考察的对象是中国古代小说,采用的标准却是现代小说观念。"本着这种反思精神,晓军在研究对象的择取上便有了明确的回归传统的意识,比如他详细考述了"说部"与"稗史"的内涵,揭示了这两个在古代颇为流行的小说术语所蕴含的丰富和复杂的内涵,而其目的正是要以回归古代小说的丰富性来纠正二十世纪以来中国小说研究的单一和单向。而在《〈汉书·艺文志〉"小说家"的名与实》一章中,晓军以传世文献与出土文献的互证来说明"小说家"的文类与文体特性。在以往的研究中,班固列"小说家"为独立的一家,研究者普遍加以肯定,但班固所开列的"小说"其实并未引起太多的重视,一来当然是由于作品大多散佚,很难确定其特性,但更主要的还是因为这些小说与现代小说观念无法调和。我们当然不能说晓军已解决了"小说家"的名实问题,但这种回归本土、直探河源的做法和思路还是值得肯定的。在开首一章中,晓军更以"'小说'原始"命题,详细探讨了"说体"之源,他以出土文献为主,结合传世文献,从古代礼仪制度入手,追溯说体的渊源,并探讨其流变。认为大量文献表明,商周时期即已存在一种祭祷神灵的说体,这种文体对诸子论说有着直接影响,而从诸子的论说中,又蘗生出经说与小说两种对应而生的说体。这可视为对"小说家"更为细致的追溯。

正因为晓军有这种强烈的反思意识,本书的许多篇章常常采用"驳论"的形式来论述,其中最为典型的是对"唐人始有意为小说"这一经典命题的思考和质疑。自鲁迅先生《中国小说史略》以来,"唐人始有意为小说"已成为小说史常识,"传奇"的出现标志着小说文体的独立，"传奇"乃中国古代最早成熟的小说文体，这种表述在中国小说史上不绝如缕。这种认识有其观念上的合理性，即它是在现代小说观念的指引下，用"虚构"、"叙事"、"散文"等关键词组成的认证标准去确认小说文本，并由此认定小说文体的成熟。客观地说，执此观念来追溯小说史，唐传奇确乎当得起文体"独立"、文体"成熟"等美誉，但这并不符合中国古代小说之面目。对此，晓军以"一个以今律古的经典案例"为题，从辨析胡应麟"至唐人乃作意好奇"开始，认为唐传奇的文体属性与唐人的小说观念并不能延伸出"虚构"的内涵，而今人持此观念来观照唐传奇是"虚构成见下的逻辑推理"，故这一命题乃是一个尴尬的判决，唐人"始有意为小说"论有着明显的理论困境与困惑。

　　晓军的新著有颇多新意，其中对新材料的挖掘和利用最值得称道。比如第一、第二两章对出土文献资料的利用，有利于在先秦小说史资料比较缺乏的境况下对中国小说起源的认识作出必要的补充，这种资料虽然要谨慎使用，但作为一种互证材料还是值得加以重视的，对小说史研究不无裨益。而末一章对近代以来小说作法的研究更是中国小说史研究中比较新颖的领域。小说作法指有关小说创作的理论与方法，是二十世纪早期各大、中学校为开设小说课程编撰的教材，以阐述小说的基本原理、介绍小说的创作法则为旨归，包括小说的本体论（什么是小说）与艺术论（怎样作小说）两方面的内容。小说作法源自日本与欧美，是传播西方小说理论的重要载体。得益于制度与物质层面的双重保障，小说作法具有广泛的受众面和强大的执行力，能够迅速将小说理论转化为创作实践，在中国小说文体观念与文体形态的现代化进程中发挥了重要的推动作用。以小说作法研究为收束，也正体现了本书的宗旨：小说文体的古今演变研究。而一些耳熟能详的命题如纪昀的"著书者之笔"也因材料的深入挖掘而使论题更为圆满。何为"著书者之笔"？作者根据纪昀门生盛时彦的表述概括为三个方面："必取熔经义，而后宗旨正"，指著书的宗旨与目的；"必参酌史裁，而后条理明"，指著书的体例与方法；"必博涉诸子百家，而后变化尽"，指著书者的识见与素养。其中对小说"引经据古"的统计最具说服力："据不完全统计，不计同卷中重复引用者，《阅微草堂笔记》全集1195 则笔记共引用书（篇）目 404 次，其中《滦阳消夏录》64 次，《如是我闻》67 次，《槐西杂志》130 次，《姑妄听之》56 次，《滦阳续录》87 次。全集平均每 3 则笔记引用 1 次书（篇）目，其中《槐西杂志》286 则笔记共引用 130 次，接近平均每两则笔记引用 1 次书（篇）目。从内容来看，所引书（篇）目涉及经、史、子、集等部类，涵盖诗、文、词、小说、戏曲、碑刻、书法、绘画、考古、博物等领域，举凡考辨名物，论断是非，真可谓字字皆有来历。此种叙述风格，与作为'才子之笔'的《聊斋志异》判然有别，纪昀以'著书者之笔'自诩，确乎实至名归。"

中国小说文体古今演变研究是一个很大、很复杂的题目，本书所呈现的仅是其中比较重要的内涵，还有许多论题有待补足，有些论题也有待进一步深入。好在晓军年富力强，已有很好的研究基础，研究视野也有了很大的开拓，相信今后能沉潜学问，做出更大的成绩。晓军勉乎哉！

是为序。

谭　帆

2019 年 7 月 5 日

# 目　录

# 绪　论

## 一

　　二十世纪以来的中国古代小说研究，基本上是在"以西例律我国小说"①的格局中进行的。从文体观念的确立到小说文本的认定，再到理论方法的使用与研究范式的选择，无不带有"藉助于西人之论"②的痕迹。这种研究格局造成了二十世纪小说史书写的最大问题——评价机制的问题——考察的对象是中国古代小说，采用的标准却是现代小说观念。而现代小说观念又是全盘西化的结果，用鲁迅的话说就是"从中国古代文学方面，几乎一点遗产也没摄取"③。郁达夫说："现代我们所说的小说，与其说是'中国文

---

① 定一《小说丛话》："中国小说之不发达，犹有一因，即喜录陈言，故看一二部，其他可类推，以致终无进步，可慨，可慨！然补救之方，必自输入政治小说、侦探小说、科学小说始。盖中国小说中，全无此三者性质，而此三者，尤为小说全体之关键也。若以西例律我国小说，实仅可谓有历史小说而已。即或有之，然其性质多不完全。写情小说，中国虽多，乏点亦多。至若哲理小说，我国尤罕。"《新小说》1905 年第 3 号。
② 陈均《小说通义·总论》："（中国）小说由来虽久，著作虽多，而历数千年至于今，从未有能阐明其微旨与以确当不易之界说者。以视西人之列小说于文学四种之一，诚不可同日语矣。今欲明定其界说，固不得不藉助于西人之论也。"《文哲学报》1923 年第 3 期。
③ 鲁迅《集外集拾遗补编·〈中国杰作小说〉小引》，人民文学出版社 1981 年版，第399 页。

学最近的一种新的格式'，还不如说是'中国小说的世界化'，比较得妥当。""中国现代的小说，实际上是属于欧洲的文学系统的"。①这话当然是就小说创作而言，但"世界化"同样是当时小说研究的现状，即把中国小说纳入西方评价体系，用西方小说标准检视中国古代小说，身兼小说作家与小说学者的鲁迅、郁达夫等人尤其如此。这一点胡怀琛说得更加明确："现代通行的小说，实在是从外国移植过来的一种新的东西，在中国原来是没有的。只不过因为他略和中国的所谓小说大概相像，所以就借用'小说'二字的名称罢了。现在讲文学的人，大概都是拿外国的所谓小说做标准，拿来研究或整理中国的所谓小说。"②这意味着中国小说史的书写，实际上成了论证西方小说观念在中国合法化的过程，符合西方标准的小说被视为有利证据得以保留，不符合西方标准的小说便被排除在小说史之外。

现代小说观念的确立首先从小说类属的重新区划开始。小说由传统"经籍四部"之一部变为现代"文学四分"之一，即由"子部·小说家"变成"文学·小说"。藉助于西人之论，国人将小说提升至与诗文比肩的地位，小说从此摆脱了数千年来"君子不为"的"小道"身份，堂而皇之地跻身于文学殿堂，成为"文学之最上乘"。鲁迅说："在中国，小说是向来不算文学的。……小说家的侵入文坛，仅是开始'文学革命'运动，即一九一七年以来的事。自然，一方面是由于社会的要求的，一方面则是受了西洋文学的影响。"③瞿世英进而指出，"中国素不以文学待小说，我们为恢复小说在文

---

① 郁达夫《小说论》，光华书局 1926 年版，第 3、13 页。
② 胡怀琛《中国小说概论》，世界书局 1944 年版，第 1 页。
③ 鲁迅《且介亭杂文·〈草鞋脚〉(英译中国短篇小说集)小引》，人民文学出版社 1981 年版，第 20 页。

学上应有的地位起见,不得不研究他。这篇文字只想打破旧的小说观而代以新的观念而已,不能说是什么切实的研究"①。说中国小说向来地位不高,这固然是事实;若说中国从来不把小说当文学,则是偷换概念使然。实际上,古人眼中的小说与文学均非今天所谓小说与文学,也并不存在小说是否属于文学的问题。今人用现代的文学范畴去评定古代的小说地位,得出古人不把小说当文学的结论,其实是驴唇不对马嘴,乃以今律古的逻辑思维使然。不妨先回到古代,弄清楚"小说"与"文学"的原初含义。

小说作为文类概念较早见于两汉时期。桓谭《新论》云:"若其小说家,合丛残小语,近取譬论,以作短书,治身理家,有可观之辞。""合丛残小语,近取譬论"指小说的形式,"治身理家,有可观之辞"指小说的价值。桓谭进而以具体文本为例,明确了小说的本质:"庄周寓言,乃云尧问孔子;《淮南子》云'共工争帝,地维绝',亦皆为妄作。故世人多云短书不可用,然论天间莫明于圣人,庄周等虽虚诞,故当采其善,何云尽弃耶?"②桓谭认为,《庄子》中"尧问孔子"之类寓言与《淮南子》中"共工争帝"之类神话皆不本经传,乃虚诞妄作,故称之为小说,"虚诞"、"妄作"指小说的本质属性。嗣后班固《汉书·艺文志·诸子略》"小说家"对小说作了权威的界定,并成为官方制定的小说认证标准:"小说家者流,盖出于稗官。街谈巷语,道听途说者之所造也。"③其所著录的十五家小说大多为"虚诞"与"妄作",如注《伊尹说》云"其语浅薄,似依托也",注《鬻子说》云"后世所加",注《黄帝说》云"迂诞依托"。自《汉书·艺文志》以迄《四库全书总目》,历代官修目录都认为小说指不本经典的学

① 瞿世英《小说的研究》,《小说月报》1922年第13卷第7号。
② (汉)桓谭著,吴则虞辑校《新论》,社会科学文献出版社2014年版,第75页。
③ (汉)班固著,(唐)颜师古注《汉书》,中华书局1962年版,第1745页。

说与记录。清人翟灏云:"古凡杂说短记,不本经典者,概比小道,谓之小说。"①即便是作为民间口头表演伎艺的小说,其得名也跟学说与记录相关。宋人罗烨云:"夫小说者,虽为末学,尤务多闻;非庸常浅识之流,有博览该通之理。"②"末学"指小说在诸子十家中叨陪末座,"多闻"则强调说话人须博闻强识。浦江清指出,"有一个观念,从纪元前后起一直到十九世纪,差不多两千年来不曾改变的是:小说者,乃是对于正经的大著作而称,是不正经的浅陋的通俗读物"③。至此,我们可以对小说的原初含义作一个基本判断:"小说"一词自汉代开始成为文类概念,指称诸子中儒、墨等九流经典之外的文献。汉人判定何为小说的主要依据是学术思想体系的确认,凡授受不明、学无家法又妄加附会古人者即为小说。这决定了小说文本内容驳杂、体例繁芜与价值卑微的文类属性。小说以阐述思想学说为主,说者为阐明己意,会使用说理、叙事、博物等方式,遂衍生出后世小说文本的三种体式,即论说体、叙事体与博物体。

"文学"一词较早见于《论语·先进》:"子曰:'从我于陈、蔡者,皆不及门也。'德行:颜渊,闵子骞,冉伯牛,仲弓。言语:宰我,子贡。政事:冉有,季路。文学:子游,子夏。"④东晋范宁认为"文学,谓善先王典文",南朝梁皇侃认为"文学,指博学古文"⑤。北宋

---

① (清)翟灏《通俗编》,上海商务印书馆 1937 年版,第 24 页。

② (宋)罗烨《醉翁谈录》甲集卷之一"舌耕叙引·小说开辟",古典文学出版社 1957 年版,第 3 页。

③ 浦江清《论小说》,《当代评论》1944 年第 4 卷第 9 期。

④ 程树德《论语集释》卷二十二"先进上",中华书局 2014 年版,第 954—958 页。

⑤ 参(三国魏)何晏集解,(梁)皇侃义疏《论语集解义疏》卷六"论语先进第十一",世界书局 1935 年版,第 108 页。

邢昺认为文学指文章博学："若文章博学，则有子游、子夏二人也。"①南宋真德秀云："文学者，学于《诗》、《书》、《礼》、《乐》之文，而能言其意者也。"②郭绍虞说："诸子文学并非纯文学，所以当时诸子之论及文学者，往往倾向于学术方面。……《论语·先进篇》云：'文学：子游，子夏。'其义即广漠无垠；盖是一切书籍，一切学问，都包括在内者。扬雄《法言·吾子篇》云：'子游、子夏得其书矣。'邢昺《论语疏》云：'文章博学则有子游、子夏二人。'曰'书'、曰'博学'，则所谓'文学'云者，偏于学术可知。"③概括起来，历代学者对"文学"含义的解读主要有两种：一是兼指文章与博学，前者包括今天所说的文学文体与应用文体，后者指对知识与学问的掌握；二是专指对上古文献经典的学习、解读与传授，是一切学术著作的总称。直到清末，文学偏重学术仍然是主流的观念。章太炎云："文学者，以有文字著于竹帛，故谓之文；论其法式，谓之文学。"④

　　由此可知，中国古代的小说与文学并无瓜葛。即便从学术思想的角度去理解小说，也与作为学术著作的文学扯不上关系。原因很简单，文学指上古时期的文献经典，而小说恰恰相反，指不本经典的通俗读物。小说改变传统属性，成为现代文学家族的一员，正如鲁迅所言，是"受了西洋文学的影响"。刘半侬说：

① （三国魏）何晏注，（宋）邢昺疏《论语注疏解经》卷十一"先进第十一"，光绪丁亥点石斋影印十三经注疏本。
② （宋）真德秀《西山读书记》卷二十一"教法"，《四库全书》第705册，台湾商务印书馆1986年版，第166页。
③ 郭绍虞《中国文学批评史》，上海书店出版社1989年版，第11—12页。
④ 章太炎《国故论衡》中卷"文学七篇·文学总略"，上海古籍出版社2006年版，第38页。

> 欲定文学之界说，当取法于西文，分一切作物为文字（Language）与文学（Literature）两类。……其必须列入文学范围者，惟诗歌戏曲、小说杂文、历史传记三种而已。酬世之文（如颂辞、寿序、祭文、挽联、墓志之属）一时虽不能尽废，将来崇实主义发达后，此种文学废物必在自然淘汰之列。故进一步言之，凡可视为文学上有永久存在之资格与价值者，只诗歌戏曲、小说杂文二种也。①

这意味着文学革命以后，"文学"概念的含义已发生重大转变，重心由"学"向"文"转移，艺术性最终取代学术性，成为"文学"概念的核心意涵。作为"文学"范围的一种，"小说"的含义自然也要跟着发生转变。顾志坚《新知识辞典》这样解释"文学"（Literature）与"小说"（Fiction），从中可以看出彼此的隶属关系：

> 文学：广义地说，凡由文字所表现出来的人类精神之产物，即是"文学"；狭义地说，凡除了科学以外的文学著作，以诉之于人类感情的艺术作品，如诗歌、小说、戏曲等都是。
> 小说（Fiction）：形式与诗歌戏曲不同，是以散文来叙述人间生活及生活之种种形态的文学，即所谓散文艺术是也。此艺术可分为二种：（一）是 Romance（传奇）；（二）是 Novel（小说）。前者多以之称浪漫的长篇小说。②

随着小说类属的重新认定，小说概念也被重新界定，由对街谈巷语与道听途说之类见闻的记录变成以想象和虚构的方式对人类

---

① 刘半侬《我之文学改良观》，《新青年》1917 年第 3 卷第 3 期。
② 顾志坚主编《新知识辞典》，北新书局 1935 年版，第 17—18、26 页。

经验与情感的描述。现代学者大都这样定义“小说”：

> 小说者，第二人间之创造也。第二人间之创造者，人类能
> 离乎现社会之外而为想象，因能以想化之力，造出第二之社会
> 之谓也。[①]
>
> 什么是小说？小说底定义，或者以为是人及人底生活状
> 态底反映，或者以为是人间生活底描写，或者以为小说之真
> 谛，不仅是描写人生，还有创造人生底第二个意义。[②]

小说不仅要想象、虚构，还得具备“人物”、“情节”与“环境”三
个要素：

> Novel（小说，或近代小说）是散文的文艺作品，主要是描
> 写现实人生，必须有精密的结构，活泼有灵魂的人物，并且要
> 有合于书中时代与人物身份的背景或环境。[③]

至此，小说的传统含义与现代含义之间发生了天翻地覆的转
变。传统小说观念里，小说家与儒家、道家等位列诸子十家，虽然
叨陪末座，但知识性与思想性仍然是小说的主要内涵，据事实录是
小说的本质属性，寓劝诫、广见闻、资考证是小说的价值功能。现
代小说观念里，小说与散文、诗歌、戏剧并驾齐驱，不仅地位显著
提升，含义也大为改变：审美愉悦成了小说的价值功能，凭空虚
构成了小说的本质属性，故事性成了小说的主要内涵。至二十

---

① 成之《小说丛话》，《中华小说家》1914 年第 3 期。
② 孙俍工《小说作法讲义》，中华书局 1923 年版，第 1 页。
③ 沈雁冰《小说研究 ABC》，世界书局 1928 年版，第 14 页。

世纪二三十年代，现代小说观念已基本形成，并取代了传统的小说观念。

在现代小说观念的指引下，人们沿着中国小说史的长河逆流而上，用"虚构"、"叙事"、"散文"等关键词组成的认证标准去确认小说文本，再从"人物"、"情节"、"环境"等三方面展开研究，便形成了古代小说研究的基本范式。客观地说，现代小说观念以及由此形成的研究范式的确给小说研究带来了不少便利，主要体现在两个方面：一是为小说文本的认定提供了一个直观明了的判断标准，不合上述条件者即可剔除在小说之外；二是为小说研究提供了一种简易可行的操作模式，典型环境中的典型人物、故事情节的叙事模式等几乎成为经久不衰的话题。藉助于西人之论，人们快刀斩乱麻似的一下子清理了古代小说长达数千年的纷繁复杂的历史。单就小说的起源来讲，人们便不再纠结"先秦说"抑或"两汉说"。唐传奇因符合现代小说的概念而被视为古代真正的小说，于是前贤认为中国小说发端于唐代，唐传奇标志着中国小说文体的独立，中国小说史的书写应当从唐代开始。

然而西人的观念未必就服中国的水土。以此为准绳，可能会面临挂一漏万乃至凿枘相投的尴尬。不必问《世说新语》之类唐前小说究竟有多少篇目属于虚构，又有多少篇目具备"人物"、"情节"与"环境"三要素，单是唐代以降的小说，恐怕就有不少作品难以厕身其中。鼓吹小说研究"不得不藉助于西人之论"的陈均，按照西方的小说定义，以"结构（Plot）、人物（Character）、环境（Setting）、对语（Dialogue）四项无不具备者"为标准检视中国古代小说，得出结论："笔记及《聊斋》之类，不得目为小说，以其篇幅既短，结构、人物、环境等多不完善，仅供读者以事实而已。《燕山外史》亦不得视为小说,以其通体骈俪,无人物之对语也。"①如果严格执行这个认证标准,那么不仅《世说新语》之类笔记体、《燕山外史》之类骈俪体"不得视为小说",连《大唐秦王词话》甚至《金瓶梅词话》之类说唱体也必须逐出小说的"理想国"。然而上述作品在当今哪部文学史、小说史中不是"视为小说"的呢? 可见以"西人之论"来认定中国古代小说,虽然"简单",但未免"粗暴",容易陷入左支右绌的困境。

　　事实上,即便坚信非用现代小说观念不足以应对古代小说之纷杂局面的学者,也非常清楚"藉助于西人之论"在具体研究中面临的种种凿枘。他们一方面难以摆脱"以西例律我国小说"的思维惯性,迷恋现代小说观念的科学性;另一方面又不得不正视古代小说发展的既成事实,了解古代小说文体的复杂性。所以下笔时大多会在脑海中出现传统与现代两种声音"左右互搏"的画面:用小说的古代义,则不愿落下保守、落后的恶名;用小说的现代义,又无法解释"笔记及《聊斋》之类"何以成为小说。为了摆脱这种令人抓狂而又无解的窘状,有学者提出用"目录学小说"或"子部小说"概念来指称笔记体小说,以便与虚构叙事的"文学小说"相区分。只是这样一来,切割了居主流、正统地位的"目录学小说",踢走了既不虚构、也不一定叙事、更不一定具备"三要素"的"子部小说",仅余下"文学小说"的中国小说史,还能称之为"中国"的"小说"史么?②

---

①　陈均《小说通义·总论》,《文哲学报》1923 年第 3 期。

②　石昌渝《中国小说源流论》:"本书所论述的小说是作为散文体叙事文学的小说,与传统目录学的概念划清界限。唐前的志怪志人小说,只是小说的孕育形态,唐代传奇小说是小说文体的发端,唐以后凡追随班固所谓的小说学的后尘,以实录为己任的丛残小语、尺寸短书,均不在本书论述之列。"生活·读书·新知三联书店 1994 年版,第 12 页。

## 二

古代小说研究发生的种种龃龉,根源在于中西小说之间无法弥合的差异。讲具体点,是西方的小说标准无法适配古代的小说本体。文学革命运动采取拿来主义的态度,忽视中西小说不同的历史背景与文化语境,用西方小说定义来检视中国古代小说,其结果必然造成乱点鸳鸯般的尴尬局面。胡怀琛指出,"拿西洋的小说做标准,替中国的小说下一个定义罢,也极困难。他们所认为是小说的,不能恰和我们所认为是小说的一样。倘若拿西洋的小说定义做标准:有的地方,不能包括中国的一切小说,是他的范围太狭了;有的地方,又超出中国所有的小说以外,他的范围又似乎太宽了。"①之所以会有如此种种不适,是因为构成现代小说观念的几个关键词,如"小说"、"文学"、"虚构"等语词本身的合法性就存在问题。这三个语词由英文"novel"、"literature"、"fiction"翻译而来,而英文概念跟与之对译的中国本土概念其实并不吻合。换句话说,西方的"novel"、"literature"、"fiction"与中国的"小说"、"文学"、"虚构"之间的对译本来就牵强附会,况且其自身的含义也在变化发展之中,用它检视同样变动不居的中国古代小说,充满着因错位、误植而产生的荒诞色彩。

现代意义的"小说"与"文学"概念较早由日本传入,是"novel"与"literature"的汉文翻译。日本学者木村毅说:

"小说"这名称,在日本,实质的小说书,或者实际书名题

---

① 胡怀琛《中国小说研究》,商务印书馆 1929 年版,第 2 页。

作小说的，都没有……都是呼为"物语"、"草子"，或"草双纸"、"读本"、"人情本"、"续物"等等。然而由中国传来的"小说"一语，不知是从什么时候，漠然地被用做了此等之总称。不过将此用在我国制作传了下来的物语，和由西洋移入的 novel 和 historical romance 的观念合起来——换言之，即冠上我们今日抱着的小说这个概念以"小说"的名称，使明确不动的，总还是坪内博士的这《小说神髓》。①

1885 年坪内逍遥的《小说神髓》较早将"novel"对译成汉文"小说"。坪内逍遥认为，小说是对人类生活经验与情感的描述，"小说的主旨，说到底，在于写人情世态"②。小说虽然描写人情世态，但又不是对人情世态的简单记录，是基于想象与虚构的创作。坪内逍遥强调小说是物语的一种，"不同于一般的传记、实录，它的人物也好，事迹也好，都是作者通过想象虚构出来的架空故事，是无凭无据的"③。坪内逍遥以"小说"对译"novel"，并规定"想象"、"虚构"作为小说的生成方式与本质特征，几乎颠覆了中国上千年来的传统小说观念，对古代小说研究产生了不可估量的影响。1890 年三上参次等人编撰的《日本文学史》这样定义"文学"："所谓文学，就是通过以某种文体巧妙地表达人的思想、感情、想象，以实用和情感兼备为目的，向大多数人传播基本的知识。"④近代日本的"文学"概念，与中国传统的"文学"概念判然有别，尤其是强调文学的

---

① 〔日〕木村毅著，高明译《小说研究十六讲》，北新书局 1930 年版，第 77 页。
② 〔日〕坪内逍遥著，刘振瀛译《小说神髓》，人民文学出版社 1991 年版，第 26 页。
③ 同上，第 79 页。
④ 〔日〕三上参次、〔日〕高津锹三郎《日本文学史・总论》第二章"文学の定义"云："文學とは，或る文体を以て，巧みに人の思想，感情，想像を表はしたる者にして，實用と快樂とを兼ぬるを目的とし，大多數の人に，大体の智識を傳ふる者を云ふ。"东京金港堂 1890 年版，第 13 页（文中中文引文系作者翻译）。

想象性,与传统文学强调的学术性特征出入颇大。1908 年,颜惠庆主编的《英华大辞典》这样对译"literature"与"文学",从中可以看出"文学"概念是如何从传统转向现代的过程:

> Literature 1. Acquaintance with books,学识,学问,淹通,博学;2. The collective body of literary productions of a country or an age, in general or in some special department,文,书,文章,文库,经史子集;3. In a special sense,that body of literary compositions which, to the exclusion of merely philosophical, scientific, and technical works, are occupied mainly with that which is spiritual in its nature and imaginative in its form,whether in the world of fact or the world of fiction,文学,文章(特别意义,除哲理及科学外,凡神灵思想为其资料,离奇变幻为其形式,或实记或杜撰者,皆文学也)[①]

不难看出"literature"含义丰富,前两个义项与"文学"的传统含义基本对应,即郭绍虞所言"一切书籍,一切学问,都包括在内者";第三个义项则与"文学"的传统含义完全不符,内容与形式都非传统"文章"概念的内涵。但正是这个富有现代特征的"特别意义",它强调文学"神灵思想"的内容、"离奇变幻"的形式以及可以"杜撰"的方式,为"恢复小说在文学上的应有地位"打开了方便之门。由于晚清"小说界革命"与民初"文学革命"的主将大多留学日本与欧美,对译"literature"与"novel"而成的"文学"与"小说"很快作为旧

---

① 颜惠庆主编《英华大辞典》,商务印书馆 1908 年版,第 1350 页。

词新义的概念传入中国。《辞海》"文学"条云:"近世所谓文学(literature)有广狭二义,广义泛指一切思想之表现,而以文字记叙之者;狭义则专指偏重想象及感情的艺术的作品,故又称纯文学,诗歌、小说、戏剧等属之。"①就这样,"小说"成了"文学"的一种类型,并被赋予了"想象"、"虚构"的特质。

"小说"与"文学"这两个中国出口的语词,经过日本人的加工改造,又进口到中国来。经过此番转译,这对概念的内涵与外延已大为改变。这固然是中、英文语词原初含义复杂多变的缘故,但也与翻译的立场与语境有关。比如十九世纪传教士对"novel"的翻译就与"小说"的本土语义基本吻合。1822 年马礼逊《华英字典》(Part III)这样解释"novel":"Novel, extraordinary and pleasing discussions,新奇可喜之论""A small tale,小说书"。② 1872 年卢公明《英华萃林韵府》解释"novel"的词义为"新"、"新奇"、"新而可奇"等,而将"novels"翻译成"小说"、"稗说"。③ 可见在早期传教士眼里,"novel"主要是指新奇、新颖的小故事,"novels"则指传统意义的小说、稗官,两者都没有"想象"、"虚构"的意思。从对译语词的选择如"小说书"、"稗说"来看,传教士对"小说"的理解与《汉书·艺文志》"小说家"的定义基本一致。其实,"novel"的语源为拉丁语"novus",即英语"new"的前身,本身就兼具"tale"(故事)与"news"(新闻)之义。后由意大利语"novella"(字面意思是"小巧新颖之物",十四世纪时指用散文体写成的小故事,如薄伽丘的《十

---

① 舒新城等编《辞海》,中华书局 1947 年版,第 610 页。
② R. Morrison, D. D., *A Dictionary of the Chinese Language*, Macao: Printed at the Honorable East India Company's Press, 1822, Part III, p. 295. 转引自余来明《"文学"概念史》,人民文学出版社 2016 年版,第 124 页。
③ Justus Doolittle, *Vocabulary and Handbook of the Chinese Language*, Foochow: China, Rozario, Marcal and Company, 1872, Vol. I, pp. 328, 189. 转引自余来明《"文学"概念史》,第 124 页。

日谈》等)衍生为"novel"。至此,"novel"还具有中国本土概念"小说"所指的"街谈巷语,道听途说者之所造"的原初含义,即不本经典的见闻杂录。十八世纪后,"fiction"才用来指"延伸了的、用散文写成的虚构小说"[1]。从这个角度看,显然马礼逊们的翻译比坪内逍遥更贴近"小说"概念的原初含义。同样,直至十八世纪,"literature"还是一个表示价值判断的语词,泛指社会上各种有价值的作品;十九世纪后才用来表示"创造性"与"想象性"的作品。伊格尔顿指出:

> 在 18 世纪的英国,文学这一概念不像今天有些时候那样,仅限于"创造性"或者"想象性"作品。它意味着社会中被赋予高度价值的全部作品:既有诗,也有哲学、历史、随笔和书信。使一部作品成为"文学"的不是其虚构性——18 世纪严重怀疑迅速兴起的小说的文学身份——而是其是否符合某种"纯文学"的标准。换言之,衡量什么是文学的标准完全取决于意识形态。[2]

因此,用定格于十九世纪后的现代"文学"概念包举中国古代小说,特别是强调小说的虚构性,同样勉为其难。日本学者兴膳宏指出,"现在日文、中文中日常所用的'文学'这个词,如前所述,是与英语的 literature 大致相当。但是对中国近代以前的文学,直接

---

[1] 详见〔美〕艾布拉姆斯(Abrams, M. H.),〔美〕哈珀姆(Harpham, G. G)著,吴松江等编译《文学术语词典》(第 10 版,中英对照)"novel"条,北京大学出版社 2014 年版,第 504—511 页。

[2] 〔英〕伊格尔顿著,伍晓明译《二十世纪西方文学理论》,陕西师范大学出版社 1987 年版,第 19 页。

使用英语或是其他欧洲诸语中的概念,严格说起来,是比较勉强的"①。

"Fiction"常被译成"虚构"或"虚构小说",是现代小说观念的核心要素。"fiction"最早源于拉丁语"fingere"(制作、形成),指数学上的假设或具有争议性的人为假定,后来成为"散文虚构故事"的代名词。② 二十世纪早期,"fiction"被对译成"小说",如美国人 Bliss Perry 的 *A Study of Prose Fiction* 被译成《小说的研究》③, Clay Hamilton 的 *A Manual of the Art of Fiction* 被译成《小说法程》④。这样,由"fiction"对译而成的"小说",从此打上了"虚构"与"想象"的烙印。《英汉大词典》"fiction"条云:"1.【总称】小说; 2. 虚构、捏造、想象;3. 虚构的事。"⑤用"fiction"对译"小说",同样存在诸多的龃龉。美国学者维克多·迈尔(Victor Mair)指出:

> 英语词基本是从拉丁词 fingere 的过去分词中分离出来的,意为构成、塑造、创造。中文词的词源指代一种流言或轶事,而英文词则指称的是由作家所创造的事。"小说"的意思是一些实实在在已发生的事,虽然不一定是什么伟大的瞬间;而 fiction 则指的是作家头脑中所梦想出来的东西。当一作家称他的作品为 fiction 的时候,他实际上否认了该作品是现实事件和现实人物的直接反映。而当一个作品被宣布为'小

---

① 〔日〕兴膳宏《"文学"与"文章"》,《暨南学报》1989 年第 1 期,第 24 页。
② 〔美〕伊恩·P·瓦特著,高原、董红钧译《小说的兴起:笛福、理查逊、菲尔丁研究》"译者序":"西方文学中的小说(novel),是一个十八世纪后期才正式定名的文学形式,此前的准小说形式是用'散文虚构故事'(fiction)来加以称谓的。"生活·读书·新知三联书店 1992 年第 1 版,第 2 页。
③ 〔美〕Bliss Perry 著,汤澄波译《小说的研究》,商务印书馆 1925 年版。
④ 〔美〕Clay Hamilton 著,华林一译《小说法程》,商务印书馆 1924 年版。
⑤ 陆谷孙主编《英汉大词典》,上海译文出版社 2007 年版,第 690 页。

说'的时候,它告诉我们这是轶事或杂著。①

维克多·迈尔明白"小说"指已然发生的事,作者只是如实记录;而"fiction"则指尚未发生的事,作者才进行虚构,两者不是对等关系。小说记录已经发生的事,中国传统语境中小说与历史是互补的关系,故小说又称"野史"、"稗史"、"逸史";Fiction 虚构尚未发生的事,西方现代语境中 fiction 与 history 是对立的关系,history 是史学家对已然事件的真实记录,而 fiction 则是文学家对未然事件的想象与虚构。因此以"小说"与"fiction"对译,本身就是一种误植。对译"fiction"之后的"小说",与中国传统语境中的"小说"已不是同一概念,近乎名存而实亡。由此可知,以现代小说之名去衡量古代小说之实,不啻郢书燕说;其名实不副之处,无异于偷梁换柱。现代小说观念主导下的小说史书写,自然也无法反映古代小说发展的真实状况。

### 三

在急于革故鼎新的晚清民初,全盘接受西方小说观念并以之检讨中国古代小说,有其特定的时代需求,也产生了一些积极的影响。比如通过小说作法的普及和推动,形成了有深度且成体系的现代小说理论。以之为指导,又产生了现代小说创作的新气象,在题材、形式、语体与方法等方面焕然一新。对现代小说创作来讲,

---

① Victor H. Mair, "The Narrative Revolution in Chinese Literature: Ontological Presuppositions," *Chinese Literature: Essays, Articles, Reviews* 5 (1983), pp. 21 - 22. 转引自〔美〕鲁晓鹏著,王玮译《从史实性到虚构性:中国叙事诗学》,北京大学出版社 2012 年版,第 43 页。

这些都是值得肯定的地方。对古代小说研究来讲则不然，它使百年来的小说史书写陷入极大困境。大多数学者依违于小说的新旧概念之间，不少小说史著述为了迎合西方的小说观念而削足适履，几乎丧失自我。百年之后，我们重新审视这段全盘西化的历程，发现当年"小说界革命"与"文学革命"的成功，是以割裂、遮蔽甚至篡改古代小说的发展历程为代价，是小说与文学领域自我殖民化的结果。旅美学者刘禾指出：

> 二十世纪的学者按照自己时代对欧洲现代文学形式和体裁的理解，重写了中国文学史。不论在这个基础上重新发现了什么东西，它们都不可能摆脱一种总是有欧洲文学参与的学术史和合法化过程。人们总是能够提出这样的异议：为什么一谈到体裁形式，就要用小说、诗歌、戏剧、散文等形式来限制人们对汉语写作中可能存在的体裁和形式的认识呢？为什么有些写作形式由于正好不符合这些形式类型而被排除在文学之外呢？在人们常常问到的那个既简单又难以回答的"什么是文学"的问题中，真正至关重要的东西是什么？从世纪之交以来，这个双程扩散的新词语的词源似乎一直通过英语翻译提示着同义反复的答案："文学"就是 literature。可是"文学"为什么正好等于 literature 呢？①

刘禾的追问，表面看来都是些熟视无睹的问题，却引人深思，值得关注。面对被现代文学观念裹挟的古代小说研究，我们同样有必要反思：为什么一谈到小说就要求虚构故事呢？为什么有些

---

① 〔美〕刘禾著，宋伟杰等译《跨语际实践——文学、民族文化与被译介的现代性（中国，1900—1937）》生活·读书·新知三联书店 2002 年版，第 333—334 页。

古代小说不具备三要素就要被逐出小说行列呢？为什么要按照西方现代小说的标准去重构中国古代小说的发展历程呢？

  其实早在二十世纪初期，当大多数学者醉心于用现代小说观念去评判古代小说传统时，有学者就清醒地意识到小说古今含义的差别和以今律古的风险。胡怀琛指出，中国现代小说就是西方的 short story 和 novel，而中国原有的小说，没有一种和这两种完全相同，"小说二字的名称，在现代拿来指 short story 和 novel 都是借用的，决不是一个确切相当的名称。自 short story 和 novel 盛行于中国，却仍袭用小说二字的旧名称，那么，小说二字的涵义，当然是大变了"①。可惜胡怀琛已经认识到小说含义的古今差别，却仍然用现代小说的含义去确认古代小说，提出"我们要研究中国小说，是要拿我们自己眼光去看，什么是小说，什么不是小说。不管他经也好，史也好，子也好，集也好，只要我们认为是小说的，就拿他来当小说"②，对古代小说缺乏了解之同情，还是落入了以今律古的窠臼。俞平伯指出："小说一词，在英文中有种种歧称，而在中国亦多歧义。……惟若求了解中国小说与自来之实况，必先明白古今人虽同用小说这名称而释义迥别，尤宜知这些传统的观念对于自来小说创作之成就，有深切之关系。我们用今日所谓小说之标准去衡量古之小说，而发见种种的有趣的龃龉，这倒是当然的现象，若古人能预知我们的标准，处处合式，这才是真的奇异呢。"③俞平伯主张回到历史语境，结合古人的小说观念和小说创作去了解古代小说的发展历程，不要把今人的标准强加给古人。面对当时近乎狂热的西化潮流，俞平伯大泼冷水，他说："我们所谓

---

① 胡怀琛《中国小说的起源及其演变》，正中书局 1934 年版，第 47—48 页。
② 胡怀琛《中国小说研究》，商务印书馆 1929 年版，第 10 页。
③ 俞平伯《谈中国小说》，《燕大月刊》1927 年第 1 卷第 3 期。

小说与中国固有之观念，非特范围之广狭不同，并有性质上之根本差别，虽同用此一名，按其实际，殆为大异之二物；所以我们评量中国的旧有小说，与其用我们的准则，不如用他们自己的准则，尤为妥切。这固然似乎过于宽大，但非如此，我以为亦不足以了解中国小说之实况。"①遗憾的是，在当时破旧立新的主旋律中，此类"守旧"的声音不啻为"执拗的低音"，没能引起学界的注意。

以何种标准确认古代小说？这是二十世纪以来，迄今为止都困扰着研究者的问题。胡怀琛提出"拿我们自己眼光"，俞平伯主张"用他们自己的准则"，大致代表了二十世纪学界两种不同的研究倾向。李时人认为古代小说观念很少从文学角度论及小说文体，"因此，以中国古代的小说观念来解决什么是小说的理论问题和以此来界定哪些是小说作品，肯定是不得要领。我们唯一的办法，就是以近世对小说文体的普遍认识为基础来看问题"②。陈文新主张不能简单套用西方的小说观念，认为"如果用西方的观念来附会或剪裁中国文化，势必不能对中国文化产生'同情的了解'，不能客观地认识研究对象"，"相形之下，从中国的学术传统中求得对中国文化的了解，包括对古小说的了解，虽然是一件艰辛的事，却有望凿破浑沦，参透底蕴"③。一个主张以今律古，一个反对以西律中，又代表了二十一世纪古代小说研究的两种不同路径。我们认为，回到历史现场，用古人的准则去确认古代小说，是理性务实且贴近历史真相的研究思路。王国维说："吾侪当以事实决事实，而不当以后世之理论决事实，此又今日为学者之所当然也。"④

① 俞平伯《谈中国小说》《燕大月刊》1927年第1卷第3期。
② 李时人《全唐五代小说·前言》，中华书局2014年版，第16—17页。
③ 陈文新《文言小说审美发展史》"绪论"，武汉大学出版社2007年版，第9页。
④ 王国维《再与林博士论洛诰书》，黄爱梅点校《王国维手定观堂集林》卷一"艺林一"，浙江教育出版社2014年版，第15页。

有一个事实我们应当明白：无论是否符合现代小说观念，古代小说已作为小说存在了上千年历史。不管今人是否承认其为小说，在古人眼里，这种文献就叫做小说。用现代小说观念去确认古代小说文本，就好比用今人的鞋去套古人的脚，大小合适的天足就承认其为脚，完全不匹配的三寸金莲就否认其为脚。可是就三寸金莲而言，不管它是否符合今人的审美标准，也不管它是多么畸形或发育不全，它肯定作为"脚"而存在；在特定的历史时代，它也肯定符合古人的审美标准。今人对古代小说的评判也是如此，我们不能因为它不符合现代小说的定义就否定它的存在，自然也不能将今人的审美标准强加给古人。诚然，以古人的准则来评判古代小说，的确会有诸多困扰。其中至关重要者，在于古人对何谓小说从未有过理性、严谨的界定，这导致小说的内涵无法精确描述，外延也因之相当宽广，在"小说学"俨然已成为学科（至少是学科门类）的现代，这似乎并不"科学"。然而中国古代文体大多存在定义不明、边界模糊乃至容易跨界的现象，非独小说为然。即便依照"西人之论"，其对小说的界定处于不断变化之中，相应地小说文本的确认也会因时因地甚至因人而异。至于所涉对象范围"过于宽大"，也不应成为拥抱"西人之论"、拒绝"他们自己的准则"的理由。中国古代小说历经数千年发展，原本就纷纭复杂、包罗万象，是无法改变的历史事实，不容视而不见或选择性简化，今人应当无条件接受。何况除了小说，中国古代的诗歌、散文、戏曲哪一样范围不宽大呢？又有哪一样是西方 Poetry、Prose、Drama 诸种概念所能涵盖的呢？遑论现代文学的四分法本身就无法涵盖中国古代众多的文体类型。明乎此，用"他们自己的准则"去"评量中国的旧有小说"，原汤化原食，理应成为中国古代小说研究的认识论基础。

　　中国小说文体的古今演变研究，意在描述中国小说文体从古代到现代的发展历程，本质上仍然属于小说史研究，只不过是以文体形式而非作家作品为中心，以文体形式的重要转变而非线性罗列为重点，具体落实在文体观念、文体形态、叙述方式、语体形态以及价值内涵等诸多方面。而小说史书写不外两种方式：一是以现代小说观念为指导，据此寻绎前代小说史料，确认小说本体，再按照进化论思想，排列出小说的雏形、起源、发展、成熟等阶段，二十世纪以来的小说史著述大多采用这种方式；二是以每一时代的小说观念为依归，根据该时代人们对小说的著录、分类与议论等资料，抽绎小说思想，确认小说本体，通过不同时代小说文本自身的差异呈现小说文体的流变。我们倾向于后一种方式。在具体的研究过程中，我们坚持动态发展的研究视野和包融宏通的研究内涵。

一种文体观念的产生，应当是在此类文献的数量积累到一定程度之后，人们对这种文献的独特性已有明确的认识与认同，能从产生动因、体制形态、表达方式以及价值功能等诸多方面进行整体把握并与其他文献类型区别开来才有的事。小说观念的产生也是如此。只有建立在具体的文献分析基础之上的小说观念才是可靠的，不经过对文献特征的判断、归纳、总结，而是采取拿来主义的态度，先入为主地引进一种现成的观念，据此去甄别何为小说并论述小说何为，无疑是本末倒置。我们应当以动态发展的眼光审视小说文体，不应将某个时期的小说概念定于一尊，并以之为标准确认不同历史时期的小说本体，更不应以后出的小说概念范围先在的小说本体。客观地说，"虚构的散体叙事文学"与"街谈巷语、道听途说者之所造"一样，都只是小说文体演变过程中某一阶段人们对小说的认知，不能作为亘古不变的普遍真理去衡量整部小说文体发展史。否则，探讨中国小说文体的古今演变就没有必要，也无从谈起。

不同时期、不同类型的小说文体，在形式技巧与价值内涵方面侧重点各有不同。现代小说偏重人物、情节与环境三要素,比较重视小说的叙事模式与叙述方法等形式技巧,诸如结构、视角、人称、语言等外在形式是文体研究的重点。古代小说偏重小说的价值内涵,价值大小与地位高低本来就是目录学家判定小说的主要依据,其间体现的思想学说与观念主张是作者着力表达的重要内容。甚至可以这样认为,古代小说与其说是一个纯形式的文体概念,还不如说是一种偏重价值内涵的文献类型。无论文言语体还是白话语体,案头传统还是口述传统,绝大多数作者都怀抱着"羽翼信史而不违"、"补经史之所未赅"的著述理念作小说,其中固然不乏"娱目醒心"的审美主张,但更多的还是载道教化的经世理念。因此,充分发掘古代小说的知识性与思想性,是小说史书写的重要内容。例如就笔记体小说而言,这甚至比"叙述婉转"和"文辞华艳"更加重要。我们既要接受现代小说,重视它的形式技巧;也要承认古代小说,挖掘它的价值内涵。

20世纪初期,梁启超、胡适、周作人等相继提出中国小说的新旧之分,"旧小说"指传统小说,"新小说"则指受西方影响的现代小说。小说的新旧之分不仅影响了小说创作,导致传统小说的文体形式逐渐消解;还影响了小说研究,人们按照新小说的形式特征重构传统小说的发展历程。今天我们研究中国小说文体,固然不能陷入复古主义的泥淖,漠视近一个世纪来新小说的发展;但也不能走全盘西化的路径,无视数千年来旧小说的存在。我们主张融新旧小说为一体,将其视为动态发展的整体。小说的传统与现代,只是文体发展过程中的不同形态,而不是形同冰炭水火难容的两种文体。我们希望通过这种尝试,打破长期以来人为的学科界限,贯通和融合中国古代文学与现代文学两大学科,淡化以至解构现有文学史分期的概念,为中国文学研究提供新的思路,开拓新的领域。

# 第一章 "小说"原始:"说"祭与"说"体

　　"说"是中国古代重要且复杂的文体形式。周秦两汉时期,存在大量以"说"名篇的文献和以"说"命籍的文献集成,如《赵良说商君》、《苏秦说六国合纵》、《庄子·说剑》、《墨子·经说》、《韩非子·储说》、《韩非子·说林》、《说苑》等。《汉书·艺文志·六艺略》也收录不少解说儒家经典的"说"类文献,如《齐说》(说《论语》)、《长孔氏说》(说《孝经》);《诸子略》更是专设"小说家"类,收录《伊尹说》、《鬻子说》等九流之外的"小说"。清人姚鼐《古文辞类纂》将天下文章分为十三类,其中论辩、序跋、奏议、书说、赠序、辞赋六类都包含不同类型的"说"体,可谓众"说"纷纭。一般认为,说体起源于战国时期诸子的论辩与游谈。然而大量文献表明,商周时期即已存在一种祭祷神灵的说体,这种文体对诸子论说有着直接影响。从诸子的论说中,又蘖生出经说与小说两种对应而生的说体。围绕与"说"体相关的若干问题,本章拟在前人研究的基础上,以出土文献为主,结合传世文献,从古代礼仪制度入手,追溯说体的渊源,并探讨其流变。

## 第一节 "说"体溯源:作为仪礼的"说"祭

　　"说"祭乃先民祭祷天神地祇人鬼时的仪礼。《国语·楚语下》

记左史倚相"能上下说于鬼神,顺道其欲恶,使神无有怨痛于楚国"①,《博物志·史补》记子路与子贡过郑神社,"社树有鸟,子路搏鸟,社神牵挛子路,子贡说之,乃止"②。倚相说于鬼神与子贡说于社神,都是指向神灵行"说"祭之礼,以求祛病禳灾。

"说"祭之名见于《周礼》。《周礼·春官·大祝》:"掌六祈,以同鬼神示,一曰类,二曰造,三曰禬,四曰禜,五曰攻,六曰说。"郑玄注云:

> 祈,噭也,谓为有灾变,号呼告神以求福。天神、人鬼、地祇不和,则六沴作见,故以祈礼同之。……郑司农云:"类、造、禬、禜、攻、说,皆祭名也。"……玄谓类造,加诚肃,求如志。禬禜,告之以时有灾变也。攻说,则以辞责之。禜,如日食以朱丝萦社,攻如其鸣鼓然。董仲舒救日食,祝曰:"炤炤大明,瀸灭无光,奈何以阴侵阳,以卑侵尊"。是之谓说也。禬,未闻焉。造、类、禬、禜皆有牲,攻、说用币而已。③

六祈包括类、造、禬、禜、攻、说六种祭礼,是为了禳灾祈福而向神灵举行的祭祷仪式。孙诒让云:"'掌六祈,以同鬼神示'者,谓内外常祭之外,别有此祈祷告祭之事,其别凡六也。……祈祷必特为祝辞,与常祭不同,故此官职之。……《说文》'示部'云:'祈,求福也。''口部'云:'噭,声噭噭也。'《汉书·息夫躬传》颜注云:'噭,古叫字。'《尔雅·释言》云:'祈,叫也。'《一切经音义》引孙炎注云:

① 徐元诰《国语集解》,中华书局 2002 年版,第 526 页。
② (晋)张华《博物志》卷八,中华书局 1985 年版,第 45 页。
③ (清)孙诒让《周礼正义》卷四十九,中华书局 1987 年版,第 1986—1987 页。

'祈,为民求福,叫告之辞也。'郭注云:'祈,祭者叫呼而请事。'"①
可知六祈之"祈",实际上是巫祝向神灵呼告以求福佑的言语行为,
伴随这种行为产生的,是具有特定含义与形式的祝辞。《周礼·春
官·大祝》:"大祝掌六祝之辞以事鬼神示,祈福祥,求永贞。"孙诒
让云:"先郑后注云:'辞谓辞命也。'凡祈祭告神之辞命,有此六者。
辞者,词之段字。"②

"说"祭之礼,在先秦卜筮祭祷简中多有记录。包山二号墓楚
竹简记载了贞人盐吉为左尹邵佗占卜并举行"说"祭的一次经过:

> 宋客盛公𬸚聘于楚之岁,荆夷之月乙未之日,盐吉以保家
> 为左尹佗贞:自荆夷之月以庚荆夷之月,出入事王,尽卒岁。躬
> 身尚毋有咎。占之,恒贞吉,少有忧于躬身,且志事少迟得。以
> 其故敚之,息攻解于人禹。占之当吉,期中有喜。③(简198)

"宋客盛公𬸚(边)聘于楚之岁"是一种以事系年的纪年方式,"之
岁"前的内容即该年发生的大事,《左传》"昭公七年"有"晋韩宣子
为政聘于诸侯之岁"。"盐吉"是巫祝,为职业贞人,多次见于包山
楚墓竹简。"保家"读如苞䓖,草名,指贞卜用具。"佗"即邵佗,楚
怀王时任左尹,是墓主。"贞"即卜问,此处指筮占。"躬"亦即
"身"。"志事"即仕途之事。"咎"即灾难。"敚"与"说"通,④即《周

---

① 《周礼正义》卷四十九,第1987页。
② 同上,第1985页。
③ 简文及释文参湖北省荆沙铁路考古队编《包山楚简》,文物出版社1991年版,第32
页。为行文方便,迻录简文时用通行字,下同。
④ 高亨:《易·邂·六二》:'执之用黄牛之革,莫之胜,说。'汉帛书本说作夺。"(高亨
纂著、董治安整理《古字通假会典》,齐鲁书社1989年版,第642页。)"敚"是"夺"的
本字,故"敚"与"说"通。

礼·大祝》"六祈"之"说"。"息"借作"鬼",《广雅·释天》:"鬼,祭
先祖也。""攻"即"六祈"之"攻"。"鬼攻"即祭祀先祖及鬼神。"人
禹"可能指去世的祖先。

　　这是一次结构完整的卜筮祭祷记录。自"宋客盛公边"至"左
尹佗贞"为前辞,记录举行卜筮祭祷的时间、巫祝名、卜筮用具和请
求贞问者的姓名;自"自荆夷之月"至"尚毋有咎"为命辞,记录贞问
事由:邵佗出入宫廷侍王是否顺利、爵位何时到来、疾病吉凶如
何;"占之"一句为占辞,是根据卜筮结果所作的判断:"恒贞吉",即
长期来看是吉兆,"少有忧于躬身,且志事少迟得",即近期身体有
微恙,爵位不能速得;"以其故说之"一句为祷辞,又称说辞,是为了
解除忧患而向神灵举行的祈祷;"占之当吉"一句为第二次占辞,即
在"说"祭之后,根据神灵指示所作的最后判断。"前辞"、"命辞"与
"占辞"属于卜筮的内容,"祷辞"属于祭祷的内容,这正是"说"祭的
记录。"故"训为"事","其故"指占辞所言之事。"说"指行"说"祭
之礼,"以其故说之"指祭祷者因占辞所言忧患之事而向神灵行
"说"祭之礼,祈求神灵福佑。[①]"攻"即责让,"鬼攻解于人禹"指责
让死去的先人,以便解除忧患。

　　有关"说"祭的记录在卜筮祭祷简中比比皆是,"以其故说之"
俨然已成卜筮祭祷仪程中的格套。试举数例:

　　望山楚简:

　　　　□占之吉,将得事,小有忧于躬身与宫室,有祟,以其故敚
　　　　　　　　　　　　　　　　　　　　　　　　　　　　·····

---

① 李家浩先生认为,"'以其故说之'的意思是:把占辞所说的那种将会发生的灾祸之
事向鬼神祈说。"(李家浩《包山楚简"敚"字及其相关之字》,《著名中年语言学家自
选集·李家浩卷》,安徽教育出版社 2002 年版,第 281 页。)刘信芳先生认为,"凡经
占卜而得知有鬼神作祟,即以'说'祈祷鬼神降福免灾。"(刘信芳《包山楚简解诂》,
台北艺文印书馆 2003 年版,第 212 页。)

之。(简 23/24)

□志事,以其故敓之,享归佩玉一环東大王,举祷宫行一白犬酒食。(简 28)

□无大咎,疾迟瘥,有祟,以其故敓之,赛祷。(简 61)[1]

## 葛陵楚简:

□以其故敓之。举祷楚先:老僮、祝融、鬻熊各两牂。(甲三 188)

无咎。疾迟瘥,有续。以其故敓之。(乙三 39)

以其故敓之,赛祷北方□。(乙三 61)[2]

## 秦家嘴楚简:

占之吉。有祟,以其故敓之。(M13·2)

占之恒贞吉,少有慼于宫室,以其故敓之。(M13·14);[3]

## 天星观楚简:

少有慼于躬身,有祟,以其故敓之。(简 30、35)

疾有续,以其故敓之。(简 624、635)[4]

---

[1] 湖北省文物考古研究所、北京大学中文系编《望山楚简》,中华书局 1995 年版,第70、73 页。

[2] 河南省文物考古研究所编《新蔡葛陵楚墓》,大象出版社 2003 年版,第 194、205 页。

[3] 晏昌贵《秦家嘴"卜筮祭祷"简释文辑校》,《湖北大学学报》(哲社版)2005 年第 1 期。

[4] 晏昌贵《天星观"卜筮祭祷"简释文辑校》,丁四新主编《楚地简帛思想研究》(二),湖北教育出版社 2005 年版,第 280 页。

　　事实上，除了卜筮祭祷，"说"祭还见于朝政治理与日常生活。当国家遭遇灾难或有不祥之兆时，君臣大多会举行"说"祭以禳灾祈福。上博简《鲁邦大旱》记载鲁国大旱，鲁哀公向孔子请教祓除之法，孔子的回答便提及民众往往以"说"祭求雨："鲁邦大旱，哀公谓孔子：'子不为我图之？'孔子答曰：'邦大旱，毋乃失诸刑与德乎？……庶民知敓之事鬼也，不知刑与德，如毋爱珪璧币帛于山川，政刑与……'"①上博简《竞建内之》记载齐桓公问日食的征象，鲍叔牙回答将引发天灾，桓公便提出举行"说"祭以祓除灾难："……圶，隰朋与鲍叔牙从，日既，公问二大夫：'日之食也，害为？'……鲍叔牙答曰：'害将来，将有兵，有忧于躬身。'公曰：'然则可敓与？'隰朋答曰：'公身为亡道，不践于善而敓之，可乎？'"②在百姓的日常生活中，婚嫁、丧葬、农作、出行等也会行"说"祭之礼。如《九店楚简》"日书"："亥、子、丑……无为而可，名之曰死日。生子，男不寿。逃人不得。利以说盟诅"；③《睡虎地秦简》"日书"甲"除篇"："害日，利以除凶厉，说不祥。祭门、行，吉"（五正贰），"利以说、盟、诅，百不祥"（一一正贰）；"日书"乙"除篇"："窨罗之日，利以说、盟、诅、弃疾、凿宇、葬，吉"（十七），"盖绝己之日，利以制衣裳，说、盟、诅"（二三壹）。④

　　周秦时期，"说"祭已广泛流行，成为人们沟通鬼神、禳灾祈福

---

① 马承源主编《上海博物馆藏战国楚竹书》（二），上海古籍出版社2002年版，第204—206页。

② 马承源主编《上海博物馆藏战国楚竹书》（五），上海古籍出版社2005年版，第163—178页。简文释读参李学勤《试释楚简〈鲍叔牙与隰朋之谏〉》，《文物》2006年第9期。

③ 湖北省文物考古研究所、北京大学中文系编《九店楚简》，中华书局2000年版，第49页。

④ 简文引自刘乐贤《睡虎地秦简日书研究》，（台北）文津出版社1994年版，第23、24、315页。

的重要途径。那么作为仪礼,"说"祭的独特性是什么？这对我们
考察"说"体起源至关重要。由于文献不足,汉儒解说"六祈"要么
存有阙疑,如云"禬,未闻焉";要么语焉不详,如释"类造"为"加诚
肃,求如志";要么与史实不符,如云"攻、说用币而已",然据前引楚
简可知,"说"不仅用币,还用牲、帛等。郑玄将"攻"、"说"连解,云
"攻说,则以辞责之",这显然不符《周礼》原义——五曰攻,六曰
说——如果"攻"、"说"无别,那么"六祈"分类就没有意义。清儒注
经,于"六祈"也没有太多发明。孙诒让对"攻"、"说"的阐释,基本
上承续了汉儒的观点:"云'攻、说则以辞责之'者,《论衡·顺鼓篇》
云:'攻,责也,责让之也。'《广雅·释诂》云:'说,论也。'谓陈论其
事以责之,其礼尤杀也。"[1]孙氏对"攻"、"说"的解释完全正确,但
他为了附会郑玄又将"攻"、"说"的含义合二为一,仍然泯灭了
"攻"、"说"之间的区别。李学勤先生指出,"'说'是告神的祝词,只
'陈论其事',没有责让的意思。郑玄把说和攻混为一谈,是不妥当
的。攻则确是责让,《论衡·顺鼓》所述甚详"[2]。李先生所论独具
只眼,这里不妨略作申论。尽管六祈皆为"号呼告神以求福"的言
语行为,但在"号呼"的过程中,应当还伴随着其他行为方式,这正
是区辨六祈的重要依据。由于文献不足,"类"、"造"、"禬"的具体
情形已不得而知,但"禜"、"攻"、"说"三者还是约略可以区分。
"禜"祭大都使用绳索,"朱丝"往往是"禜"祭的标配。《说文》云:
"禜,设绵蕝为营,以禳风雨雪霜水旱疠疫于日月星辰山川也。"[3]
《左传·襄公十八年》:"晋侯伐齐,将济河。献子以朱丝系玉二瑴,

---

① 《周礼正义》卷四十九,第 1990 页。
② 李学勤《竹简卜辞与商周甲骨》,《郑州大学学报》(哲社版)1989 年第 2 期。
③ (汉)许慎撰,(清)段玉裁注,许惟贤整理《说文解字注》,凤凰出版社 2015 年版,第
　 10 页。

而祷曰:'齐环怙恃其险,负其众庶,弃好背盟,陵虐神主。曾臣彪
将率诸侯以讨焉,其官臣偃实先后之。苟捷有功,无作神羞,官臣
偃无敢复济。唯尔有神裁之!'沉玉而济。"①"攻"祭一般伴随鸣
鼓。《春秋繁露》:"大旱雩祭而请雨,大水鸣鼓而攻社。"②古者两
军对垒,攻击必须鸣鼓,"攻"祭鸣鼓,或与此有关。与"禜"、"攻"皆
有附加动作不同,"说"祭是一种纯粹的言语行为,其独特性在于言
说的内容与方式。《释名·释言语》:"说,述也,宣述人意也。"③
《广雅·释诂》:"说,论也。"④"说"之要义,就在于"动之以情,晓之
以理",将祭祷者面临的灾难与困境告诉神灵,祈求解除忧患,给予
福佑。郑玄举董仲舒《救日食祝》为"说"例,这没有问题。只是古
人救日食时除了祝祷,还要鸣鼓,于是"说"与"攻"又有了关联。历
代经师将"攻"、"说"连解,原因或即在此。《左传·庄公二十
五年》:

> 凡天灾,有币无牲。祈请而已,不用牲也。非日月之眚不
> 鼓。郑玄注:"眚,犹灾也,月侵日为眚,阴阳逆顺之事,贤圣所
> 重,故特鼓之。"孔颖达疏:"《周礼·大仆职》云:'凡军旅、田
> 役、赞王,鼓;救日月亦如之。'是日食、月食皆有鼓也。"⑤

实际上,由于祭祷仪式的复杂性,一场祭祷活动往往会综合多

---

① (清)阮元校刻《阮刻春秋左传注疏》卷三十二,浙江大学出版社 2015 年版,第
2275—2276 页。
② (汉)董仲舒撰,(清)苏舆校证《春秋繁露义证》"精华第五",中华书局 1992 年版,
第 85 页。
③ (汉)刘熙撰,(清)王先谦撰集《释名疏证补》"释言语第十二",商务印书馆 1937 年
版,第 172 页。
④ 《广雅》"释诂卷第二","小学汇函"第三,钱塘胡氏"格致丛书"本。
⑤ (清)阮元校刻《阮刻春秋左传注疏》卷十,第 211 页。

种祭礼。《博物志》卷五："《止雨祝》曰：'天生五谷，以养人民。今天雨不止，用伤五谷。如何如何？灵而不幸，杀牲以赛神灵。'雨则不止，鸣鼓攻之，朱丝绳萦而胁之。"①这场为"止雨"而行的祭祷中，"天生五谷"至"以赛神灵"为"说"祭，祭祷者向神灵诉说淫雨给生民带来的灾难，祈求神灵止雨。祭祷者允诺神灵，止雨后将杀牲赛祷神灵。"雨则不止"以后，指"说"祭失效，祭祷者采取后续行动，"鸣鼓攻之"为"攻"祭，"朱丝绳萦而胁之"为"禜"祭。由于祭祷的最终目的是说服神灵被除忧患，因此有论者将此类禳灾祈福的祭祀活动统称为"说"，这样"说"又由专名变成泛称，统称祭祷活动。②

综上所述，我们认为"说"祭是一种以论说的方式说服神灵满足祭祷者诉求的言语行为。祭祷者将面临的灾难或困境诉诸神灵，祈求解除忧患，给予福佑。伴随这种言语行为，会产生一种独特的言辞样式，它以论说为手段，以说服为目的，使用特定的语气与措辞向神灵表达祭祷者的诉求。郭英德先生指出，"人们在特定的交际场合中，为了达到某种社会功能而采取了特定的言说行为，这种特定的言说行为派生出相应的言辞样式，于是人们就用这种言说行为（动词）指称相应的言辞样式（名词），久而久之，便约定俗成地生成了特定的文体"③。因"说"祭而产生的这种言辞样式，我

---

① 《博物志》卷五，第 32 页。
② 彭浩先生认为，"'说'是为了解除忧患而进行的祭祷，并不是专指某一种祭祀，而是有关的各种祭祀的统称。'说'既有举行祭祷之意，同时还含有祈求鬼神、祖先之意。"（《包山二号楚墓卜筮和祭祷竹简的初步研究》，《包山楚墓》，文物出版社 1991 年版，第 560 页。）工藤元男先生也认为，"敚是针对第一次占卜中占断的忧患，为移除忧患而拟议举行的祭祀的总称。"（〔日〕工藤元男撰，陈伟译《包山楚简"卜筮祭祷简"的构造与系统》，载《人文论丛》2001 年卷，武汉大学出版社 2002 年，第 80 页。）
③ 郭英德《中国古代文体学论稿》，北京大学出版社 2005 年版，第 29 页。

们称之为"说"体。①

## 第二节　"说"之成体：从言语
## 行为到文章体式

据现有文献判断，殷商时期已有作为言语行为的"说"祭；晚周时期，由"说"祭产生的言辞样式被命名为"说"体。

《墨子》在论述"兼爱"时举商汤为祈雨而行"说"祭之礼为例，其对"说"祭祝辞的记录与称引，呈现了"说"由言语行为到文章体式的生成过程：

> 且不惟《禹誓》为然，虽《汤说》即亦犹是也。汤曰："惟予小子履，敢用玄牡，告于上天后曰：今天大旱，即当朕身履，未知得罪于上下。有善不敢蔽，有罪不敢赦，简在帝心。万方有罪，即当朕身，朕身有罪，无及万方。"即此言汤贵为天子，富有天下，然且不惮以身为牺牲，以祠说于上帝鬼神，即此汤兼也。虽子墨子之所谓兼者，于汤取法焉。

> 且不惟《誓命》与《汤说》为然，《周诗》即亦犹是也。

---

① 祭祷祝辞，《文心雕龙》称之为祝体。然因功能、场合、仪程等不同，祭祷活动本身又可细分为不同类型，相应地会产生不同祝体，徐师曾《文体明辨序说》便将祝文分为告、修、祈、报、辟、谒六类。又，先秦时期不仅对神明的祝告祈祷之辞称为祝，人与人之间的相互颂之辞也称为祝，徐师曾《文体明辨序说》便将祝文分为"飨神之词"（祝神）与"颂祷之词"（祝人）。从文体起源来看，颂祷之词源于《周礼》"六辞"之"祷"，飨神之词源于《周礼》"六祈"之"说"。其实，刘勰论祝体时举伊耆氏之祝与商汤之祝为例，而商汤之祝，《墨子》已命名为说体；伊耆氏之祝，刘师培也认为属说体（《文章学史序》："又考《礼》所载'土反其宅'四语即古代之说文"。）为了与其他祝体相区分，我们把因"说"祭而产生的祝辞命名为"说"体。

孙诒让注云：

> 《周礼·大祝》六祈，六曰"说"，郑注云："说，以辞责之，用币而已。"此下文亦云"以祠说于上帝鬼神"。若然，则说礼殷时已有之。①

孙诒让认为《汤说》之"说"即《周礼·大祝》"六祈"之"说"，并指出"说"礼殷时已有。其实这段文献不仅表明殷时已有"说"礼，还表明晚周已有"说"体。《墨子》将商汤的祝辞命篇为《汤说》，与《禹誓》及《周诗》对举，"誓"与"诗"既是言语行为，也是文章体式，则"说"与"誓"及"诗"可并列为文体。又同为涉汤事，《尚书》分列"汤誓第一"与"汤诰第三"，"誓"与"诰"既为文体，那么"汤说"之"说"也为文体不言自明。在前引《九店楚简》与《睡虎地秦简》"日书"中，"说"常与"盟"、"诅"并举。《周礼·春官·诅祝》："诅祝掌盟、诅、类、造、攻、说、禬、禜之祝号，作盟、诅之载辞，以叙国之信用，以质邦国之剂信。"郑玄注云："载辞，为辞而载之于策，坎用牲，加书于其上也。"②诅祝既然能据"盟"、"诅"之祝号撰作文辞并载之于策，那么"说"之祝号也能成为文辞且自成一体。

　　吴承学先生指出，"在某种场合，对某种文体形态的使用，一开始具有偶然性，人们的文体意识是朦胧的。此后，在类似的场合，不断地重复运用某种言语模式以表达类似内容，对特殊形态的言语运用形成习惯，技巧日渐成熟，文体因此逐渐成熟和定型，而文体分类观念亦随之发生"③。客观地说，"说"体在先秦祭祷文献中

---

① （清）孙诒让《墨子间诂》卷四"兼爱下第十六"，中华书局1954年版，第76页。
② 《周礼正义》卷五十，第2061页。
③ 吴承学《论中国早期文体观念的发生》，《文艺理论研究》2016年第6期。

更多地是以一种隐藏或包孕的形式存在,即作为整个"说"祭活动记录的一部分或一个段落,很少以独立的篇章姿态出现。但"说"祭祝辞的频繁出现,以及前人将"说"祭祝辞命篇为"某某说"并与其他文体并举的辨体行为,使我们有理由相信,至迟在晚周时期"说"体已经形成。出土文献与传世文献中保存着大量的"说"祭祝辞,为我们把握"说"体的内涵与形态提供了丰富的例证,姑举几例:

周家台秦简:

> 已龋方:见东陈垣,禹步三步,曰:"皋!敢告东陈垣君子,某病龋齿,苟令某龋已,请献骊牛子母。"……所谓"牛"者,头虫也。(简 326—328)
>
> 操杯米之池,东向,禹步三步,投米,祝曰:"皋!敢告曲池,某痈某破。禹步攒芳糜,令某痈数去。"(简 338—339)①

睡虎地秦简《日书》甲种:

> 梦:人有恶梦,觉,乃释发西北面坐,祷之曰:"皋!敢告尔豹琦。某有恶梦,走归豹琦之所。豹琦强饮强食,赐某大富,非钱乃布,非茧乃絮。"则止矣。(简 13—14)
>
> 行到邦门阃,禹步三,勉壹步,呼:"皋!敢告曰:某行毋咎,无为禹除道。"即五画地,掫其画中央土而怀之。(简 111—112)②

---

① 湖北省荆州市周梁玉桥遗址博物馆编《关沮秦汉墓简牍》,中华书局 2001 年版,第 129—131 页。
② 《睡虎地秦简·日书研究》,第 212 页、288 页。

清华简:

> 恐溺:乃执币以祝曰:"有上茫茫,有下汤汤,司湍滂滂,侯兹某也发扬。"乃舍币。
>
> 救火:乃左执土以祝曰:"皋!诣五夷,绝明冥冥,兹我赢。"既祝,乃投以土。[1]

《左传·哀公二年》:

> 卫太子祷曰:"曾孙蒯聩,敢昭告皇祖文王、烈祖康叔、文祖襄公:郑胜乱从,晋午在难,不能治乱,使鞅讨之。蒯聩不敢自佚,备持矛焉。敢告无绝筋,无折骨,无面伤,以集大事,无作三祖羞。大命不敢请,佩玉不敢爱。"[2]

结合《墨子》"汤说"与上述文献,我们不难发现"说"体形成的若干重要标志。从内涵上看,"说"体产生有特定的应用场合与功用目的。要么在忧患发生之后,祈求神灵解除忧患,如已齲、破痈、祛梦、除道、救火、恐溺;要么在忧患到来之前,祈求神灵免除忧患,如希望打仗时"无绝筋"、"无折骨"、"无面伤"等。总之,有所求于神灵,希望禳灾祈福。从形态上看,"说"体有特定的套语、句式与章法结构,形成了独特的言语模式。如引首有"祝"、"祷"之类行为动词;以"皋"为发语词[3],此即郑玄所言"嘷",是为了提醒神灵注意

---

[1] 李学勤主编《清华大学藏战国竹简(三)》,中西书局 2013 年版,第 164 页。

[2] 《阮刻春秋左传注疏》卷五十七,第 3923 页。

[3] (清)王引之撰,孙经世补编《经传释词》(附补及再补)卷五:"皋,发语之长声也。"中华书局 1956 年版,第 127 页。

的长声呼唤；以"敢……告"表达诉求，向神灵提出自己的愿望；文辞大多有韵律，音节齐整，如"非钱乃布，非茧乃絮"、"大命不敢请，佩玉不敢爱"。

"说"祭祝辞因其特定的情境、内涵与形态而固定为格套，具有鲜明的文体属性。从祭祷记录中析出的"说"体文，由于是口头表达的文字记录，因而具有鲜明的口头化、简约化、民间化特征。在周秦时期，还存在另一种"说"祭祝辞，它不是"说"祭仪式后对祝辞的简单记录，而是"说"祭仪式前有意撰作的祝辞文稿，因而具有书面化、体制化、文人化特征。"说"祭祝辞的篇章化，标志着"说"体的完全形成。接下来我们将分析两个具有典型意义的"说"体文本——《尚书·金縢》中周公之"说"与《秦駰玉版》中秦駰之"说"，以阐述"说"从言语行为到文章体式的生成过程。

先论周公之"说"。《尚书·金縢》记载了周公为武王祛病而行"说"祭之礼的过程，周公的"说"辞不仅含义丰富且具有层次，"陈论其事"的过程还非常讲究策略。《尚书·金縢》：

　　既克商二年，王有疾，弗豫。……公乃自以为功，为三坛，同墠。为坛于南方，北面，周公立焉，植璧秉圭，乃告大王、王季、文王。史乃册祝曰："惟尔元孙某，遘厉虐疾。若尔三王，是有丕子之责于天，以旦代某之身。予仁若考，能多材多艺，能事鬼神。乃元孙不若旦多材多艺，不能事鬼神。乃命于帝庭，敷佑四方，用能定尔子孙于下地，四方之民罔不祗畏。呜呼！无坠天之降宝命，我先王亦永有依归。今我即命于元龟，尔之许我，我其以璧与珪归俟尔命；尔不许我，我乃屏璧与珪。"……公归，乃纳册于金縢之匮中，王翼日乃瘳。……王与

大夫尽弁,以启金滕之书,乃得周公所自以为功,代武王
之说。①

文中"史乃册祝曰"一段为周公的"说"祭祝辞。作为"说"体,该文
目的非常明确,希望先王能够被除武王之病——"遘厉虐疾"。为
了达成这一目标,周公提出了让自己代替武王罹病的方案——"以
旦代某之身"。为了说服先王接受自己的方案,周公提出了令人难
以拒绝的理由——"乃元孙不若旦多材多艺,不能事鬼神"。为了
促使先王答应自己的请求,周公采用了软硬兼施的论说策略——
"尔之许我,我其以璧与珪归俟尔命;尔不许我,我乃屏璧与珪"。

　　除了成熟的说辞与高明的论说策略,《尚书·金滕》最值得关
注的是周公之"说"已十足的篇章化,无论是内容的深度还是篇幅
的长度都绝非一般"说"祭祝号的记录可比。"史乃册祝曰"一句,
孔安国传云"史为册书,祝辞也",孔颖达正义云"史乃为策书,执以
祝之曰",表明周公的祝辞由史官事先写定,是正式的官方文书。
史官对祝辞的写定,不但使周公之"说"变得条理清晰、逻辑严密、
措辞得体,而且从思维的层面确定了"说"作为文体的可能性——
它不再是对"说"祭祝号的简单记录,而是具备了立意、构思、修辞、
命篇等环节的创作过程,这个过程表明"说"体的产生已从自发的
言语行为上升为自觉的篇章撰作,"说"祭祝辞也从口头形式的祝
号物化为书面形式的文本。末尾"以启金滕之书,乃得周公所自以
为功,代武王之说",再次表明周公之"说"在"说"祭之前即以"书"
的形式呈现,是史官有意撰作的书面文本。

---

① (汉)孔安国传,(唐)孔颖达正义《尚书正义》,上海古籍出版社 2007 年版,第 493—
501 页。这篇祭祷记录又见于清华大学藏战国竹简《周武王有疾周公所自以代王
之志》篇,二者内容一致,部分词句略有差异,论者或曰此即古本《尚书·金滕》。

再论秦骃之"说"：

有秦曾孙小子骃曰：孟冬十月，厥气戕凋。余身遭病，为
我感忧。呻呻反侧，无间无瘳。众人弗知，余亦弗知，而靡有
定休。吾穷而无奈之何，咏叹忧愁。

周世既没，典法散亡，惴惴小子，欲事天地，四极三光，山
川神祇，五祀先祖，而不得厥方。牺犉既美，玉帛既精，余毓子
厥惑，西东若惷。

东方有土姓，为刑法民，其名曰经，絜可以为法，□可以为
政。吾敢告之，余无罪也，使明神知吾情。若明神不□其行，
而无罪□宥，□□蚩蚩，烝民之事明神，孰敢不精？

小子骃敢以玠圭、吉璧吉纽，以告于华大山。大山有赐
□，已吾腹心以下至于足髀之病，能自复如故，请□祠用牛牺
贰，其齿七，□□□及羊豢，路车四马，三人壹家，壹璧先之；
□□用贰牺、羊豢，壹璧先之；而复华大山之阴阳，以□□咎，
□咎□□，其□□里，世万子孙，以此为常。苟令小子骃之病
日复故，告大令、大将军，人壹□□，王室相如。[①]

这是秦骃玉版上的铭文，当属册祝一类。任昉《文章缘起》："古者

---

① 关于铭文的考释，详见李零《秦骃祷病玉版的研究》，《国学研究》第六卷，北京大学
出版社 1999 年版，第 525—547 页；李家浩《秦骃玉版铭文研究》，《北京大学中国古
文献研究中心集刊》（二），2000 年版，第 99—128 页；曾宪通等《秦骃玉版文字初
探》，《考古与文物》2001 年第 1 期；周凤五《〈秦惠文王祷祠华山玉版〉新探》，台湾
《中研院历史语言研究所集刊》第七十二本第一分，2001 年版，第 217—232 页。本
文所引释文参李学勤《秦玉牍索隐》（《故宫博物院院刊》2000 年第 2 期）。学界大多
认为秦骃即秦惠文王。

祝享,史有册祝,载所以祀之之意。册祝,祝版之类也。"①铭文内容乃秦骃为祛病而向神灵"华大山"举行"说"祭的祝辞。祝辞结构谨严,层次分明,显然不是"说"祭祝号的简单记录,而是一篇精心撰作的书面文章。秦骃首先陈述自己久病不愈却无从医治的惨状,藉此博得神灵的怜悯和同情。接着秦骃解释自己本想用牺牲玉帛祭祀神灵,却因周世衰落、典法散亡而不知所措;幸而有刑法民土经可为法正,秦骃告诉他自己并无罪愆,希望神灵明鉴。最后秦骃祈求神灵让自己康复如故,允诺将用牺牲、玉璧、车马来祭祀华大山,并强调一旦康复如故,将让地方、军队长官与王室一块来拜祭神灵。

与一般说辞直接向神灵表达诉求不同,秦骃的说辞没有直奔主题,而是在提出诉求之前作大量铺垫,比如描述自己久病不愈的惨状,解释无法可依的无辜。从心理学的角度分析,秦骃极力营造悲苦的氛围,向神灵示弱,就是想博得神灵同情,这种"苦肉计"加"苦情戏"往往容易奏效,在情与理两个层面都能打动神灵,说服神灵接受自己的祈求。除了布局谋篇,秦骃的说辞在遣词造句方面也颇具匠心。开头用节令气候的肃杀衬托自己久病不愈的凄惨,言辞哀伤而惹人怜惜;中间铺陈自己想要祭祀的神灵与打算供奉的祭品,语带夸张而充满诱惑;最后提出自己的诉求并允诺祭祀的等第,语气诚恳而难以拒绝。此外,秦骃的说辞在语句上也很有特点,大量使用四字句式,语言整饬,读起来朗朗上口,很有气势。可以这样认为,秦骃的说辞体现了高超的论说水准和娴熟的文字表达技巧,已是一篇相当经典的"说"体文。

① (南朝梁)任昉撰,(明)陈懋仁注《文章缘起注》,参王水照编《历代文话》,复旦大学出版社2007年版,第2535页。

综上所述,可知"说"祭本质上是一种言语行为,"说"祭祝辞是这种言语行为产生的言辞样式。祝史把这种言辞样式整理成诉诸特定载体的文字记录,成为一个内容与结构相对完整的文意单位,便构成篇章。在流传过程中,有人根据该篇章的内容、创作目的、体式等性质,将其命名为"某某说","说"便具有文体的意味。当这种言辞样式在重复使用的过程中被固定成格套,祝史又依据这种格套撰作书面的篇章,"说"便由言语行为变成了文章体式,成为具有特定内涵与形态的文体。①

## 第三节　"说"体流别:从祭祷
## 之说到议论之说

战国时期,诸子驰说,策士横议,出现了一种议论性质的说体。《韩非子·外储说右上》:"师旷之对,晏子之说,皆合势之易也,而道行之难,是与兽逐走也,未知除患。"②《吕氏春秋·审应览·重言》:"成公贾之譆也,贤于太宰嚭之说也。太宰嚭之说,听乎夫差,而吴国为墟;成公贾之譆也,喻乎荆王,而荆国以霸。"③晏子与太宰嚭之"说"属议论形式的说辞,著于竹帛,便是议论性质的说体。秦汉以后,"说"作为文体已被广泛接受。陆机《文赋》论文章"体有万殊",便包括诗、赋、论、说等十种文体。④《后汉书·冯衍传》提

---

① 篇题与文体的关系,详见吴承学、李冠兰《命篇与命体——兼论中国古代文体观念的发生》,《中国社会科学》2015年第1期。
② (战国)韩非著,陈奇猷校注《韩非子新校注》,上海古籍出版社2000年版,第757页。
③ (战国)吕不韦著,陈奇猷校释《吕氏春秋新校释》,上海古籍出版社2002年版,第1166页。
④ (晋)陆机撰,张少康集释《文赋集释》,上海古籍出版社1984年版,第85页。

及冯衍善著,也包括赋、诔、铭、说等多种体式。<sup>①</sup> 刘勰《文心雕龙》将贤臣向君王的进谏之辞与行人策士的游说之辞都归入说体,与议、传、注、评等共同构成论体。<sup>②</sup> 真德秀《文章正宗》分文章为辞命、议论、叙事、诗赋四类,议论类包括说、书、论、对等体,录有《赵良说商君》、《苏秦说六国合纵》等 12 篇说体文。<sup>③</sup> 贺复征《文章辨体汇选》以说者为别分卷收录战国至汉初的说体文,如卷六十"说一"收苏秦《说秦惠王》、《说燕文侯》等 8 篇,"说二"收张仪《说韩王》、《说楚王》等 7 篇,六卷共 38 篇。<sup>④</sup> 姚鼐《古文辞类纂》将文章分为论辩、序跋、奏议、书说、赠序、诏令、传状、碑志、杂记、箴铭、赞颂、辞赋、哀祭十三类,其中论辩、序跋、奏议、书说、赠序、辞赋六类都包含不同类型的说体,仅书说类便收《触龙说赵太后》、《汗明说春申君》等 38 篇说体文。<sup>⑤</sup> 历代文体学论著与文章选集表明,战国时期议论性质的说体已相当成熟且盛行于世。

一般认为,说体之兴与晚周诸子的论说与游谈有着密切关联。章学诚云:"周、秦诸子……皆取其所欲行而不得行者,笔之于书,而非有意为文章华美之观;是论说之本体也。"<sup>⑥</sup>刘永济云:"说体之盛,始于战国游谈。纵横之士,尤工驰说。"<sup>⑦</sup>诸子论说与游谈促

---

① 《后汉书·冯衍传》:"所著赋、诔、铭、说、《问交》、《德诰》、《慎情》、书记说、自序、官录说、策五十篇,肃宗甚重其文。"(宋)范晔撰、(唐)李贤等注《后汉书》卷二十八下,中华书局 1965 年版,第 1003 页。

② (南朝梁)刘勰著,詹瑛义证《文心雕龙义证》"论说第十八",上海古籍出版社 1989 年版。

③ (宋)真德秀辑《真西山全集》,康熙年间刻、同治年间重修本。

④ (明)贺复征《文章辨体汇选》,四库全书本。

⑤ (清)姚鼐编,世界书局编辑部注《古文辞类纂注》上册,(台北)世界书局 2009 年版。

⑥ (清)章学诚著,叶瑛校注《文史通义校注》卷八外篇三,中华书局 1985 年版,第 791 页。

⑦ (南朝梁)刘勰撰,刘永济校释《文心雕龙校释》,中华书局 1962 年版,第 80 页。

成了说体的兴盛,这一点毋庸置疑。我们感兴趣的是,诸子发表学术理想,谈论治国方略,为何要命名为"说"? 换句话说,既然刘勰认为论体"陈政,则与议说合契"①,为何要在"论"、"议"之外另立"说"体? 这是对说体之名的疑惑。诸子撰作说体文,有无可资借鉴的论述模式? 换句话说,从文体溯源的角度看,影响说体产生的因素是什么? 这是对说体之实的疑惑。在我们看来,诸子陈政的活跃只是战国时期说体兴盛的外部条件,并非说体兴起的内在根源。古代仪礼多为文体之源。《文心雕龙·宗经》云"《礼》以立体,据事制范"②,《释名》云"礼,体也,得事体也"③。吴承学先生指出,"从礼学的'得事体'到文章学的'得文体',是一种顺理成章的延伸"④。这种延伸为我们考察说体起源提供了思路上的启发,我们可以籍"说"之名逆推"说"体与"说"祭之间的关系。通过对比两种说体的文体特征,我们发现祭祷之说在"说"之语义、文体的功能与属性、论说的方法与策略、论说的逻辑与思维等诸多方面都影响了议论之说。沿波讨源,我们认为议论性说体是祭祷性说体的别体。⑤

---

① 《文心雕龙义证》,第 669 页。
② 《文心雕龙义证》,第 69 页。
③ (汉)刘熙撰,(清)王先谦集撰《释名疏证补》"释言语第十二",商务印书馆 1937 年版,第 168 页。
④ 吴承学《中国古代文体学研究·绪论》,人民出版社 2011 年版,第 7 页。
⑤ 颜之推云:"文章原出五经:诏命策檄,生于《书》者也;序述论议,生于《易》者也;歌咏赋诵,生于《诗》者也;祭祀哀诔,生于《礼》者也;书奏箴铭,生于《春秋》者也。"见王利器《颜氏家训集解》(增补本),中华书局 1996 年版,第 237 页。由此看来,议论之说生于《易》,祭祷之说生于《礼》,似乎两者有不同的文体渊源。但王符云:"《易》有史巫,《诗》有工祝。"见(汉)王符著,(清)汪继培笺,彭铎校正《潜夫论笺校正》,中华书局 1985 年版,第 477 页。《易》与《诗》也有许多关于巫祝的记载,比如《诗·云汉》便是公认的祈雨祝辞,也是"生于《礼》"者。由此可知五经与文体的对应关系并非那么泾渭分明,而是错综复杂,我们提出议论之说源于祭祷之说,与成说并不矛盾。

从说之语义看。祭祷性说体与议论性说体之间的渊源关系,首先体现在作为文体名称核心要素的"说"字上面,二者的语义基本相同。作为言语行为,"说"有两个基本义项:解说与谈说。许慎《说文解字》:"说,说释也。从言,兑声。一曰谈说。"①桂馥《说文解字义证》:"说,释也者。《易·小畜》释文引作'说,解也'。《广雅》:'解说也。'……《周易》有'说卦',《庄子》有'说剑'。"②桂馥支持许慎的观点,认为"说"的本义即解说。杨树达持论跟桂馥、许慎不同。他从"说"字形符"兑"入手,认为"说"的本义是谈说:"盖兑者锐也……言之锐利者谓之说,古人所谓利口,今语所谓言辞犀利者也。"杨树达认为,"谈说者,说之始义也。由谈说引申为说释之说,又引申为悦怿之悦"。值得关注的是,杨树达所举四条论据,第一条便是《周礼·春官·大祝》"六祈"之"说",其后三条都是诸子与策士之"说"。在具体的论述过程中,杨树达又以祭祷之说与议论之说互证,如《吕氏春秋·劝学》"凡说者,兑之也,非说之也。今世之说者,多弗能兑,而反说之"③一句,杨树达云:"愚谓'兑'与《周礼》'攻'、'说'之义相近,故吕氏以与'说之'为对文。盖吕氏言,凡说人者,在以辞相攻责,非谓使人悦怿也。今世之说者弗能攻责而反悦之,此世之所以乱,不肖主之所以惑也。"④杨树达的论述过程无意间证明了祭祷之"说"与议论之"说"同出一源,语义基本相同。无独有偶,高亨在笺注《吕氏春秋·劝学》篇时,也对"说"之音义作了新的诠释:"亨按'说者'之说当读为'说教'之说,'说

---

① (汉)许慎撰,(清)段玉裁注,许惟贤整理《说文解字注》,凤凰出版社 2015 年版,第167 页。
② (清)桂馥《说文解字义证》,上海古籍出版社 1987 年版,第 199 页。
③ (战国)吕不韦著、陈奇猷校释《吕氏春秋新校释》,上海古籍出版社 2002 年版,第198—199 页。
④ 杨树达《释"说"》,《积微居小学金石论丛》,湖南教育出版社 2008 年版,第 58—60 页。

之'之说当读为'喜悦'之悦。兑读为夺,实借为敓。兑、夺、敓古通用。……此言凡说教者乃彊取学者以从我,非顺学者之意以喜悦之;而今世之说教者,则多弗敓之,而反悦之也。"①高亨释"说者"之"说"为"说教"之"说"(失爇切);"兑之"之"兑"为"夺取"之"夺","夺"与"敓"通,又无意间打通了"说"与"敓"的界限——在卜筮祭祷简中,绝大多数的"说"字正是以"敓"字形式出现的——这再次证明祭祷之"说"与议论之"说"的语义基本相同。

从文体的属性与功能看。"说"之语义基本相同,导致了祭祷性说体与议论性说体的属性和功能大体一致。《释名·释言语》:"说,述也,宣述人意也。"《广雅·释诂》:"说,论也。"孙诒让据此认为六祈之"说",是"陈论其事"的意思。再看议论之"说"。陆机认为"说炜晔而谲诳"。六臣注曰:"说者,辩词也,辩口之词,明晓前事,诡谲虚诳,务感人心。"②表明议论性说体的本质是陈述事实的辩词。从这个角度看,祭祷性说体与议论性说体属性一致,都属于论体。只不过前者是祝史向神灵陈论自己的诉求,后者是诸子或策士向人主陈论自己的主张。以犀利的言辞陈述并说服对方接受自己的观点,则是祭祷性说体与议论性说体一致的功能。只不过前者试图说服的对象是神灵,而后者试图说服的对象是人主。

从论述的策略与方法来看。陆机认为说者可以炜晔谲诳,而刘勰认为应坦诚相待:"自非谲敌,则唯忠与信。披肝胆以献主,飞文敏以济辞,此说之本也。而陆氏直称'说炜晔以谲诳',何哉?"③其实对于议论性说体来讲,炜晔谲狂或披肝沥胆只是策略与方法

---

① 　高亨《诸子新笺》"吕氏春秋新笺·劝学",山东人民出版社 1961 年版,第 246 页。
② 　(南朝梁)昭明太子撰,(唐)李善并五臣注《六臣注文选》卷十七"论文·文赋",四部丛刊本,第 622 页。
③ 　《文心雕龙义证》,第 719 页。

的差异;就目的而言,感动对方、说服对方接受自己的主张,二者殊途同归。祭祷性说体又何尝不是这样呢? 同样是祈求神灵祛病,《尚书·金縢》中周公之说软硬兼施,称得上炜晔谲狂;而秦骃玉版中秦骃之说掏心掏肺,则可谓披肝沥胆。① 此外,刘勰将祭祷性说体归入"祝"体,指出"凡群言务华,而降神务实,修辞立诚,在于无愧。祈祷之式,必诚以敬",②强调"祝"体的撰作要领在于诚敬,这一点事实上与他对议论性说体的要求也几乎一致。在具体的说体文本中,很容易发现议论性说体与祭祷性说体策略与方法的一致性。试举一例。楚顷襄王二十二年(前 277 年),秦国攻打楚国,黄歇试图说服秦王放弃攻楚:"(黄歇)说昭王曰:'天下莫强于秦、楚,今闻大王欲伐楚,此犹两虎相斗而驽犬受其敝,不如善楚,臣请言其说。臣闻之……'"③这种提请对方"两利相权取其重,两害相权取其轻"的论述策略,与《尚书·金縢》中周公试图说服先王祛除武王疾病如出一辙:"予仁若考能,多材多艺,能事鬼神。乃元孙不若旦多材多艺,不能事鬼神。"如果按照议论性说体的命名方式,《尚书·金縢》中的周公之说可以称之为《周公说先王》,秦骃玉版则可以称之为《秦骃说华大山王》。

从论述的逻辑与思维看。诸子常常引用"语"类文献作为论说与游谈的资料,其中便包括祭祷类故事。《韩非子·显学》以巫祝说神"使若千秋万岁"来类比儒者说王"听吾言则可以霸王",讥讽作为显学的儒家学说不切实际,对人主"开空头支票"。④《吕氏春秋·异用》以网者之祝与商汤之祝作比,用"未必得鸟"与"网其四

_____

① 前引周家台秦简简 326—328"已齲方"记载,祭祷者以"头虫"冒充"骊牛"作为祭品。连神灵都敢欺骗,可见祭祷之说也"谲诳"。

② 《文心雕龙义证》,第 375 页。

③ (元)吴师道撰《战国策注》"说秦王曰章",中华书局 1991 年版,第 59—60 页。

④ 《韩非子新校注》,第 617 页。

十国"两种不同结果论说治国者当以德服人。① 《墨子》除《兼爱》引商汤祷雨之祝来论说"兼爱",《耕柱》还用翁难乙铸鼎之祝来论说"鬼神之明智于圣人",《鲁问》又以鲁人豚祭之祝来论说"施人薄而望人厚"的荒谬。② 商汤以身祷于桑林的故事,除《墨子·兼爱》外,还见于《吕氏春秋·顺民》与《说苑·君道》。诸子在长期的实践过程中总结出了许多论说之术,《说苑》"善说"云:"孙卿曰:'夫谈说之术,齐庄以立之,端诚以处之,坚强以持之,譬称以谕之,分别以明之,欢欣愤满以送之;宝之,珍之,贵之,神之。如是,则说常无不行矣。'"③其实只要仔细揣摩《尚书·金縢》中武王的说辞与秦骃玉版中秦骃的说辞,所谓"谈说之术"便已了然于胸。除了以理服人,议论之说还讲究以情感人:"故凡说与治之务莫若诚。听言哀者,不若见其哭也;听言怒者,不若见其斗也。说与治不诚,其动人心不神。"④这同样容易让人联想到秦骃祷病时的哀叹与悲鸣。⑤ "说"祭原本就见于日常生活,生老病死、衣食住行都可"说于神灵"。耳濡目染之下,诸子论说、游谈时受其潜移默化的影响,不但采用巫祝之说作为论说的资料,还因袭其论说的策略与方法,进而影响议论之说的逻辑与思维也是自然而然的事。

综上所述,我们从说之语义、文体的属性与功能、论述的策略与方法以及论述的逻辑与思维等层面比较了祭祷之说与议论之说,发现两者之间极其类似。从发生的时间来看,祭祷之说无疑要

---

① 《吕氏春秋新校释》,第 567—568 页。
② 《墨子间诂》"耕柱第四十六",第 264 页;"鲁问第四十九",第 300 页。
③ (汉)刘向撰,向宗鲁校证《说苑校证》,中华书局 1987 年版,第 266 页。
④ 《吕氏春秋新校释》,第 1236 页。
⑤ 新蔡葛陵楚简《平夜君成》也是一篇祷病祝辞,开头即云:"昭告大川有介:呜呼哀哉!小臣成暮生毕孤……"简文极力塑造自己幼年失祜、毕生凄凉的悲苦形象,以求博取神灵的同情。《新蔡葛陵楚墓》,第 189 页。

早于议论之说。高步瀛论说体源流时指出,"三代之世,必不以抵
掌议论为长;腾口有功,其在春秋之季"①。因此可以这样认为,流
行于"三代之世"的祭祷之说与产生于"春秋之季"的议论之说,二
者之间乃源与流的关系,祭祷之说影响了议论之说的形成,议论之
说是祭祷之说的别体。

## 第四节　"说"体之变:经说与小说

在议论性说体中,存在一种比较独特的文体,它由"经"与"说"
两部分组成。"经"是学说或观点的纲要,《左传·昭公十五年》:
"礼,王之大经也。"孔颖达疏云:"经者,纲纪之言也。"②"说"是对
"经"的解释或说明,吴讷《文章辨体》云:"按:说者,释也,述也,解
释义理而以己意述之也。"③这种由"经"、"说"前后呼应形成的文
体,一般称为经说体。④

"经"、"说"组合成文体,最早见于《墨子》。《墨经》六篇,《经
上》、《经下》是纲要性条目,文字简短,除两条有 11 字,其余者不超
过 10 字;内容简约,先提出概念,再对其作简要界定。《经说上》、

---

① 高步瀛著《文章源流》,余祖坤编《历代文话续编》,凤凰出版社 2013 年版,第
1464 页。

② 《阮刻春秋左传注疏》卷四十七,第 3252 页。

③ (明)吴讷著,于北山校点,《文章辨体序说》,人民文学出版社 1962 年版,第 43 页。

④ 汉儒注经,也形成一种说体,如前文所言注《论语》的《齐说》,注《孝经》的《长孔氏
说》。高步瀛云:"孔子作《易传》,有《说卦》一篇,则说者传之流也。《礼古记》百三
十一篇,而《中庸说》二篇、《明堂阴阳说》五篇附之,则说者又记之属也。是知说者
略与传、记相同,而不必如章句之附经已。"(高步瀛著《文章源流》,余祖坤编《历代
文话续编》,第 1378 页。)张舜徽云:"说亦汉人注述之一体。《汉书·河间献王传》
云:'献王所得,皆《经》、《传》、《说》、《记》七十子之徒所论。'是传、说、记三者,固与
经相辅而行甚早。说之为书,盖以称说大义为归,与夫注家徒循经文立解、专详注
训诂名物者,固有不同。"(张舜徽《汉书艺文志通释》,湖北教育出版社 1990 年版,
第 35 页。)本文重在论述周秦时期的议论性说体,故此种说体存而不论。

《经说下》与《经上》、《经下》对应，是对经文的诠释、说明或例证。如《经上》云："故，所得而后成也。止，以久也。体，分于兼也。知，材也。"①《经说上》分别解说云："故，小故，有之不必然，无之必不然。体也若有端。大故，有之（必然），（无之）必无然，若见之成见也。体，若二之一，尺之端也。知材，知也者所以知也，而必知。若明。"②《经下》云："止，类以行人，说在同。所存与者，与存与孰存。驷异说，推类之难，说在之大小。五行毋常胜，说在宜。物尽同名，二与斗，爱食与招，白与视，丽与（暴），夫与履，偏弃之，谓而固是也。说在因。"③《经说下》分别解说云："止，彼以此其然也，说是其然也。我以此其不然也，疑是其然也。谓四足兽，与生鸟与，物尽与，大小也。此然是必然，则俱。为麋同名。俱斗，不俱二，二与斗也。包（色）、肝、肺、子，爱也。橘茅，食与招也。白马多白，视马不多视，白与视也。为丽不必丽，不必丽与暴也。为非以人是不为非，若为夫勇不为夫，为屦以买衣为屦，夫与屦也。"④值得注意的是，《经下》已有"说在……"的提示语，"说"即解释说明该节经文要旨的理由或例证，如上文所举"说在同""说在类之大小""说在二与斗"等。《墨子·经上》云："说，所以明也。"孙诒让注曰："《说文·言部》云：'说，说释也。一曰谈说。'谓谈说所以明其意义。毕云：'解说'。"⑤

《韩非子·储说》是经说体的典范。《储说》分《内储说上·七术》、《内储说下·六微》、《外储说左上》、《外储说左下》、《外储说右上》、《外储说右下》六类，每类分"经"、"说"两部分。"经"是观点提

---

① 《墨子间诂》"经上第四十"，第190页。
② 《墨子间诂》"经说上第四十二"，第202—203页。
③ 《墨子间诂》"经下第四十一"，第195页。
④ 《墨子间诂》"经说上第四十二"，第214—215页。
⑤ 《墨子间诂》"经上第四十"，第193页。

要,概要说明论点;"说"是说明论点的具体例证。如《内储说上·
七术》开篇列出人主治国的七条纲目:"七术:一曰众端参观,二曰
必罚明威,三曰信赏尽能,四曰一听责下,五曰疑诏诡使,六曰挟知
而问,七曰倒言反事。此七者,主之所用也。"接下来简要概述每条
纲目的内容,即"七经",如经一参观:"观听不参则诚不闻,听有门
户则臣壅塞。其说在侏儒之梦见灶,哀公之称'莫众而迷'。"①与
"七经"相对应的是"七说",如"说一":

> 卫灵公之时,弥子瑕有宠,专于卫国。侏儒有见公者曰:
> "臣之梦践也。"公曰:"何梦?"对曰:"梦见灶,为见公也。"公怒
> 曰:"吾闻见人主者梦见日,奚为见寡人而梦见灶?"对曰:"夫
> 日兼烛天下,一物不能当也;人君兼烛一国,一人不能拥也。
> 故将见人主者梦见日。夫灶,一人炀焉,则后人无从见矣。今
> 或者一人有炀君者乎? 则臣虽梦见灶,不亦可乎?"
>
> 鲁哀公问于孔子曰:"鄙谚曰:'莫众而迷。'今寡人举事,
> 与群臣虑之,而国愈乱,其故何也?"孔子对曰:"明主之问臣,
> 一人知之,一人不知也。如是者,明主在上,群臣直议于下。
> 今群臣无不一辞同轨乎季孙者,举鲁国尽化为一。君虽问境
> 内之人,犹不免于乱也。"②

不难看出,"说一"中的两个事例是"经一"中"其说在……"一句的
完整阐释,是解说"参观"的具体例证。这种说经方式与《墨子·经
说》有很大不同。《墨经》内容深奥,其"说"又大多采取以理释理的

---

① (战国)韩非著,陈奇猷校注《韩非子新校注》,上海古籍出版社 2000 年版,第
562 页。

② 《韩非子新校注》,第 570—572 页。

方式,理论思辨色彩浓厚,后人要读懂"说"的诠释并非易事。《韩非子·储说》采取以事释理的方式,用生动具体的历史故事或寓言故事来阐述自己的学说与观点,借助于"说","经"的内涵便简单明了。

经说体的产生与战国时期诸子的辩说之风有关。周勋初先生指出,"他们在宣讲或辩难时,势必要先提纲挈领地列出论点,然后加以解释和发挥,这样记录成文时,就成了经说体。"周先生将经说体的出现追溯到《管子》:"《心术》等篇,一文之中可分前后两大部分,二者互相呼应……初看起来,前后文字重复很多,但若仔细考查,则可发现后面的文字原来是在逐段诠释前面的文字。倘若用后起的名词解说,那么前面的文字可称为'经',后面的文字可称为'说'。"周先生进而指出,《吕氏春秋》编写的体例"也是依据'经'、'说'前后呼应的原则。每纪首篇采用了阴阳五行家著作的'月令',起到'经'的作用;其后联缀的四篇论文,则对'月令'作重点的理论阐述,起着'说'的作用。"①这种以"说"释"经"的思路延续到汉代,影响了刘向编撰《说苑》。有论者以《说苑·臣术》为例,指出"《臣术》共二十五则,除第一则总论外,其余选录的都是有关君主与大臣选贤举能、勤政节俭方面的资料,这些资料实际上是对总论的具体化,即通过历史事实来对总论加以论证,因此,二者事实上构成一种阐释关系。……由此,刘向撰写的总论与其下编撰的资料存在一种阐释关系,也就是经说、经传关系。"②

在儒术独尊之前,儒、道、墨、法等诸家学派均可称自家学说与观点为经。章太炎云:"古之为政者,'必本于天,毁以降命,命降于

---

① 周勋初《历历如贯珠的一种新文体——储说》,《周勋初文集》卷一,江苏古籍出版社2000年版,第380—387页。
② 夏德靠《论〈说苑〉〈新序〉的编撰及其文体特征》,《中华文化论坛》2018年第5期。

社之谓毅地,降于祖庙之谓仁义,降于山川之谓兴作,降于五祀之谓制度'。故诸教令符号谓之经。……经之名广也。"①章氏指出,孔子有《孝经》,老子有《道德经》,墨子有《经》上、下,韩非内、外《储说》也署名为经,原因即在于此。孙诒让注《墨子·经上》,开篇就说:"毕云:'此翟自著,故号曰经。'"②与此相应,自家学说的解说是经说,而他家学说及其解说便是小说。庄子分百家之学为七派,除"庄周"外,其他各家即是"小说"③;荀子分百家之学为六派,除"子思、孟轲"外,其他各家即是"小家珍说"④。"小说"之"小",往往与低微、卑贱同义,《说苑·谈丛》:"夫小快害义,小慧害道,小辨害治,苟心伤德,大政不险。"⑤称"说"为"小",也常见于周秦两汉的论说之中,体现了一种以自家学说为正统而睥睨他家学说的价值立场。扬雄云:"或问:'焉知是而习之?'曰:'视日月而知众星之蔑也;仰圣人而知众说之小也。'"⑥桓谭云:"陛下宜垂明德,发圣意,屏群小之曲说,述《五经》之正义,略雷同之俗语,详通人之雅谋。"⑦自汉武帝罢黜百家以后,"小说"便成了不本儒家经典的一切学说的代名词。姑举数例:

孔疏曲傅传说,谓:"刘歆、班固不见古文,谬从《史记》;皇

---

① 章太炎《国故论衡·原经》,上海古籍出版社 2003 年版,第 56 页。
② 《墨子间诂》卷十"经上第四十",第 193 页。
③ 《庄子·外物》:"饰小说以干县令,其于大达亦远矣。"(清)王先谦注《庄子集解》,上海古籍出版社 1987 年版,第 62 页。
④ 《荀子·非十二子》:"六说者不能入也,十二子者不能亲也"。《荀子·正名》:"故知者论道而已矣,小家珍说之所愿皆衰矣。"(清)王先谦注《荀子集解》,中华书局 1988 年版,第 96、429 页。
⑤ (汉)刘向撰,向宗鲁校证《说苑校证》,中华书局 1987 年,第 385 页。
⑥ 汪荣宝《法言义疏》(一),中华书局 1987 年版,第 21 页。
⑦ (南朝宋)范晔撰,(唐)李贤等注《后汉书》卷二十八上"桓谭冯衍列传",中华书局 1965 年版,第 960 页。

甫谧既得此经,作《帝王世纪》,乃述马迁之语,是其疏也。顾
氏亦云止可依经诰大典,不可用传记小说。"①

《法言·吾子》:"好书而不要诸仲尼,书肆也;好说而不要
诸仲尼,说铃也。"晋李轨注:"铃以谕小声,犹小说不合
大雅。"②

臣观元之制策,白之奏议,极文章之壶奥,尽治乱之根荄。
非徒谣颂之片言,盘盂之小说。③

贾耽自言:"阛阓之行贾,戎貉之遗老,莫不听其言而掇其
要;间阎之琐语,风谣之小说,亦收其是而芟其伪。"④

使敌人主明而贤,将智而忠,不信小说而疑,不见小利而
动,其佚也,安能劳之? 其亲也,安能离之?⑤

惟《家语》、《孔丛》、《小尔雅》、《神异经》、《搜神记》等,或
系伪书,或同小说,不敢取以说经,疑误后学。⑥

从上述文献可以看出,"小说"一词或与"琐语"、"片言"、"小利"、
"伪书"并称,或与"大典"对举,价值判断的意涵非常明显,是与"经
说"相对而言的派生词。

西汉刘向校理群书,将儒家以外的诸子图书另立名目为"百
家",其判断标准也是经说。《说苑序奏》云:"所校中书《说苑》、《杂
事》,及臣向书、民间书、诬校雠,其事类众多,章句相溷,或上下谬
乱,难分别次序。除去与《新序》复重者,其馀者浅薄,不中义理,别

---

① (汉)孔安国撰《尚书注疏》"伊训第四·商书",四部备要本。
② 《法言义疏》(四),第74页。
③ (后晋)刘昫等撰《旧唐书》卷一百六十六,中华书局1997年版,第38页。
④ (后晋)刘昫等撰《旧唐书》卷一百三十八,中华书局1997年版,第12页。
⑤ (宋)郑友贤《十家注孙子遗说并序》,(春秋)孙武撰,(三国)曹操等注,杨丙安校理
　　《十一家注孙子校理》附录五,中华书局1999年版,第5页。
⑥ (清)孙星衍撰《尚书今古文注疏·凡例》,中华书局1986年版,第3页。

集以为《百家》……"①所谓"浅薄,不中义理",即是以儒家经说为
参照系,对其他学派所作的价值判断,"百家"即"百家之说",与"中
义理"的儒家经说《说苑》相对。东汉班固在刘向《七录》与刘歆《七
略》的基础上撰成《六略》,其中"诸子略"著录儒、道等十家的学术
著作,最末一家为小说家。班固云:"诸子十家,其可观者九家而
已。皆起于王道既微,诸侯力政,时君世主,好恶殊方,是以九家之
术蜂出并作,各引一端,崇其所善,以此驰说,取合诸侯……合其要
归,亦《六经》之支与流裔。"②取合诸侯的九家之说是经说,那么来
自"街谈巷语、道听途说者"自然就是小说。由此可见,九流之外的
小说家同样是以经说为参照系所作的学说归类。班固所录小说,
除"浅薄,不中义理"的《百家》外,尚有《伊尹说》、《鬻子说》、《周
考》、《青史子》、《师旷》、《务成子》、《宋子》、《天乙》、《黄帝说》、《封
禅方说》、《待诏臣饶心术》、《待诏臣安成未央术》、《臣寿周纪》、《虞
初周说》等十四家,其中明确以"说"命籍的就有《伊尹说》等五家。
班固注《伊尹说》云"其语浅薄,似依托也",注《师旷》云"其言浅
薄",注《黄帝说》云"迂诞依托"。"浅薄"、"迂诞"、"依托"的定性与
刘向对《百家》的定性如出一辙,仍然是以儒家经说为参照系所作
的价值判断。记言类的《伊尹说》等因"浅薄"而归入小说,记事类
的《青史子》等同样因不本于经而著录于小说家。章太炎云:"史之
所记,大者为《春秋》,细者为小说。故《青史子》五十七篇,本古史
官记事……是礼之别记也,而录在小说家,《周考》、《周纪》、《周说》
亦次焉。"③

---

① （汉）刘向撰,向宗鲁校证《说苑校证》,中华书局1987年,第1页。
② （汉）班固编撰,顾实讲疏《汉书艺文志讲疏》,上海古籍出版社1987年版,第166—
　　167页。
③ 《国故论衡·原经》,第60页。

　　周秦两汉文献中的"说"、"小说"等语词，以及诸子说经时所举的故事片段，很容易让人在追溯中国小说文体起源时浮想联翩，认为周秦时期就存在小说文体，而且不是传统目录学意义的小说，是现代纯文学意义的小说。有论者"推断先秦时期曾存在一种以讲述故事为主旨的叙事文体"，"说体中的'小说'与后世纯文学分类中的小说文体，在许多特征方面的确有着更密切的关系。宽泛地讲，它们本身即可被视为文学性的小说"；①更有论者断言"庄子'小说'一词，是后世虚构性叙事文体'小说'概念的创始。《汉书·艺文志》所录古代的小说家中就有五部以'说'为名，充分显示出'说'与'小说'的渊源关系"。② 这种观点很有代表性，也很有迷惑性，不妨稍作辨析。认为先秦时期存在纯文学小说的看法，是基于现代小说观念的认知，视小说为虚构性叙事文体，以虚构的故事作为小说的核心要素。姑且不论这种"以西例律我国小说"的看法是否合适，即便如此，《墨子》"经说"与《韩非子》"储说"、"说林"中的故事，也并非全出虚构，其中有大量历史事件与生活事件的记载。与其说出自诸子的向壁虚造，不如说出于诸子的记录整理。以《韩非子》为例。《外储说左上》中"宋襄公与楚人战"见于《左传·僖公二十二年》，是真实发生的历史事件；《内储说下》中"文公之时，宰臣上炙"见于江陵张家山汉简《奏谳书》，是当时的法律案例。③ 周勋初先生通过详细比对，指出《战国策》中的故事见于《韩非子》的有 37 则之多，因此他认为《说林》"是为创作而准备的原始资料汇编"，而"这些故事定然是从《战国策》系统的史书中引录过来

---

① 廖群《"说"、"传"、"语"：先秦"说体"考索》，《文学遗产》2006 年第 6 期。
② 董芬芬《〈墨子〉"说"体与先秦小说》，《暨南学报》（哲社版）2013 年第 10 期。
③ 简文详见彭浩、陈伟、〔日〕工藤元男主编《二年律令与奏谳书——张家山二四七号汉墓出土法律释读》，上海古籍出版社 2007 年版，第 370 页。

的"。① 由此可知,周秦两汉的小说并非现代纯文学意义的文体概念。其立意命名主要着眼于文献的价值内涵,与是否虚构故事无关。退一步讲,即便是因为某些片段以说之名存在,所说的又是故事,那也不是现代意义的小说。一则在具体的上下文语境里,说者绝无可能认为这是小说。《墨子》《韩非子》中多次提及"其说在某处",但墨翟和韩非怎么可能认为自己的解说是虚构故事?《庄子》明确使用"小说"一词,那也是表达对他人学说的鄙夷与蔑视。二则在经说体文章中,并非每次对经的解释都佐以故事,比如《墨子·经说》里故事就非常少,议论特别多。即便是《韩非子·储说》中的故事,也是为了配合"经"存在的,离开了与之对应的"经",这则故事就只是条资料,就像《韩非子·说林》一样,是一个资料汇编,并不具有文体意义。

综上所述,我们以《墨子·经说》与《韩非子·储说》为例,从诸子论说中抉发出经说体。经说体有着特定的历史语境与论说方式,"经"是对"说"的概括提要,"说"是对"经"的解释说明。周秦时期,经说体是诸子陈政的重要文体,广泛见于儒、道、墨、法等学派。诸子称自家学说为"经说",他家学说便成了"小说"。两汉时期,"经"的概念得到强化,目录学家们在整理传世文献时,便借用"小说"一词,泛指所有不本于经典的论著。翟灏云:"古凡杂说短记,不本经典者,概比小道,谓之小说。"②这样,由"经说"衍生出来的"小说",既是一个文体概念,又是一个文献类别。由于兼具文体与文类的属性,甚至更偏重于文献价值内涵的判别,因此周秦两汉时的小说,并非严格意义上的文章学概念,与现代意义的小说概念更

---

① 周勋初《战国策与韩非子》,《周勋初文集》卷一,第 323—330 页。
② (清)翟灏《通俗编》,上海商务印书馆 1937 年版,第 24 页。

有天壤之别。

　　以上我们从作为仪礼的"说"祭入手，以出土文献为主，结合传世文献，探讨了"说"祭与"说"体之间的关系。我们认为，"说"祭是一种以论说的方式说服神灵满足祭祷者诉求的言语行为，"说"祭祝辞是这种言语行为产生的言辞样式，因其特定的情境、内涵与形态而固定为格套，具有鲜明的文体属性。祝史把这种言辞样式整理成书面的文字记录，成为一个内容与结构相对完整的文意单位，便构成篇章。当"说"祭祝辞由对祝号的简单记录变成精心撰作的文稿，并形成相对固定的文体形态，便生成祭祷性说体。诸子论说本质上跟祝史"说"祭一样，都是"陈论其事"的言语行为；以犀利的言辞陈述并说服对方接受自己的观点，则是二者的一致性目的。诸子在论述的方法与策略、思维与逻辑等方面，都受到祭祷性说体的影响，于是形成了议论性说体。诸子论辩时往往先简要地表明观点，再详细地加以阐述，于是形成经说体。儒术独尊前，诸子皆可称自家学说为"经说"，而贬斥他家学说为"小说"。两汉时期，"经"的概念得到强化，目录学家在整理传世文献时，便借用"小说"一词，泛指所有不本于经典的论著，于是又形成了传统的小说体。

# 第二章 《汉书·艺文志》 "小说家"的名与实

作为现存最早著录小说的书目文献,《汉书·艺文志》无疑是中国古代小说最基本的"法典"。它对小说概念的界定、小说价值与地位的评估、小说文本的确认等诸多方面,一直影响着古代的小说观念与小说生产。降及清修《四库全书总目》,我们仍然能够看到《汉书·艺文志》的遗响。这样一部反映小说原貌与主流小说观念的书目,理应在古代小说研究方面拥有足够的话语权。二十世纪以来,在中国文论研究集体患上"失语症"的大环境下,小说理论研究难以独善其身,包括《汉书·艺文志》在内的小说目录总体处于"失位"的状态。现代小说观念与小说理论移植于西方,与《汉书·艺文志》对小说的理解存在较大差异,因此今人大多不愿承认《汉书·艺文志》所录小说为小说。加上《汉书·艺文志》所录小说基本上名存实亡,今人无从窥其堂奥,于是这部本应成为评量中国传统小说准则的史志目录,逐渐被世人遗忘。它给古代小说研究留下的遗产,除了后人据此生造的作为现代小说参照物的"目录学小说"这个概念,似乎再难发现可以利用的价值。然而《汉书·艺文志》所录小说毕竟属于历史存在,不会随着时代变迁而改变它的属性。在汉人的观念里,这种文献就叫做"小说"。无论今人是否承认其为小说,此类文献作为"小说"被著录、被认可甚至被仿作了上千年,这是无法抹杀的历史事实。我们认为,《汉书·艺文志》所录小说及其体现出来的小说观念,是中国小说古今演变的逻辑起点。本章将首先回到汉代的历史语境,剖析《汉书·艺文志》"小说家"的立意命名;再结合传世文献与出土文献,还原《汉书·艺文志》所录小说的本真面目;最后再综合各种因素,论述《汉书·艺文志》"小说家"的文类属性与文体特征。

## 第一节 《汉书·艺文志》"小说家"的立意命名

《汉书·艺文志》"小说家"的产生出于"辨章学术、考镜源流"的需要,这种分类思想始自刘向、刘歆父子对书籍的分类整理。

刘向校理群书时,为每书撰写叙录,叙述学术源流,辨别书籍真伪。阮孝绪云:"昔刘向校书,辄为一录,论其指归,辨其讹谬,随竟奏上,皆载本书。"①刘向的校理以学术思想为依据,按照学说体系编定群籍。余嘉锡云:"刘向校书,合中外之本,辨其某家之学,出于某子,某篇之简,应入某书。遂删除重复,别行编次,定著为若干篇。……盖因其学以类其书,因其书以传其人,犹之后人为先贤编所著书大全集之类耳。"②刘向又将所有叙录结集成书,是为《别录》。刘歆以《别录》为基础总括群篇,撮其指要,撰成《七略》。姚名达认为《七略》开启了古代的图书分类,他以《汉书》卷三十六载刘歆"复领《五经》,卒父前业,乃集六艺群书,种别为《七略》"为据,认为"所谓种别者,即依书之种类而分别之",故《七略》为图书分类

---

① (南朝梁)阮孝绪《七录序》,武汉大学图书馆学系编《目录学研究资料汇辑》第二分册《中国目录学史》,武汉大学出版社1983年,第42页。
② 余嘉锡《古书通例》,中华书局2007年版,第275页。

之始。① 《七略》的分类标准较为驳杂，但总体上仍然以学术性质与思想派别为准。班固删节《七略》旧文，参以己意，略加注释，遂成《汉书·艺文志》。其中"诸子"一略，包括儒家、道家、阴阳家、法家、名家、墨家、纵横家、杂家、农家、小说家共十家。

"诸子略"的设立，是典型的学术系统分类。班固认为，儒、道等九家的学术思想出于王官，"皆起于王道既微，诸侯力政，时君世主，好恶殊方，是以九家之术蜂出并作，各引一端，崇其所善，以此驰说，取合诸侯……若能修六艺之术，而观此九家之言，舍短取长，则可以通万方之略矣"②；而小说家"盖出于稗官。街谈巷语、道听途说者之所造也。……闾里小知者之所及，亦使缀而不忘。如或一言可采，此亦刍荛狂夫之议也"③。学术渊源不同，价值地位也存在巨大差别。关于小说家的设立，吕思勉的解释要通俗得多，他说："盖九流之学，源远流长，而小说则民间有思想，习世故者之所为；当时平民，不讲学术，故虽偶有一得，初不能相与讲明，逐渐改正，以蕲进于高深；亦不能同条共贯，有始有卒，以自成一统系；故其说蒙小之名，而其书乃特多。"吕思勉进而指出，小说家之所以位列诸子之末，是因为"徒能为小说家言者，则不能如苏秦之遍说六国，孟子之传食诸侯；但能饰辞以干县令，如后世求仕于郡县者之所为而已"④。

然则"小说"一词究竟有何含义？班固为何要以"小说"之名为学术派别立目？这两个问题看似寻常，却都有深研的必要。

---

① 姚名达《中国目录学史》，台湾商务印书馆有限公司1965年版，第52页。所谓"略"者，即简略之意。《七略》摘取《别录》以成书，《七略》较简，故名略；《别录》较详，故名录。参姚名达《中国目录学史》，第51页。
② （汉）班固撰，（唐）颜师古注《汉书艺文志》，商务印书馆1955年版，第40页。
③ 同上，第39页。
④ 吕思勉《经子解题·论读子之法》，商务印书馆1929年版，第93—94页。

"小说"一词,较早见于《庄子·外物篇》:

> 任公子为大钩巨缁,五十犗以为饵,蹲乎会稽,投竿东海,旦旦而钓,期年不得鱼。已而大鱼食之,牵巨钩,锠没而下,骛扬而奋鬐,白波若山,海水震荡,声侔鬼神,惮赫千里。任公子得若鱼,离而腊之,自制河以东,苍梧以北,莫不厌若鱼者。已而后世辁才讽说之徒,皆惊而相告也。夫揭竿累,趣灌渎,守鲵鲋,其于得大鱼难矣;饰小说以干县令,其于大达亦远矣。是以未尝闻任氏之风俗,其不可与经于世亦远矣。①

庄子此文属诸子常用的"譬论",即以"钓鱼"譬"得道"——"鲵鲋"譬"小道","大鱼"譬"至道"。经世之才高瞻远瞩,深谋远虑,故能于东海之中钓得大鱼,即"至道";轻浮之徒只会讽诵词说,只能于沟渠中钓得鲵鲋,即"小道"。由沟渠中不可求得大鱼的小道理,庄子又引申出了"饰小说以干县令,其于大达亦远矣"的大道理,即成玄英云"夫修饰小行,矜持言说,以求高名令闻者,必不能大通于至道"②。

庄子所言"小说"意有所指——不通"至道"的学说即为"小说"。其与"大达"对举,价值判断的意涵非常明显,"大达"既为"至道","小说"便成"小道"。《论语》云:"子夏曰:'虽小道,必有可观者焉,致远恐泥,是以君子不为也。'正义曰:此章勉人学,为大道正典也。小道谓异端之说,百家语也。虽曰小道,亦必有小理可观览者焉,然致远经久,则恐泥难不通,是以君子不学也。"③可见在

---

① （清）郭庆藩辑《庄子集释》,中华书局 1961 年版,第 925 页。
② （清）郭庆藩辑《庄子集释》,中华书局 1961 年版,第 927 页。
③ （魏）何晏等集解,（宋）邢昺疏《论语注疏》,中华书局 1980 年版,第 2531 页。

儒家看来,"小道"亦指与己意不合的"异端之说"、"百家语",虽肯定其"必有小理可观览",但也不讳言"君子不学"。

自汉武帝"罢黜百家,独尊儒术"以后,"小说"几乎成为不本儒家经典学说的代名词。《汉书·宣元六王传》载,东平王刘宇上疏求皇帝赐予诸子书,大将军王凤认为不可,奏称:"《五经》圣人所制,万事靡不毕载。王审乐道,傅相皆儒者,旦夕讲诵,足以正身虞意。夫小辩破义,小道不通,致远恐泥,皆不足以留意。"[①]王凤虽未明言"小说",但他所言"小道"、"小辩"与《五经》相对,正泛指包括"小说"在内的诸子学说。东汉徐幹《中论》提出,人君之大患莫过于"详于小事而略于大道,察其近物而闇于远图",所谓"详于小事"、"察于近物"者,便包括"口给乎辩慧切对之辞,心通乎短言小说之文"[②]。徐幹所言"小说",即指远离治国大略的街谈巷语、道听途说。晋郭璞认为《尔雅》"犹未详备,并多纷谬,有所漏略"[③],于是"缀集异闻,会稡旧说,考方国之语,采谣俗之志,错综樊、孙,博关群言"[④]。邢昺疏云:"群言,谓子史及小说也,言非但援引六经,亦博通此子史等以为注说也。"[⑤]邢昺所言"小说",同样与"六经"相对,指"异闻"、"旧说"及"方国之语"、"谣俗之志"之类。

以"小说家"称引文献类目,并非班固首创,至少桓谭已著先鞭;且班固对"小说家"的界说,几乎未脱桓谭窠臼,故要明确《汉志》"小说家"的内涵,先要了解桓谭对"小说家"的认识。桓谭《新论》云:"若其小说家,合丛残小语,近取譬论,以作短书,治身理家,

---

① (汉)班固撰,(唐)颜师古注《汉书》卷八十,武英殿本。
② (汉)徐幹《中论》卷下"务本第十五","四部丛刊"本。
③ (晋)郭璞《尔雅·序》,中华书局 1985 年版,第 4 页。
④ 同上,第 5 页。
⑤ (宋)邢昺《尔雅疏》卷一,上海书店出版社 1984 年影印"四部丛刊续编"本,第409 页。

有可观之辞。"①除了从理论上总结"小说家"的形式与价值,桓谭
还以实例为证,进一步明确了"小说家"的内涵:"庄周寓言,乃云
'尧问孔子';《淮南子》云'共工争帝,地维绝',亦皆为妄作。故世
人多云短书不可用,然论天间莫明于圣人,庄周等虽虚诞,故当采
其善,何云尽弃耶?"②桓谭认为,《庄子》中"尧问孔子"之类寓言与
《淮南子》中"共工争帝"之类神话皆不本经传,乃虚诞妄作,故皆属
短书,即小说也。然此类文献亦有可观之处,不可尽弃。桓谭对
"小说家"的理解,乃其学术立场使然。《后汉书·桓谭传》云:"桓
谭……博学多通,遍习《五经》,皆诂训大义,不为章句。能文章,尤
好古学,数从刘歆、杨雄辨析疑异。"③世祖时,桓谭官拜议郎给事
中,上疏力陈时政,其学术立场于此可见一斑:

　　凡人情忽于见事而贵于异闻,观先王之所记述,咸以仁义
正道为本,非有奇怪虚诞之事。盖天道性命,圣人所难言也。
自子贡以下,不得而闻,况后世浅儒,能通之乎!今诸巧慧小
才伎数之人,增益图书,矫称谶记。(李贤注:伎谓方技,医方
之家也。数谓数术,明堂、羲和、史、卜之官也。图书即谶纬符
命之类也。)以欺惑贪邪,诖误人主,焉可不抑远之哉!臣谭伏
闻陛下穷折方士黄白之术,甚为明矣:而乃欲听纳谶记,又何
误也!其事虽有时合,譬犹卜数只偶之类。陛下宜垂明听,发
圣意,屏群小之曲说,述《五经》之正义,略雷同之俗语,详通人

①　(后汉)桓谭著,吴则虞辑校《新论》,社会科学文献出版社2014年版,第75页。
②　同上,第75页。吴则虞认为,桓谭这两条论述文气似相连接,疑出自一篇。此说颇
　　有见地,且前后连读,桓谭所言"小说家"便有了实指对象,即庄周寓言与《淮南子》
　　中的神话故事之类。
③　(南朝宋)范晔撰,(唐)李贤注《后汉书》卷二十八,中华书局1965年版,第955页。

之雅谋。①

不难发现,桓谭固守儒家学说,以尊经明道为要务,谏言皇上远离黄白之术与谶纬之说。所言"巧慧小才伎数之人",即方士与史卜之官,是"小说家"的主要来源;所言"群小之曲说"、"雷同之俗语",指"奇怪虚诞之事",是"小说家"的主要内容。桓谭要求皇上远离的,正是儒家强调的"君子不学"的"小道",此一观念,又是汉人对"小说家"的普遍认识。桓谭与扬雄过从甚密,服膺扬雄,曾言:"通才著书以百数,惟太史公为广大,余皆藂残小论,不能比之子云所造《法言》、《太玄》也,人贵所闻、贱所见,故轻易之。若遇上好事,必以《太玄》次《五经》也。"②其持论以《五经》为本,视他说为"藂残小论"的立场,与扬雄几乎一致。扬雄《法言》云:"或问:《五经》有辩乎? 曰:惟《五经》为辩。说天者莫辩乎《易》,说事者莫辩乎《书》,说体者莫辩乎《礼》,说志者莫辩乎《诗》,说理者莫辩乎《春秋》。舍斯,辩亦小矣。"宋咸注曰:"舍《五经》皆小说也。"③所谓"藂残小论"即"丛残小语",指不本经传的"街谈巷语"与"道听途说",价值低下,时人视为"短书"。王充《论衡·书解篇》云:"古今作书者非一,各穿凿失经之实,传违圣人之质,故谓之藂残,比之玉屑。故曰:'藂残满车,不成为道;玉屑满箧,不成为宝。'"《论衡·谢短篇》又云:"汉事未载于经,名为尺籍短书,比于小道,其能知,非儒者之贵也。"④王充以"藂残"、"短书"指代"小说",并非指小说书籍的形制短小,而是指此类文献内容穿凿失经,有违圣教。荀悦

---

① (南朝宋)范晔撰,(唐)李贤注《后汉书》卷二十八,中华书局 1965 年版,第 960 页。
② (后汉)桓谭著,吴则虞辑校《新论》,社会科学文献出版社 2014 年版,第 79 页。
③ (汉)扬雄《法言》卷五"寡见",国家图书馆出版社 2018 年版,第 181 页。
④ (汉)王充《论衡》,陈浦青点校,岳麓书社 2006 年版,第 363—364、164 页。

云"又有小说家者流,盖出于街谈巷议所造"①,则称得上是对桓谭、班固的附议。作为一种学说或观点,"小说"是形而上、抽象的;作为学说或观点的表达,"小说"又是形而下、具体的,呈现为某种独特的载体。周秦时期,"小说"一词主要指不合己意的学说或观点,立场不同,对象便各异;到了两汉时期,"小说"一词已有明确的指称对象,指那些不本经典、价值低下、品格卑微的书籍篇目,"小说"至此已成一个文类概念。

## 第二节　传世文献与出土<br>文献中的"小说"

《汉书·艺文志》"小说家"著录了十五家小说:

《伊尹说》二十七篇(其语浅薄,似依托也。)

《鬻子说》十九篇(后世所加。)

《周考》七十六篇(考周事也。)

《青史子》五十七篇(古史官记事也。)

《师旷》六篇(见《春秋》,其言浅薄,本与此同,似因托之。)

《务成子》十一篇(称尧问,非古语。)

《宋子》十八篇(孙卿道宋子,其言黄老意。)

《天乙》三篇(天乙,谓汤,其言非殷时,皆依托也。)

《黄帝说》四十篇(迂诞依托。)

《封禅方说》十八篇(武帝时。)

《待诏臣饶心术》二十五篇(武帝时。师古曰:"刘向《别

---

① (汉)荀悦、(晋)袁宏著《两汉纪》卷二十五,中华书局 2002 年版,第 437 页。

录》云,饶,齐人也,不知其姓。武帝时,待诏作书,名曰《心术》也。")

《待诏臣安成未央术》一篇。(应劭曰:道家也,好养生事,为未央之术。)

《臣寿周纪》七篇(项国圉人,宣帝时。)

《虞初周说》九百四十三篇(河南人,武帝时。以方士侍郎,号黄车使者。应劭曰:"其说以《周书》为本。"师古曰:"《史记》云,虞初,洛阳人。即张衡《西京赋》'小说九百,本自虞初'者也。")

《百家》百三十九卷。

右小说十五家,千三百八十篇。

据书后班固注释可知,自《伊尹说》至《黄帝说》九家为周秦时书,自《封禅方说》至《百家》六家为汉代时书。这十五家小说全本早已亡佚,但经过历代学者的努力,除《周考》、《务成子》、《宋子》外,其他十二家小说已有辑佚的传世文献可供参考。近年来又发掘了不少出土文献,其中部分简牍文本完全符合《汉书·艺文志》"小说家"规定的特征。藉此我们可以管中窥豹,大致还原《汉书·艺文志》所录小说的本真面目。以下按照先传世文献后出土文献的顺序,分别举例言之。

《伊尹说》二十七篇。伊尹为商汤贤相,周秦典籍多有提及"伊尹相汤"事,如"汤有天下,选于众,举伊尹,不仁者远矣"(《论语·颜渊》),"汤举伊尹于庖厨之中"(《墨子·尚贤上》),"是故汤以胞人笼伊尹"(《庄子·庚桑楚》),"汤问伊尹曰"(《逸周书·王会解》),"是宋之先汤与伊尹也"(《晏子春秋》),"伊尹说汤是也"(《韩非子·难言》)。《吕氏春秋·本味》详细记载了"伊尹以至味说汤"

一事，一般认为即《伊尹说》佚文。[①] 原文如下：

> 求之其本，经旬必得；求之其末，劳而无功。功名之立，由事之本也，得贤之化也。非贤其孰知乎事化？故曰其本在得贤。

> 有侁氏女子采桑，得婴儿于空桑之中，献之其君。其君令烰人养之。察其所以然，曰："其母居伊水之上，孕，梦有神告知曰：'臼出水而东走，毋顾。'明日，视臼出水，告其邻，东走十里，而顾其邑尽为水，身因化为空桑。"故命之曰伊尹。此伊尹生空桑之故也。长而贤。汤闻伊尹，使人请之有侁氏。有侁氏不可。伊尹亦欲归汤。汤于是请取妇为婚。有侁氏喜，以伊尹为媵送女。故贤主之求有道之士，无不以也；有道之士求贤主，无不行也；相得然后乐。不谋而亲，不约而信，相为殚智竭力，犯危行苦，志欢乐之，此功名所以大成也。固不独。士有孤而自恃，人主有奋而好独者，则名号必废熄，社稷必危殆。故黄帝立四面，尧、舜得伯阳、续耳然后成，凡贤人之德有以知之也。

> 伯牙鼓琴，钟子期听之，方鼓琴而志在太山，钟子期曰："善哉乎鼓琴，巍巍乎若太山。"少选之间，而志在流水，钟子期又曰："善哉乎鼓琴，汤汤乎若流水。"钟子期死，伯牙破琴绝弦，终身不复鼓琴，以为世无足复为鼓琴者。非独琴若此也，贤者亦然。虽有贤者，而无礼以接之，贤奚由尽忠？犹御之不善，骥不自千里也。

> 汤得伊尹，祓之于庙，爝以爟火，衅以牺猳。明日，设朝而见之，说汤以至味。汤曰："可对而为乎？"对曰："君之国小，不

---

① 详见严可均《全上古三代秦汉三国六朝文》"说汤"、梁玉绳《吕子校补》卷一"本味"、袁行霈《汉书艺文志考辨》等。

足以具之,为天子然后可具。夫三群之虫,水居者腥,肉玃者臊,草食者膻,臭恶犹美,皆有所以。凡味之本,水最为始。五味三材,九沸九变,火为之纪。时疾时徐,灭腥去臊除膻,必以其胜,无失其理。调和之事,必以甘酸苦辛咸,先后多少,其齐其微,皆有自起。鼎中之变,精妙微纤,口弗能言,志不能喻。若射御之微,阴阳之化,四时之数,故久而不弊,熟而不烂,甘而不哝,酸而不酷,咸而不减,辛而不烈,澹而不薄,肥而不脄。肉之美者:猩猩之唇,獾獾之炙,隽觾之翠,述荡之掔,旄象之约。流沙之西,丹山之南,有凤之丸,沃民所食。鱼之美者:洞庭之鱄,东海之鲕。澧水之鱼,名曰朱鳖,六足,有珠百碧。藋水之鱼,名曰鳐,其状若鲤而有翼,常从西海夜飞,游于东海。菜之美者:昆仑之蘋,寿木之华。指姑之东,中容之国,有赤木玄木之叶焉。余瞀之南,南极之崖,有菜,其名曰嘉树,其色若碧。阳华之芸。云梦之芹。具区之菁。浸渊之草,名曰士英。和之美者:阳朴之姜,招摇之桂,越骆之菌,鳣鲔之醢,大夏之盐,宰揭之露,其色如玉,长泽之卵。饭之美者:玄山之禾,不周之粟,阳山之穄,南海之秬。水之美者:三危之露;昆仑之井;沮江之丘,名曰摇水;曰山之水;高泉之山,其上有涌泉焉,冀州之原。果之美者:沙棠之实;常山之北,投渊之上,有百果焉,群帝所食;箕山之东,青岛之所,有甘栌焉;江浦之橘;云梦之柚。汉上石耳。所以致之,马之美者,青龙之匹,遗风之乘。非先为天子,不可得而具。天子不可强为,必先知道。道者止彼在己,己成而天子成,天子成则至味具。故审近所以知远也,成己所以成人也。圣人之道要矣,岂越越多业哉!"①

---

① (战国)吕不韦著,陈奇猷校注《吕氏春秋新校释》,上海古籍出版社 2002 年版,第744—746 页。

《鬻子说》十九篇。鬻子名熊，"鬻"亦作"粥"，二字古通。芈姓。《汉书·艺文志》"诸子略·道家"亦著录《鬻子》二十二篇。今人认为唐逢行珪注本《鬻子》乃"小说家"《鬻子说》的残篇。[1] 试举两例：

> 政曰：民者，贤不肖之杖也，贤不肖皆具焉。故贤人得焉，不肖人休焉。杖能侧焉，忠臣饰焉。民者，积愚也。虽愚，明主撰吏，必使民兴焉。士民与之，明上举之。士民苦之，明上去之。故王者取吏不忘，必使民唱，然后和。民者，吏之程也。察吏于民，然后随。

> 政曰：民者至卑也，而使之取吏焉，必取所爱。故十人爱之，则十人之吏也。百人爱之，则百人之吏也。千人爱之，则千人之吏也。万人爱之，则万人之吏也。故万人之吏，撰卿相矣。卿相者，诸侯之丞也，故封侯之土秩出焉。卿相，君侯之本也。[2]

《青史子》五十七篇。青史子未知何人，史无可考。马国翰《玉函山房辑佚书》有辑佚本《青史子》一卷。贾谊《新书·胎教》与《大戴礼记·保傅》均引"青史氏之记"，一般认为此即《青史子》佚文。《新书》卷十《胎教》：

> 青史氏之记曰：古者胎教之道，王后有身，七月而就蒌室，太师持铜而御户左，太宰持斗而御户右，太卜持蓍龟而御

---

① 详见钟肇鹏《〈鬻子〉考》，载袁行霈主编《国学研究》第二十卷，北京大学出版社2007年版，第225页。又见钟肇鹏《鬻子校理·前言》。
② 钟肇鹏《鬻子校理》"撰吏（一）"，中华书局2010年版，第1页。

堂下,诸官皆以其职御于门内。比三月者,王后所求声音非礼乐,则太师抚乐而称不习;所求滋味者非正味,则太宰荷斗而不敢煎调,而曰:"不敢以侍王太子。"太子生而泣,太师吹铜曰:"声中某律。"太宰曰:"滋味上某。"太卜曰:"命云某"。然后,为王太子悬弧之礼义。东方之弧以梧,梧者,东方之草,春木也;其牲以鸡,鸡者,东方之牲也。南方之弧以柳,柳者,南方之草,夏木也;其牲以狗,狗者,南方之牲也。中央之弧以桑,桑者,中央之木也;其牲以牛,牛者,中央之牲也。西方之弧以棘,棘者,西方之草也,秋木也;其牲以羊,羊者,西方之牲也。北方之弧以枣,枣者,北方之草,冬木也;其牲以彘,彘者,北方之牲也。五弧五分矢,东方射东方,南方射南方,中央高射,西方射西方,北方射北方,皆三射。其四弧具,其余各二分矢,悬诸国四通门之左;中央之弧亦具,余二分矢,悬诸社稷门之左。然后,卜王太子名,上毋取于天,下毋取于地,毋取于名山通谷,毋悖于乡俗。是故君子名难知而易讳也,此所以养隐之道也。[1]

《大戴礼记》卷三《保傅》前亦引"古者胎教之道",只是较《新书》甚为简略;后引"巾车教之道"则为《新书》所无:

> 青史氏之记曰:古者胎教,王后腹之七月,而就宴室。……此所以养恩之道。
> 古者年八岁而出就外舍,学小艺焉,履小节焉;束发而就大学,学大艺焉,履大节焉。居则习礼文,行则鸣佩玉,升车则

---

[1] (汉)贾谊撰,卢文昭校《新书》,商务印书馆1937年版,第106页。

闻和鸾之声，是以非僻之心无自入也。在衡为鸾，在轼为和，马动而鸾鸣，鸾鸣而和应，声曰和，和则敬，此御之节也。上车以和鸾为节，下车以珮玉为度，上有双衡，下有双璜，冲牙、琲珠以纳其间，琚瑀以杂之。行以《采茨》，趋以《肆夏》，步环中规，折环中矩，进则揖之，退则扬之，然后玉锵鸣也。古之为路车也，盖圆以象天，二十八橑以象列星，轸方以象地，三十幅以象月。故仰则观天文，俯则察地理，前视则睹鸾和之声，侧听则观四时之运，此巾车教之道也。①

《师旷》六篇。师旷事，广见于《逸周书》、《左传》、《吕氏春秋》、《韩非子》、《汲冢琐语》，以及《史记》、《新序》、《说苑》等周秦两汉间典籍，故其书虽亡，而残编尚夥。《逸周书·师旷见太子晋》，一般认为即《师旷》佚文：

> 晋平公使叔誉于周，见太子晋而与之言。五称而三穷，逡巡而退，其言不遂。归，告公曰："太子晋行年十五，而臣弗能与言。君请归声就、复与田。若不反，及有天下，将以为诛。"
>
> 平公将归之，师旷不可，曰："请使瞑臣往与之言，若能慭予，反而复之。"
>
> 师旷见太子，称曰："吾闻王子之语，高于泰山，夜寝不寐，昼居不安。不远长道，而求一言。"
>
> 王子应之曰："吾闻太师将来，甚喜而又惧。吾年甚少，见子而慑，尽忘吾度。"
>
> 师旷曰："吾闻王子古之君子，甚成不骄。自晋如周，行不

---

① （清）王聘珍《大戴礼记解诂》，中华书局1983年版，第59—62页。

知劳。"

王子应之曰:"古之君子,其行至慎;委积施关,道路无限,百姓悦之,相将而远,远人来欢,视道如咫。"

师旷告善。又称曰:"古之君子,其行可则;由舜而下,其孰有广德?"

王子应之曰:"如舜者天。舜居其所,以利天下,奉翼远人,皆得己仁,此之谓天。如禹者圣。劳而不居,以利天下,好与不好取,必度其正,是之谓圣。如文王者,其大道仁,其小道惠。三分天下而有其二,敬人无方,服事于商;既有其众而反其身,此之谓仁。如武王者义。杀一人而以利天下,异姓同姓,各得其所,是之谓义。"

师旷告善。又称曰:"宣辨名命,异姓异方,王侯君公,何以为尊?何以为上?"

王子应之曰:"人生而重丈夫,谓之胄子。胄子成人,能治上官,谓之士。士率众时作,谓之伯。伯能移善于众,与百姓同,谓之公。公能树名生物,与天道俱,为之侯。侯能成群,谓之君。君有广德,分任诸侯而敦信,曰'予一人'。善至于四海,曰'天子'。达于四荒,曰'天王'。四荒至,莫有怨訾,乃登为帝。"

师旷馨然。又称曰:"温恭敦敏,方德不改,开物于初,下学以起,尚登帝臣,乃参天子,自古谁能?"

王子应之曰:"穆穆虞舜,明明赫赫,立义治律,万物皆作,分均天财,万物熙熙,非舜而谁?"

师旷束躅其足曰:"善哉!善哉!"

王子曰:"太师何举足骤?"

师旷曰:"天寒足跔,是以数也。"

王子曰:"请入坐。"遂敷席注瑟。

师旷歌《无射》曰:"国诚宁矣,远人来观,修义经矣,好乐无荒。"乃注瑟于王子。

王子歌《峤》曰:"何自南极,至于北极?绝境越国,弗愁道远。"

师旷蹴然起曰:"暝臣请归。"王子赐之乘车四马,曰:"太师亦善御之?"师旷对曰:"御,吾未之学也。"王子曰:"汝不为夫《诗》,《诗》云:'马之刚矣,辔之柔矣。马亦不刚,辔亦不柔。志气麃麃,取予不疑。'以是御之。"

师旷对曰:"暝臣无见。为人辩也,唯耳之恃。而耳又寡闻而易穷。王子汝将为天下宗乎?"王子曰:"太师何汝戏我乎?自太皥以下至于尧舜禹,未有一姓而再有天下者。夫木当时而不伐,夫何可得?且吾闻汝知人年之长短,告吾!"

师旷对曰:"汝声清汗,汝色赤白,火色不寿。"

王子曰:"然。吾后三年,将上宾帝所。汝慎无言,殃将及汝。"

师旷归,未及三年,告死者至。①

《天乙》三篇。天乙即商汤,《史记集解》引谯周语曰:"夏、殷之礼,生称王,死称庙主,皆以帝名配之。天亦帝也,殷人尊汤,故曰天乙。"②王应麟《汉书艺文志考证》认为《新书·修正语》与《史记·殷本纪》等所引"汤曰"均出自《天乙》。今举《新书·修正语》为例:

———————

① 卢文晖辑注《师旷——古小说辑佚》,上海古籍出版社 1985 年版,第 1—4 页。
② (汉)司马迁《史记》卷三"殷本纪第三",中华书局 1959 年版,第 93 页。

汤曰：学圣王之道者，譬其如日；静思而独居，譬其若火。夫舍学圣之道，而静居独思，譬其若去日之明于庭，而就火之光于室也。然可以小见，而不可以大知。是故明君而君子，贵尚学道，而贱下独思也。故诸君子得贤而举之，得贤而与之，譬其若登山乎。得不肖而举之，得不肖而与之，譬其若下渊乎。故登山而望，其何不临，而何不见？凌迟而入渊，其孰不陷溺？是以明君慎其举，而君子慎其与，然后福可必归，蓄可必去也。

汤曰："药食尝于卑，然后至于贵；药言献于贵，然后闻于卑。"故药食尝于卑，然后至于贵，教也；药言献于贵，然后闻于卑，道也。故使人味食然后食者，其得味也多；若使人味言然后闻言者，其得言也少。故以是明上之于言也，必自也听之，必自也择之，必自也聚之，必自也藏之，必自也行之。故道以数取之为明，以数行之为章，以数施之万姓为藏。是故求道者，不以目而以心；取道者，不以手而以耳。致道者以言，入道者以忠，积道者以信，树道者以人。故人主有欲治安之心，而无治安之故者，虽欲治安显荣也，弗得矣。故治安不可以虚成也，显荣不可以虚得也。故明君敬士、察吏、爱民，以参其极，非此者，则四美不附也。[①]

《黄帝说》四十篇。《风俗通义》卷六、卷八各引《黄帝书》，一般认为此即《黄帝说》。《风俗通义》卷六《声音》"瑟"曰：

谨按：《世本》："宓羲作瑟，长八尺一寸，四十五弦。"《黄帝

---

① （汉）贾谊撰，卢文弨校《新书》，商务印书馆 1937 年版，第 98 页。

书》："泰帝使素女鼓瑟而悲,帝禁不止,故破其瑟为二十五弦。"①

卷八《祀典》"桃梗　苇茭　画虎"曰:

谨按:《黄帝书》:"上古之时,有荼与郁垒昆弟二人,性能执鬼,度朔山上立桃树下,简阅百鬼,无道理,妄为人祸害,荼与郁垒缚以苇索,执以食虎。"于是县官常以腊除夕,饰桃人,垂苇茭,画虎于门,皆追效于前事,冀以卫凶也。②

《虞初周说》九百四十三篇。朱右曾以为《逸周书》中"羿射十日"等四条记载或出自《虞初周说》,姑录如下:

日本有十,迭次而出,运照无穷。尧时为妖,十日并出,故为羿所射死。

弇山,神蓐收居之。是山也,西望日之所入,其气圆,神经光之所司也。

天狗所止地尽倾,余光烛天,为流星长十数丈,其疾如风,其声如雷,其光如电。

穆王田,有黑鸟若鸠,翩飞而跱于衡,御者毙之以策。马佚不克止之,踬于乘,伤帝左股。③

---

① (汉)应劭撰,王利器校注《风俗通义》,中华书局 1981 年版,第 285—286 页。
② 同上,第 367 页。
③ 朱右曾云:"《文选》注十四卷。案穆王之书并无阙逸,且其文亦不类本书,李善引此。古文《周书》下,又引《东观汉纪》朱勃上书理马援曰'飞鸟跱衡,马惊触虎'云云,则亦非出于《汲冢琐语》也。考《艺文志·小说家》有《虞初》九百四十篇,应劭曰'其言以周书为本',然则此文(指'穆王田'条)及上三条出于《虞初》乎? 网罗散佚,宁过而存之。"朱右曾《逸周书集训校释》,商务印书馆 1937 年版,第 177—178 页。

《百家》百三十九卷。《风俗通义》"门户铺首"与"城门失火,殃及池中鱼"条均引《百家书》。又《史记·五帝本纪》云"太史公曰《百家》言黄帝",《甘茂传》云"学《百家》之说",《范雎传》云"《百家》之说,吾亦知之",王利器认为应劭所言《百家书》与太史公所言《百家》皆指《汉书·艺文志》"小说家"之《百家》。[①] 今以《风俗通义》所引《百家书》为例:

> 门户铺首。谨案:《百家书》云:"公输班之水上,见蠡,谓之曰:'开汝匣,见汝形。'蠡适出头,般以足画图之,蠡引闭其户,终不可得开。般遂施之门户,欲使闭藏当如此周密也。"[②]
>
> 城门失火,祸及池中鱼。俗说:司门尉姓池,名鱼,城门火,救之,烧死,故云然耳。谨案:《百家书》:"宋城门失火,因汲取池中水以沃灌之,池中空竭,鱼悉露见,但就取之,喻恶之滋,并中伤良谨也。"[③]

除了传世文献,出土文献中也有不少篇目可归入小说家类。我们从放马滩竹简、上海博物馆藏竹简、北京大学藏竹简与清华大学藏竹简中选取了若干篇目进行分析,以期与传世文献中的小说相互印证。需要说明的是,我们对出土文献中小说文本的认定,完全基于《汉书·艺文志》对小说的界定以及前人对小说的认知,即以儒家学说为镜鉴,凡来源为"依托"或"后世所加",内容"浅薄"、"迂诞",不本经典、价值低下、品格卑微的篇目则视为小说。

《志怪故事》。1986年,甘肃省天水市放马滩一处战国晚期秦

---

① (汉)应劭撰,王利器校注《风俗通义》,中华书局1981年版,第578页。
② 同上,第577页。
③ 同上,第608页。

人墓葬出土了一批竹简,其中简360—366号记载了一个叫"丹"的人死而复生的故事:丹因伤人而弃市,尸体葬于垣雍。三年后丹死而复生,为世人讲述了死者的种种忌讳。整理者原定名为《墓主记》,后改为《志怪故事》。释文如下:

> 八年八月己巳,邸丞赤敢谒御史:大梁人王里樊野曰:丹报:今七年,丹刺伤人垣雍里中,因自刺殹,弃之于市,三日,葬之垣雍南门外。三年,丹而复生。丹所以得复生者,吾犀武舍人,犀武论其舍人尚命者,以丹未当死,因告司命史公孙强,因令白狐穴掘出丹,立墓上三日,因与司命史公孙强北之赵氏之北地柏丘之上。盈四年,乃闻犬吠鸡鸣而人食,其状类益、少麋、墨,四支不用。丹言曰:死者不欲多衣。死人以白茅为富,其鬼荐于它而富。丹言:祠墓者毋敢哭。哭,鬼去惊走。已收腏而厘之,如此鬼终身不食殹。丹言:祠者必谨扫除。毋以淘洒祠所。毋以羹沃腏上,鬼弗食殹。①

《泰原有死者》。与放马滩竹简《志怪故事》类似的是,北京大学藏秦牍中亦记载了一个人死而复生的故事,整理者定名为《泰原有死者》,释文如下:

> 泰原有死者,三岁而复产,献之咸阳,言曰:"死人之所恶,解予死人衣。必令产见之,弗产见,鬼辄夺而入之少内。死人

---

① 甘肃省考古文物研究所编《天水放马滩秦简》,中华书局2009年版,第107页。简文由何双全整理,本释文参方勇、侯娜《读天水放马滩秦简〈志怪故事〉札记》,《考古与文物》2014年第3期。为行文方便,释文用通行字,通假字直接读破,以简体录入。下同。

所贵黄圈。黄圈以当金,黍粟以当钱,白茝以当籥。女子死三岁而复嫁,后有死者,勿并其冢。祭死人之冢,勿哭。须其已食乃哭之,不须其已食而哭之,鬼辄夺而入之厨。祠,毋以酒与羹沃祭,而沃祭前,收死人,勿束缚。毋决其履,毋毁其器。令如其产之卧殹,令其魄不得落思。黄圈者,大菽殹。券去其皮,置于土中,以为黄金之勉。"①

《彭祖》。上海博物馆藏楚竹简,简文假托耇老与彭祖讨论天道与人伦、休咎与祸福等问题。整理者认为其乃最早的彭祖书,定名为《彭祖》,释文如下:

> 耇老问于彭祖曰:"耇氏执心不妄,受命永长。臣何艺何行,而举于朕身,而愈于禘常?"彭祖曰:"休哉,乃将多问因由,乃不失度。彼天之道,唯亟□□□不知所终。"耇劳曰:"眇眇余冲子,未则于天,敢问为人?"彭祖(曰):"□□□。"(耇老曰):"既楮于天,又潜于渊,夫子之德,盛矣何其。宗寡君之愿,良□□□。"
>
> (彭祖曰):"□□□言。天地与人,若经与纬,若表与里。"问:"三去其二,奚若已?"彭祖曰:"吁,汝孳孳博问,余告汝人伦,曰:戒之毋骄,慎终保劳。大往之衍,难以迁延。余告汝□,(曰):□□□之谋不可行,怵惕之心不可长。远虑用素,心白身怿。余告汝咎,(曰):□□□,父子兄弟,五纪毕周,虽贫必修;五纪不彝,虽富必失。余告汝祸,(曰):□□□,□者不以,多务者多忧,恻者自贼也。"

① 李零《北大秦牍〈泰原有死者〉简介》,《文物》2012 年第 6 期。

　　彭祖曰:"一命二俯,是谓益愈。二命三俯,是谓自厚。三命四俯,是谓百姓之主。一命二仰,是谓遭殃。二命(三仰),(是)谓不长。三命四仰,是谓绝世。毋逐富,毋倚贤,毋易树。"

　　耆老三拜稽首曰:"冲子不敏,既得闻道,恐弗能守。"①

《殷高宗问于三寿》。清华大学藏战国竹简,末简简背有篇题"殷高宗问于三寿"。简文假托殷高宗武丁与三寿(少寿、中寿与彭祖,主要是彭祖)对话,以此论述作者的思想观念。释文如下:

　　高宗观于洹水之上,三寿与从。

　　高宗乃问于少寿曰:"尔是先生,尔是知二有国之情,敢问人何谓长? 何谓险? 何谓厌? 何谓恶?"少寿答曰:"吾□□□"(高宗乃问于)中寿曰:"敢问人何谓长? 何谓险? 何谓厌? 何谓恶?"中寿答曰:"吾闻夫长莫长于风,吾闻夫险莫险于心,厌必臧,恶必丧。"

　　高宗乃又问于彭祖曰:"高文成祖,敢问人何谓长? 何谓险? 何谓厌? 何谓恶?"彭祖答曰:"吾闻夫长莫长于水,吾闻夫险莫险于鬼,厌必平,恶必倾。"

　　高宗乃言曰:"吾闻夫长莫长于□,吾闻夫险必矛及干,厌必富,恶必无食。苟我与尔相念相谋,世世至于后嗣。我思天风,既回或止。吾勉自抑畏以敬,夫兹口。"(彭祖乃言曰):"君子而不读书占,则若小人之宠狂而不友,殷邦之妖祥并起。八纪则紊,四严将行,四海之夷则作,九牧九有将丧。惶惶先反,

① 马承源主编《上海博物馆藏楚竹书》(三),上海古籍出版社 2003 年版,第 304—308 页。简文由李零整理,本释文参周凤五《上博楚竹书〈彭祖〉重探》,《传统中国研究集刊》2006 年,第 273—281 页。

大路用见兵。龟筮孚忒,五宝变色,而星月乱行。"

　　高宗恐惧,乃复语彭祖曰:"呜呼,彭祖! 古民人迷乱,象茂康懋,而不知邦之将丧。敢问先王之遗训,何谓祥? 何谓义? 何谓德? 何谓音? 何谓仁? 何谓圣? 何谓智? 何谓利? 何谓信?"彭祖答曰:"闻天之常,祇神之明,上昭顺穆而警民之行。余享献攻,括还妖祥,是名曰祥。迩则文之化,历象天时,往宅毋徙,申礼劝规,辅民之化,民劝毋疲,是名曰义。揆中水衡,不力,时刑罚赦,振若除慝,冒神之福,同民之力,是名曰德。惠民由任,徇句遏淫,宣仪和乐,非坏于湛,四方劝教,滥媚莫感,是名曰音。衣服端而好信,孝慈而哀鳏,恤远而谋亲,喜神而忧人,是名曰仁。恭神以敬,和民用正,留邦偃兵,四方达宁,元哲并进,馋谣则屏,是名曰圣。昔勤不居,浃祇不易,供皇思修,纳谏受訾,神民莫责,是名曰智。内基而外比,上下毋攘,左右毋比,强并纠出,经纬顺齐,妒怨毋作,而天目毋眯,是名曰利。观觉聪明,音色柔巧而叡武不罔,效纯宣猷,牧民而御王,天下甄称,以诰四方,是名曰叡信之行。"彭祖曰:"呜呼! 我寅晨降在九宅,诊夏之归商,方般于路,用孽昭后成汤,代桀敷佑下方。"

　　高宗又问于彭祖曰:"高文成祖,敢问胥民胡曰扬? 扬则悍佚无常。胡曰晦? 晦则□□□虐淫自憙而不数,感高文富而昏忘詢,急利罟神莫恭而不顾于后,神民并尤而仇怨所聚,天罚是加,用凶以见詢。"(彭祖)曰:"呜呼! 若是。"(高宗曰):"民之有晦,晦而本由生光,则唯小心翼翼,顾复勉祇,闻教训,余敬养,恭神劳民,揆中而象常。束简和睦,补缺而救枉,天顾复之用休,虽阴又明。"(彭祖)曰:"呜呼! 若是。"①

① 李学勤主编《清华大学藏战国竹简》(五),中西书局 2015 年版,第 149—161 页。

《赤鹄之集汤之屋》。清华大学藏战国竹简,内容为与伊尹相关的一个故事:汤射获一只赤鹄,令小臣伊尹烹做羹汤。汤后纴巟与伊尹偷尝羹汤,被汤发现,伊尹逃亡至夏。汤震怒,施咒于伊尹。后伊尹得巫乌之助,治愈夏后之疾。末简简背下端有篇题"赤鹄之集汤之屋"。释文如下:

> 曰古有赤鹄,集于汤之屋,汤射之获之,乃命小臣曰:"旨羹之,我其享之。"汤往□。小臣既羹之,汤后妻纴巟谓小臣曰:"尝我于尔羹。"小臣弗敢尝,曰:"后其杀我。"纴巟谓小臣曰:"尔不我尝,吾不亦杀尔?"小臣自堂下授纴巟羹。纴巟受小臣而尝之,乃昭然,四荒之外,无不见也;小臣受其余而尝之,亦昭然,四海之外,无不见也。汤返廷,小臣馈。汤怒曰:"孰调吾羹?"小臣惧,乃逃于夏。汤乃□之,小臣乃眛而寝于路,视而不能言。众乌将食之。巫乌曰:"是小臣也,不可食也。夏后有疾,将抚楚,于食其祭。"众乌乃讯巫乌曰:"夏后之疾如何?"巫乌乃言曰:"帝命二黄蛇与二白兔居后之寝室之栋,其下舍后疾,是使后疾疾而不知人。帝命后土为二陵屯,共居后之床下,其上刺后之体,是使后之身疴蘁,不可及于席。"众乌乃往。巫乌乃歔小臣之喉胃,小臣乃起而行,至于夏后。夏后曰:"尔惟谁?"小臣曰:"我天巫。"夏后乃讯小臣曰:"如尔天巫,而知朕疾?"小臣曰:"我知之。"夏后曰:"朕疾如何?"小臣曰:"帝命二黄蛇与二白兔,居后之寝室之栋,其下舍后疾,是使后梦梦眩眩而不知人。帝命后土为二陵屯,共居后之床下,其上刺后之身,是使后昏乱甘心。后如撤屋,杀黄蛇与白兔,必发地斩陵,后之疾其瘳。"夏后乃从小臣之言,撤屋,杀二黄蛇与一白兔;乃发地,有二陵屯,乃斩之。其一白兔不

得,是始为陴丁诸屋,以御白兔。①

《汤处于唐丘》。清华大学藏战国竹简,简文记载汤得小臣(伊尹)的故事以及汤问小臣有关谋夏、为君之道等方面的对话。本篇与下文《汤在啻门》的形制、字迹相同,内容相关,当为同一抄手所书。释文如下:

> 汤处于唐丘,取妻于有莘。有莘媵以小臣,小臣善为食,烹之和。有莘之女食之,绝芳旨以粹,身体痊平,九窍发明,以道心嗌,舒快以恒。汤亦食之,曰:"允! 此可以和民乎?"小臣答曰:"可。"乃与小臣基谋夏邦,未成,小臣有疾,三月不出。汤反复见小臣,归必夜。方惟闻之乃箴:"君天王,是有台仆。今小臣有疾,如使召,少闲于疾,朝而讯之,不犹受君赐? 今君往不以时,归必夜,适逢道路之祟,民人闻之其谓吾君何?"汤曰:"善哉! 子之云。先人有言:'能其事而得其食,是名曰昌。未能其事而得其食,是名曰丧。必使事与食相当。'今小臣能展彰百义,以和利万民,以修四时之政,以设九事之人,以长奉社稷,吾此是为见之。如我弗见,夫人毋以我为怠于其事乎? 我怠于其事,而不知丧,吾何君为?"方惟曰:"善哉! 君天王之言也。虽臣死而又生,此言弗又可得而闻也。"汤曰:"善哉! 子之云也。虽余孤之与上下交,岂敢以贪举? 如幸余闲于天威,朕惟逆顺是图。"
> 汤又问于小臣:"有夏之德何若哉?"小臣答:"有夏之德,使过以惑,春秋改则,民人趣忒,刑无攸赦,民人皆督偶离,夏

---

① 李学勤主编《清华大学藏战国竹简》(三),中西书局 2012 年版,第 166—170 页。

王不得其图。"

汤又问于小臣:"吾戡夏如台?"小臣答:"后固恭天威,敬祀,淑慈我民,若自事朕身也。桀之疾,后将君有夏哉!"

汤又问于小臣:"古之先圣人,何以自爱?"小臣答:"古之先圣人所以自爱,不事问,不处疑;食时不嗜饕,五味皆飤,不有所躐;不服过文,器不雕镂;不虐杀;与民分利,此以自爱也。"

汤又问于小臣:"为君奚若? 为臣奚若?"小臣答:"为君爱民,为臣恭命。"

汤又问于小臣:"爱民如台?"小臣答曰:"远有所亟,劳有所思,饥有所食,深渊是济,高山是逾,远民皆极,是非爱民乎?"

汤又问于小臣:"恭命如台?"小臣答:"君既濬明,既受君命,退不顾死生,是非恭命乎!"①

《汤在啻门》。清华大学藏战国竹简,简文记载汤问小臣伊尹古先帝之良言,伊尹答以成人、成邦、成地、成天之道,由近及远,由小及大,比较系统地阐述了当时的天人观。释文如下:

正月己亥,汤在啻门,问于小臣:"古之先帝亦有良言情至于今乎?"小臣答曰:"有哉! 如无有良言情至于今,则何以成人? 何以成邦? 何以成地? 何以成天?"

汤又问于小臣曰:"几言成人? 几言成邦? 几言成地? 几言成天?"小臣答曰:"五以成人,德以光之;四以成邦,五以相

---

① 李学勤主编《清华大学藏战国竹简》(五),中西书局 2015 年版,第 134—140 页。

之；九以成地，五以将之；九以成天，六以行之。"

汤又问于小臣曰："人何得以生？何多以长？孰少而老？固犹是人，而一恶一好？"小臣答曰："唯彼五味之气，是哉以为人。其未气，是谓玉种，一月始扬，二月乃裹，三月乃形，四月乃固，五月或裹，六月生肉，七月乃肌，八月乃正，九月显章，十月乃成，民乃时生。其气瞀歜发治，是其为长且好哉。其气奋昌，是其为当壮。气融交以备，是其为力。气促乃老，气徐乃猷，气逆乱以方，是其为疾殃。气屈乃终，百志皆穷。"

汤又问于小臣："夫四以成邦，五以相之，何也？"小臣答曰："唯彼四神，是谓四正，五以相之，德、事、役、政、刑。"

汤又问于小臣："美德奚若？恶德奚若？美事奚若？恶事奚若？美役奚若？恶役奚若？美政奚若？恶政奚若？美刑奚若？恶刑奚若？"小臣答："德濬明执信以义成，此谓美德，可以保成；德变亟执访以亡成，此谓恶德，虽成又渎。起事有获，民长赖之，此谓美事；起事无获，病民无故，此谓恶事。起役时顺，民备不庸，此谓美役；起役不时，大费于邦，此谓恶役。政简以成，此谓美政；政祸乱以无常，民咸解体自恤，此谓恶政。刑轻以不方，此谓美刑；刑重以无常，此谓恶刑。"

汤又问于小臣："九以成地，五以将之，何也？"小臣答曰："唯彼九神，是谓地真，五以将之，水、火、金、木、土，以成五曲，以植五谷。"

汤又问于小臣："夫九以成天，六以行之，何也？"小臣答曰："唯彼九神，是为九宏，六以行之，昼、夜、春、夏、秋、冬，各司不解，此惟事首，亦惟天道。"

汤曰:"天尹,唯古之先帝之良言,则何以改之。"①

《融师有成氏》。上海博物馆藏战国楚竹简,内容为上古传说人物祝融之师有成氏,涉及蚩尤、伊尹等人。简文以较大篇幅描述了有成氏的形状。由于是残简,有成氏的形状刚刚讲完,蚩尤、伊尹等人的事迹亦仅有开头,不见下文。整理者定名为《融师有成氏》,释文如下:

> 融师有成,是状若狴,有耳不闻,有口不鸣,有目不见,有足不趋,名则可畏,实则可侮。我曰虞莕乎,□□猷峙;我曰虞乔乎,弗饮弗食。物斯可惑,类兽非鼠,察后伺侧。蔑师见螭,毁折戮残,惟兹作彰,象彼兽鼠;有足而缚,有手而梏,沈跪念惟,发扬腾曎。昔融之氏师,訏寻夏邦,蚩尤作兵,□闻适汤。颜色深晦,而志行显明。不及遇焚,而正固(下缺)②

上述七篇出土文献中,《志怪故事》、《泰原有死者》与《赤鹄之集汤之屋》侧重于叙事;《彭祖》、《殷高宗问于三寿》、《汤处于唐丘》与《汤在啻门》偏重于论说;《融师有成氏》为残篇,据现有文字判断,叙事、论说皆有可能。诚如余嘉锡所言,论说者"托之古人,以自尊其道",叙事者"造为古事,以自饰其非";其所表达的思想学说,也恰如吕思勉所言属民间思想,乃习世故的平民所为,以儒家学说为参照,同样应当归入"浅薄"、"迂诞"之列。

---

① 李学勤主编《清华大学藏战国竹简》(五),中西书局 2015 年版,第 141—148 页。
② 马承源主编《上海博物馆藏战国楚竹书》(五),上海古籍出版社 2005 年版,第 322—329 页。简文由曹锦炎整理。本释文参褥健聪《战国竹书〈融师有成〉校释》,《广东教育学院学报》2008 年第 4 期,第 88 页。

## 第三节　"小说"的文类属性与文体特征

以上胪列了传世文献中《伊尹说》、《鬻子说》、《师旷》等八家小说,以及出土文献中《泰原有死者》、《志怪故事》、《赤鹄之集汤之屋》等七家小说。按照《汉书·艺文志》"小说家"的立意命名,再顺着《伊尹说》、《鬻子说》、《黄帝说》之类的命篇思路,我们拟从三个方面入手分析《汉书·艺文志》"小说家"的文类属性与文体特征:谁在说? 考察小说的来源;说什么? 考察小说的内涵;怎么说? 考察小说的形式。

首先考察小说的来源。班固认为前九家周秦小说来历不明,多为"依托"。九家小说中,班固注明"依托"者有《伊尹说》、《天乙》、《黄帝说》三家;未注明"依托",但实际是"依托"者有《鬻子说》、《师旷》、《务成子》三家,前者注明"后世所加",后二者注明"非古语",意即此三家小说皆后人所撰而依托古人。① 何谓依托? 余嘉锡从学术发生与传承的角度作了解释:

> 况周、秦、西汉之书,其先多口耳相传,至后世始著竹帛。如公羊、穀梁之《春秋传》、伏生之《尚书大传》。故有名为某家之学,而其书并非某人自著者。惟其授受不明,学无家法,而妄相附会,称述古人,则谓之依托。如《艺文志·文子》九篇,注为依托,以其与孔子并时,而称周平王问,时代不合,必不出于文子也。②

---

① 《汉书·艺文志》"兵书略"中注明"依托"者还有"兵阴阳"之《封胡》、《风后》、《力牧》、《鬼容区》等。
② 余嘉锡《四库提要辨证》"子部·法家类·管子",中华书局 1980 年版,第 608 页。

余嘉锡指出,后人著书立说,或"托之古人,以自尊其道",或"造为古事,以自饰其非",至"方士说鬼,文士好奇,无所用心,聊以快意,乃虚构异闻,造为小说"①,便有了《伊尹说》、《黄帝说》之类小说。为何依托? 梁启超从古书辨伪的角度进行分析:

> 研究汉志之主要工作,在考证各书真伪。……虽然,本志自身,其所收伪书正自不少,其故,一由战国百家,托古自重(例如"有为神农之言者许行"),炎黄伊吕,动相援附,二由汉求遗书,奖以利禄,献书路广,芜秽亦滋,三由展转传钞,妄有附益,或因错糅,汩其本真,四由各家谈说,时隐主名,读者望文,滥为拟议。以此诸因,讹伪稠叠,辨别綦难。志中本注言"似依托"言"六国时依托"之类,颇不少。②

由此可知,"依托"既是小说发生的重要动因,又是刘、班等人辨认小说文本的重要依据。又"周秦古书,皆不题撰人。俗本有题者,盖后人所妄增"③,故周秦九家小说题为《伊尹说》、《鬻子说》、《黄帝说》等,实皆后人所作而附会于伊尹、鬻子、黄帝等人。以《鬻子》为例,《意林》卷一引《鬻子》云:"昔文王见鬻子年九十,文王曰:'嘻,老矣。'鬻子曰:'若使臣捕虎逐麋,臣已老矣;坐策国事,臣年尚少。'"④《史记·楚世家》云:"周文王之时,季连之苗裔曰鬻熊。鬻熊子事文王,蚤卒。"⑤《汉书·地理志下》云:"周成王时,封文、

---

① 余嘉锡《古书通例》,中华书局 2007 年版,第 253—263 页。
② 梁启超《〈汉书·艺文志·诸子略〉考释》,《梁启超全集》第八册,北京出版社 1999年版,第 4708 页。
③ 余嘉锡《古书通例》,中华书局 2007 年版,第 203 页。
④ 王天海、王韧《意林校释》(上),中华书局 2014 年版,第 3 页。
⑤ (汉)司马迁《史记》卷四十,中华书局 1959 年版,第 5 页。

武先师鬻熊之曾孙熊绎于荆蛮,为楚子,居丹阳。"①据此可知周文王时鬻子年事已高,不久即逝;周成王时鬻子已卒。而《汉书·艺文志·诸子略》"道家"著录《鬻子》二十二篇,班固自注云"名熊,为周师。自文王以下问焉"②,贾谊《新书·修政语下》亦引有鬻子与文王、武王、成王的问对七则,与班固自注相合。则依常理可知,无论是道家《鬻子》还是小说家《鬻子》,皆为依托,故黄震认为"此必战国处士假托之辞"③,严可均认为"盖康王、昭王后周使臣所录,或鬻子子孙记述先世嘉言为楚国之令典"④,四库馆臣认为"不出熊之手。流传附益,或构虚词,故《汉志》别入小说家"⑤。正因为周秦九家小说为依托之作,缺乏可信度,实乃"街谈巷语、道听途说"之类,故班固定性为"浅薄"、"迂诞"。

后六家汉代小说,班固大多注明何时所作,源自何人。如《封禅方说》、《待诏臣饶心术》、《虞初周说》皆云"武帝时",《臣寿周纪》云"宣帝时";饶为齐人,寿为项国人,虞初为河南人。时年既晚,作者已明,小说真假不成问题。但据作者身份来看,小说内容皆不本经传。六家小说,除《百家》为刘向自撰⑥,其他作者可归为两类:方士与待诏臣。虞初为方士侍郎,《封禅方说》虽未明言何人所作,但既言"方说",或即方士所说,当亦方士所为。沈钦韩云:"此方士所本,史迁所云'其文不雅驯'。"⑦杨树达云:"方说者,《史记·封

---

① (汉)班固《汉书》,中州古籍出版社 1996 年版,582 页。
② (汉)班固著,(唐)颜师古注《汉书·艺文志》,商务印书馆 1955 年版,第 26 页。
③ (宋)黄震《黄氏日钞》卷五五"读诸子",钱塘施氏传钞小山堂本。
④ (清)严可均撰,孙宾点校《严可均集》卷五"文类三",浙江古籍出版社 2013 年版,第 173 页。
⑤ (清)永瑢等《钦定四库全书总目》卷一百十七"子部·杂家类一","鬻子"提要。
⑥ 详见刘向《说苑序奏》。(汉)刘向撰,向宗鲁校证《说苑校证》,中华书局 1987 年,第 1 页。
⑦ 转引自张舜徽《广校雠略 汉书艺文志通释》,华中师范大学出版社 2004 年版,第 342 页。

禅书》记李少君以祠灶、谷道、却老方见上；亳人谬忌奏祠太乙方，齐人少翁以鬼神方见上；胶东宫人乐大求见言方之类是也。"①饶与安成为待诏臣，"臣寿"位次"待诏臣饶"、"待诏臣安成"之后，或为承前省所致，亦可作"待诏臣寿"。② 方士本指自称能寻访仙丹以长生不老之士，后泛指从事医、卜、星、相等职业者。汉代以才技征召士人，使随时听候皇帝诏令，谓之待诏。《汉书·哀帝纪》云："待诏夏贺良等言赤精子之谶。"应劭曰："诸以材技征召，未有正官，故曰待诏。"③汉代自武帝迷信神仙方术，方士大行其道，多有待诏乃至身居高位者。《后汉书·方术列传》云："汉自武帝颇好方术，天下怀协道艺之士，莫不负策抵掌，顺风而届焉。后王莽矫用符命，及光武尤信谶言，士之赴趣时宜者，皆驰骋穿凿，争谈之也。故王梁、孙咸，名应图箓，越登槐鼎之任，郑兴、贾逵以附同称显，桓谭、尹敏以乖忤沦败，自是习为内学，尚奇文，贵异数，不乏于时矣。是以通儒硕生，忿其奸妄不经，奏议慷慨，以为宜见藏摈。"④所谓"怀协道艺之士"即方士，如王梁、孙咸、郑兴、贾逵诸辈。又《汉书·郊祀志》记载，元帝时，丞相匡衡、御史大夫张谭奏议精简祠置，"候神、方士、使者、副佐、本草待诏七十余人，皆归家"。师古曰："本草待诏，谓以方药本草而待诏者"，"成帝末年，颇好鬼神，亦以无继嗣故，多上书言祭祀方术者，皆得待诏，祠祭上林苑中。"⑤故《汉书·艺文志》"小说家"中，方士与待诏名虽有异，实则相同，方士即待诏，待诏即方士。换言之，汉代六家小说，除《百家》外，皆

①　杨树达《汉书管窥》，上海古籍出版社 1984 年版，第 239 页。
②　姚振宗《汉书艺文志条理》卷二之下《诸子略·小说家》："案此次待诏臣饶、臣安成之后，或蒙上省文，亦官待诏者，当时皆奏进于朝，故称臣饶、臣安成、臣寿。"《二十五史艺文经籍考补萃编》本，清华大学出版社，2011 年版，第 303 页。
③　(汉) 班固撰，(唐) 颜师古注《汉书》卷十一，武英殿本。
④　(南朝宋) 范晔撰，(唐) 李贤注《后汉书》，中华书局 1965 年版，第 2705 页。
⑤　(汉) 班固撰，(唐) 颜师古注《汉书》卷二十五，武英殿本。

出方士之手。方士为干谒人主而"奸妄不经",迂诞怪异之词充斥其间。王瑶先生说:"他们为了想得到帝王贵族们的信心,为了干禄,自然就会不择手段地夸大自己方术的效益和价值。这些人是有较高的知识的,因此志向也就相对地增高了;于是利用了那些知识,借着时间空间的隔膜和一些固有的传说,援引荒漠之世,称道绝域之外,以吉凶休咎来感召人;而且把这些来依托古人的名字写下来,算是获得的奇书秘籍,这便是所谓小说家言。"①从这个角度来看,出自方士的六家汉代小说与出于依托的九家周秦小说性质一样,皆"浅薄"、"迂诞",不本经传。

接着考察小说的内容。传世文献中的小说,《吕氏春秋》所引《伊尹以至味说汤》与《逸周书》所引《师旷见太子晋》两篇篇幅较为长大,结构也颇为完整,当能较好地体现《伊尹说》与《师旷说》的原貌,故下文稍加详叙;出土文献中的小说,我们将重点分析放马滩秦简《太原有死者》与北京大学藏秦简《志怪故事》。

《伊尹以至味说汤》开篇阐述了一个道理:贤主要想建立功名,必须得到贤人的帮助;而要想让贤人尽忠职守,贤主必须待贤人以礼。为了让说理更加形象生动,说者以"汤得伊尹"这个故事为例说明贤主与贤人之间的倾慕;以"伯牙与子期"的故事为例说明贤主与贤人之间的契合。表述这层意思之后,说者开始阐述另外一个道理:要想成就伟业,贤主必须成为天子。为了说明这个道理,说者借贤人伊尹之口以"至味"之道为例,铺陈天下至美之物,如肉之美者、鱼之美者、菜之美者、和之美者、饭之美者、果之美者、马之美者等,阐明只有成为天子,方才具备享受天下至味的条件。篇末再次阐述道理:要想成为天子,必须修成"圣人之道"。

---

① 王瑶《中古文学史论》,北京大学出版社 1998 年版,第 114 页。

在这篇文献中,阐述道理是最主要的目的,是全篇的灵魂;叙述故事乃为阐述道理服务,是全篇的血脉;伊尹为"至味"铺陈的名物长单,则是全篇的肌肉。《师旷见太子晋》全文设置了一个简单的故事框架:叔誉在与太子晋的论辩中落荒而逃,建议晋平公臣服于周,归还声就及与田两地;师旷不信邪,决定亲自去见太子晋一决高下。师旷与太子晋你来我往,坐而论道。两人一见面便唇枪舌剑,长达五个回合的辩难之后方才落座。("师旷……称曰"与"王子应之曰"凡五见)入座之后,两人又注瑟放歌,仍然暗藏机锋,之后师旷开始服软,主动告退。告退之前师旷投石问路,想探寻太子晋是否有光复周王朝的野心,却得到了太子晋明确的否认。篇末话锋一转,以师旷给太子晋卜命而结束全篇,颇具戏剧性。不难看出,"师旷见太子晋"这个故事本身不是全文的中心,两人之间的论难才是全文的重点,说者借叙述故事以阐述道理的思路清晰可辨。传世文献中,寓理于事的小说还有《百家》。"门户铺首"条叙述的是公输班因见蠡之伸缩头颈而发明门户锁扣的故事,"城门失火,殃及池中鱼"条叙述的是宋国因汲水救火而使池水干涸,导致池中鱼亡的故事。但两者的最终目的都是说理,前者阐述"闭藏周密"的道理,后者表明邪恶可能伤及无辜。这几篇小说具备一定的共同性,即在故事的包裹下表达说者的观点。为了生动形象地阐述观点,说者无一例外地藉助于叙述故事的手段,在娓娓道来的叙事中让观点自然呈现。

　　同样是阐述道理,也有不藉助于故事而直接陈述的,《鬻子》两则"政曰",引用古代政典说明选举官吏的道理。前者说民众是衡量贤或不肖的尺度,贤人能得到百姓拥戴,不肖者则被废除;后者说民众的地位是最低下的,但民众可以用作选择衡量官吏的标准,即官吏必须受民众喜爱。《天乙》两则"汤曰"也是如此。前者阐述了明君与君子贵"学道"而贱"独思"、明君"慎其举"与君子"慎其与"的道理；后者阐述了君主应广开言路，用心求道、取道、致道、入道、积道、树道的道理。两则文献都没有藉助于故事，而是直截了当地阐述说者的主张。

除了为阐述道理而叙述故事之外，也有为考辨名物制度而作的叙事。《风俗通义》卷六所引《黄帝书》，叙述的是泰帝因见素女鼓瑟而悲，故改变了瑟的弦数的故事。卷八所引《黄帝书》，叙述的是门神茶与郁垒的来历。《新书·胎教》与《大戴礼记·保傅》所引"青史氏之记"，记叙古代的几种礼仪：胎教之道、养隐之道和巾车教之道。胎教之道，重点在于诸官各司其职，叙事非常详细；养隐之道，重点在于悬弧之礼，名物非常琐细；巾车教之道，重点在于养成教育，铺叙相当完备。《逸周书》所引《虞初周说》"羿射十日"、"岕山"、"天狗"、"穆王田"四条，则全为远古神话故事。这几篇小说中的叙事，目的不在于阐明何种道理，而在于解释某些事物的由来，考证考辨名物制度的真相。

以上是传世文献中的小说。接下来再看出土文献中的小说。

《志怪故事》与《泰原有死者》记载的是人死而复生的故事，反映了周秦时期的宗教信仰与方术习俗。《志怪故事》中的"司命史"、"白狐"、"白茅"与《泰原有死者》中的"黄圈"、"黍粟"、"白菅"等名物以及死人的好恶与祠墓者的禁忌等行为，体现了周秦时期的丧葬制度。司命是掌管人的生死寿命的神祇，《庄子·至乐》篇中庄周问骷髅曰："吾使司命复生子形，为子骨肉肌肤，反子父母妻子闾里知识，子欲之乎？"[1]可见司命具有使人死而复生的能力。《志怪故事》中的司命史公孙强不是神祇，应当是一个欲自神其说

---

① （清）郭庆藩辑《庄子集释》，中华书局 1961 年版，第 619 页。

而依托为司命的人，他熟知方术神迹或自称有通灵的本领，乃巫师或方士之流。白狐是古代灵兽，也是祥瑞之兆。《穆天子传》云："甲辰，天子猎于渗泽。于是得白狐、玄貉焉，以祭于河宗。"[①]白狐打通洞穴进入墓室，使丹重返人世，寓意着白狐具有沟通冥界与人间的神力。白茅是古代丧葬常见的祭品，周秦祭祀礼制中大量使用白茅献祭礼神，方士亦将白茅视为召神降真与驱鬼除邪的法器。《晏子春秋》记载柏常骞替齐景公施展法术时"筑新室，为置白茅"[②]，睡虎地秦简《日书甲种》"诘"篇亦曰："人无故室皆伤，是粲迓之鬼处之，取白茅及黄土而洒之，周其室，则去矣。"[③]黄圈即黄豆芽。东汉灵帝熹平二年（173）张叔敬朱书陶缶镇墓文记载了类似的助葬之物："上党人参九枚，欲持代生人；铅人，持代死人；黄豆、瓜子，死人持给地下赋。"[④]说明黄圈可供死人在地府中缴纳赋税之用。白菅即白茅，《志怪故事》说"死人以白茅为富"，说明白茅是财富的象征。"繇"即𦍻，即徭役。《泰原有死者》说"白菅以为繇"，是说白菅可以抵充徭役。据此可知，"黄圈"、"黍粟"、"白菅"等物品，均具有象征财富的意义，死者拥有这些物品，便可以在冥间过上富足的生活，还可以缴纳赋税，抵充徭役。[⑤] 除了涉及丧葬仪式中的名物，两篇小说还谈及祠墓的行为规范与禁忌事项。值得关注的是，二者有不少相同之处，除前面提及的死人都以白茅（白菅）作为财富的象征外，都忌讳祠墓者在祭祀前哭泣（《志怪故事》"祠墓者毋敢哭"，《泰原有死者》"祭死人之冢，勿哭"），都忌讳

---

① （晋）郭璞注，洪颐煊校《穆天子传》卷一，商务印书馆 1937 年版，第 2 页。
② （周）晏婴《晏子春秋》卷六内篇"杂下"，中华书局 1985 年版，第 53 页。
③ 王子今《睡虎地秦简〈日书〉甲种疏证》，湖北教育出版社 2003 年版，第 391 页。
④ 转引自陈直《汉张叔敬朱书陶瓶与张角黄巾教的关系》，陈直《文史考古论丛》，天津古籍出版社 1988 年版，第 391 页。
⑤ 参姜守城《放马滩秦简〈志怪故事〉中的宗教信仰》，《世界宗教研究》2013 年第 5 期；姜守城《北大秦牍〈泰原有死者〉考释》，《中华文史论丛》2014 年第 3 期。

祠墓者把汤羹浇灌到祭品上(《志怪故事》"毋以羹沃服上",《泰原有死者》"毋以酒与羹沃祭")。《志怪故事》出土于西北,《泰原有死者》则可能出自南方①,不同地域中的复生故事有着如此众多的巧合,这是否恰好说明此类文献都出自相同身份、职业的说者——方士或巫祝之手? 薛综注《文选·西京赋》之"小说九百,本自虞初"云:"小说,医巫厌祝之术,凡有九百四十三篇。"②这两个复生故事显然属于"医巫厌祝之术",是地地道道的小说。

《赤鹄之集汤之屋》没有出现"伊尹"之名,但简文情节与"伊尹以滋味说汤"、"伊尹去汤适夏"等传说相符,又与《楚辞》"缘鹄饰玉,后帝是飨"③的记载吻合,故整理者认为简文中的"小臣"即伊尹。又,本篇与《汤处于唐丘》、《汤在啻门》出自同一批简,都是依托伊尹表达说者的思想学说,或即《汉书·艺文志》所录《伊尹说》二十七篇之轶文。本文有两个显著的特点,体现了小说"街谈巷语、道听途说"的特征。一是浓厚的巫术色彩。赤鹄做成的羹能让纴衁与小臣视通万里;小臣被汤诅咒之后便昏睡路旁,口不能言;巫乌能知天命,可治疗疾病,这些情节同样属于"医巫厌祝之术",因此简文开头"曰"前省略的说者身份当为巫祝。二是鲜明的民间色彩。商汤贵为君王,伊尹亦是大臣,但简文中的汤与小臣完全没有为君为臣者应有的格调,充满着十足的世俗气,如君王之小气与暴虐,王后之贪吃与狡黠,小臣之卑微与怯懦,这比较符合民间视

---

① 李零《北大秦牍〈泰原有死者〉简介》:"种种迹象表明,这批简牍中的地名多与南方有关。如果这批简牍真的是从南方出土,则文中死者不一定是随葬简牍的墓主。"
② (南朝梁)萧统编,(唐)李善注《文选》卷二《西京赋》,中华书局 1977 年版,第45 页。
③ 《楚辞》:"缘鹄饰玉,后帝是飨。何承谋夏桀,终以灭丧?"朱熹注曰:"言伊尹始仕,因缘烹鹄鸟之羹、修玉鼎以事汤,汤贤之,遂以为相,承用其谋而伐夏桀,终以灭桀也。此即《孟子》所辨'割烹要汤'之说,盖战国游士谬妄之言也。"参(宋)朱熹《楚辞集注》,上海古籍出版社 1979 年版,第 63 页。

野中的君臣形象；小臣悲惨的遭遇与喜剧性的结局，也是民间喜闻乐见的格套。

　　上博简《彭祖》与清华简《殷高宗问于三寿》都是有关彭祖的早期文献。《彭祖》记耇老与彭祖对话。耇老本泛指长寿之人，并无确指，简文作为专名，显系依托古人。耇老的身份似乎是大臣，奉"寡君"之命向彭祖请教治国方略。彭祖先答以"天道"，耇老以"未则于天"为由避谈天道，而"敢问为人"，请谈人道。彭祖认为天、地、人三者彼此关联，互为经纬，意即天道与人道密不可分。耇老坚持"三去其二"，只谈人道。于是彭祖分别"告汝人伦"、"告汝□"、"告汝咎"、"告汝祸"，从人伦、□、休咎、祸福等方面系统阐述了他的人道思想。《殷高宗见于三寿》记殷高宗与三寿的对话。"三寿"本来指三个不同的年龄阶段，《庄子·盗跖》有上寿、中寿与下寿之说。简文中的"三寿"指三个具体的人物——少寿、中寿与彭祖，显然又系依托。全篇主要写殷高宗与彭祖的对话，并通过对话阐述彭祖的思想学说。殷高宗首先就"长"、"险"、"厌"、"恶"四个理念发问少寿与中寿，是为铺垫；接着继续发问彭祖，在得到彭祖的回答之后，殷高宗阐述了自己的观点。彭祖接续殷高宗的话头，又进一步补充了自己的主张。殷高宗在领会了彭祖的观点之后，又追问"祥"、"义"、"德"、"音"、"仁"、"圣"、"智"、"利"、"信"九个理念，彭祖一一予以阐述。最后，殷高宗阐述了自己对"扬"与"晦"两个理念的理解，并得到了彭祖的认可。值得注意的是，全篇充满着浓郁的巫术色彩，尤以"君子而不读书占"一段最为明显。《融师有成氏》对有成氏的描述同样充满着神话色彩，部分内容与《山海经》的记载非常类似。

　　最后考察小说的形式。总体而言，《汉书·艺文志·诸子略》的分类标准偏重于文献的思想内涵，形式特征非其关注的重点。

但"说什么"往往会影响到"怎么说"的选择,所以"小说家"的归类,理应也有其形式特征的趋同性。梁启超就主张"小说之所以异于前九家者,不在其涵义之内容,而在其所用文体之形式"①。他指出,"诸书与别部有连者,道家有伊尹五十一篇,鬻子二十二篇,此复有伊尹说、鬻子说;兵阴阳有师旷八篇,此复有六篇;五行家有务成子灾异应十四卷;房中家有务成子阴道三十六卷,此复有务成子十一篇,考其区别所由,盖以书之内容体例为分类也……道家之伊尹、鬻子盖以庄言发掘理论,小说家之伊尹说、鬻子说,则丛残小语及譬喻短篇也"②。梁启超此说的确能启人深思,考察《汉书·艺文志》所录小说的形式,不仅是可能的,而且是必要的。

根据前文可知,《汉书·艺文志》"小说家"所录小说大致包括说理、叙事、博物三种类型,而《伊尹以至味说汤》三者兼而有之,且篇幅颇为长大,结构亦相对完整,故下文以此篇为主,分析小说的形式。

从文体属性来看,《伊尹以至味说汤》是一篇论说文。全篇共四段,进行了四层论述。第一层,说者提出贤主建立功名的根本在于得到贤人。第二层,说者首先叙述贤人伊尹的出身以及贤主汤得到伊尹的经过,然后进一步深化前层观点,强调贤主与贤人之间"相得然后乐"是建立功名的关键。第三层,说者进而以伯牙与子期的故事为例,强调贤人与贤主的关系应当像伯牙与子期,贤主应当礼遇贤人。第四层,说者首先叙述汤在朝礼遇伊尹,接着伊尹为汤讲述天下最美的味道,并乘势提出,只有做了天子才能享受天下最美的味道;最后更进一步,强调要想成为天子,必须修成圣人之

---

① 梁启超《〈汉书·艺文志·诸子略〉考释》,《梁启超全集》第八册,北京出版社 1999年版,第 4706 页。
② 同上,第 4726—4727 页。

道。不难发现，四层论述步步为营，层层递进，从第一层阐述贤主求得贤人的重要性，到第四层强调天子修成圣人之道的必要性，境界与格调已有很大提升。再从论述的手段来看，说者融说理、叙事与博物于一炉，而将三者统摄成一个整体的方式，便是桓谭所言"近取譬论，以作短书"的"譬论"。所谓譬论，指用打比方的方式说理，使道理明白易懂。说者在论述事理的过程中，采用切近事理内涵的道理、故事或事物作比，以期形象生动地阐述事理。《说文解字》云："譬，谕也。谕，告也。"段注云："凡晓谕人者，皆举其所易明也。晓之曰谕，其人因言而晓亦曰谕。谕或作喻。"①王符《潜夫论》云："夫譬喻也者，生于直告之不明，故假物之然否以彰之。物之有然否，非以其文也，必以其真也。"②诸子说理，大多以譬论方式，举具有关联性的道理、故事或事物类比。《管子》云："召忽曰：'吾三人者之于齐国也，譬之犹鼎之有足也，去一焉则必不立矣。'言三人不可异其出处。"③《墨子》云："程繁问于子墨子曰：'……圣王不为乐，此譬之犹马驾而不税，弓张而不弛，无乃非有血气者之所不能至邪？'"④前者以鼎之三足譬管仲、鲍叔与召忽三人对于齐国的重要意义，后者以马驾而不税、弓张而不弛譬圣王不喜好音乐的不良后果。就论述的策略而言，《伊尹以至味说汤》通篇采取了譬论的方式，且使用了两层譬论，层累推进。外层的譬论是说者以汤得伊尹一事譬贤者得贤人之助，里层的譬论是伊尹以天下之至味譬圣王之道。在具体的论述过程中，说者借助于叙事，叙述了汤

---

① （汉）许慎撰，（清）段玉裁注，许惟贤整理《说文解字注》，凤凰出版社 2015 年版，第162 页。

② （汉）王符撰，（清）汪继培笺《潜夫论笺校正》，中华书局 1985 年版，第 326 页。

③ （唐）房玄龄注，（明）刘绩补注，刘晓艺校点《管子》，上海古籍出版社 2015 年版，第115 页。

④ （清）毕沅校注《墨子》卷二三"辨第七"，上海古籍出版社 2014 年版，第 24 页。

得伊尹的经过及伯牙与子期的相知；伊尹则借助于博物，铺陈天下至美之物。就论述的效果而言，经过两层譬论，原本抽象的道理（如功名与贤良的关系、天子与圣人之道的关系），借助于叙事（如汤得伊尹、伯牙与子期）与博物（如肉之美者、鱼之美者），变得形象生动，明白易懂。

实际上"譬论"是《汉书·艺文志》"小说家"普遍使用的论述方式，除《伊尹以至味说汤》外，其他篇目中亦有迹可循，如《师旷见太子晋》师旷云"吾闻王子之语，高于泰山"，王子云"夫木当时而不伐，夫何可得"；《天乙》云"学圣王之道者，譬其如日；静思而独居，譬其若火"；《百家》以"城门失火，殃及池中鱼"的故事"喻恶之滋，并中伤良谨"的道理等。其他几篇小说因不见全帙，只剩残篇，无从判断总体的形式特征，但据现存的条目来看，也大致可以归于论说体（如《鬻子说》"政曰"论民与吏之关系）、故事体（如《黄帝说》记"泰帝破瑟"与"荼与郁垒执鬼"，《虞初周说》记"羿射十日"等，皆属神话故事）与博物体（如《青史子》所记胎教之道、养隐之道与巾车教之道皆属名物制度考辨）。

以上我们从来源、内涵与形式三个方面考察了《汉书·艺文志》"小说家"的名与实，现在稍作小结。

首先，"小说家"的得名出于文献分类著录的需要，主要依据为诸子学说的区划，凡不便归入九流者皆入小说家。这造成了小说虽位列诸子十家，却不登大雅之堂的尴尬，"弃之如或可惜，存之又恐不经"[1]。如《百家》是刘向编校《说苑》等书的副产品，因品质与《说苑》不符而被剔除在外，别集为一书。姚振宗以为《百家》"盖

---

[1]　（唐）房玄龄等撰《晋书·艺术传》"序"，中华书局1974年版，第2467页。

《说苑》之余,犹宋李昉等既撰集为《太平御览》,复裒录为《太平广记》"①。这决定了小说家来源多样、内容驳杂与体例繁芜的本质特征。明乎此,方可谈小说。

其次,班固以"小说家"作为文献类目,承续了儒家、道家、墨家等九流的分类思想。余嘉锡云:"若夫诸子短书,百家杂说,皆以立意为宗,不以叙事为主;意主于达,故譬喻以致其思;事为之宾,故附会以圆其说;本出荒唐,难与庄论。"②这决定了小说以阐述思想学说为主,说者为阐明己意,会使用多种表达方式,如说理、叙事、博物,后人著述辑录,各有偏重,遂衍生了小说家的三种体例,即论说体、故事体、博物体。

第三,"小说家"的作者身份卑微,如稗官、方士、待诏臣之流,不为世人所重,不比九流作者身份显赫,多为王官,如儒家出于司徒之官、道家出于史官;小说内容浅薄、迂诞,不本经传,不比儒家、道家等高文典册可以"助人君顺阴阳、明教化",为"君人南面之术",故人微言轻,价值低下,被视作小道,君子不为。

第四,"小说家"虽是君子不为的小道,但也有其价值功能。王者借助小说,可以观风俗之盛衰,考朝政之得失。欧阳修云:"《书》曰'狂夫之议,圣人择焉'。又曰'询于刍荛',是小说之不可废也。古者惧下情之雍于上闻,故每岁孟春以木铎徇于路,采其风谣而观之。至于俚言巷语,亦足取也。"③欧阳修将稗官采集小说比诸采诗官收集民情民意,大体不差,传统小说也的确仰仗这种实用的价值功能才得以厕身于历代官私书目之中。

---

① 转引自杨树达《汉书窥管》,商务印书馆 2015 年版,第 218 页。
② 余嘉锡《古书通例》,中华书局 2007 年版,第 253 页。
③ (宋)欧阳修《崇文总目叙释》,《欧阳修全集》,中国书店 1986 年版,第 1004 页。

# 第三章 "蔚四部而为五":"说部" 与小说地位的转变

"说部"一词,学界一般认为即"小说"的同义词,并形成了视"说部"即"小说"之"部"的认识观念与研究格局。然考诸史料,"说部"之称肇始于明代中叶,滥觞于清中晚期,早期的"说部"概念无论内涵还是外延均与今天的"小说"相去甚远,"说部"最终成为小说的同义词,是近现代以来小说地位提升的结果。通过考索"说部"源流,辨析其在不同语境中意义的转换,可以清晰地显示一条从"说"到"小说"再到"说部"的演进轨迹。本章拟以具体文本为基础,剖析"说部"体例,探索"说"之语源,阐述"说部"流别,最终考察从"说部"到"小说"的转换过程。

## 第一节 "说部"之义

"说部"体例,一般认为肇始于西汉刘向《说苑》与南朝宋刘义庆《世说新语》,清人计东《说铃序》云:"说部之体,始于刘中垒之《说苑》、临川王之《世说》,至《说郛》所载,体不一家。而近代如《谈艺录》、《菽园杂记》、《水东日记》、《宛委余编》诸书,最著者不下数十家,然或摭据昔人著述,恣为褒刺,或指斥传闻见闻之事,意为毁誉,求之古人多识蓄德之指亦少盭矣。"①"说部"一词,则首见于明王世贞《弇州四部稿》,一百七十四卷,较早有万历五年(1577)王氏世经堂家刻本。所谓"四部"者,即"赋部"、"诗部"、"文部"、"说部",与传统目录学之"经"、"史"、"子"、"集"四部殊不相类。王氏"说部"著录凡七种,即《札记内编》、《札记外编》、《左逸》、《短长》、《艺苑卮言》、《卮言附录》、《宛委余编》。又明邹迪光所撰《文府滑稽》,十二卷,卷一至卷八为"文部",卷九至卷十二为"说部",较早有万历三十七年(1609)邹同光刻本。宣统二年(1910),王文濡、沈粹芬、黄摩西、张骘生等人发起,"仿《说荟》、《说海》、《说郛》、《说铃》、《朝野汇编》之例,汇而集之,俾成巨帙"②,于国学扶轮社编辑出版《古今说部丛书》,十集六十册。从《说苑》到《古今说部丛书》,横亘近两千年历史,通过分析《说苑》、《世说新语》、王氏"说部"、邹氏"说部"与《古今说部丛书》的编纂体例,能够比较完整地反映古代"说部"的真实面目,故不惮烦琐,叙录各书如下。

　　《说苑》乃刘向校书秘阁时,整理馆藏《说苑杂事》一书而成,《汉书·艺文志》诸子略儒家类著录。刘向《说苑序》云:"(向)所校中书《说苑杂事》及臣向书、民间书,诬校雠。其事类众多,章句相溷,或上下谬乱,难分别次序。除去与《新序》复重者,其余者浅薄不中义理,别集以为《百家》。后令以类相丛,一一条别篇目,更以造新事十万言。以上凡二十篇,七百八十四章,号曰《新苑》,皆可观。"③录其篇目,依次为"君道"、"臣术"、"建本"、"立节"、"贵德"、"复恩"、"政理"、"尊贤"、"正谏"、"敬慎"、"善说"、"奉使"、"权谋"、"至公"、"指武"、"谈丛"、"杂言"、"辨物"、"修文"、"反质",凡二十类。

①　(清)计东《说铃序》,(清)汪琬《说铃》,光绪五年文富堂刊本。
②　王文濡《古今说部丛书序》,国学扶轮社辑,1915年第2版。
③　(汉)刘向撰,向宗鲁校证《说苑校证》,中华书局1987年版,第1页。

《世说新语》,《隋志》及新、旧《唐志》皆著录于小说类,八卷;今世所传本皆三卷。篇目如下:上卷:"德行"、"言语"、"政事"、"文学";中卷:"方正"、"雅量"、"识鉴"、"赏誉"、"品藻"、"规箴"、"捷悟"、"夙惠"、"豪爽";下卷:"容止"、"自新"、"企羡"、"伤逝"、"栖逸"、"贤媛"、"术解"、"巧艺"、"宠礼"、"任诞"、"简傲"、"排调"、"轻诋"、"假谲"、"黜免"、"俭啬"、"汰侈"、"忿狷"、"谗险"、"尤悔"、"纰漏"、"惑溺"、"仇隙",凡三十六类。①

王氏"说部"所录七种,就内容而言实可分为四类。《札记》内、外篇乃作者所传经、史之随感录,其小序云:"卧痾斋室,无书史游目,因取柿叶,得辄书之,凡百余则。分为内、外篇,其内多传经,外多传史。"②《左逸》或为《左传》逸文,或为后人伪托,其小序云:"峄阳之梧爨樵者,穷其根,获石箧焉,以为伏藏物也。出之,有竹简,漆书古文,即《左氏传》。读之,中有小抵牾者凡三十五则,余得而录之。或曰其指正正非左氏指也,或曰秦汉人所传而托也。余不能辨,聊以辞而已。"③《短长》乃后人伪托之《战国策》逸文,小序云:"耕于齐之野者,地坎得大篆竹册一袠,曰《短长》,其文无足取,其事则时时与史抵牾云。按刘向叙《战国策》,一名《国事》,一名《短长》,一名《长书》,一名《修书》。所谓短长者,岂战国逸策欤?然多载秦及汉初事,意亦文景之世,好奇之士假托以撰者。……因录之以佐稗官一种,凡四十则。"④《艺苑卮言》、《卮言附录》、《苑委余编》三种乃诗文评,《艺苑卮言》小序云:"余读徐昌谷《谈艺录》,尝高其持论矣,独怪不及近体,伏习者之无门也。……以暑谢吏杜

---

① (南朝宋)刘义庆《世说新语》,上海古籍出版社1982年版。
② (明)王世贞《弇州四部稿·说部》卷一百三十九"札记",台湾商务印书馆景印文渊阁《四库全书》第1281册,第282页。
③ 同上,第305页。
④ 同上,第317页。

门,无赘书足读,乃取掌大薄号,有得辄笔之投簏箱中,浃月,簏箱几满已……稍为之次而录之,合六卷,凡论诗者十之七,文十之三。余所以欲为一家言者,以补三氏之未备者而已。"①

邹氏"说部",卷九收录庄子《魍魉问景说》、《许由逃尧说》、《庄子过魏王》等,列子《吕梁说》、《魏人说》、《牧羊说》等,子华子《元说》、《目奚足信说》、《貔说》等,吕子《重己说》,淳于髡《献鹄说》;卷十收录《战国策》之《邹忌讽齐王纳谏》、《淳于髡说齐王止伐魏》、《客谏孟尝君》、《江乙论昭奚恤》、《苏代对燕王》等,《韩非子》之《侏儒说卫灵公》、《匡倩对齐宣王》、《叔向师旷论齐桓》、《西门豹》、《炮人喻晋平公》、《惠子善譬》等,卷十一收录刘向《邹忌应淳于髡》、《西闾过喻船人》、《师旷谏晋平公》等,卷十二收录柳宗元《天说》、《捕蛇者说》、来鹄《俭不至说》、李翱《国马说》、苏洵《名二子说》、柳宗元《愚谿对》、张羽《笔对》、陈黯《辩谋》、崔祐甫《原鬼》、盛均《人旱解》、李华《言医》、元结《出规》、苏轼《御风辞》、刘伶《酒德颂》、白居易《酒功赞》、唐子西《古砚铭》、吴筠《移江神檄》、袁淑《会稽公九锡文》、王琳《鲗表》、雅禅师《禅本草》等。②

《古今说部丛书》卷帙浩繁,包罗万象。王文濡《序》云:"要皆文辞典雅,卓有可传,上而帝略、官制、朝政、宫闱以及天文、地舆、人物,一切可惊可愕之事,靡不具载,可以索幽隐、考正误,佐史乘所未备。或寥寥短章,微言隽永;或连篇成轶,骈偶兼长。就文体而论,亦觉无乎不备。"③仅以第一集为例。全书分"史乘"、"博物"、"风俗"、"怪异"、"文艺"、"清供"、"游戏"、"游记"、"杂志",凡

① (明)王世贞《弇州四部稿·说部》卷一百三十九"札记",台湾商务印书馆景印文渊阁《四库全书》第1281册,第341页。
② (明)邹迪光《文府滑稽》,《四库全书存目丛书》集部三二二,齐鲁书社1997年版。
③ 王文濡《古今说部丛书序》,国学扶轮社校辑,1915年第2版。

九类。"史乘"收录汉应劭《汉官仪》、晋司马彪《九州春秋》、唐李德裕《次柳氏旧闻》、宋江少虞《皇朝类苑》、宋吴枋《宜斋野乘》等,"博物"收录越范蠡《养鱼经》、晋王嘉《拾遗名山记》、清钱霱《黔西古迹考》等,"风俗"收录宋朱辅《蛮溪丛笑》、清钮秀《广东月令》等,"怪异"收录晋陆机《要览》、唐李玖《异闻实录》、宋吴淑《江淮异人录》等,"文艺"收录宋韦居安《梅澜诗话》,明程羽文《诗本事》,清陆次云《山林经籍策》,清钮秀《竹连珠》等,"清供"收录宋虞棕《食珍录》、清施清《芸窗雅事》、清成性《选石记》、清张苌《仿园酒评》,"游戏"收录清尤侗《病约三章》、清黄周星《小半斤谣》、清李式玉《四十张纸牌说》等,"游记"收录清韩则愈《五岳约》,"杂志"收录汉桓谭《新论》、晋裴启《语林》、唐阙名《商芸小说》、宋庞元英《谈薮》等。其中"清供"所收施清《芸窗雅事》皆为短小词条,如"溪下操琴"、"听松涛鸟韵"、"法名人画片"、"调雀"、"试泉茶"等二十一种"雅事"。

至此,我们对"说部"体例已有大致了解。"说部"之编纂,"或摭据昔人著述,恣为褒刺,或指斥传闻见闻之事,意为毁誉",要之,皆"以类相丛,一一条别篇目",裒集成篇。从内容看,几乎无所不包,既可记载人物言行,逸闻趣事,也可考证山川物理,名胜古迹;既可著录皇朝典故,名家名著,也可传录闾巷旧闻,野乘琐语;既有香茗珍酿,美味佳肴,也有琴棋书画,鸟木虫鱼。从体裁看,"亦觉无乎不备",有传、记、说、论、议、谏、对、辨、原、解、规、辞、赞、颂、铭、檄、喻、表、谣、九锡文、诗文评等等,可叙事、议论、说明,手法自由;有恢宏巨帙、片言只语,形态各异。由是观之,"说部"绝非某种单一文体,而是众多文章、文体、文类之汇聚。"部"有"门类、类别"义,"说部"即"说"之门类或类别。[①] 既然如此,为何以"说"

---

① 从这个意义去理解,则先秦韩非子《说林》与《储说》更有资格成为"说部"始祖,"林"与"储"在这里有"以类相丛"之意,与"部"大体相当。

名之？将众多内容、手法、体裁各异之文汇集成部，其间究竟有无共通之点？下文将从"说部"之"说"入手，探索"说部"渊源，并分析其流别。

## 第二节　"说部"之体

《说文解字》云："说，释也。"①清桂馥《说文解字义证》云："说，释也者。《易·小畜》释文引作'说，解也'。《广雅》：'解说也。'……《周易》有'说卦'，《庄子》有'说剑'，《韩非子》有'说难'、'说林'，《吕氏春秋·劝学篇》：'凡说者，兑之也，非说之也，今世之说者，多弗能兑而反说之。'……《文心雕龙·论说篇》：'说者悦也，兑为口舌，故言咨悦怿。'"②"说"之本义为"解释、说明"，《论语·八佾》："子闻之曰：'成事不说。'"何晏《集解》引包咸注曰："事已成，不可复解说。"③可引申为"讲述、叙说"，《易·咸》："《象》曰：'咸其辅颊舌'，滕口说也。"高亨注："滕口说，谓翻腾其口谈，即所谓'口若悬河'。"④作为名词，"说"还可由"讲述、叙说"引申为"话语"。《书·舜典》云："帝曰：'龙！朕圣谗说殄行，震惊朕师！'"孔颖达疏云："帝呼龙曰：龙！我憎疾人为谗佞之说，绝君子之行，而动惊我众人。"⑤"话语"又可进一步引申为"故事"，如唐卢言《卢氏杂说》所记皆晋宋以来文人官僚故事。

由"说"之诸义衍生出论说体与叙事体等文体。其论说体中最为典型者乃"说"体，或阐述道理，或考辨名物。元王构曰："正是非

---

① （汉）许慎《说文解字》，中华书局1963年版，第53页。
② （清）桂馥《说文解字义证》，上海古籍出版社1987年版，第199页。
③ （清）阮元校刻《十三经注疏·论语注疏》，中华书局1980年版，第2468页。
④ 高亨《周易大传今注》，齐鲁书社1979年版，第294页。
⑤ （清）阮元校刻《十三经注疏·尚书正义》，中华书局1980年版，第132页。

而著之者,说也。"①明吴讷云:"按说者,释也,述也,解释义理而以己意述之也。说之名,起自吾夫子之《说卦》,厥后汉许慎著《说文》,盖亦祖述其名而为之辞也。"②"说"体之文,往往兼具叙事与论说,只不过以论说为目的,叙事为手段。晋陆机《文赋》曰:"奏平彻以闲雅,说炜晔而谲狂。"李善注曰:"说以感动为先,故炜晔谲诳"。方廷珪注曰:"说者,即一物而说明其故,忌鄙俗,故须炜晔。炜晔,明显也。动人之听,忌直致,故须谲诳。谲诳,恢谐也。解人之颐,如淳于髡之笑,而冠系绝;东方朔之割肉,自数其美也。"③义理抽象,借助形象具体的故事就容易感发人心,因此先秦诸子"说"体散文,大多寓理于事,借事喻理,虽为论说体,却兼具叙事体特征,其叙事部分颇具今天的小说意味。如邹氏"说部"卷十所收《战国策》之《淳于髡说齐王止伐魏》:

> 齐欲伐魏,淳于髡谓齐王曰:"韩子卢者,天下之疾犬也;东郭逡者,海内之狡兔也。韩子卢逐东郭逡,环山者三,腾山者五,兔极于前,犬废于后。犬兔俱疲,各死其处。田父见之,无劳勤之苦,而擅其功。今齐、魏久相持,以顿其兵,敝其众,臣恐强秦、大楚承其后,有田父之功。"齐王惧,谢将休士。

淳于髡的说辞中,"疾犬与狡兔"一节即属叙事。因此有论者甚至认为先秦时期存在叙述历史故事与民间传说的"说"体叙事文,并

---

① (元)王构《修辞鉴衡》,王云五主编《丛书集成初编》本,商务印书馆 1937 年版,第 27 页。
② (明)吴讷《文章辨体序说》,于北山校点,人民文学出版社 1962 年版,第 43 页。
③ (晋)陆机撰,张少康集释《文赋集释》,上海古籍出版社 1984 年版,第 85 页。

影响到后世史传、寓言与小说等叙事艺术的发展。①"说"体流变，近人姚华阐述甚详：

> 说盛于战国，殷、周故事，相传诸说（伊尹说汤、吕尚说文王之类），皆战国时笔。沿至汉、魏，余风未泯，史籍所书，往往而有（杜钦说王凤、杜邺说王音王商、董崇说寇恂、郑兴说更始隗嚣、袁涣说曹操、沮授说袁绍之类）。口说曰说，书说亦曰说。书说之体，本近上书，奏议类也。至于私说，亦统于论著，韩非《储说》、墨子《经说》，并造其端，贾谊（《说积贮》见《汉书·食货志》）刘向（《五纪说》见《宋书·天文志》）曹植（《髑髅说》见《艺文类聚》十七）陆绩（《浑天仪说》见《开元占经》一又二，《御览》十七）王蕃（《浑天象说》见《晋》、《宋》、《隋》三书《天文志》）之徒，接踵而起。而《易》有《说卦传》，秦延君说"粤若稽古"至三万余言，（桓谭《新论》）匡鼎以说，诗名，许君以《说文》著，凡此之属，不绝于史，则又流于传记矣。②

明徐师曾认为，"（说）要之传于经义，而更出己见，纵横抑扬，以详赡为上而已；与论无大异也"③。就以己意阐述义理而言，"说"不但与"论"无大异，且与"议"、"辨"、"传"、"谏"、"规"、"赞"、"评"等论说体皆相类似，作者为阐释道理，明辨事物，让读者（听者）易于并且乐于接受，往往踵事增华，借助寓言或比喻，力求论说的通俗化。《文心雕龙·论说》云：

---

① 廖群《"说"、"传"、"语"：先秦"说体"考索》，《文学遗产》2006 年第 6 期。
② 姚华《论文后编》，舒芜、周绍良等编选《中国近代文论选》，人民文学出版社 1959 年版，第 654 页。
③ （明）徐师曾《文体明辨序说》，罗根泽校点，人民文学出版社 1962 年版，第 132 页。

详观论体,条流多品:陈政则与议说合契,释经则与传注参体,辨史则与赞评齐行,铨文则与叙引共纪。(集释:《说文》:"论,议也。"《广雅·释诂二》:"说,论也。"详本篇及《议对》篇,毛公注《诗》,安国注《书》,皆称为传,传即注也。贾逵曰:"论,释也。"《汉书》曰赞,《后汉书》曰论,《三国志》曰评,其实一也。铨当作诠。《淮南书》有诠言训,高注曰"诠,就也"。诠言者,谓譬类人事,相解喻也。)故议者宜言,说者说语,传者转师,注者主解,赞者明意,评者平理,序者次事,引者胤辞:八名区分,一揆宗论。论也者,弥纶群言,而研精一理者也。①

邹氏"说部"遍选"论"、"议"、"辨"、"原"等诸多论说体而入"说部"囊中,原因也在于此。

除了泛指论说体,"说"还专指解说经文,并出现了专门的"说书"体。《汉书·叙传上》云:"时上方乡学,郑宽中、张禹朝夕入说《尚书》、《论语》于金华殿中,诏伯受焉。"②清俞樾《茶香室丛钞》"先进于礼乐苏子瞻说"条云:"后儒说《论语》,亦无引苏氏此说者。"③明徐师曾《文体明辨》收录"说书"体,其小序云:

按说书者,儒臣进讲之词也。人主好学,则观览经史,而儒臣因说其义以进之,谓之说书。然诸集不载,唯《苏文忠公集》有《迩英进读》数条。而《文鉴》取以为说书,题与篇首有问对字,盖被顾问而答之之词。今读其词,大抵皆文士之作,而

---

① (南朝梁)刘勰撰,范文澜注《文心雕龙注》,人民文学出版社 1978 年版,第 330—331 页。
② (汉)班固《汉书》卷一百,中华书局 1962 年版,第 4216 页。
③ (清)俞樾《茶香室丛钞》,中华书局 1995 年版,第 52 页。

于经史大义，无甚发明，不知当时说书之体，果然乎否也？及
观《王十朋集》，似稍不同，然亦不能敷陈大义。故今仍《文鉴》
录之，聊备一体云耳。今制：经筵进讲，亦有讲章，首列训诂，
次陈大义，而以规讽终焉。欲其易晓，故篇首多用俗语，与此
类所载者夐异，以为有益学者，宜别求之。①

儒臣为人主讲说经史，"首列训诂，次陈大义，而以规讽终焉"，"欲
其易晓，故篇首多用俗语"，这个过程实即对经史的通俗化叙述并
以己意阐释义理，亦即"演义"。"演义"分为"演言"与"演事"两个
系统，"演言"是对义理的通俗化阐释，"演事"是对正史及现实人物
故事的通俗化叙述。② 小说家"据国史演为通俗"，遂成为历史演
义一派；"演义"推而广之，遂成为通俗小说创作的重要手法。当
"说书"场所从宫廷转换成民间，当"说书"内容从经史转换成故事，
当"说书"者从名儒大臣转换为下层文人，当听众从人主转换成市
井百姓，"说书"便演变为"说话"，"话"即故事，"说"便成为叙事体。
宋罗烨《醉翁谈录》云："小说者流，出于机戒之官，遂分百官记录之
司。由是有说者纵横四海，驰骋百家。以上古隐奥之文章，为今日
分明之议论。或名演史，或谓合生，或称舌耕，或作挑闪，皆有所
据，不敢谬言。……试将便眼之流传，略为从头而敷演。得其兴
废，谨按史书；夸此功名，总依故事。"③

　　诗文评兼具论说体与叙事体二者之长，论者阐述作诗旨意时
往往叙及诗之本事，因此人们常视诗文评为"说部"，王氏"说部"中
"艺苑卮言"、"卮言附录"、"苑委余谈"皆收录诗文评类，《古今说部

① 《文体明辨序说》，第140页。
② 参谭帆《"演义"考》，《文学遗产》2002年第2期。
③ （宋）罗烨《醉翁谈录》甲集卷一《舌耕叙引》，古典文学出版社1957年版，第2页。

丛书》"文艺"类亦收录宋韦居安《梅涧诗话》,明程羽文《诗本事》等诗话。《四库全书总目》"诗文评类"小序云:"……至皎然《诗式》,备陈法律;孟棨《本事诗》,旁采故实;刘攽《中山诗话》、欧阳修《六一诗话》,又体兼说部"①,又云《浩然斋雅谈》"体类说部,所载实皆诗文评"②,《渔洋诗话》"名为诗话,实兼说部之体"③。有时甚至直接称诗话为说部:"又宋时说部诸家如胡仔《苕溪渔隐丛话》、蔡梦弼《草堂诗话》、魏庆之《诗人玉屑》之类,多有征引《艺苑雌黄》之文。"④诗话与说部之渊源,清章学诚阐述甚详:

> 唐人诗话,初本论诗,自孟棨《本事诗》出,乃使人知国史叙诗之意;而好事者踵而广之,则诗话而通于史部之传记矣。间或诠释名物,则诗话而通于经部之小学矣。或泛述闻见,则诗话而通于子部之杂家矣。虽书旨不一其端,而大略不出论辞论事,推作者之志,期于诗教有益而已矣。……诗话说部之末流,纠纷而不可犁别,学术不明,而人心风俗或因之而受其敝矣。⑤

章学诚抓住诗话"叙述历史"、"诠释名物"、"泛述闻见"三个方面的内容,与传记、小学、杂家等学术派别类比,指出了诗话"论辞论事"的本质属性。以《古今说部丛书》为例,其"史乘"类即"叙述历史","博物"类即"诠释名物",至于"泛述闻见"者,则有"风俗"、"怪异"、

---

① (清)永瑢等《四库全书总目》卷一九五,集部四十八,中华书局 1965 年版,第 1779 页。
② 《四库全书总目》卷一九五,集部四十八,第 1790 页。
③ 《四库全书总目》卷一九六,集部四十九,第 1793 页。
④ 《四库全书总目》卷一九七,集部五十,第 1798 页。
⑤ (清)章学诚著,叶瑛校注《文史通义校注》卷五内篇五,中华书局 1985 年版,第 559—560 页。

"游记"、"杂志"等类可比,《四库全书总目》称诗文评类"体兼说部",实有所本。

"说部"之中,数量最多、影响最大者当属笔记,或称随笔、札记等。笔记既可指一种以随笔形式记录见闻杂感的文体形式,也可指由一条条相对独立的札记汇集而成的著述体式。① 作为文体形式,笔记具有极大的灵活性与随意性,不拘风格,不限篇幅,作者的所见所闻所感,可信手拈来,随笔录之,如明王世贞《说部》"札记"小序所言"卧痾斋室,无书史游目,因取柿叶,得辄书之"。作为著述体式,笔记包罗万象,内容宏富,如宋李瀚《容斋随笔旧序》所言"搜悉异闻,考核经史,捃拾典故,值言之最者必札之,遇事之奇者必摘之,虽诗词、文翰、历谶、卜医,钩纂不遗"②。大体而言,笔记可分为史料性、学术性与故事性三种类型。史料性笔记虽然内容琐碎驳杂,但所记或为正史所避讳者,或为正史所不屑者,或为正史所不及者,人们常以"稗史"目之,可为正史之助。学术性笔记为作者研究文艺、考辨名物的学术记录,虽然大多是有感而发,不成体系,却往往有真知灼见存焉。王世贞《艺苑卮言》小序自称"欲为一家言",明屠隆誉之甚高,称"读《艺苑卮言》,辨博哉! 如涉太湖云梦焉。"③宋叶大庆《考古质疑》专事考据之学,《四库全书总目》评曰:"其书上自六经诸史,下逮宋世著述诸名家,各为抉摘其疑义,考证详明,类多前人所未发。其有征引古书及疏通互证之处,则各于本文之下用夹注以明之,体例尤为详悉,在南宋说部之中,可无愧淹通之目。"④故事性笔记,因其具备人物与一定的故事情

----

① 参陶敏、刘再华《"笔记小说"与笔记研究》,《文学遗产》2003 年第 2 期。
② (宋)洪迈《容斋随笔》,上海古籍出版社 1978 年版。
③ (明)屠隆《与王元美先生》,《由拳集》,台北伟文图书出版社 1977 年版,第 708 页。
④ 《四库全书总目》卷一一八,子部二十八,第 1022 页。

节,与现代意义的小说概念接近而被后人称为笔记小说。刘叶秋先生《历代笔记概述》将古代笔记分为小说故事类、历史琐闻类和考据辨证类三类,认为小说故事类即后人所说的笔记小说。他说："这里的第一类,即所谓'笔记小说',内容主要是情节简单,篇幅短小的故事,其中有的故事略具短篇小说的规模。二三两类则⋯⋯只能算作'笔记',不宜称为'笔记小说'。"①吴礼权先生《中国笔记小说史·导论》也认为笔记小说"就是指那些铺写故事、以人物为中心而又较有情节结构的笔记作品"②。需要强调的是,只有故事类笔记才可称为笔记小说,二者不可辨。

以上考察了"说"之语源,从"说"的诸种义项中梳理出若干说部流别。大致说来,"说"之"解释、说明"义衍生出"论说"体(包括阐释义理与考辨名物两种类型)、"说书"体、诗文评与学术性笔记,"说"之"讲叙、叙说"义衍生出史料性笔记、故事性笔记、"说话"以及作为叙事文学的小说。清人李光廷曾分说部为二类:"自稗官之职废,而说部始兴。唐、宋以来,美不胜收矣。而其别则有二:穿穴罅漏、爬梳纤悉,大足以抉经义传疏之奥,小亦以穷名物象数之源,是曰考订家,如《容斋随笔》、《困学纪闻》之类是也;朝章国典,遗闻琐事,巨不遗而细不弃,上以资掌故而下以广见闻,是曰小说家,如《唐国史补》、《北梦琐言》之类是也。"③近人刘师培则将说部分为三类:"一曰考古之书,于经学则考其片言,于小学或详其一字,下至子史,皆有诠明,旁及诗文,咸有纪录,此一类也。一曰记事之书,或类辑一朝之政,或详述一方之闻,或杂记一人之事,然草

---

① 刘叶秋《历代笔记概述》,中华书局 1980 年版,第 3 页。
② 吴礼权《中国笔记小说史》,商务印书馆 1993 年版,第 2 页。
③ (清)李广廷《蕉轩随录序》,(清)方濬师撰,盛冬铃点校《蕉轩随录 续录》,中华书局 1995 年版。

野载笔,黑白杂淆,优者足补史册之遗,下者转昧是非之实,此又一类也。一曰稗官之书,巷议街谈,辗转相传,或陈福善祸淫之迹,或以敬天明鬼为宗,甚至记坛宇而陈仪迹,因祠庙而述鬼神,是谓齐东之谈,堪续《虞初》之著,此又一类也。"①名目不尽相同,但内容大体不差,其所谓"考订家"与"考古之书",大体可对应"论说"体、诗文评与学术性笔记;"小说家"与"记事之书"大体可对应史料性笔记;至于"稗官之书",则大体对应故事性笔记与作为叙事文学的小说。

## 第三节　由著述体例到文学类型

通过考察"说部"体例与"说部"流别,我们知道古代"说部"通常作为一种著述类型出现,是众多与"说"相关的文章、文体与文类的汇聚,而非单一的文体概念。作为著述,"说部"的产生与传统经、史、子、集四部有着密切关系。清人章学诚多次论及"说部"之由来,他说:"《诗品》《文心》,专门著述,自非学富才优,为之不易,故降而为诗话。沿流忘源,为诗话者,不复知著作之初意矣。犹之训诂与子史专家(子指上章杂家,史指上章传记),为之不易,故降而为说部。沿流忘源,为说部者,不复知专家之初意也"②,"诸子一变而为文集之论议,再变而为说部之札记,则宋人有志于学,而为返朴还淳之会也。然嗜好多端,既不能屏除文士习气;而为之太易,又不能得其深造逢源。遍阅作者,求其始末,大抵是收拾文集

---

① 刘师培《论说部与文学之关系》,舒芜、周绍良等编选《中国近代文论选》,人民文学出版社 1959 年版,第 592 页。
② (清)章学诚著,叶瑛校注《文史通义校注》卷五内篇五,中华书局 1985 年版,第559—560 页。

之余，取其偶然所得，一时未能结撰者，札而记之，积少致多，裒成
其帙耳"①。在章学诚看来，说部"犹经之别解，史之外传，子之外
篇也"②。近人刘师培对"说部"的产生持论与章学诚大致相同，对
"说部"作者的贬斥之意则更为明显。他说："唐、宋以前，治学术
者，大抵多专门之学，与涉猎之学不同，故丛残琐屑之书鲜。唐、宋
以降，治学术者，大抵皆涉猎之学耳，故说部之书，盛于唐、宋，今之
见于著录者，不下数千百种……均由学士大夫，好佚恶劳，惮著书
之苦，复欲博著书之名，故单辞只义，轶事遗闻，咸笔之于书，以冀
流传久远，非如经史子集，各有专门名家，师承授受，可以永久勿堕
也。"③很显然，章、刘二子皆从治学角度立论，视"说部"为学术性
著述，这与后世作为叙事文学的小说相隔甚远。然而自晚清以降，
"说部"已逐渐演变成一个文体概念，专指作为叙事文学的小说，并
成为小说的代名词。这中间又是怎样过渡的呢？ 对此，清人朱寿
康如是说：

> 说部为史家别子，综厥大旨，要皆取义六经，发源群籍。
> 或见名理，或佐纪载；或微词讽谕，或直言指陈，咸足补正书所
> 未备。自《洞冥》、《搜神》诸书出，后之作者，多钩奇弋异，遂变
> 而为子部之余，然观其词隐义深，未始不主文谲谏，于人心世
> 道之防，往往三致意焉。乃近人撰述，初不察古人立懦兴顽之
> 本旨，专取瑰谈诡说，衍而为荒唐傲诡之辞。于是奇益求奇，
> 幻益求幻，务极六合所未见，千古所未闻之事，粉饰而论列之，

---

① 《文史通义校注》卷八外篇三，第 791—792 页。
② 《文史通义校注》卷八外篇一，第 576 页。
③ 刘师培《论说部与文学之关系》，舒芜、周绍良等编选《中国近代文论选》，人民文学
出版社 1959 年版，第 592 页。

自附于古作者之林，呜呼悖已！①

朱氏此说清晰地勾勒出了古之"说部"如何从"史家别子"演变为"子部之余"，再从"词隐意深"、"主文谲谏"的子部演变为"瑰谈诡说"、"荒唐俶诡"的子部，学术意识与诗教观念逐步减弱，而故事性与娱乐性逐步增强，从征实的"补正书所未备"到尚虚的"务极六合所未见，千古所未闻之事"，跨度非常之大，已越来越接近现代意义的小说概念。"奇益求奇"、"幻益求幻"固然是学术著述之大忌，但对叙述故事的小说来说，却几乎是古人孜孜以求的最高境界，"盖奇则传，不奇则不传。书之所贵者奇也"②，"文不幻不文，幻不极不幻。是知天下极幻之事，乃极真之事；极幻之理，乃极真之理"③。

从早期的著述体例到后来作为叙事文学的小说，"说部"语义转变的关键在于"说"之义项中早已为此埋藏了合理的逻辑线索。由"说"之本义"解释、说明"，引申出"讲述、叙说"义，再由此引申出"话语"与"故事"，以"说"指称讲叙故事的小说自然也就有理有据。再者"说炜晔而谲诳"，为了阐释义理，考辨名物，是离不开一定的叙说与讲述的："夫说也者，欲其详，欲其明，欲其婉转可思，令读之者如临其事焉。夫然后能使人歌舞感激，悲恨笑忿错出，而掩卷平怀，有以得其事理之正。斯说之有功于世，而不负作者之心矣。"④如果此处所言之"说"还可理解为以论说为主、叙事只是为论说服

---

① （清）朱寿康《浇愁集叙》，（清）王韬《浇愁集》，上海《申报馆丛书》1877 年本。
② （清）卢联珠《第一快活奇书序》，（清）陈天池《第一快活奇书》，上海文记书局排印本。
③ （清）袁于令《西游记题词》，《李卓吾先生批评西游记一百回》，台湾政治大学古典小说研究中心主编《明清善本小说丛刊》影印本。
④ （清）谷口生《生绡剪弇语》，上海古籍出版社《古本小说集成》影印本。

务的话,那么以下对"说"的阐释,已经完全偏向其叙事性,此种语境中的"说"便已是作为叙事文学的小说:"从来创说者,不宜尽出于虚,亦不宜尽由于实。苟事事皆虚,则过于诞妄,而无以服考古之心;事事皆实,则失于平庸,而无以动一时之听。"①况且"说部"本来包括由"解释、说明"之义衍生的论说体与"叙说、讲述"之义衍生的叙事体。大致说来,汉魏六朝以前,论说体比叙事体发达,但论说体中也有相当比例的叙事成分;汉魏六朝以后,叙事体迅猛发展,尤其是宋元以来,由"说话"发展而成的通俗小说逐渐成为"说部"主流,作为叙事文学的小说便逐步独占"说部"的光芒,至晚清以降,终于将论说体从"说部"中剔除出去,人们遂只知"说部"即小说,而小说又可称为"说部"。清人王韬的观点颇具代表性:

> 《镜花缘》一书,虽为小说家流,而兼才人、学人之能事者也……观其学问之渊博,考据之精详,搜罗之富有,于声韵、训诂、历算、舆图诸书,无不涉历一周,时流露于笔墨间。阅者勿以说部观,作异书观亦无不可……窃谓熟读此书,于席间可应专对之选,与他说部之但叙俗情、羌无故实者,奚翅上下床之别哉?②

按古之"说部"本来即颇具学术性,章学诚与刘师培甚至视"说部"为学术著述,无论是按照李光廷的两分法还是按照姚华的三分法,阐释义理与考辨名物之"说"都占据半壁江山,倘若搁在以前,"学

---

① (清)金丰《说岳全传序》,(清)钱彩《说岳全传》,上海古籍出版社《古本小说集成》影印本。
② (清)王韬《镜花缘序》,(清)李汝珍《镜花缘》,汪原放校点,上海亚东图书馆 1925 年版。

问"、"考据"、"搜罗"本是"说部"之能事，《镜花缘》作者逞才炫学，哪里值得王韬大惊小怪地宣扬？之所以要提醒"阅者勿以说部观，作异书观亦无不可"，就是因为此时的"说部"已经等同于纯文学性质的"但叙俗情羌无故实"的小说，《镜花缘》稍稍"返祖归宗"，时人便要"作异书观"了。又如清梅鹤山人《萤窗异草序》云："稗官有三：一说部，一院本，一杂记。"①其所言"稗官"，即《汉志》所言"街谈巷语，道听途说者之所造"，指非常宽泛意义上的小说；"说部"，指作为文学类型的叙事作品，即现代意义的小说；"院本"指的是戏曲；"杂记"指的是札记，而这在以前却是隶属于"说部"的。此外清王韬《海上尘天影叙》云："历来章回说部中，《石头记》以细腻胜，《水浒传》以粗豪胜，《镜花缘》以苛刻胜，《品花宝鉴》以含蓄胜，《野叟曝言》以夸大胜，《花月痕》以情致胜。是书兼而有之，可与以上说部家分争一席，其所以誉者如此。"②清花也怜侬《海上花列传例言》云："全书笔法自谓《儒林外史》脱化出来，惟穿插、藏闪之法，则为从来说部所未有……说部书，题是断语，书是叙事。往往有题目系说某事，而书中长篇累牍竟不说起，一若与题目毫无关涉者，前人已有此例。"③以上所言"说部"皆指现代意义的小说。

清末民初，在"小说界革命"浪潮的推动下，小说地位得到空前提高，以至有人感叹"昔之视小说也太轻，而今之视小说又太重也"④。有人提出在目录学上给予小说与经、史、子、集同等的地位，康有为《〈日本书目志〉识语》云："易逮于民治，善入于愚俗，可增七略为八、四部为五，蔚为大国，直隶王风者，今日急务，其小说

---

① （清）长白浩歌子《萤窗异草》，齐鲁书社 2004 年版。
② （清）邹弢《海上尘天影》，上海古籍出版社《古本小说集成》影印本。
③ （清）韩邦庆《海上花列传》，齐鲁书社 1993 年版。
④ 黄人《小说林发刊词》，1907《小说林》创刊号。

乎! 仅识字之人,有不读'经',无有不读小说者。"①梁启超《译印政治小说序》云:"今中国识字人寡,深通文学之人尤寡,然则小说学之在中国,殆可增七略而为八,蔚四部而为五者矣。"②其实在传统经、史、子、集四部之外增列"说部"的设想,清人赵翼早就提过:"近代说部之书最多,或又当作经、史、子、集、说五部也。"③只不过赵翼所言"说部"指的是笔记之类著述体例,而康、梁所言"说部",则专指作为叙事文学的小说。自此以后,"说部"所指遂囿于小说一途,意即"小说"之"部",如民国年间徐敬修《说部常识》云:"说部二字,即小说总汇之名称。"④该书对小说类别的区分最能体现这种观念,如"就派别方面言"分为理想派与写实派,"就文体方面言"分为记载体、章回体、诗歌体,"就文字方面言"分为文言小说与白话小说("就语法而言"),散言小说与韵言小说("就辞句而言")。

通过剖析"说部"体例,分析"说"的语源,阐述"说部"流别,我们认为古代"说部"并非单一的文体概念,而是一种著述体例,是由"说"之诸种义项衍生出来的众多文章、文体与文类的汇聚,大体上可分为论说体与叙事体。随着小说文体的独立与地位的提升,叙事体一家独大,将原属"说部"的论说体逐步排挤出"说部"之外,清末民初以来,"说部"最终确立为"小说"之"部",专指现代意义的小说。

---

① (清)康有为《日本书目志》,上海大同译书局 1897 年版。
② 1898 年 12 月 23 日《清议报》第一册。
③ (清)赵翼《陔余丛考》卷二十二,上海商务印书馆 1957 年版,第 423 页。
④ 徐敬修《说部常识》,上海大东书局 1925 年版,第 7 页。

# 第四章 "正史之助"："稗史"与 小说的价值功能

作为"小说"的代名词，"稗史"一词频频出现于早期小说史与文学史等著述中，如鲁迅《中国小说史略》云"寓讥弹于稗史者，晋唐已有，而明为盛，尤在人情小说中"[①]，钱基博《中国文学史》认为"（《搜神记》）坦迤，似准陈寿，而事则怪；稗史之开山也"[②]，游国恩《中国文学史》说"我国古代的稗史、志怪小说如《吴越春秋》、《搜神记》、《补江总白猿传》等，都写过白猿成精作怪的故事"[③]。在近、现代的文学史料与著述中，以"稗史"指称"小说"实是一个非常普遍的现象。然而"稗史"的本义如何？"稗史"为何能指称"小说"？以"稗史"指代"小说"反映了人们怎样的小说观念？这一系列的疑惑并没有得到相应的解答。本章试图以"稗史"含义的演化为对象，梳理小说观念的演变。

## 第一节 "稗史"释义

"稗史"最初是作为史学概念出现的。以"稗"名史者，较早见

---

① 鲁迅《中国小说史略》，人民文学出版社 1981 年版，第 189 页。
② 钱基博《中国文学史》，中华书局 1993 年版，第 166 页。
③ 游国恩等《中国文学史》，人民文学出版社 1963 年版，第 92 页。

于宋耐庵《靖康稗史》,嗣后有元徐显《稗史集传》、仇远《稗史》、明王圻《稗史汇编》、孙继芳《矶园稗史》、黄昌龄《稗乘》、商濬《稗海》、清留云居士《明季稗史汇编》、宋起凤《稗史》、汤用中《翼𪊧稗编》、佚名《明末稗史钞》、佚名《甲乙稗史》、潘永因《宋稗类钞》、民国徐珂《清稗类钞》、陆保璿《满清稗史》等。

唐参寥子《唐阙史序》云：

> 皇朝济济多士,声名文物之盛,两汉才足以扶轮捧毂而已。区区晋、魏、周、隋已降,何足道哉！故自武德、贞观而后,吮笔为小说小录、稗史野史、杂录杂纪者多矣。贞元、大历已前,掇拾无遗事,大中、咸通而下,或有可以为夸尚者、资谈笑者、垂训诫者,惜乎不书于方册,辄从而记之,其雅登于太史氏者,不复载录。[1]

据此可知,《唐阙史》中"稗史"一类收录的是"不书于方册",为"太史氏"即正史所不载录的"遗事",它可以"为夸尚"、"资谈笑"、"垂训诫",其地位与"小说"、"野史"、"杂录"等同列。对于"稗史"的定义,明周孔教《稗史汇编序》说得更为明了：

> 夫史者,记言、记事之书也。国不乏史,史不乏官,故古有左史、右史、内史、外史之员。其文出于四史,藏诸金匮石室,则尊而名之曰正；出于山臞巷叟之说,迂疏放诞、真虚靡测,则绌而名之曰稗。稗之犹言小也,然有正而为稗之流,亦有稗而

---

① (唐)高彦休《唐阙史》,陈尚君、杨国安整理,车吉心总主编《中华野史·唐朝卷》,中国戏剧出版社 2002 年版,第 795 页。

为正之助者。①

周孔教认为，"稗史"指与"正史"相对的那一类史籍，"出于山膕巷叟之说"，指史料来源鄙野俚俗；"迂疏放诞、真虚靡测"，指内容妄诞浅薄；"绌而名之曰稗"，指地位比较低下。"绌"有"低劣"义，清郑观应《盛世危言·考试下》云："期满考试，或优或绌，参考三年之学业，可得其详。"②清章炳麟《商鞅》云："法家与刀笔吏，其优绌诚不可较哉！"③"稗史"在这里是一个偏正词语，语义重心当落在"史"字，"稗之犹言小也"。周孔教释"稗史"之"稗"，当受《汉书·艺文志》释"稗官"影响所致。《汉书·艺文志》"诸子略·小说家"云："小说家者流，盖出于稗官。街谈巷语，道听途说者之所造也。"魏如淳注曰："《九章》'细米为稗'。街谈巷说，其细碎之言也。王者欲知闾巷风俗，故立稗官使称说之。"唐颜师古引如淳注后，又加注曰："稗官，小官"。④ 师古释"稗"为"小"，除受如淳"细米为稗"影响外，又源于《广雅》。《广雅》卷二"释诂"云："稗，小也。"⑤

　　从上述两篇序文对"稗史"的描述与定义可以看出，"稗史"之"稗"价值判断意味十分明显，有"鄙野卑微"之义，"稗史"作为一种史籍，所记载的是官修正史所不取的闾巷琐谈、逸闻旧事。事实上，在绝大多数场合，"稗史"一词是以与"正史"相对，而与"野史"等同的面貌出现的。元徐显《稗史集传序》云："古者乡塾里间亦各有史，所以纪善恶而垂劝戒。后世惟天子有太史，而庶民之有德业

---

① （明）王圻《稗史汇编》，北京出版社 1993 年版，第 1 页。
② （清）郑观应著，辛俊玲评注《盛世危言》，华夏出版社 2002 年版，第 131 页。
③ （清）章炳麟著，刘治立评注《訄书》，华夏出版社 2002 年版，第 188 页。
④ （汉）班固撰，（唐）颜师古注《汉书》，中华书局 1962 年版，第 1745 页。
⑤ （清）王念孙《广雅疏证》，上海古籍出版社 1983 年版，第 198 页。

者，非附贤士大夫为之纪，其闻者蔑焉。世传笔谈、麈录、金载、友议等作，目之为野史，而后之修国史者，不能不有取之，则野史者亦古间史之流也欤？"①明王世贞《艺苑卮言》卷六认为"杨（慎）工于证经而疏於解经，博于稗史而忽於正史"②。清昭梿《啸亭杂录》卷二"金元史"条云："自古稗史之多，无如两宋，虽若《扪虱新语》、《碧驺录》不无污蔑正人，然一代文献，赖兹以存，学者考其颠末，可以为正史之助。"③清尤侗《明艺文志》列有"正史类"四百七十一部，"稗史类"一百十部。《四库全书总目》史部首列正史，《正史类·序》称："正史之名，见于《隋志》，至宋而定著十有七。明刊监板，合宋、辽、金、元四史为二十有一。皇上钦定《明史》，又诏增《旧唐书》为二十有三。近蒐罗《四库》，薛居正《旧五代史》得衰集成编，与欧阳修书并列，共为二十有四。今并从官本校录，凡未经宸断者，则悉不滥登。盖正史体尊，义与经配，非悬诸令典，莫敢私增，所由与稗官野记异也。"④"未经宸断，悉不滥登"，"非悬诸令典，莫敢私增"，语气论断相当严厉，四库馆臣如此强调正史的尊贵地位，突出了正史"钦定"、"御制"的官方血统，同时也反映了稗史史学地位的低下。值得注意的是，尽管各朝著述认为稗史鄙野卑微，但大都强调其"垂训诫"、"为正史之助"的文献价值。这种认识非常重要，它是后人将小说依附于史，以"稗史"指代"小说"的一个非常重要的理论根据。一般来说，稗史作者持"虑史氏或阙则补之意"⑤，所记或为正史所避讳者，或为正史所不屑者，或为正史所不及者，故内

① （元）徐显《稗史集传》，《丛书集成初编》本。
② （明）王世贞《艺苑卮言》，丁福保辑《历代诗话续编》，中华书局1983年版，第1053页。
③ （清）昭梿撰，何英芳点校《啸亭杂录》，中华书局1980年出版，第30页。
④ （清）永瑢等《钦定四库全书总目》，中华书局1997年版，第613页。
⑤ （唐）李肇《国史补·序》，上海古籍出版社1979年版，第1页。

容驳杂,但往往有珍贵的文献资料见于其中,是后世撰述正史的重要材料来源。《靖康稗史》共包括《宣和乙巳奉使金国行程录》等七种记载北宋靖康之变的野史,对宋金交恶、宋都汴京陷落始末以及北宋宫室宗族北迁的情况所记尤详,具有极高的史料价值。《稗史集传》包括王艮、柯九思、王冕等十三人的传记,多为徐显曾与之交游或熟悉者,资料较为翔实可靠,清人朱彝尊的《王冕传》与近人柯劭忞《新元史》中的《柯九思传》等书即采用了它的记载。《稗史汇编》搜罗广博,包罗万象,李廷对《跋稗史汇编》认为它“取材于千古而衡定于宗工,岂若摘一孔雀之藻羽,脱一犀象之牙角,以仅仅资谭谑者比哉?宜其绍荀李流风,直追典则而并驾矣”[1]。宋起凤所辑《稗史》记载了明代至清初朝野遗事一百五十余条,是研究明代宫廷遗闻逸事的重要资料。孙楷第认为《矶园稗史》“除委巷琐事外,正嘉间遗闻掌故往往而有,亦未尝不可为考订之资也”[2]。

　　内容时见珍闻,“可为考订之资”,这只是稗史特征的一个方面。另一方面,稗史“属辞比事,皆不与《春秋》、《史记》、《汉书》相似,盖率尔而作,非史策之正也”,“学者多钞撮旧史,自为一书,或起自人皇,或断之近代,亦各其志,而体制不经”,“又有委巷之说,迂怪妄诞,真虚莫测”。[3] 前者保证了稗史有存在的价值,后者则导致了稗史地位的低下。恰恰是稗史这种让人毁誉参半的特征,使得它与小说之间有着千丝万缕的联系,后人屡屡将小说比作稗史,以稗史指代小说,都是因为二者在题材内容、叙述体例以及价

①　《稗史汇编》,第 2474 页。
②　孙楷第《戏曲小说书录解题》,人民文学出版社 1990 年版,第 13 页。
③　(唐)魏徵等撰《隋书·经籍志》史部“杂史”类序,中华书局 2000 年版,第 650—651页。史家常将稗史归于杂史类,如《元史·艺文志》将仇远《稗史》、徐显《稗史集传》收入史部“杂史”类,《明史·艺文志》将孙继芳《矶园稗史》收入史部“杂史”类,另明人所著《澹生堂藏书目》亦于“杂史”类分列野史、稗史、杂录三目。

值地位等方面有着太多的相似之处。

## 第二节 作为小说的"稗史"

"稗史"作为文学概念用来指称小说,发生在明清两朝小说创作日益繁盛的背景之下。《四雪草堂重编隋唐演义发凡》云:"古称左图右史,图像之传由来久矣。乃今稗史诸图,非失之秽亵,即失之粗率。"①《三分梦全传凡例》云:"凡稗史后不如前者居多,惟此书下半部词意更妙,越看到尾越有味,越有趣。"作为史学概念,人们大都强调它证史的文献价值;作为文学概念,人们往往突出其感人的艺术魅力。清吴展成《燕山外史序》云:"自来稗史中求其善言情者,指难一二屈。蕴斋天才豪放,别开生面,于一气排奡中,回环起伏,虚实相生,稗史家无此才力,骈俪家无此结构,洵千古言情之杰作也。"清王寅《今古奇闻自序》云:"稗史之行于天下者,不知几何矣。或作诙奇诡谲之词,或为艳丽淫邪之说。其事未必尽真,其言未必尽雅。方展卷时,非不惊魂眩魄。""回环往复,虚实相生","其事未必尽真,其言未必尽雅",这是文家眼中的稗史,与史家眼中的稗史"可以为正史之助"、"为考订之资"有明显不同,"稗史"的指涉对象发生改变,其文体特征与价值功能也相应地发生变异。一为史籍,一为小说,二者的契合点何在?从史学之"稗史"到文学之"稗史",二者之间又如何过渡?通过分析"小说"一词的早期含义,我们发现以"稗史"指代小说有其合理依据,同时这种指代又反映了人们一种根深蒂固、影响深远的小说观念。

"稗史"一词本身即由"稗官"生发而来。自《汉志》断言"小说

---

① 上海古籍出版社《古本小说集成》影印本。下文所引小说,如无特别标明,均引自《古本小说集成》影印本。

家者流,盖出于稗官"以来,"稗官"遂成了"小说"的代名词。关于"稗官"的解释,或以为乃天子之士,或以为即周官中的土训、诵训、训方氏与汉代的待诏臣、方士侍郎之类,其职能是专为王者诵说远古传闻之事和九州风俗地理、地慝方慝以及修仙养生之术。① 无论取何种意义,"稗官"只是一个概称,在不同时代有不同的官职名,从其职责来看,"稗官"其实相当于"史",只不过与左史、右史等专记王者言行者不同,他们记录的是闾巷旧闻与民俗风情等"街谈巷语、道听途说"。《汉志》所言"小说"与现代意义的"小说"也并非同一个概念,二者的内涵和外延均相差甚远,但与"稗史"的早期含义却存在很大程度的契合。《汉志》所录小说,大抵为"街谈巷语、道听途说者之所造",今人往往据此来论证它的虚构性,进而证明它与现代意义的小说同义。但《汉志》所言"街谈巷语、道听途说"的本意并非要突出"小说"的虚构特征,而是要强调"小说"来源于民间闾巷旧闻的非官方身份,尽管如此,《汉志》所录"小说"仍然具有"史"的特征与功能。《汉志》著录小说十五家,《伊尹说》、《师旷》、《天乙》、《黄帝说》后皆注明"浅薄"、"依托"、"迂诞"字样,《鬻子说》、《务成子》后注明"后世所加"、"非古语"字样,这些都是班固以史家眼光,用史籍标准来审视上述"小说"作为"史"的真实可靠性;而《周考》后所注"考周事也",《青史子》后所注"古史官记事也"更是明白无误地告诉我们这两家"小说"的史籍特征。再从十五家小说所叙内容来看,它们同样具有"史"的性质。据《吕氏春秋》卷十四《本味篇》记载,伊尹为厨师,以陪嫁奴隶身份至汤,曾以至味

---

① 参余嘉锡《小说家出于稗官说》,《余嘉锡文史论集》,岳麓书社 1997 年版,下文所引余嘉锡言论皆出于此文,不再注出;周楞伽《稗官考》,《古典文学论丛》第三辑,济南:齐鲁书社 1982 年版;潘建国《"稗官"说》,《文学评论》1999 年第 2 期,第 76—84 页。

之道说汤，极言鱼肉、菜果、饭食之美，借以阐发"圣王之道"。其中
"果之美者……箕山之东，青鸟之所，有甘栌焉"一段，又见于汉应
劭《汉书音义》引（《史记·司马相如传》中《上林赋》注引）及汉许慎
《说文解字》"栌"字下引；"饭之美者，玄山之禾，南海之秏"一段，又
见《说文解字》"秏"字下引。因此余嘉锡认为《伊尹说》的内容，大
抵皆言"水火之齐，鱼肉菜饭之美，真闾里小知者之街谈巷语也"。
《青史子》所存遗文，一则见于大戴《礼记·保傅篇》、贾谊《新书·
胎教十事》引文，记王后进行胎教的种种方法；一则见于大戴《礼
记·保傅篇》所引，记古人入学和出行的规矩；另一则见于《风俗通
义》卷八，记岁终祭祀用鸡之义。三者都是礼教中之小事，《周礼·
春官·小史》说小史"凡国事之用礼法者掌其小事"，《青史子》所记
与其职掌正合。正因为记事琐屑，又多为街谈巷议，所以班固列为
小说家类。① 余嘉锡评曰："其书见引于贾谊戴德，最为可信，立说
又极醇正可喜，古小说家之面目，尚可窥见一斑也。"《虞初周说》九
百四十三篇，《文选·西京赋》云："匪唯玩好，乃有秘书，小说九百，
本自虞初。从容之求，实俟实储。"薛综注曰："小说，医巫厌祝之
术，凡有九百四十三篇，言九百，举大数也。持此秘术，储以自随，
待上所求问，皆常具也。"② 可知《虞初周说》所录九百四十三篇小
说，多为医巫厌祝之术，同样属于闾巷旧闻与民俗风情之类。再从
古之"小说"的功能来看，《隋书·经籍志》"子部·小说家"云："古
者圣人在上，史为书，瞽为诗，工诵箴谏，大夫规诲，士传言而庶人
谤。孟春，徇木铎以求歌谣，巡省观人诗，以知风俗。过则正之，失
则改之，道听途说，靡不毕纪。《周官》，诵训'掌道方志以诏观事，

---

① 参《中国古代小说百科全书》"伊尹说"与"青史子"条，刘世德等主编，大百科全书出
版社 1998 年版，第 675、第 396 页。
② 《文选·李善注》，《四部备要》本，上海中华书局据鄱阳胡氏校本校刊。

道方慝以诏辟忌,以知地俗';而训方氏'掌道四方之政事,与其上下之志,诵四方之传道而观衣物',是也。"①可知"小说"与"书"、"诗"、"箴"、"谏"等文体一样,肩负着使王者"过则正之,失则改之"的使命。由此可知,无论是从作者身份、史家评论还是从具体内容、价值功能来看,《汉志》著录十五家小说都不是作为文学类型的小说,而是作为史籍出现的,只是由于其史料来源与作者身份不同于正史与具有官方身份的王者之史官,其地位较为低下,故被人称为"小说","小"者,与"大"相对,言其地位之低也。虽然《伊尹说》等先秦诸书或经改窜,或多依托,其记载的真实性未免令人怀疑,但起码《青史子》的内容真实可信,故余嘉锡所言"古小说家之面目",与现代意义的小说并不相同,而与"稗史"同义,可以为正史之助。又《隋书·经籍志》云:"《小说》十卷,梁武帝敕安右长史殷芸撰。"唐刘知幾《史通·杂说》云:"刘敬叔《异苑》称:晋武库失火,汉高祖斩蛇,剑穿屋而飞,其言不经,梁武帝令殷芸编为小说。"姚振宗《隋书经籍志考证》曰:"案此殆是梁武帝作《通史》时,凡不经之说为《通史》所不取者,皆令殷芸别集为《小说》,是《小说》因《通史》而作,犹《通史》之外乘。"②将不经之说别集为小说,是居统治地位的正史意识对不合经传的史料所作出的取舍,《殷芸小说》或许有些篇目符合现代意义的小说概念,但在当时的语境下,它首先是作为史籍产生的,是不合正史的稗史、野史一类,故姚振宗认为"小说因通史而作,犹通史之外乘",所言甚是。又明王圻《稗史汇编引》云:"正史具美丑、存劝戒,备矣,间有格于讳忌,隘于听睹,而正史所不能尽者,则山林薮泽之士复搜缀遗文,别成一家言而目之

---

① （唐）魏徵等撰《隋书》,中华书局 2000 年版,第 680 页。

② 参余嘉锡《殷芸小说辑证》,《余嘉锡文史论文集》,岳麓书社 1997 年版,第 259 页。

曰小说,又所以羽翼正史也者,著述家宁能废之?"①可见将正史所不能收、不愿收的典故逸闻视为小说,自殷芸《小说》以降并不罕见。后人多称小说为稗史、野史、稗乘,可以羽翼正史,原因也在于此。

## 第三节 "稗史"的小说学意义

早期的"小说"与"稗史"在概念的内涵与外延上有太多重合之处,使得后人在很长时间里小说与稗史不分,并形成了"小说为正史之余(亦即稗史)"的小说观念,不少作者更是直接以"稗史"、"野史"、"逸史"、"外史"等语词标题,标榜小说的史余身份,如《呼春稗史》、《绣榻野史》、《禅真逸史》、《儒林外史》等等,不胜枚举。明熊大木《大宋武穆王演义序》认为"稗官野史实记正史之未备",笑花主人《今古奇观序》则说得更为具体:

> 小说者,正史之余也。《庄》、《列》所载化人、佝偻丈人,昔事不列于史。《穆天子》、《四公传》、《吴越春秋》,皆小说之类也。《开元遗事》、《红线》、《无双》、《香丸》、《隐娘》诸传,《睽车》、《夷坚》各志,名为小说,而其文雅顺,间阎罕能道之。②

到了清代,将小说与稗史等同并列,视其为正史之余的小说观念已经相当普及,几乎成为共识。蔡元放《东周列国志序》认为"稗官固亦史之支流,特更演绎其词耳",③伯寅氏《续小五义叙》认为"史无

---

① 《稗史汇编》,第 19 页。
② 上海古籍出版社《古本小说集成》影印本。
③ (清)蔡元放《东周列国志》,上海古籍出版社 1995 年版,第 5 页。

论正与稗，皆所以作鉴于来兹"①，观鉴我斋《儿女英雄传序》云：
"稗史，亦史也。其有所为而作，与不得已于言也，何独不然！"②句
曲外史《水浒传序》对小说、稗史、正史三者之间的关系持同样的观
点："呜呼！文章之升降，岂独正史为然哉？间尝取稗史论之。《武
皇》、《方朔》、《飞燕》、《灵芸》、《虬髯》、《柳毅》诸传，或耀艳深茜，或
倜傥苍凉，是亦正史之班范也。"③小说为正史之余观念的流行，促
使读者常常以读史的眼光去读小说，章学诚批评《三国演义》"七分
实事，三分虚构"④，是以读《三国志》的眼光读《三国演义》；《啸亭
杂录》认为"稗史小说虽皆委巷妄谈，然时亦有所据者。如《水浒》
之王伦，《平妖传》之多目神，已见诸欧阳公奏疏及唐介记，王渔洋
皆详载《居易录》矣"⑤，杨澹游《鬼谷四友志序》自称"余于经史而
外，辄喜读百家小传、稗史野乘，虽小说浅率，尤必究其原，往往将
古事与今事较略是非……第《列国》亦属稗史，未足全凭，然有孟子
所云'晋国天下莫强'一言可原"，同样是以史籍标准衡量小说。小
说与史籍之间这种纠缠不清的关系甚至影响到清代的小说批评。
唐顺之，王慎中等人认为"《水浒》委曲详尽，血脉贯通，《史记》而
下，便是此书"⑥，金圣叹认为"《水浒传》方法，都从《史记》出来"⑦，
毛宗岗说"《三国》叙事之佳，直与《史记》仿佛"⑧，张竹坡说"《金瓶

① （清）无名氏《续小五义》，中国戏剧出版社1992年版，第2页。
② （清）文康《儿女英雄传》，世界书局1935年铅印本。
③ 上海扫叶山房《评注水浒传》1924年石印本。
④ （清）章学诚《丙辰杂记》，中华书局1986年版，第90页。
⑤ 《啸亭杂录》，第310页。
⑥ （明）李开先《词谑》，卜键笺校《李开先全集》（中），文化艺术出版社2004年版，第
　　1276页。
⑦ （明）施耐庵著，（清）金圣叹评《水浒传》，上海古籍出版社2015年版，第998页。
⑧ （明）罗贯中著，（清）毛宗岗评《三国演义》，上海古籍出版社2014年版，第
　　1167页。

梅》是一部《史记》"①。将《水浒传》、《三国演义》、《金瓶梅》等比附《史记》,固然存在小说创作师法《史记》的客观事实,除此而外,恐怕还有因时人视小说为稗史,导致了批评家们想攀附作为正史的《史记》以抬高小说身价的主观愿望。

随着小说创作的日益繁盛,小说的地位与价值也逐渐受到世人重视,人们对小说作为文学类型的本体特征的思考也日渐深入。晚清以降,尽管以"稗史"指称小说的现象仍很常见,但此种语境中的"稗史"已很少作为史籍概念出现,人们关注的不再是"可以为正史之助"、"可以资考证"的史学意义,而是它作为文学类型的文采、章法与结构以及想象、联想与虚构等特征,关注的是小说的文学性。《青楼梦》第六回有一段对话描写主人公金挹香与月素对小说的看法:

> 挹香才入帏,觉一缕异香十分可爱。少顷,月素亦归寝而睡,乃问挹香道:"你平日在家作何消遣?"挹香道:"日以饮酒吟诗为乐,暇时无非稗官野史作消遣计耳。"月素道:"你看稗史之中,孰可推首?"挹香道:"情思缠绵,自然《石头记》推首。其他文法词章,自然'六才'为最。《惊艳》中云:'似呖呖莺声花外啭'。这'花外'二字,何等笔法!……"

"六才"即李卓吾所评"第六才子书西厢记",在这里,人们关注的是"稗史"的"情思缠绵"与"文法词章",而不再计较《石头记》与《西厢

---

① (清)张竹坡《批评第一奇书〈金瓶梅〉读法》,《金瓶梅会评会校本》,秦修容整理,中华书局 1998 年版,第 1501 页。

记》在多大程度上可以"为正史之助"。① 几道、别士《本馆附印说部缘起》云："书之纪人事者谓之史；书之纪人事而不必果有此事者，谓之稗史。"②亚里士多德认为："诗人的职责不在于描述已发生的事，而在于描述可能发生的事，即按照可然律或必然律可能发生的事。"③记录已经发生的事情是史家的职责，记录可能发生的事情则属于文学的范围，几道、别士对"史"（指史籍）与"稗史"（指小说）的区分与亚里士多德的看法相同。最能反映近现代以来对"稗史"文学意义的认识者莫过于华林一所译美国小说戏剧批评家哈米顿（今译哈弥尔顿）的《小说法程》，该书将英语"fiction"一词翻译成"稗史"，并称"稗史之目的在以想象而连贯之事实阐明人生之真理"，"凡文学作品之目的在以想象而连贯之事实阐明人生之真理者，皆曰稗史"。④ 将稗史直接对应于西方的小说，与明代周孔教的定义完全不同。至此，"稗史"一词已完成了由史学概念向文学概念的转变。

通过上述分析，我们认为"稗史"最初是一个史学概念，指的是一种记载闾巷旧闻与民俗风情的史籍类型。它的史料来源、叙述体制与作者身份均不同于官修正史，故地位低下，但有一定的文献价值，可以"为正史之助"。"稗史"的这些特征与早期的"小说"

---

① 将小说、戏曲统称为"稗史"或"小说"是晚清至近代以来较为常见的说法。几道、别士《本馆复印说部缘起》亦云："其具其五不易传之故者，国史是矣，今所称之《二十四史》俱是也；其具有五易传之故者，稗史小说是矣，所谓《三国演义》、《水浒传》、《长生殿》、《西厢》、'四梦'之类是也。"又蒋瑞藻《小说考证》实际上也包括小说与戏曲两方面的考证。

② 《国闻报》1897 年 10 月 16 日至 11 月 18 日。

③ 〔古希腊〕亚里士多德《诗学》，罗念生译，人民文学出版社 1962 年版，第 28 页。

④ 〔美〕哈米顿（Clayton Hamilton）《小说法程》，华林一译，吴宓校，商务印书馆 1932 年版，第 1、135 页。

("稗官")在具体内容、价值功能与身份地位等方面非常类似,故人们常称小说为稗史。随着小说叙述手法与文体功能的转变,"稗史"一词的含义也相应发生变化,最终成为一个文学概念。以"稗史"指称"小说"的漫长过程,反映了中国古代长期以来认为小说为正史之余的小说观念。

# 第五章 "才子之笔"与"著书者之笔"：文言小说的两种叙述风格

"才子之笔，非著书者之笔"，乃纪昀对《聊斋志异》的评骘，语出其门人盛时彦《姑妄听之跋》：

> 先生尝曰："《聊斋志异》盛行一时，然才子之笔，非著书者之笔也。虞初以下，干宝以上，古书多佚矣。其可见完帙者，刘敬叔《异苑》、陶潜《续搜神记》，小说类也；《飞燕外传》、《会真记》，传记类也。《太平广记》，事以类聚，故可并收。今一书而兼二体，所未解也。小说既述见闻，即属叙事，不比戏场关目，随意装点。伶玄之传，得诸樊嬺，故猥琐具详；元稹之记，出于自述，故约略梗概。杨升庵伪撰《秘辛》，尚知此意，升庵多见古书故也。今燕昵之词、媟狎之态，细微曲折，摹绘如生。使出自言，似无此理；使出作者代言，则何从而闻见之？又所未解也。留仙之才，余诚莫逮其万一；惟此二事，则夏虫不免疑冰。"①

---

① （清）盛时彦《姑妄听之跋》，（清）纪昀《阅微草堂笔记》，上海古籍出版社 1980 年版，第 472 页。下引《阅微草堂笔记》均出此本，不再注明。

纪昀首先在总体上评定了《聊斋志异》的叙述风格，认为其属"才子之笔"而非"著书者之笔"。接着又具体从两个方面提出质疑：在著述体例上，《聊斋志异》杂糅了"小说"与"传记"两种文体，造成了"一书而兼二体"的现象；在叙事方式上，《聊斋志异》随意装点，无视"自言"或"代言"的要求，违反了言出有据的叙事原则。正是其著述体例的杂糅与叙事方式的乖离，纪昀得出了"才子之笔，非著书者之笔"的定论，前后之间存在一定的因果关系。

　　纪昀对《聊斋志异》的质疑，尤其是在叙事方式上反对随意装点，要求言出有据的主张，显然与现代小说观念扞格不入，因此招致了现代学者的批评。有论者指出，"纪昀认为小说所写，限在两项条件下：一是必须是耳闻的……二是或者写自身经历。这种保守复古的小说观念，其要害是反对小说创作"[1]；"只有站在过时的、落后的文学观念上反对小说艺术进步的人，才会提出'何从而闻见之'的质问"[2]。二十世纪后期以来，人们在揄扬《聊斋志异》的艺术成就时，大多会随手贬斥纪昀的小说观念，这几乎已成当代文学史、小说史著述的"叙述模式"。

　　倘若将纪昀的上述评价置于古代小说创作与理论发展的背景之下，我们发现今人对纪昀小说观念的批评亦不免令人惶惑。首先，所谓"保守"、"复古"与"过时"、"落后"无疑以现代小说观念为参照，而现代小说观念又移植于西方，这种以今律古、以西律中的逻辑本身就有问题。如果站在纪昀的立场来看待现代小说观念，是否可以得出"离经叛道"、"数典忘祖"的结论？其次，纪昀对《聊斋志异》的批评既有深厚复杂的历史语境，又有完整严密的论述过

---

[1]　林辰《古代小说概论》，春风文艺出版社 2006 年版，第 98 页。
[2]　王先霈《封建礼教思想同小说艺术的敌对性——纪昀小说观评述》，《文学评论》1987 年第 2 期。

程。今人既无视纪昀对具体文本的分析,又仅取其论叙事方式一端而忽略其对文体概念与叙述风格的论述,是否存在以偏概全、断章取义的嫌疑? 第三,《阅微草堂笔记》在清代文言小说中能与《聊斋志异》分庭抗礼,形成双峰并峙之势,鲁迅说"后来无人能夺其席"。今人在肯定纪昀小说创作的同时,却又否定其小说观念,究竟是纪昀出现了"人格分裂",还是我们的认知自相矛盾? 因此我们认为,纪昀对《聊斋志异》的评价与现代学者对纪昀小说观念的评价,今天都有重新检讨的必要。本章即意在回归本土语境,还原历史现场,以纪昀对《聊斋志异》的评价为抓手,结合纪昀的小说理论与创作实践,辨析纪昀的小说观念,并在此基础上梳理中国文言小说的两种传统,同时对二十世纪以来的小说研究做适当的评述。

## 第一节　辨体:小说与传记

　　纪昀所谓"一书而兼二体",指的是《聊斋志异》兼收小说与传记两种不同文体的作品。纪昀认为作为一个著作文本,这显然违背了体例统一的原则——只有《太平广记》这样的类书才可以兼收并蓄。《聊斋志异》没有保持著述体例的统一与完整,这是纪昀认为它"非著书者之笔"的原因之一。

　　纪昀的疑惑,正是其辨体意识的集中体现。夫文各有体,著书立说应该遵循既定的文体规范,在语言、结构、手法、风格等诸多方面保持文体的独特性,这几乎已成共识。古人作文,下笔之前往往先考虑体制规范问题:"文章以体制为先,精工次之。"①"夫文章之有体裁,犹宫室之有制度,器皿之有法式也。"②纪昀主张"文章流

① (明)吴讷《文章辨体序说》,人民文学出版社1962年版,第14页。
② (明)徐师曾《文体明辨序说》,人民文学出版社1962年版,第77页。

别，各有体裁"①；"著书有体，焉可无分"②，强调文体形式的独特性与著述体例的纯洁性。他批评《礼乐合编》"以经典古训与说部小史杂采成文……所立门目，分本纪、统纪诸名，亦皆漫无体例"③，《王右丞集笺注》"其年谱亦本传世系之类，后人题咏亦诗评、画录之类，而一置于后，一置于前，编次殊为未协……体例亦未画一"④，《湛然居士集》"所载，诗为多，惟第八卷、第十三卷、十四卷稍以书序碑记错杂其中，编次殊无体例"⑤，原因即在于这些著述一书而兼数体。这种近乎"洁癖"的辨体意识，在《四库全书总目》中多有流露，如批评《续表忠记》"体例不纯"⑥、《宫省贤声录》"体例猥杂"⑦、《洪范九畴数解》"体例庞杂"⑧等。在《阅微草堂笔记》中，纪昀同样表达了对"体例"问题的关注，如《滦阳消夏录》"序"云"昼长无事，追录见闻，忆及即书，都无体例"⑨，《槐西杂志》"序"云"岁月骎寻，不觉又得四卷……题曰《槐西杂志》，其体例则犹之前二书耳"⑩。只要联系到纪昀的身份地位与学术素养，就不难理解他对《聊斋志异》著述体例混类杂糅的指摘。问题的关键在于，作

① 《阅微草堂笔记》，第529页。
② （清）纪昀等著《钦定四库全书总目》（整理本）卷五十一·史部七"杂史类"小序，中华书局1997年版，第711页。下引《四库全书总目》均出此本，不再注明。又，《四库全书总目》虽成于众人之手，但纪昀自言"余于癸巳受诏校秘书，殚十年之力，始勒为总目二百卷"（《诗序补义序》，《纪文达公遗集》卷八），门人刘权之云"高宗纯皇帝敕辑《永乐大典》并搜罗遗书，特命吾师总纂。《四库全书总目》俱经一手裁定"，阮元云"高宗纯皇帝命辑《四库全书》，公总其成……所拟定总目提要，多至万余种"（《纪文达公遗集序》），故我们认为《四库全书总目》相关论述可以代表纪昀的观点。
③ 《四库全书总目》卷二十五·经部二十五《礼乐合编》提要，第321页。
④ 《四库全书总目》卷一百四十九·集部二《王右丞集笺注》提要，第1997—1998页。
⑤ 《四库全书总目》卷一百六十六·集部十九《湛然居士集》提要，第2201页。
⑥ 《四库全书总目》卷六十三·史部十九《续表忠记》提要，第876页。
⑦ 《四库全书总目》卷六十四·史部二十《宫省贤声录》提要，第887页。
⑧ 《四库全书总目》卷一百一十·子部二十《洪范九畴数解》提要，第1449页。
⑨ 《阅微草堂笔记》，第1页。
⑩ 《阅微草堂笔记》，第228页。

为特定的文体形式，他如何辨析小说与传记？又怎么区分《聊斋志异》中何为小说、何为传记？

在中国古代文体发展史上，大概没有比小说辨体更难的了，这从历代书目对小说的著录与归类便可见一斑。其中让目录学家门头疼不已的，便有对小说与传记的辨析。郑樵说"古今编书，所不能分者五"①，小说与传记居其二；胡应麟说小说"纪述事迹，或通于史，又有类志传者"②，可见要区分小说与传记殊为不易。纪昀既然以《异苑》、《续搜神记》为小说，以《飞燕外传》、《会真记》为传记，我们不妨先从这几部作品入手，从题材内容与叙事手法两方面概括其特征，再结合《四库全书总目》与其他论著中的相关表述，阐述纪昀对小说与传记的辨析。

先看《异苑》与《续搜神记》。"异苑"即奇闻怪事之荟萃处，故《异苑》所记，如"白虹入室，就饮其粥"，"魏时殿前大钟，无故大鸣"，"南洲人见二白鹤语于桥下"等，多为古今怪异之事。其中"晋武库失火"条云："晋惠帝元康五年，武库失火，烧汉高祖斩白蛇剑、孔子履、王莽头等三物。中书监张茂先惧难作，列兵陈卫。咸见此剑穿屋飞去，莫知所向。"③此条记载多为后人引用，刘知幾《史通》云："刘敬叔《异苑》称晋武库失火，汉高祖斩蛇剑穿屋而飞，其言不经。致梁武帝令殷芸编诸《小说》。"④刘知幾认为，殷芸之所以将《异苑》编诸《小说》，是因为其"不经"的内容性质。姚振宗《隋书经籍志考证》进一步强调了殷芸以"不经"作为选录"小说"的题材取向："案此殆是梁武作《通史》时，凡不经之说为《通史》所不取者，皆

① （宋）郑樵《通志二十略》（下），中华书局 1995 年版，1817 页。
② （明）胡应麟《少室山房笔丛·九流绪论下》，上海书店出版社 2001 年版，第 283 页。
③ （南朝宋）刘敬叔撰，范宁校点《异苑》，中华书局 1996 年版，第 8 页。
④ （唐）刘知幾撰，（清）浦起龙释《史通通释》卷十七"杂说中"，上海古籍出版社 1978 年版，第 480 页。

令殷芸别集为《小说》，是《小说》因《通史》而作，犹《通史》之外乘也。"①意即但凡内容"不经"者，难登史传大雅之堂，故另立类目，以"小说"称之。《续搜神记》又名《搜神后记》，所记亦多为奇闻怪事，如"蕨茎化蛇"、"虹化丈夫"、"火变蝴蝶"之类，其中"贞女峡"条云："中宿县有贞女峡，峡西岸水际有石如人形，状似女子，是曰贞女。父老相传，秦世有女数人，取螺于此，遇风雨昼昏，而一女化为此石。"②衡之以常理，此类变异之谈同为"不经之说"。

　　案"不经"一词有两重含义。其一指不见于经典，没有根据。《汉书·司马迁传赞》云："唐、虞以前虽有遗文，其语不经，故言黄帝、颛顼之事未可明也。"颜师古注曰："非经典所说。"③其二指近乎荒诞，不合常理。《史记·孟子荀卿列传》云："（驺衍）乃深观阴阳消息而作怪迂之变，《终始》、《大圣》之篇十余万言，其语闳大不经。"司马贞索隐曰："桓宽、王充并以衍之所言迂怪虚妄，干惑六国之君，因纳其异说，所谓'匹夫而营惑诸侯'者是也。"④刘知幾与姚振宗所言"不经"，则二者兼而有之；以"不经"来定性小说，乃《汉志》所言"街谈巷语、道听途说"、"刍荛狂夫之议"小说精神的延续，但其内涵更加明确，在题材内容上规定了小说的本质属性。纪昀承续了此种小说观念，在其著述中亦多有表达。《书滦阳消夏录后》云："前因后果验无差，琐记搜罗鬼一车。传语洛闽门弟子，稗官原不入儒家。"⑤《题孝友图十帧》云："稗史荒唐半不经，渔樵闲

①　（清）姚振宗《隋书经籍志考证》，《二十五史补编》第四册，开明书店年 1936 版，第499 页。
②　（晋）陶潜《搜神后记》，中华书局 1985 年影印丛书集成初编本，第 21 页。
③　（汉）班固撰，（唐）颜师古注《汉书》，中华书局 1962 年版，第 2737—2738 页。
④　（汉）司马迁《史记》，中华书局 1959 年版，第 2344—2345 页。
⑤　（清）纪晓岚《纪晓岚文集》第一册，河北教育出版社 1995 年版，第 521 页。

话野人听。地炉松火消长夜,且唤诙谐柳敬亭。"①《阅微草堂笔记》亦宣称"青衣童子之宣敕,浑家门客之吟诗,皆小说妄言,不足据也"②。此处所言"稗官"、"稗史"即小说之别称,强调的正是小说"不见于经典,没有根据"、"近乎荒诞,不合常理"的本质属性。在《四库全书总目》中,纪昀同样以"不经"作为鉴定、著录小说的标准,如认为《汉武洞冥记》"此书所载,皆怪诞不根之谈"③,《拾遗记》"其言荒诞,证以史传皆不合"④,故皆著录于"小说家类";认为《山海经》"道里山川,率难考据,按以耳目所及,百不一真,诸家并以为地理书之冠,亦为未允"⑤,《穆天子传》"徒以编年纪月,叙述西游之事,体近乎起居注耳。实则恍惚无征,又非《逸周书》之比"⑥,故皆改隶于"小说家类"。

再谈《飞燕外传》与《会真记》。《飞燕外传》最早著录于《郡斋读书志》卷九传记类,传主赵飞燕《汉书·外戚传》有传:"孝成赵皇后,本长安宫人。初生时,父母不举,三日不死,乃收养之。及壮,属阳阿主家,学歌舞,号曰飞燕。成帝尝微行出,过阳阿主,作乐。上见飞燕而说之,召入宫,大幸。有女弟复召入,俱为婕妤,贵倾后宫。"⑦《飞燕外传》叙述赵飞燕姊妹出身经历及入宫分封皇后、婕妤一事,其人其事皆有所本,故《郡斋读书志》、《直斋书录解题》、《百川书志》等皆著录于史部传记类。《会真记》又名《莺莺传》,叙述张生与崔莺莺始乱终弃之事。宋王性之《传奇辨证》认为张生即

---

① （清）纪晓岚《纪晓岚文集》第一册,河北教育出版社 1995 年版,第 609 页。
② 《阅微草堂笔记》,第 465 页。
③ 《四库全书总目》卷一百四十二·子部五十二《汉武洞冥记》提要,第 1874 页。
④ 《四库全书总目》卷一百四十二·子部五十二《拾遗记》提要,第 1875 页。
⑤ 《四库全书总目》卷一百四十二·子部五十二《山海经》提要,第 1871 页。
⑥ 《四库全书总目》卷一百四十二·子部五十二《穆天子传》提要,第 1872 页。
⑦ 《汉书》,第 3988 页。

诗人张籍，赵令畤《侯鲭录》认为张生即元稹本人，意即《莺莺传》所叙皆有所本，故《太平广记》著录于杂传记类、《百川书志》著录于史部传记类。《四库全书总目》认为："传记者，总名也。类而别之，则叙一人之始末者为传之属，叙一事之始末者为记之属。"①以此为准，《飞燕外传》叙赵飞燕一生之始末，是为"传之属"；《会真记》叙崔张恋爱一事之始末，当为"记之属"。

案传记作为史部流别，叙事本应以实录为宗。然史家叙事，难免采录失真，故王若虚批评《史记》"采摭异闻小说"②，赵翼批评《晋书》"采异闻入史传"③。正史尚且如此，作为支流的传记更易流于荒诞，故刘知幾批评稽康《高士传》"好聚七国寓言"，皇甫谧《帝王纪》"多采《六经》图谶"④。对于传记源流与特点，《隋书·经籍志》"杂传·序"阐述较为明了：

> 古之史官，必广其所记，非独人君之举……股肱辅弼之臣、扶义俶傥之士，皆有记录……刘向典校经籍，始作《列仙》、《列士》、《列女》之传，皆因其志尚，率尔而作，不在正史……魏文帝又作《列异》，以序鬼物奇怪之事；稽康作《高士传》，以叙圣贤之风。因其事类，相继而作者甚众。名目转广，而又杂以虚诞怪妄之说，推其本源，盖亦史官之末事也。⑤

传记"杂以虚诞怪妄之说"的特点，与内容为"不经之说"的小说颇

---

① 《四库全书总目》卷五十七·史部十三"传记类"小序，第795页。
② （金）王若虚《滹南遗老集》卷一一"史记辨惑三"，中华书局1985年版，第78页。
③ （清）赵翼《廿二史札记》卷八"晋书所记怪异"条，上海世界书局1939年版，第98页。
④ 《史通通释》卷五"采撰第十五"，第116页。
⑤ （唐）魏徵等撰《隋书·经籍志》，中华书局1985年版，第54—55页。

为近似,因此不少传记与小说作品往往牵混,在目录中归属不
一。① 而自明以降,以"传记"称呼"小说"者亦数见不鲜,"传记"实
则已由史学概念借用为文学概念,所指即"传记体"小说——以传
记之体叙小说之事,亦即今人所谓"传奇小说"。汤显祖云:"《虞初
志》一书,罗唐人传记百十家,中略引梁沈约十数则,以奇僻荒诞,
若灭若没,可喜可愕之事,读之使人心开神释,口张眉舞。"②王士
禛云:"古今传记,如《拾遗记》、《东方朔外传》之类,悉诞谩不经,然
未有如《诺皋记》之妄者。"③可见《虞初志》、《拾遗记》之类"奇僻荒
诞"、"诞谩不经"的小说,前人均已视为"传记"。

　　"传记"与"小说"在题材取向上存在相当的重合面,而在叙事
手法上则差异较大——"小说"乃"街谈巷语、道听途说",故粗陈梗
概;"传记"专叙人事之始末,故委曲详尽。纪昀对"小说"与"传记"
的辨析,在不同语境下往往因依据不同而得出不同的结论。当侧
重于作品的叙事手法时,他会把完整叙述一人或一事之始末的"小
说"视为"传记",如《滦阳续录》云:"狐能诗者,见于传记颇多;狐善
画则不概见。"④《如是我闻》云:"古来传记所载,有寓言者,有托名
者……大都伪者十八九。"⑤此处所言"传记"显然是指内容为"不
经之说"的小说。当侧重于作品的内容性质时,他会把"杂以虚诞
怪妄之说"的"传记"视为"小说",如《飞燕外传》尽管叙述赵飞燕一
生之始末,但因其中存在大量描写"闺帏媟亵之状"等不合常理的

---

① 如《隋志》将刘义庆《幽明录》著录于史部杂传类、而《新唐志》将其著录于子部小说
　家类,《宋史·艺文志》更是将唐李绰《尚书故实》一书同时著录于史部传记类与子
　部小说类。
② (明)汤显祖《点校虞初志序》,中国书店 1986 年影印本。
③ (清)王士禛《香祖笔记》卷六,商务印书馆 1934 年版,第 56 页。
④ 《阅微草堂笔记》,第 551 页。
⑤ 《阅微草堂笔记》,第 189 页。

细节，故《四库全书总目》又将其归入小说家类。纪昀意识到《飞燕外传》内容性质与叙事手法方凿圆枘，故又特加案语以说明："案：此书记飞燕姊妹始末，实传记之类。然纯为小说家言，不可入之于史部，与《汉武内传》诸书同一例也。"①《隋书·经籍志》"杂传类"著录之《汉武内传》、《述异记》等标明"传""记"身份的作品，在《四库全书》中亦均改隶于"小说家类"。盛时彦《跋》中，纪昀视《异苑》、《续搜神记》为小说，依据的正是作品所言"不经"的内容性质；而视《飞燕外传》、《会真记》为传记，看重的则是作品完整叙述一人或一事之始末的叙事手法。明乎此，纪昀对《聊斋志异》中何为小说、何为传记的区分便了然于胸，即如实记录、不加装点且内容为"不经"之说者为小说，如《瓜异》："康熙二十六年六月，邑西村民圃中，黄瓜上复生蔓，结西瓜一枚，大如椀。"②《赤字》："顺治乙未冬夜，天上赤字如火。其文云：'白苕代靖否复议朝冶驰。'"③内容虽为"不经"之说，但随意装点且完整叙述一人或一事之始末者为"传记"，如《青凤》、《狐梦》、《婴宁》、《促织》之类。④

## 第二节　叙事：自言与代言

　　纪昀对《聊斋志异》的第二点质疑，是指《聊斋志异》叙事随意装点，违反了言出有据的叙事原则。纪昀认为，叙事可分自言与代

①　《四库全书总目》卷一百四十三·子部五十三《飞燕外传》提要，第 1888 页。
②　（清）蒲松龄著，张友鹤辑校《聊斋志异》（会校会注会评本），上海古籍出版社 1986年版，第 443 页。下引《聊斋志异》皆出此本，不再注明。
③　《聊斋志异》（会校会注会评本），第 926 页。
④　"狐梦"开头云："余友毕怡庵，倜傥不群……每读《青凤传》，心辄向往，恨不一遇。"结尾亦云："（女）曰：'我自惭弗如。然聊斋与君文字交，请烦作小传，未必千载下无爱忆如君者。'"［《聊斋志异》（会校会注会评本），第 618—622 页］可知此类作品，蒲松龄亦自视为传记。蒲氏与纪昀所言此类传记，实则即传记体小说。

言两种方式,或者说所叙之事有自言与代言两种来源。自言即叙述作者自身见闻,代言乃作者代他人言说。《聊斋志异》中部分叙事(如床笫之事),如果是作者自言,则不合常理;如果是作者代言,却缺少交代,因此纪昀认为《聊斋志异》叙事有天马行空、凭空杜撰之嫌。这是他认为《聊斋志异》乃"才子之笔,非著书者之笔"的原因之二。

要解析纪昀的疑惑,首先得了解纪昀的叙事观念。纪昀说:"小说既述见闻,即属叙事,不比戏场关目,随意装点。"这句话非常重要,它体现了纪昀对叙事原则的基本认知,并表明了小说叙事应该遵循的法度精神。纪昀认为,叙事是一种客观行为,应尽量摒弃作者主观想象的介入;小说记录作者耳目所及,理应遵守叙事的基本原则。

纪昀的叙事观念,如同其小说观念一样,乃是对传统一以贯之的继承与坚守。我们不妨追本溯源,先分析"述"、"叙"与"事"的本然之义。"述"的本意为遵循。《说文解字》云:"述,循也。"①《尚书·五子之歌》云:"五子咸怨,述大禹之戒以作歌。"孔颖达传:"述,循也。歌以叙怨。"②可引申为申述、记叙之意。《仪礼·士丧礼》云:"筮人许诺,不述命。"郑玄注:"既受命而申言之曰述。"③范仲淹《岳阳楼记》云:"此则岳阳楼之大观也。前人之述备矣。"④纪昀所言"既述见闻"之"述",即记叙之意。"叙"与"敍"同,"敍"之本意为次第。《说文解字》云:"敍,次弟也。"⑤《周礼·天官·小宰》

---

① (汉)许慎撰,(宋)徐铉校定《说文解字》,中华书局1963年版,第39页。
② (汉)孔安国撰,(唐)孔颖达疏《尚书注疏》卷七,上海中华书局1936年据阮刻本校刊。
③ (汉)郑玄等《仪礼注疏》,中华书局1980年版,第1071页。
④ (宋)范仲淹《范文正公文集》,中华书局1985年版,第19页。
⑤ 《说文解字》,第69页。

云："以官府之六敘正群吏。"郑玄注："敘，秩次也，谓先尊后卑也。"①亦可引申为叙述、叙说。《世说新语·尤悔》云："王导、温峤俱见明帝，帝问温前世所以得天下之由。温未答……王乃具叙宣王创业之始，诛夷名族，宠树同己，及文王之末，高贵乡公事。"②白居易《琵琶引并序》云："曲罢悯然，自叙少小时欢乐事。今漂沦憔悴，转徙于江湖间。"③纪昀所言"即属叙事"之"叙"便是此义。"事"与"史"本可互注，指的是一种职官。《说文解字》云："史，记事者也，从又持中。中，正也。凡史之属，皆从史。事，职也。从史，屮省声。古文事。"段玉裁注："君举必书，良史书法不隐。"④其后语义各有偏重，"史"指史官，而"事"则指史官所叙之对象，即事件。《论语·八佾》云："子入太庙，每事问。"⑤《礼记·大学》云："物有本末，事有始终。"⑥由"叙"、"事"二字之本义与衍生义可知，"叙事"一词，指的是依次记叙事件；因"事"与"史"互注，叙事乃史官之职事，故叙事者须具史官意识，秉笔直书，简而言之，即要求实录。刘知幾《史通·叙事》云："夫史之称美者，以叙事为先。"⑦陶宗仪《南村辍耕录·文章宗旨》云："叙事如书史法，《尚书·顾命》是也。"⑧可见无论史传还是小说，据事实录乃"叙事"一词的题中应有之义。再看"关目"与"装点"。关目即戏曲情节的构思与安排。

---

① （汉）郑玄等《周礼注疏》，中华书局 1980 年版，第 96 页。
② 余嘉锡撰《世说新语笺疏》，中华书局 1983 年版，第 900 页。
③ （唐）白居易《白氏长庆集》，文学古籍刊行社 1955 年版，第 291 页。
④ （汉）许慎撰，（清）段玉裁注，许惟贤整理《说文解字注》，凤凰出版社 2015 年版，第 209 页。
⑤ （魏）何晏等《论语注疏》卷三，上海中华书局 1936 年据阮刻本校刊。
⑥ （汉）孔安国撰、（唐）孔颖达疏《礼记注疏》卷第六十，上海中华书局 1936 年据阮刻本校刊。
⑦ （唐）刘知幾著，（清）浦起龙释《史通通释》卷六"叙述第二十二"，上海古籍出版社 1978 年版，第 165 页。
⑧ （元）陶宗仪《南村辍耕录》，中华书局 1959 年版，第 107 页。

汤式《一枝花·卓文君花月瑞仙亭》云:"传奇无准绳,关目是捏成,请监乐的先生自思省。"①《聊斋志异·鼠戏》亦云:"有鼠自囊中出,蒙假面,被小装服,自背登楼,人立而舞。男女悲欢,悉合剧中关目。"②装点即夸大或虚构。吴趼人《二十年目睹之怪现状》第二十四回云:"他整整的哭了一夜,是他一个人的事,有谁见来? 这不是和那作小说的一般,故意装点出来的么?"③鲁迅《三闲集·叶永蓁作〈小小十年〉小引》亦云:"他描出了背着传统,又为世界思潮所激荡的一部分的青年的心,逐渐写来,并无遮瞒,也不装点。"④纪昀以小说叙事与戏曲情节对举,认为小说叙事应如实记录,不比戏曲情节可随意虚构,体现的正是要求实录的传统叙事观念。

　　了解了纪昀的叙事观念,我们再进一步分析纪昀对叙事方式的要求,即怎样才能保证据事实录。纪昀质疑《聊斋志异》中某些故事来历可疑,尤其是叙述男女私情、床笫之欢者:"伶玄之传,得诸樊嬺,故猥琐具详;元稹之记,出于自述,故约略梗概。杨升庵伪撰《秘辛》,尚知此意,升庵多见古书故也。今燕昵之词、媟狎之态,细微曲折,摹绘如生。使出自言,似无此理;使出作者代言,则何从而闻见之?"纪昀在此提出了"自言"与"代言"两种叙事方式,并以伶玄之传、元稹之记与《秘辛》为例,反衬《聊斋志异》中某些事件来源不明,违背了据事实录的叙事原则。

　　"伶玄之传"即《赵飞燕外传》,作者署名为汉代伶玄,字子于。据书末《伶玄自叙》云,本书所叙赵飞燕姊妹故事乃伶玄之妾樊通德所述:"樊通德……慕司马迁《史记》,颇能言赵飞燕姊弟故事。

---

① （元）汤式《一枝花》,周振甫主编《全元散曲》第 2 册,黄山书社 1990 年版,第561 页。
② 《聊斋志异》(会校会注会评本),第 578 页。
③ （清）吴趼人《二十年目睹之怪现状》,江西人民出版社 1988 年版,第 180 页。
④ 鲁迅《三闲集》,人民文学出版社 1981 年版,第 147 页。

子于闲居命言……通德奏子于曰:'……婢子所道赵后姊弟事,盛之至也;主君怅然有荒田野草之悲,哀之至也……幸主君著其传,使婢子执研削道所记。'于是撰《赵后别传》。"①樊通德乃樊嬺弟子不周之女,而樊嬺即赵飞燕姊妹故事之亲历者,故纪昀认为,伶玄只是代言,飞燕姊妹一生始末出自樊氏之口,作者只是转述而已。"元稹之记"即《会真记》,赵令畤称张生即元稹本人,《会真记》乃作者之自传:"则所谓《传奇》者,盖微之自叙,特假他姓以自避耳……盖昔人事有悖于义者,多托之鬼神梦寐,或假之他人,或云见他书,后世犹可考也。微之心不自聊,既出之翰墨,姑易其姓氏耳。不然,为人叙事,安能委曲详尽如此?"②赵令畤认为,元稹所叙张生与莺莺始乱终弃事必其亲身经历,否则既无他人转述,作者又怎能如此明了?纪昀显然也持同样看法,认为崔张故事出于作者自言。《秘辛》即杨慎所撰《汉杂事秘辛》,叙汉桓帝懿德梁皇后被选及六礼册立事,其中吴姁体检梁皇后一段秽亵不堪,非吴姁本人不能言。而依据律令,吴姁断无泄密之理:"臣妾姁女贱愚戆,言不宣心,书不符见,谨秘缄昧死以闻。"③如此,则作者又何从得知?杨慎显然意识到了这一点,故于《题辞》中加以说明:"吴姁入后燕处审视一段最为奇艳,但太秽亵耳,不谓冀威赫震人,犹得浃选如此……言脱于口,追驷不及,聊志于此,用塞疏漏之诮。"④尽管语焉不详,但杨慎明白此段记载来源不明,确有疏漏,故纪昀说"升庵尚知此意"。

　　案"自言"与"代言"本是中国古代文学中常见的言说方式。从

---

①　(汉)伶玄《赵飞燕外传》,中华书局1991年影印丛书集成初编本,第16—17页。

②　(宋)赵令畤《侯鲭录》卷五"辨传奇莺莺事",中华书局1985年,第41页。

③　(明)杨慎《汉杂事秘辛》,中华书局1991年影印丛书集成初编本,第8页。

④　同上,第1—2页。

抒情的角度来看，"自言"即作者自我言说，直抒胸臆，抒情主人公
"我"往往与作者同一，如李白《南陵别儿童入京》"仰天大笑出门
去，我辈岂是蓬蒿人"之类；"代言"即作者代他人言说，以他人声口
抒发情感，抒情主人公"我"基本与作者不同，如李白《子夜吴歌》
"蚕饥妾欲去，五马莫留连"之类。从叙事的角度来看，"自言"即所
叙之事为作者亲身经历，作者只是如实记录，自说自话，如司马迁
《太史公自序》之类；"代言"即所叙之事源自他人，作者只是转录他
人事迹，代他人言说，如《史记》中列传之类。纪昀提出"自言"与
"代言"两种叙述方式，其目的无非强调叙事必须"言出有据"：要
么源于他人转述，即"代言"，如《飞燕外传》；要么源于作者亲历，即
"自言"，如《会真记》；如果两者皆不是，则属"随意装点"，如《秘
辛》。正是以此为标准，他批评《聊斋志异》中部分叙事违背了实录
原则，试以《五通》为例：

> 　　有赵弘者，吴之典商也。妻阎氏，颇风格。一夜，有丈夫
> 岸然自外入，按剑四顾，婢媪尽奔。阎欲出，丈夫横阻之，曰：
> "勿相畏，我五通神四郎也。我爱汝，不为汝祸。"因抱腰举之，
> 如举婴儿，置床上，裙带自脱，遂狎之。而伟岸甚不可堪，迷惘
> 中呻楚欲绝。四郎亦怜惜，不尽其器。既而下床，曰："我五日
> 当复来。"乃去。①

阎氏遭五通神强暴，绝无绘声绘色向人描摹如画之理；而"婢媪尽
奔"，说明房内亦无第三人在场，那么此段故事的来源就值得怀疑
了。所以纪昀要追问："使出自言，似无此理；使出作者代言，则何

---

① 《聊斋志异》（会校会注会评本），第1417页。

从而闻见之？"

　　纪昀主张据事实录的叙事观念在《阅微草堂笔记》中有淋漓尽致的表现。除记叙亲身经历，即所谓"自言"者外，其他作品亦大多注明信息来源，即所谓"代言"者。以卷一《滦阳消夏录》（一）为例，注明所叙之事源自何人的有第 1 则，注"胡御史牧亭言"；第 3 则，注"爱堂先生言"；第 17 则，注"德州田白岩曰"；第 19 则，注"陈云亭舍人言"；第 21 则，注"朱子颖运使言"；第 22 则，注"曹司农竹虚言"；第 23 则，注"董曲江言"；第 25 则，注"旧仆庄寿言"；第 31 则，注"德州宋清远先生言"；第 37 则，注"安中宽言"；第 42 则，注"范蘅洲言"；第 44 则，注"钱文敏公曰"；第 46 则，注"陈枫崖光禄言"；第 47 则，注"王孝廉金英言"。47 则笔记中，注明信息来源者有 14 则，所占比例近 30%。其他未明确标注信息来源者，其实大多亦有所交待，如第 2 则言明"沧州刘士玉孝廉"，第 4 则言明"东光李又聃先生"，第 5 则言明"董曲江先生"，第 6 则言明"平定王孝廉执信"，第 8 则言明"献县周氏仆周虎"，第 9 则言明"献县令明晟"，第 10 则言明"北村郑苏仙"等。其中最为显著者，莫过于"姚安公"，《阅微草堂笔记》共有 97 则故事提及此人。案姚安公即纪昀之父纪容舒，曾任云南姚安知府，故称姚安公。纪昀将父亲作为所叙之事的来源或见证者，目的即在于强调所叙事件来源的真实可靠。纪昀对叙事言出有据的讲究，如同其对体例纯洁统一的追求一样，到了近乎成癖的程度。《阅微草堂笔记》卷五记载李玉典所叙两书生深夜于寺院媟狎而遭不明声音斥责一事，纪昀质疑说："余谓幽期密约，必无人在旁，是谁见之？两生断无自言理，又何以闻之？"①卷十一记载申苍岭所叙士人请鬼现身而遭拒一事，纪昀又

---

① 《阅微草堂笔记》，第 91 页。

质疑说:"此语既未亲闻,又旁无闻者,岂此士人为鬼揶揄,尚肯自述耶?"①平心而论,要求事事言出有据,要么自身亲历,要么转述他人,这既无可能,也没必要,纪昀自己也做不到,《阅微草堂笔记》中仍然有部分叙事没有交代来源。所以对于李玉典的叙述,他只能以"其事为理所宜有,固不必以子虚乌有视之"来圆场;对于申苍岭的叙述,他最终借"鉏麑槐下之词,浑良夫梦中之噪,谁闻之欤"来解嘲。

　　需要强调的是,纪昀主张小说叙事必须实录,是指作者应该如实记录事件,强调的是叙事的行为过程,而非叙述的对象本质。换句话说,纪昀承认小说所叙乃"不经"之言,但作者必须交代乃"何人"所言。再通俗点讲,纪昀认为事件本身可以是不真实的,但事件的来源必须是真实的。他提出"自言"与"代言"两种方式,本意即在强调叙事的行为过程必须言出有据,这也是为何《阅微草堂笔记》绝大多数篇目都注明事件来源的原因。他要求小说作者如实记录,不可随意装点,但并未否认事件本身的虚假性质。纪昀曾说"小说稗官,亦不全出虚构"②,"小说固非尽无据也③,有限度地承认小说所叙之事的真实性,正说明纪昀坚持小说的虚构本质,只不过这种"虚构"不是指作为作者主观故意的虚构行为,而是指作为事件客观属性的虚构本质,即"不经"、"无据"、"失真"、"荒诞"之意。所以他批评郑处诲《明皇杂录》"不尽实录",却又替作者开脱,认为"小说所记,真伪相参,自古已然,不独处诲"④;当刘知幾以史家眼光批评刘义庆《世说新语》、干宝《搜神记》等"所载或恢谐小

---

① 《阅微草堂笔记》,第 249 页。
② 《阅微草堂笔记》,第 119 页。
③ 《阅微草堂笔记》,第 206 页。
④ 《四库全书总目》卷一百四十·子部五十《皇明杂录》提要,第 1839 页。

辩，或神鬼怪物。其事非圣，扬雄所不观；其言乱神，宣尼所不语"①时，他能从小说立场予以辩护："义庆本小说家言，而知幾绳之以史法，拟不于伦，未为通论。"②如果因为要求言出有据而认为他反对小说虚构，那是对纪昀小说观念的极大误解，至少也是燕书郢说——后人强调叙事过程的虚构性，而纪昀承认事件本身的虚构性。

## 第三节　用笔：作文与著书

上文从辨体与叙事两个维度论述了纪昀的小说观念，接下来再回到纪昀对《聊斋志异》叙述风格的评判。纪昀认为《聊斋志异》杂糅小说与传记，体例不够严谨；无视自言或代言，叙事颇为随意，因此他认为《聊斋志异》乃"才子之笔，非著书者之笔"，明确提出了小说叙述的两种风格：一种率性随意，即"才子之笔"；另一种理性严谨，即"著书者之笔"。若以具体的小说作品为例，则《聊斋志异》属"才子之笔"，而《阅微草堂笔记》属"著书者之笔"。

"笔"，一般与"文"并称或对举，自六朝"文笔之辨"以来，大多以有韵者为文，无韵者为笔。③ 纪昀此处所言之"笔"，非指某一特定的文体，而是指作品呈现出来的文体风格，尤其指作家风格。《北齐书·封隆之传》云："孝琰文笔不高，但以风流自立，善于谈谑。"④司空图《题柳柳州集后》云："张曲江五言沉郁，亦其文笔

---

① 《史通通释》卷五"采撰第十五"，第116页。
② 《四库全书总目》卷一百四十·子部五十《世说新语》提要，第1836页。
③ 详见逯钦立《逯钦立文存·说文笔》，中华书局2010年版，第505—558页。
④ （唐）李百药《北齐书》卷二十一"列传第十三"，中华书局2000年版，第210页。

也。"①所言文笔,即指作家笔法与风格。纪昀说《聊斋志异》乃"才子之笔,非著书者之笔",意即作品呈现出蒲松龄才子型的叙述风格,言外之意《阅微草堂笔记》则体现了他本人学者型的叙述风格。"才子"一般指文采飞扬、才华横溢之士。潘岳《西征赋》云:"终童山东之英妙,贾生洛阳之才子。"②《儒林外史》第二十九回云:"这人是有子建之才,潘安之貌,江南数一数二的才子。"③所言贾谊、曹植等人均为才子之典范。"才子之笔"作为叙述风格,是指作家在小说中充分发挥其文学才华,表现其个人气质,作家的主观能动性被充分调动起来,个性极度张扬。纪昀在《姑妄听之》(四)中借仙人之口诠释了"才子之笔"的含义:"才子之笔,务殚心巧;飞仙之笔,妙出天然。"④所谓"心巧",强调的正是作者想象力纵横驰骋,充分表现其才情与个性,与如实记载,不假修饰的"天然"迥然有别。《聊斋志异》之所以被称为"才子之笔",一方面在于其叙事委曲详尽,描写刻镂逼真,充分表现了作者的文学才华,另一面则在于作者既无视"著书有体"的原则,又打破了"秉笔直书"的戒律,个性气质在作品中得到了淋漓尽致的表现。平子说:"所谓才子者,谓其自成一家言,别开生面,而不傍人门户,而又别于圣贤书者也。"⑤以之衡量蒲松龄,颇有几分道理。"著书者"即著书立说之人。古人有"立德"、"立功"、"立言"三"不朽",其中立言最易,著书立说乃古人孜孜以求的立言之道,"凡著书者,为众人之所好

---

① (唐)柳宗元《柳宗元集》,中华书局 1979 年版,第 1456 页。
② (晋)潘岳《潘岳集校注》,董志广校注,天津古籍出版社 2005 年版,第 7 页。
③ (清)吴敬梓著,卧闲草堂评本《儒林外史》,岳麓书社 2007 年版,第 208 页。
④ 《阅微草堂笔记》,第 455 页。
⑤ 平子《小说丛话》,阿英编《晚清文学丛钞·小说戏曲研究卷》,中华书局 1960 年版,第 317 页。

也"①。"著书者之笔"作为叙述风格，指的是作家在作品中极力展示其学术素养，表明其理论主张，表达较为严谨与克制，笔调较为冷峻与客观。纪昀一生著述颇丰，除《四库全书总目》外，尚有《历代职官表》、《河源纪略》、《唐人诗律说》等著作十余种，而《阅微草堂笔记》其实也是纪昀"立言"的工具。《滦阳续录》"序"称"景薄桑榆，精神日减，无复著书之志，惟时作杂记，聊以消闲"②，似乎作《阅微草堂笔记》只是闲居无事，聊以打发时光而已；可《滦阳消夏录》（六）第 31 则又称"儒者著书，当存风化，虽齐谐志怪，亦不当收悖理之言"③，可见他并未放弃借小说以著书立说的宏愿。而纪昀以"著书者之笔"自命，乃其学者身份与学术地位使然："著书宣教化，亦是儒臣事。"④

《聊斋志异》属"才子之笔"，表现在具体的叙述方法上便是以作文之法作小说。今人称《聊斋志异》中"传记体"为传奇体，其中"传奇"一词，源自晚唐裴铏《传奇》一书。《传奇》本为小说，但其间叙述故事多用散文，而描述人物、景物等多用骈体，如《孙恪》写人物："良久，忽闻启关者，一女子光容鉴物，艳丽惊人，珠初涤其月华，柳乍含其烟媚。兰芬灵濯，玉莹尘清"，《陶尹二君》写景物："但见鲸涛蹙雪，蜃阁排空，石桥之柱敧危，蓬岫之烟杳渺"。⑤ 故自宋以降，人们或将骈散相间的文章与《传奇》类比。陈师道云："范文正公为《岳阳楼记》，用对语说时景，世以为奇。尹师鲁读之，曰：

---

① 《汉书》，第 3576 页。
② 《阅微草堂笔记》，第 474 页。
③ 《阅微草堂笔记》，第 114—115 页。
④ （清）纪昀《郑编修（际唐）出其曾祖赐砚见示敬赋古诗二十六韵》，纪昀著，孙致中等校点《纪晓岚文集》第一册，河北教育出版社 1995 年版，第 510 页。
⑤ （唐）裴铏《传奇》，上海古籍出版社 1980 年版，第 1、108 页。

'《传奇》体尔！'《传奇》，唐裴铏所著小说也。"①欧阳修也作如是观，方望溪云："范文正《岳阳楼记》，欧公病其词气近小说家，与尹师鲁所议不约而同。"②盖《岳阳楼记》叙述滕子京重修岳阳楼一事用散体，而描述巴陵胜状则用骈文，此种叙述风格与《传奇》类似，故尹师鲁与欧阳修将其与《传奇》类比。《传奇》与《岳阳楼记》叙述风格的相似性，为后人解读小说笔法提供了新的思路，即读者可以以读文章的眼光去读小说，如胡应麟就这样评价《传奇》："其书颇事藻绘而体气俳弱，盖晚唐文类尔……范文正记岳阳楼，宋人讥曰传奇体，则固以为文也。"③以文章手眼批小说，几乎成了明清小说评点家的不二法门，金圣叹、毛宗岗诸辈莫不如此。冯镇峦指出，蒲松龄作《聊斋志异》，秉持的正是传统作文的笔法，而非传统撰史的风格，因此读《聊斋志异》，应关注其笔端的万千变化，而不应拘泥于其叙事的真假虚实。兹摘录其评点以申说之：

　　先生此书，议论纯正，笔端变化，一生精力所聚，有意作文，非徒纪事。

　　先生意在作文，镜花水月，虽不必泥于实事，然时代人物，不尽凿空。

　　读《聊斋》，不作文章看，但作故事看，便是呆汉。惟读过《左》、《国》、《史》、《汉》，深明体裁作法者，方知其妙。

　　或疑聊斋那有许多闲功夫，捏造许多闲话。予曰：以文

---

① （宋）陈师道《后山诗话》，见（清）何文焕辑《历代诗话》，中华书局 1981 年版，第 310 页。
② （清）姚鼐《古文辞类纂》卷五十四欧阳修《真州东园记》集评引，世界书局 1936 年版，第 986 页。
③ （明）胡应麟《少室山房笔丛·庄岳委谈下》，上海书店出版社 2001 年版，第 424 页。

不以事也。从古书可传信者，六经而外，莫如《左传》、《史记》。乃左氏以晋庄姬为成公之女，《史记》以庄姬为成公之妹。晋灵公使人贼赵宣子，左氏谓触槐而死者鉏麂，公羊以为壮士刎颈而死。传闻异词，以何为信？且鉏麂槐下之言，谁人闻之？左氏从何知之？文人好奇，说鬼说怪，廿三史中不胜屈，何独于《聊斋》而疑之。取其文可也。①

冯镇峦一再强调《聊斋志异》在"文"与"事"之间的倾向性，提醒读者应欣赏其文采而不必考证其故事，并以《史记》与《左传》之间的抵牾为例，证明史传叙事也不过如此，与其纠结于故事的真假，还不如欣赏其笔端的变化。只要细读《婴宁》、《促织》等作品，就会服膺冯氏所论确为允当，堪称柳泉知音。

如果说蒲松龄是以"作文之法"作小说，那么纪昀便是以"著书之理"作小说，其间既"义存劝戒"，又可见"学问"与"文章"。还是盛时彦深得乃师之心，其《姑妄听之跋》云：

> 时彦尝谓先生诸书，虽托诸小说，而义存劝戒，无一非典型之言，此天下之所知也。至于辨析名理，妙极精微；引据古义，具有根柢，则学问见焉。叙述剪裁，贯穿映带，如云容水态，迥出天机，则文章亦见焉……夫著书必取熔经义，而后宗旨正；必参酌史裁，而后条理明；必博涉诸子百家，而后变化尽……故不明著书之理者，虽诂经评史，不杂则陋；明著书之理者，虽稗官脞记，亦具有体例。

---

① （清）冯镇峦《读聊斋杂说》，《聊斋志异》第 9、第 11—13 页，文中着重号为笔者所加。

盛时彦在此提出了著书"三要素"：取熔经义、参酌史裁、博涉诸子百家，其中"取熔经义"就撰述目的而言，"参酌史裁"就语言组织而言，"博涉诸子百家"就学术视野而言。无独有偶，纪昀在《姑妄听之》"序"中也提出了著书的三点主张，并与盛时彦相呼应："缅昔作者，如王仲任、应仲远，引经据古，博辨宏通；陶渊明、刘敬叔、刘义庆，简淡数言，自然妙远。诚不敢妄拟前修，然大旨期不乖于风教。"①其中"不乖于风教"即撰述目的，指作品意寓劝惩的教化目的；"简淡数言，自然妙远"即语言组织，指作品古朴冷峻的语言风格；"引经据古，博辨宏通"即学术视野，指作品旁征博引的学术风范。我们姑且以《阅微草堂笔记》所引书（篇）目为例，从"引经据古，博辨宏通"的角度说明其"著书者之笔"的叙述风格。

| 书名 | 卷数 | 所引书（篇）目 |
|---|---|---|
| 滦阳消夏录 | （一） | 周礼 四库全书 易 孝经 尚书 毛诗 尔雅 论语 孟子 春秋 新齐谐 浣纱记 蕃骑射猎图 秋林觅句图 太平广记 水浒传 说文 金刚经 |
|  | （二） | 三百篇 孝经 大学 春秋 左传 太平广记 坤雅 鬼趣图 献县志 一统志 |
|  | （三） | 金史 秋林读书 山海经 列子 素问 三藏圣教序 庄子 论语 孝经 孟子 辍耕录 |
|  | （四） | 明史 西铭 大学 |
|  | （五） | 金人铭 汉寿亭侯庙碑 古挽歌 春秋 公羊传 易 太平广记 左传 阴符经 职贡图 |
|  | （六） | 易 太平广记 春秋 花王阁剩稿 快哉行 元诗选 昭明文选 火珠林 灵棋经 孟子 论语 中庸 |

---

① 《阅微草堂笔记》，第359页。

续　表

| 书名 | 卷数 | 所引书（篇）目 |
|---|---|---|
| 如是我闻 | （一） | 云汉 山海经 夜谈丛录 职方外纪 宣室志 稽神录 春秋 读书敏求记 素问 寒山老木图 绳还绳 搜神记 录异传 |
| | （二） | 佛光示现卷 上堵吟 古经解钩沉 博物志 杜阳杂编 |
| | （三） | 酉阳杂俎 北梦琐言 史通 洛阳伽蓝记 魏书 西楼记 礼 兰亭 博物志 梦溪笔谈 参同契 西游记 论语 搜神记 六经 史记 |
| | （四） | 夜灯丛录 蠮蛑传 宣室志 冥祥记 酉阳杂俎 花王阁剩稿 佐治药言 春秋 囚关绝祀 景岳全书 八旗氏族谱 公羊传 朝野金载 史记 西京杂记 太平广记 列仙传 素问 家语 破呼衍王碑 后汉书 易 诗 破石崖 天姥峰 庐山联句 献县志 行路难 蜀道难 新齐谐 礼 越绝书 白头吟 |
| 槐西杂志 | （一） | 隋书 列女传 檄隋文 说苑 豫让桥 韵石轩笔记 赤壁赋 论语注 论语集解 尚书正义 洪范 大戴礼注 易 汉书 四库全书 汝南先贤传 山海经 达摩支曲 灵宪 人物志 群芳谱 野菜谱 左传 春秋 皇极经世 野泊不寐 悟真篇 广异志 乾巽子 逸史 庄子 灵怪集 江陵佛寺 宣室志 原化记 海赋 岭表录异 岭南异物志 酉阳杂俎 传奇 琵琶行 礼 长恨歌 桂苑丛谈 古今注 杜阳杂编 循吏传 |
| | （二） | 诗经 易经 青泥莲花记 罗刹成佛记 永乐大典 李芳树刺血诗 四库全书 春秋 春秋经笙 春秋解 昌平山水记 宋史 行程录 孝经 吕氏春秋 审微 补录纪传 酉阳杂俎 易林 后汉书 苏沈良方 永乐大典 商书 逸周书 周礼 春秋尊王发微 读史管见 汉书 丽人行 象经 庾开府集 太平广记 西学 唐碑 西溪丛语 册府元龟 酉阳杂俎 左传 玉篇 说文 东京记 四夷朝贡图 程史 丛碧山房集 逸史 仙传拾遗 命书 国语 楚辞 四库全书总目 列子 论衡 三星行 博物志 三史国语解 |
| | （三） | 幽怪录 聊斋志异 博异传 史记 列异传 枯树赋 祭纛文 秋灯丛话 周易 范增论 西域图志 金刚经 列子 朝野金载 国史补 飞燕外传 毛传 北梦琐言 秋波媚 眼儿媚 |
| | （四） | 春秋 吕氏春秋 菌谱 博物志 名医别录 六经 紫桃轩杂缀 |

续　表

| 书名 | 卷数 | 所引书(篇)目 |
|---|---|---|
| 姑妄听之 | (一) | 前定录 紫丝盛露囊赋 答吐蕃书 代南越献白孔雀表 公羊传 荆钗记 周礼 易 棋诀 孔子家语 鹤林玉露 桃花扇 坤雅 五木经 字汇补注 |
| | (二) | 周官 新齐谐 本草 宣室志 闻奇录 醉锺馗图 摽梅 永乐大典 |
| | (三) | 嵩里行 牡丹亭 达摩支曲 宋书 新齐谐 典论 汉书 宣室志 长恨歌 性理大全 花间集 西铭 大学衍义 春秋 大车 万法归宗 |
| | (四) | 白泽图 金陵怀古 子夜歌 雁宕游记 新齐谐 原病式 儒门事亲 白田集 四库全书总目 贾长江集 淮南子 左传 书艾孝子事 汉书 书序 洪范 续文献通考 太平广记 |
| 滦阳续录 | (一) | 左传 四库全书总目 太平广记 定命录 嘉话录 剧谈录 山海经 禹本纪 史记 列子 天问 克敌弓铭 永乐大典 秋坪新语 热河志 水经注 樵香小记 四库全书 咏怀 三国志 异苑 棠棣 |
| | (二) | 杨柳枝词 尔雅 史记 坤舆图说 四松堂集 欧谱 周礼 燕歌行 文苑英华 |
| | (三) | 吕览 夜灯随录 花王阁剩稿 西游记 神异经 帝京景物略 世说 周礼 小雅 谢小娥传 定命录 酉阳杂俎 朝野佥载 敦煌实录 |
| | (四) | 酉阳杂俎 千字文 灵怪集 独异志 博物志 汉书 骈语雕龙 史记 左传 洪范 李凭箜篌引 昌谷集 月中桂 撼言 唐诗纪事 山海经 穆天子传 尔雅 如愿小传 太平广记 |
| | (五) | 金刚经 金史 吴越春秋 |
| | (六) | 巾机铭 孙子 因树屋书影 古今注 神异经 归雁诗 三国演义 琵琶记 后汉书 三国志 中郎文集 秋坪新语 碧云騢 周秦行记 会真记 秘辛 聊斋志异 汉书 六韬 |

据不完全统计,不计同卷中重复引用者,《阅微草堂笔记》全集
1195 则笔记共引用书(篇)目 404 次,其中《滦阳消夏录》64 次,

《如是我闻》67 次，《槐西杂志》130 次，《姑妄听之》56 次，《滦阳续录》87 次。全集平均每 3 则笔记引用 1 次书（篇）目，其中《槐西杂志》286 则笔记共引用 130 次，接近平均每两则笔记引用 1 次书（篇）目。从内容来看，所引书（篇）目涉及经、史、子、集等部类，涵盖诗、文、词、小说、戏曲、碑刻、书法、绘画、考古、博物等领域，举凡考辨名物，论断是非，真可谓字字皆有来历。此种叙述风格，与作为"才子之笔"的《聊斋志异》判然有别，纪昀以"著书者之笔"自诩，确乎实至名归。

诗有唐宋之别，小说亦然。胡应麟云："小说，唐人以前纪述多虚而藻绘可观，宋人以后论次多实而彩艳殊乏。盖唐以前出文人才士之手，而宋以后率俚儒野老之谈故也。"[①]周星誉云："小说家言，有唐宋二派。今时盛行者，《聊斋志异》近唐，《阅微草堂》近宋。"[②]借用前人评论唐、宋诗的话语来说，《聊斋志异》以"风神情韵"取胜，故属"才子之笔"；《阅微草堂笔记》以"筋骨思理"见长，故属"著书者之笔"。蒲松龄当属"文人才子"，纪昀固非"俚儒野老"，但两人不同的性格气质造就了两种不同的叙述风格，却大体不差。

## 第四节　文言小说的两种叙事传统

"才子之笔"与"著书者之笔"既是指《聊斋志异》与《阅微草堂笔记》两部具体作品的叙述风格，又代表了中国文言小说的两种叙事传统，即"一书而兼二体"之"小说"（笔记体）与"传记"（传记体）。笔记体传统讲究言出有据，据事实录；传记体传统追求随意装点，

① （明）胡应麟《少室山房笔丛·九流绪论下》，上海书店出版社 2001 年版，第 283 页。
② （清）金武祥《陶庐杂忆》引，转引自《元明清三代禁毁小说戏曲史料》，作家出版社 1958 年版，第 296 页。

增饰虚构。纪昀对《聊斋志异》的质疑与后人对纪昀小说观念的批判，反映了不同时代背景下两种小说传统的发展态势以及人们对两种传统的接受状况。

　　"笔记体"传统发端最早。《汉书·艺文志》论小说起源时说："盖出于稗官。街谈巷语，道听途说者之所造也。"[①]《隋书·经籍志》进一步发挥说："孟春，徇木铎以求歌谣，巡省观人诗，以知风俗……道听途说，靡不毕纪。"[②]体察其语，大有作者（稗官）在街头巷尾、田间地里随笔记录见闻之意。《汉书·艺文志》所录小说今已失传，鲁迅《古小说钩沉》辑得《青史子》三条佚文，其一记录"古者胎教之道"，其二记录"巾车教之道"，其三记录"以鸡祀祭"，云："鸡者，东方之牲也，岁终更始，辨秩东作，万物触户而出，故以鸡祀祭也。"[③]可知中国最早的小说即此类随笔记录的"不经之说"，据事实录，不加装点。"传记体"是史学发展到一定阶段的产物，乃传记与小说之间的"文体越界"。魏晋南北朝时期，"传记体"传统便已形成。任昉《述异记·蒋济儿》叙述蒋济亡子托梦蒋妻，央求蒋济为其在冥间更换职位一事，描写细致入微，曲折生动，篇幅亦长达 500 余言，远非如实记录、不加装点的笔记体可比。此作出自《三国志·魏志》卷十四"蒋济传"，正体现了史官"率尔而作"的特点。传记体小说与传记的区别在于"不经"的题材内容，详细叙述人物故事却于史无征；与笔记体小说的区别在于委曲详尽的叙述手法，违反据事实录的原则而随意装点。

　　章学诚说："盖自稗官见于《汉志》，历三变而尽失古人之源流

---

①　《汉书》，第 1745 页。
②　《隋书》，第 75 页。
③　鲁迅《古小说钩沉》，齐鲁书社 1997 年版第 2 页。

矣。"①从小说的起源与叙事的本意来看，笔记体当是小说之本体，而传记体乃小说之变体，历代官修书目著录小说，也基本上以笔记体为主。纪昀对《聊斋志异》的批评，反映了他以笔记体传统为正统的小说观念。非独纪昀如此，清人大多作如是观。仍以对《聊斋志异》的评价为例：朱彭寿说《聊斋志异》"文笔固极典雅，至叙事则皆凭空结撰，即人名地名，亦多有不足据者"②，李调元说《聊斋志异》"词清而意远，事骇而文新……然皆凿空造意，无实可征，考古者所弗贵焉"③，袁枚也认为"《聊斋志异》殊佳，惜太敷衍"④。在清人看来，随意装点固然体现了蒲松龄卓越的文学才华，但严重伤害了据事实录的小说精神。

　　二十世纪以来，在西学东渐的大背景下，国人以"小说"与"novel"、"fiction"对译，将小说定义为"虚构性的叙事散文"，并规定了小说必须具备"人物"、"情节"与"环境"三要素，形成了与传统小说观念截然不同的现代小说观念。在此种小说观念的观照下，据事实录的笔记体成为另类，难入研究视野；而随意装点的传记体却变为正宗，成为西方小说观念在中国的注脚。因此极尽夸张虚构之能事的唐代传记体便成了中国文言小说的代表与象征，于是就有了至唐人"始有意为小说"的著名论断，并在学界形成了重传记体而轻笔记体的研究传统。在这种以今律古、以西律中的语境下，纪昀对小说言出有据、不加装点的追求自然就变成了保守与落后。其实近现代以来，仍有学者与纪昀遥相呼应，坚持笔记体传统

---

① 《文史通义校注》卷五内篇五，第561页。
② （清）朱彭寿《安乐康平室随笔》，何双生点校，中华书局1982年版，第221页。
③ （清）李调元《尾蔗丛谈·序》，中华书局1991年版，第1页。
④ （清）袁枚《子不语序》，《小仓山房诗文集》，《四部备要》本，上海中华书局据原刻本校刊，第553页。

的正统地位,认为"小说家言,必以纪实研理,足资考核为正宗"①。
章炳麟说:"(唐人小说)自以小说名,固非其实。夫蒲松龄、林纾之
书得以小说署者,亦犹《大全》、《讲义》诸书,传于六艺儒家也。"②
浦江清说:"现代人说唐人开始有真正的小说,其实是小说到了唐
人传奇,在体裁和宗旨两方面,古意全失。所以我们与其说它们是
小说的正宗,毋宁说是别派;与其说是小说的主干,毋宁说是独秀
的旁枝吧。"③以现代小说观念为准绳来批评纪昀的小说观念,不
但不符合中国古代小说的发展实际,其逻辑本身也容易陷入自相
矛盾的境地。一个不容辩驳的事实是,作为笔记体经典,《世说新
语》在各种文学史、小说史著述中皆被视为"志人小说"的代表,可
其中究竟有多少篇目是虚构的? 又有多少篇目具备人物、情节与
环境三要素? 再者,倘若因传记体小说符合现代小说定义而被认
定为小说之正宗,则并非至唐人"始有意为小说",魏晋人早就这么
做了,谁敢说陶渊明不是在刻意描述一个世外桃源呢? 高儒《百川
书志》即称《桃花源记》"大率托物兴辞,信笔成文为多"④。

---

① （清）邱炜萲《小说》,转引自陈平原、夏晓虹编《二十世纪中国小说理论资料》第一
　卷,北京大学出版社1989年版,第14页。
② 章炳麟《与人论文书》,《章太炎全集》(四),上海人民出版社1985年版,第169页。
③ 浦江清《论小说》,《无涯集》,百花文艺出版社2005年版,第105页。
④ （明）高儒《百川书志》,古典文学出版社1957年版,第66页。

# 第六章 "著书者之笔"：传统小说观念与乾嘉考据学风

上文以"才子之笔"与"著书者之笔"为抓手，辨析了传统文言小说的两种叙述风格。若单个来看，这两个概念又分别体现了不同语境下的小说观念，故仍有掘发精微的必要。鉴于"才子之笔"与明清小说评点中的"才子书"概念大同小异，前贤已有宏论①，故本章只论"著书者之笔"。

"著书者之笔"说的产生有着特定的时代背景（乾嘉考据学风），并源于自身的创作体验（《阅微草堂笔记》），因此它不仅仅是纪昀对单个小说文本的批评，更是对小说创作的理论总结。明清两朝，"才子之笔"常用来指称才华横溢的文人之文，如陈继儒称王季重"笔悍而神清，胆怒而眼俊"，其《游唤集》乃"文人才子之笔"；②蒋敦复称陈心泉《月坡词序》"骈文雄丽，望而知为才子之笔"③。小说评点家们也常用"才子书"来提升通俗小说的文化品位，强化通俗小说的文人性，如金圣叹称《水浒传》为"第五才子书"，毛伦、毛宗岗父子称《三国演义》为"第一才子书"。在当下的

---

① 详见谭帆《"奇书"与"才子书"——对明末清初小说史上一种文化现象的解读》，《华东师范大学学报》（哲学社会科学版）2003 年第 6 期。

② （明）陈继儒《王季重〈游唤〉序》，赵伯陶选注《明文选》，人民文学出版社 2006 年版，第 378 页。

③ （清）蒋敦复《芬陀利室词话》卷三，清光绪刻本，第 30 页。

语境中,"才子"无疑比"著书者"更贴近小说作者的身份,用"著书者之笔"来描述小说的创作风格,实在有些突兀,未免令人困惑不解。那么"著书者之笔"究竟是什么含义? 纪昀为什么用"著书者之笔"评判小说创作? 怎样看待纪昀提出的"著书者之笔"一说?

## 第一节　"著书者之笔"说的具体内涵

　　《聊斋志异》属"才子之笔",与之相颉颃的《阅微草堂笔记》自然就是"著书者之笔"。以《阅微草堂笔记》为例,深入剖析其叙述风格,便可解读"著书者之笔"的具体内涵。"著书者之笔"一说由纪昀门人盛时彦《姑妄听之跋》转述,盛时彦对"著书"理路作了较为详尽的阐释,故从此跋入手,又可为解读"著书者之笔"提供思路上的引导。盛时彦云:"夫著书必取熔经义,而后宗旨正;必参酌史裁,而后条理明;必博涉诸子百家,而后变化尽……故不明著书之理者,虽诂经评史,不杂则陋;明著书之理者,虽稗官脞记,亦具有体例。"①盛时彦所论"著书之理",实际上即从著书的宗旨与目的、著书的体例与方法以及著书者的素养与识见三个方面概括了"著书者之笔"的内涵:"取熔经义",乃就著书的宗旨与目的而言;"参酌史裁",乃就著书的体例与方法而言;"博涉诸子百家",乃就著书者的素养与识见而言。盛时彦追随纪昀多年,自诩所论"尚得窥先生涯涘也"②,"先生颇以为知言"③,故盛时彦对"著书者之笔"的理解,可视为纪昀本人的观点。因此结合《阅微草堂笔记》,可从上述三个方面阐述"著书者之笔"的具体内涵。

---

① 　盛时彦《姑妄听之跋》,《阅微草堂笔记》,第471—473页。
② 　(清)盛时彦《姑妄听之跋》,《阅微草堂笔记》,第472页。
③ 　(清)盛时彦《阅微草堂笔记序》,《阅微草堂笔记》,第568页。

为何著书?古往今来,著书皆有所为。柳宗元说:"贤者不得志于今,必取贵于后,古之著书者皆是也。"①董应举说:"古之君子,道行则以其身任天下之患,不行即以其言寄当世之忧。古之立言著书者皆是也。"②历史上固然不乏为稻粱谋而著书者,但发愤著书者终是主流。对大多数著书者而言,著书往小里说是为了表达一己之私见,往大里说则是为了明道与经世。纪昀承袭了传统"明道"与"经世"的著书宗旨,以"教化"与"劝戒"为具体目的,自称:"著书宣教化,是亦儒臣事。仰惟赍予心,实功风俗计。非以翰墨资,徒佐文章丽。康成逝已遥,小同经术继。"③即便是向来被视作小道的"小说",纪昀也不忘强调教化与劝戒的功用:"儒者著书,当存风化,虽齐谐志怪,亦不当收悖理之言。"④

纪昀语关教化、义存劝戒的著书旨意,在《阅微草堂笔记》中几乎涵盖了伦理纲常的全部内容,举凡君臣、父子、朋友、夫妇,孝、悌、忠、信、礼、义、廉、耻,均有所体现。试以《滦阳消夏录》为例。如"北村郑苏仙"条,纪昀借阎罗王之口嘲笑以"无功亦无罪"自辨的官员,表达了他对为臣之道的看法:"公一生处处求自全,某狱某狱,避嫌疑而不言,非负民乎?某事某事,畏烦重而不举,非负国乎?三载考绩之谓何?无功即有罪矣。""有游士以书画自给"条,再醮妇人不能忘情于亡夫,临死时请求后夫将其与亡夫合葬。纪昀表达了他对夫妇之道的看法:"余谓再嫁,负故夫也;嫁而有贰心,负后夫也。此妇进退无据焉。"最能体现纪昀著书旨意的当属

---

① (唐)柳宗元《寄许京兆孟容书》,尹占华、韩文奇《柳宗元集校注》,中华书局 2013 年版,第 1957 页。
② (明)董应举《学古适用编序》,(明)吕孟谐辑《学古适用编》,明崇祯刻本。
③ (清)纪昀《郑编修(际唐)出其曾祖赐砚见示敬赋古诗二十六韵》,《纪晓岚文集》第一册,第 510 页。
④ (清)纪昀《滦阳消夏录(六)》,《阅微草堂笔记》,第 114—115 页。

书生艳遇狐女之类故事,作为"著书者之笔"的《阅微草堂笔记》与作为"才子之笔"的《聊斋志异》大异其趣。"宁波吴生,好作北里游"条,开头写吴生与狐女时相幽会,狐女能幻化成青楼女子,而吴生以为"惜是幻化,意中终隔一膜耳。"接着狐女便以"幻化"为题开导吴生:"不然。声色之娱,本电光石火……",结果"吴洒然有悟。后数岁,狐女辞去。吴竟绝迹于狎游"。此类故事,在《聊斋志异》里着意表现的是文人才子式的浪漫情怀,而《阅微草堂笔记》散发出来的则是著书立说者的布道气息。这无疑切合纪昀的著书旨意,因此盛时彦《跋》称许其"虽托诸小说,而义存劝戒,无一非典型之言"。

　　如何著书?这涉及体例与方法两个层面的选取,纪昀认定《聊斋志异》属"才子之笔"而非"著书者之笔",主要依据便是《聊斋志异》在著述体例上杂糅了"小说"与"传记",一书而兼二体;在叙事方法上随意妆点,违反了言出有据的实录原则。直白点讲,就是《聊斋志异》在体例与方法上均不够谨严,是才子做派,非学者所为。那么谨严的"著书"作法又该如何呢?用盛时彦的话来说便是"参酌史裁"。"史裁"有两层含义,一是指史书的体裁,即体例,如章学诚评康海《武功志》云:"志乃史裁,苟于地理无关,例不滥收诗赋"[1];一是指对史事的裁断,即方法,如胡应麟认为刘知幾《史通》所惑非惑、当疑不疑,有史学无史笔,有史裁无史识。[2] 以此观照《阅微草堂笔记》,纪昀确乎在体例与方法上都做到了"参酌史裁"。

　　先说著述体例。纪昀主张"文章各有体裁,亦各有宗旨,区分

---

① 《文史通义校注》卷八外篇三"书《武功志》后",第 905 页。
② 详见(明)胡应麟《少室山房笔丛》"史书占毕一"内篇,上海书店出版社 2001 年版,第 134 页。

畛域，不容假借于其间"①，讲求著书体例的纯粹与统一，这种意识在《阅微草堂笔记》中时有流露，如《滦阳消夏录》（一）"序"自嘲"忆及即书，都无体例"，《如是我闻》（一）评戈芥舟所撰《献县志》"体例谨严，具有史法"。不管是抑己的"都无体例"还是扬人的"体例谨严"，都表明纪昀具有明确的体例意识。《聊斋志异》与《阅微草堂笔记》皆由众多篇目组成，实际上涉及两个层面的体例问题，即单篇作品的文体属性与整部作品的文体统合。按照纪昀对"小说"与"传记"的理解，《聊斋志异》中《瓜异》、《赤字》等如实记载、粗陈梗概者是"小说"（即今人所谓笔记体小说），《青凤》、《婴宁》等随意装点、完整叙述一人或一事之始末者属"传记"（即今人所谓传奇体小说），因此总体上看，《聊斋志异》"一书而兼二体"，违背了文体的统一（纪昀认为只有《太平广记》这种类书才可以兼收）；单个地说，《聊斋志异》以传记之体叙小说之事（纪昀认为花妖狐媚等"不经"之事属小说范畴），又混淆了文体的畛域。《阅微草堂笔记》则不然，作者多次声明只是记录见闻，如《滦阳消夏录》（一）"序"云"昼长无事，追录见闻"，《如是我闻》（一）"序"云"因补缀旧闻，又成四卷"，《姑妄听之》（一）"序"云"惟时拈纸墨，追录旧闻"，是地道的小说，做到了体例纯粹；且全书一千余条笔记，叙事模式"千篇一律"，又保持了体例的统一。

　　再说叙事方法。纪昀认为"小说既述见闻，即属叙事，不比戏场关目，随意装点"②，因此恪守如实记录的原则，叙事范围仅限于耳目闻见之内。翻检《阅微草堂笔记》，很容易归纳出纪昀的叙事模式，即所见者为"余"于何时何地亲见，所闻者为"某某"于何时何

① （清）纪昀《丙辰会试序》，《纪晓岚文集》第一册，第149页。
② （清）盛时彦《姑妄听之跋》，《阅微草堂笔记》，第472页。

地言之，而无论哪种模式，都明确交待事件的来源，力求言出有据。仍以《滦阳消夏录》（一）为例，开头即注明事件源自何人的记载有14条，如第1条注"胡御史牧亭言"，第3条注"爱堂先生言"。其他未在开头注明事件来源者，大多亦在文中有所交待，如第2条言明"沧州刘士玉孝廉"，第4条言明"东光李又聃先生"。此外，纪昀多次强调事件乃亲耳所闻，以"为余言之"标注事件来源的可靠性，如《滦阳消夏录》（二）"内阁学士永公"条云"公镇乌鲁木齐日，亲为余言之"，《如是我闻》（二）"伊犁城中无井"条云"徐舍人蒸远曾预斯役，尝为余言"。在耳目闻见之内，纪昀尽量让事件客观呈现在读者面前，不加装点，除了陈述事件的基本要素，很少有细节上的想象发挥，是故盛时彦《跋》称许其"叙述剪裁，贯穿映带，如云容水态，迥出天机，则文章亦见焉。"

以何著书？这关乎著书者本人的素养与识见。著书不易，纪昀曾感叹："信乎，著书之难也。"①谨严的著书者往往不轻易下笔，必先博览群书，胸有丘壑。郑樵说"大著述者必深于博雅，而尽见天下之书，然后无遗恨"②，陈仁锡说"非读尽天下之书，勿轻著书"③，计六奇说得更为详细："昔之著书者必有三资四助。三资者，才、学、识是也。落笔惊人，才也；博极群书，学也；论断千古，识也。四助维何？一曰势，倚藉圣贤；二曰力，所须随致；三曰友，参订折衷；四曰时，神旺心闲。"④纪昀博闻强记，学究天人，"以学问

---

①　（清）纪昀《增订改元考同序》，《纪晓岚文集》第一册，第163页。
②　（宋）郑樵《通志总序》，郑樵撰，王树民校点《通志二十略》，中华书局1995年版，第1页。
③　（明）陈仁锡《续藏书序》，陈仁锡《无梦园初集》"马集四"，崇祯六年（1633）张叔籁刻本。
④　（清）计六奇撰，任道斌、魏得良点校《明季南略》，中华书局1984年版，第523页。

文章著声公卿间四十余年"①，虽自谦"小说稗官，知无关于著述"②，但作为著书者"博涉诸子百家"的素养与识见，却淋漓尽致地表现在《阅微草堂笔记》之中。试以《如是我闻》（一）引用书目为例，便包括《云汉》、《山海经》、《夜谈丛录》、《职方外纪》、《宣室志》、《稽神录》、《春秋》、《读书敏求记》、《素问》、《寒山老木图》、《绳还绳》、《六经》、《搜神记》、《录异传》等。据笔者统计，不包括同卷中重复引用者，《阅微草堂笔记》全集 1195 条笔记共引用书目 404种，其中《滦阳消夏录》64 种，《如是我闻》67 种，《槐西杂志》130种，《姑妄听之》56 种，《滦阳续录》87 种。全集平均每 3 条笔记引用 1 种书目，其中《槐西杂志》286 条笔记共引用 130 种，平均每两条笔记就引用 1 种书目。从内容来看，所引书目涉及经、史、子、集等部类，涵盖诗、文、词、小说、戏曲、碑刻、书法、绘画、考古、博物等领域，举凡考辨名物，论断是非，真可谓字字皆有来历，所以盛时彦《跋》称许其"辨析名理，妙极精微；引据古义，具有根柢，则学问见焉"。这种叙述方式带有强烈的学术色彩，而这正是"著书者之笔"的重要标志。

## 第二节　"著书者之笔"说的内在心境

纪昀视小说创作如同"著书"，从"为何著书"、"如何著书"、"以何著书"三个方面规定"著书者之笔"的内涵，遂使《阅微草堂笔记》"道"胜于"文"，"趣"逊于"理"，依今天的标准看，与其说是小说，毋宁更像论著。这种小说观念的产生，有内外两方面的原因，其中内

---

① 　（清）陈鹤《序》，《纪晓岚文集》第三册"附录"，第 729 页。
② 　（清）纪昀《滦阳消夏录（一）序》，《阅微草堂笔记》，第 1 页。

在的根源在于纪昀心中有着浓重的"著书"情结,而外在的原因则是受传统小说观念与乾嘉考据学风影响所致。

小说向来是"君子不为"的"小道",这一点纪昀心知肚明。《书滦阳消夏录后》云:"前因后果验无差,琐记搜罗鬼一车。传语洛闽门弟子,稗官原不入儒家。"①《题孝友图十帧》云:"稗史荒唐半不经,渔樵闲话野人听。地炉松火消长夜,且唤诙谐柳敬亭。"②"稗官"、"稗史"为小说之别称,因其"荒唐"、"不经"的属性不合经世明道的儒家理念,故被排除在九流之外。既然如此,纪昀为何还要以"著书"的高标准、严要求去批评《聊斋志异》,并在《阅微草堂笔记》中付诸其"著书"理念呢? 我们认为,这与纪昀的"著书"情结有关。"著书者之笔"说的提出,折射了纪昀的"著书"情结;以"著书者之笔"撰写小说,则是纪昀借小说创作实现著书理想的途径。

古人素有追求立言不朽的传统。纪昀久居台宪之首,是乾隆皇帝非常倚重的文臣,晚年更是执学术之牛耳,"海内共仰望为宗匠"③,著书立说自是应有之义。纪昀宣称"儒者著书立说,将使天下之从我"④,对他人能"闭门著述,卓然成一家言"⑤不无艳羡之意,在与门生故吏的通信中也常"以著书相勉"⑥,其"著书"情结不言而喻。又,纪昀生当书香门第,家世有著书之风尚。高祖纪坤著《花王阁剩稿》,《四库全书总目》"集部·别集类存目"著录。父纪容舒著《唐韵考》、《玉台新咏考异》,《四库全书》"经部·小学类"与

---

①　《纪晓岚文集》第一册,第 521 页。

②　同上,第 609 页。

③　(清)李文藻《与纪晓岚先生书》,《纪晓岚文集》第三册附录,第 322 页。

④　(清)纪昀《沈氏四声考序》,《纪晓岚文集》第一册,第 162 页。

⑤　(清)纪昀《六书分类序》,《纪晓岚文集》第一册,第 161 页。

⑥　(清)李文藻《与纪晓岚先生书》,《纪晓岚文集》第三册附录,第 322 页。

"集部·总集类"收录；著《杜律疏》，《四库全书总目》"集部·别集类存目"著录。胞兄纪昭（懋园）著《毛诗广义》、《养知录》，《四库全书总目》"经部·诗类存目"与"子部·杂家类存目"著录。此外，胞兄纪易著《近言集》，从侄纪汝伦著《逊斋易述》。纪昀学富五车，理应也有著述，盛时彦《跋》便称其"天性孤峭，不甚喜交游。退食之余，焚香扫地，杜门著述而已"，那么纪昀的著述情况又如何呢？

据平步青《霞外攟屑》记载，纪昀曾编辑《镜烟堂十种》，包括《沈氏四声考》、《唐人试律说删正》、《二冯才调集删正》、《瀛奎律髓》、《李义山诗》、《陈后山诗》、《张为主客图》、《审定风雅遗音》、《庚辰集》、《馆课存稿》。纪昀去世之后，其孙纪树馨辑录《纪文达公遗集》，含"文集十六卷、经进诗八卷、古今体诗六卷、馆课诗一卷、《我法集》一卷"[1]。今据《纪晓岚文集》所录文献，大致可以稽考纪昀的著述情况：

《审定风雅遗音》。《风雅遗音》为清人史雪汀所著，纪昀病其"不知古音，叶韵之说多舛误；又门目太琐，辨难太激，于著书之体亦微乖"，于是"退食之暇，重为编录"。[2]

《沈氏四声考》。纪昀以南朝沈约韵书虽亡，但"诗文传世亦多，尚可排比求之，得其梗概，因略为考订，编成二卷，名曰《沈氏四声考》"。[3]

《删正帝京景物略》。该书为明末刘侗、于奕正合撰，纪昀病其"每篇之后，必赘题咏数十章"，遂"悉割取摧烧之；独留正文一百三十余篇，用纸粘缀，茸为二册"。[4]

① （清）刘权之《纪文达公遗集序》，《纪晓岚文集》第三册附录，第725页。
② （清）纪昀《审定史雪汀风雅遗音序》，《纪晓岚文集》第一册，第160页。
③ （清）纪昀《沈氏四声考序》，《纪晓岚文集》第一册，第162页。
④ （清）纪昀《删正帝京景物略序》，《纪晓岚文集》第一册，第164页。

《史通削繁》。纪昀以刘知幾《史通》叙述芜杂,精义难传,遂"即其本细加评阅以授儿辈……因钞为一帙,命曰《史通削繁》"。①

《济众新编》。纪昀以朝鲜刊本《东医宝鉴》"卷帙较繁,检寻未易,近复撮其精要之论、简易之方,为《济众新编》八卷,使病源如指诸掌,而药味可随地以取拾"②。

《张为主客图》。纪昀以唐张为《主客图》世无刊本,遂从《唐诗纪事》中"即原序所列八十四人,一一钩稽排纂之可以考者,犹七十有二。张氏之书,几还旧观矣"③。

《唐人试律说》。是书为纪昀与门人弟子读书阅微草堂时所编,"偶取其案上唐试律,粗为别白,举其大凡。诸子不鄙余言,集而录之,积为一册"④。

《瀛奎律髓刊误》。纪昀认为元人方回《瀛奎律髓》论诗之弊"足以疑误后生,瞀乱诗学",于是"细为点勘,别白是非,各于句下笺之,命曰《瀛奎律髓刊误》"⑤。

《后山集钞》。纪昀认为宋人陈师道《后山集》"原本讹脱太甚,九卷以后尤不胜乙。因杂取各书所录后山作,钩稽考证,粗正十之六七,乃略可读,因究其大意"⑥。

《乌鲁木齐杂诗》。纪昀谪居乌鲁木齐,"旅馆孤居,昼长多暇,乃追述风土,兼叙旧游。自巴里坤至哈密,得诗一百六十首。意到辄书,无复诠次,因命曰《乌鲁木齐杂诗》"⑦。

《庚辰集》。纪昀于乾隆庚辰(1760)七月闲居养病,"暇日以读

---

① (清)纪昀《史通削繁序》,《纪晓岚文集》第一册,第178—179页。
② (清)纪昀《济众新编序》,《纪晓岚文集》第一册,第179—180页。
③ (清)纪昀《张为主客图序》,《纪晓岚文集》第一册,第181页。
④ (清)纪昀《唐人试律说序》,《纪晓岚文集》第一册,第182页。
⑤ (清)纪昀《瀛奎律髓刊误序》,《纪晓岚文集》第一册,第183页。
⑥ (清)纪昀《后山集钞序》,《纪晓岚文集》第一册,第184页。
⑦ (清)纪昀《乌鲁木齐杂诗序》,《纪晓岚文集》第一册,第188页。

书课儿辈,取唐人及近人诗作为法式,儿辈以作者登科先后排纂成书,适起康熙庚辰至今乾隆庚辰止,因名之曰《庚辰集》"。[①]

《阅微草堂笔记》。纪昀于乾隆五十四年(1789)至嘉庆三年(1798)陆续写成,由门人盛时彦于嘉庆五年(1800)结集刊行。

以上是纪昀的著述概况。纪昀生前所作当不止这些,只是大多散佚不存,这一点其门生故吏多有共识。[②] 然单就以上著述而言,除《阅微草堂笔记》与《乌鲁木齐杂诗》外,其余并非严格意义上的"著书",而是属于"注书",如《唐人试律说》一书,纪昀就明言"为诗不及七八十首,采诸说不过三两家,借以论诗,不求备也。诗无伦次,随说随录,不更编也。其词质而不文,烦而不杀,取示初学,非著书也。"[③]即便是《阅微草堂笔记》与《乌鲁木齐杂诗》这两部在我们看来属于原创的著述,纪昀也不太愿意承认它们为"著书",尽管其中不无自谦之意。他说作《阅微草堂笔记》,是由于"景薄桑榆,精神日减,无复著书之志,惟时作杂记,聊以消闲。《滦阳消夏录》等四种,皆弄笔遣日者也"[④];作《乌鲁木齐杂诗》,也只是"旅馆孤居,昼长多暇,乃追述风土,兼叙旧游……意到辄书,无复诠次"。因此纪昀认为,自己一生其实并没有"著书"。陈鹤曾转述纪昀的话说:"我师河间纪文达公……尝语人:自校理秘书,纵观古今著述,知作者固已大备,后之人竭其心思才力,要不出古人之范围;其自谓过之者,皆不知量之甚者也。故生平未尝著书;间为人作序、

---

① (清)纪昀《庚辰集》(一)序,《纪晓岚文集》第三册,第62页。

② 刘权之《纪文达公遗集序》云"厥后,高文典册,多为人提刀,然随手散失,并不存稿,总谓尽系古人糟粕,将来何必灾梨祸枣为",阮元《纪文达公遗集序》云"公著述甚富,不自裒集,故多散佚",王昶《蒲褐山房诗话》云"于寻常所著,不复珍惜成编"。详见《纪晓岚文集》第三册附录,第725、727、505页。

③ (清)纪昀《唐人试律说序》,《纪晓岚文集》第一册,第182页。

④ (清)纪昀《滦阳续录(一)序》,《阅微草堂笔记》,第474页。

记、碑、表之属，亦随即弃掷，未尝存稿。"①此话应当不假，纪昀本
人也有过类似的直接表述："余自早岁受书，即学歌咏；中间奋其意
气，与天下胜流相倡和，颇不欲后人。今年将八十，转瑟缩不敢著
一语，平生吟稿亦不敢自存。盖阅历渐深，检点得意之作，大抵古
人所已道；其驰骋自喜，又往往皆古人所诋呵，捻须拥被，徒自苦
耳。"②纪昀没有"著书"的事实，也得到了时人的证实。江藩说：
"公一生精力粹于《提要》一书，又好为稗官小说，而懒于著书。少
年间有撰述，今藏于家，是以世无传者。"③张维屏说："或言纪文达
公博览淹贯，何以不著书？余曰：文达一生精力，具见于《四库全
书提要》，又何必更著书？'"④

　　纪昀"懒于著书"，恐怕并非他自己所说的只因"崔颢题诗在上
头"那么简单，背后应当有更为复杂的原因使他"眼前有景道不
得"。⑤乾隆皇帝后期，好听歌功颂德之言而难容不同意见，尤其
反感指斥社会弊端的逆耳诤言。纪昀以言官自任，难免逆批龙鳞，
触怒天颜。笑嫚《清代外史》云："弘历席累朝富庶之业，既北讨南
征，耀兵塞外，又挟其威权，叱辱群臣如奴隶……尝叱协办大学生
纪昀曰：'朕以汝文学尚优，故使领四库书，实不过以倡优蓄之，汝
何敢妄谈国事。'"⑥作为言官，谈论国事本职责所在；可皇上不容
谏言，纪昀便只好噤声，"岁岁容看温室树，惟应自戒口如瓶"⑦。

---

① （清）陈鹤《纪文达公遗集序》，《纪晓岚文集》第三册附录，第729页。
② （清）纪昀《鹤街诗稿序》，《纪晓岚文集》第一册，第206页。
③ （清）江藩《国朝汉学师承记》，中华书局1983年版，第93页。
④ （清）张维屏撰，陈永正点校《国朝诗人征略》，中山大学出版社2004年版，第
　　516页。
⑤ 吴波《纪昀的晚年心态与〈阅微草堂笔记〉的创作》（《明清小说研究》2003年第1期）
　　对乾隆朝后期的政治环境与纪昀的创作心态有较为详细的论述，本文有所借鉴，特
　　此鸣谢。
⑥ 《清代野史》第一辑，巴蜀书社1987年版，第130页。
⑦ （清）纪昀《赐砚恭纪八首》，《纪晓岚文集》第一册，第470页。

在给亲属的书信中，纪昀多次诉说身为言官的苦恼与担忧："盖身为言官，不言则溺职，言多则必败，绝无保全之法也。"①"盖身当言路，若壅蔽天聪，是谓溺职。若学铁面御史，据直上闻，必为怨俯。惟冀早日脱离此职，便可免却许多烦恼。"②在《又题秋山独眺图》一诗中，纪昀描述了自己身居高位却又如临深渊的恐惧心境："秋山高不极，盘礴入烟雾……俯见豺狼蹲，侧闻虎豹怒。立久心茫茫，悄然生恐惧。置身岂不高，时有蹉跌虑。徒倚将何衣，凄切悲霜露。微言如可闻，冀与孙登遇。"③结尾以三国孙吴太子孙登临终奏疏，恳请皇上举贤任能、博采众议为典，暗示了自己有口难言、言而不闻的忧愤。只是言愈不闻，立言不朽之心便愈急切，著书立说的情结亦愈浓重。这种情结在晚年愈发明显，以至于产生了严重的著书焦虑。乾隆五十七年（1792），纪昀为纪汝伦《逊斋易述》作序，云："余年近七十，一生鹿鹿典籍间，而徒以杂博窃名誉，曾未能覃研经训，勒一编以传于世，其愧懋园父子何如耶！"④临终前，纪昀又嘱托其孙纪树馨说："吾老矣，欲成三书，恐天不假年，今语汝大略，汝其识之。一曰《规杜持平》……一曰《篆隶异同》……一曰《蠹简丛钞》……"⑤

雍正、乾隆时期，朝廷大兴文字狱。作为《四库全书》的总纂官，纪昀经手的禁毁、抽毁著述何其多也。这种境况造成了他一方面为全身保命而"懒于著书"，另一方面又为使命所迫而不吐不快

① （清）纪昀《禀胞叔仪南》（报告漏言获谴），江不平校《纪晓岚家书》，中央书店1937年版，第18页。
② （清）纪昀《告内子》（告知还京供职），江不平校《纪晓岚家书》，中央书店1937年版，第36页。
③ （清）纪昀《又题秋山独眺图》，《纪晓岚文集》第一册，第476页。
④ （清）纪昀《逊斋易述序》，《纪晓岚文集》第一册，第153页。
⑤ （清）李宗昉《闻妙香室文集》卷十四《纪文达公传略》，转引自吴波《纪昀的晚年心态与〈阅微草堂笔记〉的创作》。

的尴尬。在这种心态下,以"著书之理"撰写小说,或者借小说创作而著书立说,就不失为一种折衷的办法,李元度就曾这样揣摩纪昀作《阅微草堂笔记》的动机:"公胸有千秋,故不轻著书,其所欲言,悉于四库书发之,而惟以觉世之心,自托于小说稗官之列,其感人为易人。"①事实上,《阅微草堂笔记》凝结了纪昀的价值观念(如反对空谈心性,追求经世致用的实用主义)、学术思想(如论汉学与宋学之长短优劣、评宋儒的理气心性与格物至知)、社会理想(如宣扬伦理纲常、抨击吏治腐败与官场黑暗)等诸多方面,尤以关乎社会理想的记载分量最多且影响最大,鲁迅就很佩服"他生在乾隆间法纪最严的时代,竟敢借文章以攻击社会上不通的礼法,荒谬的习俗"②。这完全契合传统经世与明道的著书宗旨,其所承载的价值功能,也非一般意义上的小说所为。纪昀说"小说稗官,知无关于著述;街谈巷议,或有益于劝惩",貌似自谦,实乃自得。因此纪昀撰写《阅微草堂笔记》,借轻松随意的小说坐而论道,其实是著书立说的另一种方式,颇有聊胜于无的自我慰藉之意。《滦阳消夏录》完稿后,纪昀曾自嘲道:"半生心力坐消磨,纸上云烟过眼多。拟筑书仓今老矣,只应说鬼似东坡。"③年老无力著书,故《阅微草堂笔记》的成书,也算是得偿夙愿。

## 第三节　"著书者之笔"说的外在语境

纪昀以"著书者之笔"衡鉴小说创作,内因来自他本人浓重的

---

① (清)李元度《国朝先正事略》,岳麓书社 2008 年版,第 634 页。
② 鲁迅《中国小说的历史的变迁》第六讲"清小说之四派及其末流",人民文学出版社 1981 年版,第 334 页。
③ (清)纪昀《书滦阳消夏录后》,《纪晓岚文集》第一册,第 521 页。

著书情结,外因则与传统小说观念以及乾嘉考据学风有关。

纪昀视小说为经世致用的利器,将小说创作提升到著书立说的高度,这首先是由他对小说创作宗旨的体认决定的:"儒者著书,当存风化,虽齐谐志怪,亦不当收悖理之言。"而这种语关风化、义存劝惩的小说观念,又源于传统"小道可观"的价值定位。自《汉书·艺文志》引"虽小道,必有可观者焉"一语定性"小说家"以来,"小道可观"便成千百年来小说价值最经典的定位,讥之者嗤之为"小道",爱之者则肯定其"可观",尽管"小说"一词已由最初的文献类别演变为文体类型,但此种观念至《四库全书总目》仍一以贯之。按"小道可观"语出《论语·子张》,郑玄注云:"小道谓异端之说,百家语也。"①"可观"即《论语·阳货》所云"诗可以观",郑玄释"观"为"观风俗之盛衰"。② 桓谭认为小说为"治身理家,有可观之辞"③。《隋书·经籍志》认为小说乃"士传言而庶人谤",能使闻者"过则正之,失则改之"④。《崇文总目》指出"书曰:'狂夫之言,圣人择焉。'又曰:'询于刍荛。'是小说之不可废也。"⑤《四库全书总目》承认小说中"诬谩失真、妖妄荧听者固为不少",但"寓劝戒、广见闻、资考证者,亦错出其中"⑥。可见由汉及清,历代书目一直都承认小说"可观"的工具性意义,这也是作为"小道"的小说得以厕身其间的合法性依据。纪昀一边自嘲"传语洛闽门弟子,稗官原不入儒家",一边又自诩"诚不敢妄拟前修,然大旨期不乖于风教"⑦,

---

① （魏）何晏集解,（宋）邢昺疏《论语注疏》卷十九,《十三经注疏》本,第 217 页。
② 《论语注疏》卷十七,第 192 页。
③ （东汉）桓谭《新论》,中华书局 2009 年版,第 1 页。
④ 《隋书》卷,第 75 页。
⑤ 《崇文总目》"小说类叙",（宋）欧阳修《欧阳修全集》卷一二四,中华书局 2001 版,第 1893 页。
⑥ （清）永瑢等《四库全书总目》,第 1182 页。
⑦ （清）纪昀《姑妄听之序》,《阅微草堂笔记》,第 359 页。

将自己修齐治平的经世理念灌注于谈狐说鬼的小说之中，这种近乎矛盾的心态正是小说"小道可观"价值定位的体现，纪昀门人汪德钺便如是说："吾师……牖民于善，坊民于淫，拳拳救世之心，实导源于洙泗。即偶为笔记，以为中人以下，不尽可与庄语，于是以卮言之出，代木铎之声。"①纪昀批评《聊斋志异》非"著书者之笔"，表面上的理由是其著述体例与叙事方法不合"著书之理"，其实还有不曾明言的理由，即《聊斋志异》传达出来的价值观念不合明道经世的著书宗旨。比如《聊斋志异》中描写男女情事的篇目，尤其是书生艳遇狐鬼之类的故事，就明显"有乖于风教"。《槐西杂志》（三）记东昌一书生夜行，过狐魅所化甲第，明知其为坟墓，只因"闻《聊斋志异》青凤、水仙诸事，冀有所遇，踯躅不行"②，终为狐魅所戏。纪昀对书生的揶揄与嘲弄，实际上是在表达对《聊斋志异》误人子弟的不满。

　　纪昀反对随意装点，要求据事实录，这是对传统小说观念的继承。按照《汉书·艺文志》的定义，小说是稗官据街谈巷语、道听途说之类言论整理而成的语类文献，颜师古注称"王者欲知闾巷风俗，故立稗官使称说之"③，顺便又谈及了小说的产生机制与价值功能，即小说乃稗官记录街头巷尾的见闻而成，具有向统治者传达民情民意的功能。《隋书·经籍志》除了继续肯定小说"可观"的价值功能，还将稗官在街头巷尾、田间地头进行记录的过程形象化、具体化，并特意强调了"道听途说，靡不毕纪"④的叙事方法。《崇

---

① （清）汪德钺：《纪晓岚师八十序》，《四一居士文钞》卷四，南京图书馆藏嘉庆年间刻本。
② （清）纪昀《槐西杂志（三）》，《阅微草堂笔记》，第303页。
③ 《汉书》卷三十，第1745页。
④ 《隋书》卷三十四，第75页。

文总目》附和了《隋书·经籍志》的观点,认为"俚言巷语亦足取也"①。上述目录一方面强调小说在价值上具有考见得失的特点,另一方面也表明小说在方法上具有如实记录的特征。既然要充当民情民意的传声筒,稗官在记录街谈巷语时就应该不加妆点,据事实录,崇实黜虚便成了传统小说的叙事方法。就这一点来讲,小说与史书的区别只关乎叙述对象的来源与性质,叙事方法并无分野,所以刘知幾认为"偏记小说,自成一家,而能与正史参行,其所从来尚矣"②,"皆记即日当时之事,求诸国史,最为实录"③。胡应麟也认为小说"纪述见闻无所回忌",其善者足以"存史官之讨覈"。④是故小说又有野史、稗史、逸史之称。作为野史,当然也要据事实录,清人夏骃论野史说:"苟其不足传信,且将以吾书之纰漏,而反疑所纪之人之事为虚,不与立言之首大相剌谬乎哉?善著书者则不然,必亲见其人,亲预其事,度非吾莫能纪也而后为书,必覆覈较量,审无一言不可以传信也,而后成书。斯其书可行于今,可据于后,即与国史相表里可也。"⑤纪昀提出"小说既述见闻,便属叙事",批评《聊斋志异》随意装点,其理论基础便是传统崇实黜虚的叙事方法;作为"善著书者",他本人在撰写《阅微草堂笔记》时尽量将事件纳入耳目闻见之内,原因也即在此。其实清代批评《聊斋志异》叙事"随意装点"的不止纪昀一人。朱彭寿说《聊斋志异》"文笔固极典雅,至叙事则皆凭空结撰,即人名地名,亦多有不足据者"⑥,李调元说《聊斋志异》"词清而意远,事骇而文新……然皆凿

---

① (宋)欧阳修《欧阳修全集》卷一二四,中华书局 2001 版,第 1893 页。
② (唐)刘知幾撰,(清)浦起龙释《史通通释》,上海古籍出版社 1978 年版,第 273 页。
③ 《史通通释》,第 275 页。
④ (明)胡应麟《少室山房笔丛》"九流绪论(下)",第 283 页。
⑤ (清)夏骃《交山平寇本末》,康熙年间刻本,第 1 页。
⑥ (清)朱彭寿撰,何双生点校《安乐康平室随笔》,中华书局 1982 年版,第 221 页。

空造意,无实可征,考古者所弗贵焉"①。大概在清人看来,《聊斋志异》既荣膺小说之名,就应当力保叙事之实。

至于纪昀对著述体例一致性的追求,应当是清代著述风格的独特表现。古人作文先体制而后工拙,辨体意识明确,但只是就篇章而言。若论著书体例,则尺度较为松弛。章学诚说:"韩非之《五蠹》、《说林》,董子之《玉杯》、《竹林》,当时并以篇名见行于当世;今皆荟萃于全书之中,则古人著书,或离或合,校雠编次,本无一定之规也。"②桂文灿也认为"古人著书,体例最宽,非如后人之比"③。纪昀不只对《聊斋志异》的著书体例有看法,他还批评史雪汀的《风雅遗音》"门目太琐,辨难太激,于著书之体亦微乖"。《四库全书总目》也多次表露出对著书体例一致性的重视,如批评《礼乐合编》"以经典古训与说部小史杂采成文……所立门目,分本纪、统纪诸名,亦皆漫无体例"④,批评《王右丞集笺注》"其年谱亦本传、世系之类,后人题咏亦诗评、画录之类……体例亦未画一"⑤。对著书体例的一致性有着近乎洁癖的要求,或许即清人的集体意识。

"著书者之笔"要求作者"博涉诸子百家",小说应当具有"引经据古,博辨宏通"⑥的审美品格,这种认识既有传统观念的因袭,又有乾嘉考据学风的影响。在传统观念里,叙事并非小说内容的唯一选项。除了叙事,还可以写人、记言、博物、辨理、述异等。举凡

---

① (清)李调元《尾蔗丛谈·序》,中华书局 1991 年版,第 1 页。
② (清)章学诚著,刘公纯标点《校雠通义》,古籍出版社 1956 年版,第 25 页。
③ (清)桂文灿撰,王晓骊、柳向春点校《经学博采录》,华东师范大学出版社 2010 年版,第 253 页。
④ (清)永瑢等著《四库全书总目》卷二十五·经部二十五《礼乐合编》提要,中华书局 1965 年版,第 205 页。
⑤ 《四库全书总目》卷一百四十九·集部二《王右丞集笺注》提要,第 1282 页。
⑥ (清)纪昀《姑妄听之(一)序》云:"缅昔作者,如王仲任、应仲远,引经据古,博辨宏通;陶渊明、刘敬叔、刘义庆,简淡数言,自然妙远。"《阅微草堂笔记》,第 359 页。

山川地理、风俗人情、名物制度、遗闻轶事、至理名言、神鬼怪异等,靡不毕纪。因此自先秦两汉以来,小说家多博洽士,而小说亦多博物体。由于内容广博而近乎驳杂,不少小说时常游走在小说家与杂家之间,张华《博物志》便先著录于《隋志》杂家,两《唐志》改入小说家,《宋史·艺文志》又入杂家,而《直斋书录解题》于小说家与杂家两类皆录,称"其书多奇闻异事。华能辨龙鲊,识剑气,其学固然也"①。魏晋以还,博物洽闻已成小说的主要特征。受乾嘉考据学风影响,清人在传统博识的色调上,又给小说增加了考辨的光芒,一时间"以小说见才学者"层出不穷,涵盖文言与白话两端。白话方面,有"以小说为庋学问文章之具"②的《野叟曝言》,"枕经菲史,子秀集华,兼贯九流,旁涉百戏"③的《镜花缘》等;文言方面,则蔚为大观,除《阅微草堂笔记》外,尚有王应奎《柳南随笔》、《柳南续笔》,屠绅《六合内外琐言》,梁章钜《归田琐记》、《浪迹丛谈》、《续谈》、《三谈》等。④ 纪昀本人即乾嘉时期的大学者,"三十以前,讲考证之学,所坐之处,典籍环绕如獭祭","五十以后,领修秘籍,复折而讲考证",⑤《阅微草堂笔记》因此深深地打上了乾嘉学风的烙印,其间考据文字比比皆是,如据《一统志》考景城刘武周墓疑似隋朝刘炫墓,据乌鲁木齐红柳娃考《山海经》所记靖人凿然有之,据《汉寿亭侯庙碑》考关帝祠中周仓塑像渊源有自,因此蔡元培说"纪晓岚氏博极群书,虽无意为文,而字字皆有来历,不为证明,读者或

---

① (宋)陈振孙撰,徐小蛮等点校《直斋书录解题》,上海古籍出版社 2015 年版,第303 页。
② 鲁迅《中国小说史略》,人民文学出版社 1981 年版,第 242 页。
③ (清)林石华《镜花缘序》,(清)李汝珍《镜花缘》,《古本小说集成》本,上海古籍出版社 1994 年版。
④ 参宋莉华《清代笔记小说与乾嘉学派》,《文学评论》2001 年第 4 期。
⑤ (清)纪昀《姑妄听之(一)序》,《阅微草堂笔记》,第 359 页。

不免失其真意"①。纪昀撰写《阅微草堂笔记》的十年,正逢乾嘉学术发展的鼎盛时期,又恰好与他领衔编撰、修订《四库全书总目》的时期大致重合,往往是公事撰写提要,公余记录异闻。体例虽然有别,但思维难免同一,有时公论与私议不分,以至于把《总目》的观点也带进笔记中来,如《滦阳消夏录》(一)引《总目》诗部总序论汉、宋儒之争,《栾阳续录》(一)引《总目》子部术数类《太素脉》提要论揣骨相人之术,《姑妄听之》(四)引《总目》集部明代练子宁与解缙等人排位事论黄叶道人与林下巨公的序齿之争。这样便形成了轻叙事而重议论,轻故事而重学问,引经据古、博辨宏通的审美品格。

## 第四节　"著书者之笔"说的价值与意义

　　纪昀用著书立说的标准要求小说创作,从创作的宗旨与目的、作品的体例与方法以及作者的素养与识见等诸多方面对小说内涵作出规定,站在今天的小说立场看,这有点牛头不对马嘴;尤其是要求据事实录、反对随意装点的叙事方法,与提倡想象、主张虚构的现代小说观念更是扞格不入,很难被人接受。职是之故,纪昀"著书者之笔"说的价值与意义一直处于被遮蔽甚或误解的状态。那么应该如何定义并定位纪昀的"著书者之笔"说呢? 我们拟结合历史语境与现实意义对此稍作评价。

　　就历史语境而论,我们认为"著书者之笔"说是纪昀在传统小说观念的基础上,结合自身情境与乾嘉学风对小说创作所作的理论总结,主要表现在以下两个方面:

---

① 蔡元培《阅微草堂笔记序》,《阅微草堂笔记》(会校会注会评),吴波等辑校,凤凰出版社 2012 年版,第 1116 页。

　　其一，"著书者之笔"说体现了以笔记体为正统的传统小说观念。今人把文言小说分为笔记体与传奇体两种类型，并认为传奇体是真正的小说。其实在传统小说观念里，小说就是指笔记体，或者说笔记体才是正统的小说。从作品体例来看，每一部笔记体小说都是若干篇札记的聚合体，有着明确而且统一的编纂原则，本身就属于"书"的范畴；而传奇体小说大多以单篇行世，且篇幅有限，只能归入"文"的范畴。① 章学诚指出："小说出于稗官……《洞冥》《拾遗》之篇，《搜神》《灵异》之部，六代以降，家自为书。唐人乃有单篇，别为传奇一类（专书一事始末，不复比类为书）。"② 自《汉书·艺文志》以迄《四库全书总目》，历代官修书目所录小说大多属于专著，如《周考》76 篇、《青史子》57 篇，《洞冥记》4 卷、《拾遗记》10 卷，且都是笔记体。③ 从著录情况来看，传奇体一般隶属于史部传记类，而不是子部小说类，如《李娃传》、《莺莺传》、《霍小玉传》等经典的传奇体小说便较早收录于《太平广记》"杂传记"类，《崇文总目》、《郡斋读书志》等书目的史部传记类也著录有《补江总白猿传》、《虬髯客传》、《绿珠传》、《杨贵妃外传》等传奇体小说，《百川书志》史部传记类更是几乎囊括了唐宋两朝的经典传奇体小说。纪昀坚守传统小说观念，他眼中的"小说"，指的是笔记体；今人所言传奇体，纪昀并不认为是小说，而是"传记"——"刘敬叔《异苑》、陶潜《续搜神记》，小说类也；《飞燕外传》、《会真记》，传记类也"④，他

---

① 有论者统计，全唐五代单篇传奇文共 116 篇，传奇集只有 9 部。且传奇集大多"一书而兼二体"，如《玄怪录》、《续玄怪录》等，其中有不少笔记体小说。详见孙逊、潘建国《唐传奇文体考辨》，《文学遗产》1999 年第 6 期。

② （清）章学诚著，叶瑛校注《文史通义校注》卷五内篇五"诗话"，中华书局 1985 年版，第 560 页。

③ 班固注称《周考》"考周事也"，《青史子》"古史官纪事也"，可知二者皆纪事之书，类乎史学著作。只因出于"稗官"而非"王官"，故列入小说家。

④ （清）盛时彦《姑妄听之跋》引纪昀语。

本人主导的《四库全书》小说类也不收传奇体。晚清以来，仍然有学者坚持笔记体为正体、传奇体为变体的小说观念。章太炎说："（唐人传奇）自以小说名，固非其实。夫蒲松龄、林纾之书得以小说署者，亦犹《大全》、《讲义》诸书，传于六艺儒家也。"①浦江清说："现代人说唐人开始有真正的小说，其实是小说到了唐人传奇，在体裁和宗旨两方面，古意全失。"②《聊斋志异》一书而兼二体，但为其赢得盛誉的只是其中的传奇体，如《聂小倩》、《婴宁》之类。纪昀用笔记体标准去评判《聊斋志异》，自然会认为其非"著书者之笔"。今人用现代小说观念去评判"著书者之笔"，同样会认为他不合时宜。③

其二，"著书者之笔"说揭示了笔记体小说知识性与思想性的本质属性。今人据叙事之详略把文言小说分为笔记体和传奇体，认为前者粗陈梗概而后者叙述宛转。这是现代小说观念影响下的分类，以讲故事作为小说的本质特征。其实在传统小说观念里，故事性并非小说的本质属性——笔记体内容包罗万象，并非只讲故事；传奇体叙事委曲详尽，却并不是小说。就笔记体小说而言，知识性、思想性才是它的本质属性。班固将小说家列入诸子之中并排在儒、道等九家之后，本身就是学术派别的分类。历代书目著录小说的主要依据是其价值内涵，如《汉书·艺文志》所说"小道可观"，《四库全书总目》所说"寓劝戒、广见闻、资考证"，而不是其故

---

①　章太炎《与人论文书》，《章太炎全集》（四），上海人民出版社 1985 年版，第 169 页。

②　浦江清《论小说》，《无涯集》，百花文艺出版社 2005 年版，第 105 页。

③　鲁迅对纪昀的批评就是以现代小说观念为标准的，他认为纪昀要求言出有据、据事实录的叙事方法是一种缺陷："第二种缺陷，在中国也已经是颇古的问题。纪晓岚攻击蒲留仙的《聊斋志异》，就在这一点。……如果他先意识到这一切是创作，即是他个人的造作，便自然没有一切挂碍了。"鲁迅《三闲集·怎么写》，《鲁迅全集》第四卷，人民文学出版社 1973 年版，第 36 页。

事形态,如虚构的故事,具备人物、情节与背景三要素等。① 作为著述体式,笔记体小说内容宏富,不囿于一人一事之始末;以体现作者的学术思想与价值观念为旨归,不以展示故事情节与塑造人物形象为鹄的。以《容斋随笔》为例。宋人何异说它"可以稽典故,可以广闻见,可以证讹谬,可以膏笔端,实为儒生进学之地"②,明人李翰说它"搜悉异闻,考核经史,捃拾典故……虽诗词、文翰、历谶、卜医,钩纂不遗,从而评之……其于世教未尝无所裨补"③,强调的都是其"钩纂不遗"的知识性与"裨补世教"的思想性。小说作者随笔记录见闻感想的过程,就是建构其知识体系、表达其价值观念的过程,同时也是著书立说的过程。刘师培说:"唐、宋以前,治学术者,大抵多专门之学,与涉猎之学不同,故丛残琐屑之书鲜。唐、宋以降,治学术者,大抵皆涉猎之学耳,故说部之书,盛于唐、宋,今之见于著录者,不下数千百种……均由学士大夫,好佚恶劳,惮著书之苦,复欲博著书之名,故单辞只义,轶事遗闻,咸笔之于书,以冀流传久远,非如经史子集,各有专门名家,师承授受,可以永久勿堕也。"④唐、宋以来,笔记体小说大行其道,作者是否皆"惮著书之苦,复欲博著书之名",姑且不论,但此类"丛残琐屑之书"大抵皆涉猎之学,作者大多怀抱著书立说的理想却是不争的事实。至乾嘉时期,"以学者遭遇猜嫌忌讳之异族君主,既不能以其经济抱负,直接施之于政或间接著之于书"⑤,于是以著书之法作小说,

---

① 《隋书·经籍志》将《鲁史绮器图》、《器准图》等著录于小说家类,所据也是知识性而非故事性,执行的仍然是"小道可观"的价值标准。
② (宋)何异《容斋随笔总序》,洪迈《容斋随笔》,上海古籍出版社 1978 年版。
③ (明)李翰《容斋随笔旧序》,洪迈《容斋随笔》,上海古籍出版社 1978 年版。
④ 刘师培《论说部与文学之关系》,舒芜、周绍良等编选《中国近代文论选》,人民文学出版社 1959 年版,第 592 页。
⑤ 黄云眉《史学杂稿订存》,齐鲁书社 1980 年版,第 228 页。

从而间接实现其经济抱负者数见不鲜,笔记体小说的学术色彩也因此更加鲜明,梁章钜便宣称"大抵古人著述,各有所本,虽小说家亦然,要足资考据,备劝惩,砭俗情,助谈剧"①。

从现实意义来看,"著书者之笔"说廓清了古代小说的本体与本质属性,有利于改变当今古代小说研究总体上重白话体轻文言体、文言体中重传奇体轻笔记体、笔记体中重人物与情节轻知识与思想的格局。更为重要的是,纪昀拈出"才子之笔"与"著书者之笔",将小说文体风格与作家独特的生活经历、个性气质、审美理想、艺术修养、创作个性等因素相结合,以新颖、别致的眼光区划了古代文言小说两种文体的叙述风格,开辟了小说文体风格尤其是作家风格研究的新路径,对当下的古代小说研究具有重要的参考价值和借鉴意义。

"著书者之笔"一词中的"笔"即文笔,指作家的创作风格,所谓"才子之笔"指小说体现出来的文人风格,"著书者之笔"则是指学者风格。明龚立本《烟艇永怀》说宋凤翔"文笔秀农"、龚方中"文笔清雅"、瞿纯仁"文笔纵横凌厉",②四库馆臣认为《蘗阁集》"文笔亦颇类明末竟陵一派,决不出弃疾之手"③,所言"文笔"都是指作家的创作风格。在中国文学批评史上,风格研究具有悠久的历史和丰富的理论,其中作家风格研究更是源远流长。然而文学批评史上的风格研究,几乎全部集中在诗文方面,小说文体风格研究非常罕见。造成这种缺失的原因是多方面的,比如相对于诗文来说,小说地位低下,研究者不愿或不屑探讨其文体风格;小说内涵比较丰富、形式更加复杂,难以把握其文体风格;单个作家的小说数量有

---

①　(清)梁章钜撰,于亦时点校《归田琐记》卷一"归田",中华书局1981年版,第1页。
②　(明)龚立本《烟艇永怀》卷二,清借月山房汇钞本,第22、45、54页。
③　《四库全书总目》卷一百七十四,集部二十七,别集类存目一,第1540页。

限,不易形成鲜明的文体风格。在纪昀之前,胡应麟对小说文体风格稍有论及,他说:"小说,唐人以前纪述多虚而藻绘可观,宋人以后论次多实而彩艳殊乏。盖唐以前出文人才士之手,而宋以后率俚儒野老之谈故也。"①胡应麟概括了唐宋小说不同的文体风格,并指出作家身份对小说文体风格有直接影响,其"文人才士"与"俚儒野老"之分对纪昀的"才子"与"著书者"之别应当有所启发。与胡应麟直观感性的印象式批评不同,纪昀"著书者之笔"说的学理性更加明显,他不仅使用了标志文体风格的文笔这个语词,还对风格的具体内涵作了详尽的阐述。这种分析判断建立在具体的作家作品基础之上,既承续了传统的小说观念,又融入了自身的创作体验,还结合了时代的学术风尚,具有十分重要的价值与意义。

① （清）胡应麟《少室山房笔丛》卷二十九"九流绪论下",第283页。

# 第七章　被虚构的小说虚构论：以鲁迅对胡应麟的接受为中心

　　鲁迅《中国小说史略》不仅确立了古代小说的研究范式,还确定了现代意义的小说观念。现代小说观念认为小说是虚构的散体叙事文学,中国小说起源于唐代,主要的理论依据便是鲁迅所言至唐人"始有意为小说"。鲁迅将这一论断的理论源头追溯至明代胡应麟《少室山房笔丛》,《中国小说史略》第八篇"唐之传奇文(上)"云:"小说亦如诗,至唐代而一变,虽尚不离于搜奇记逸,然叙述宛转,文辞华艳,与六朝之粗陈梗概者较,演进之迹甚明,而尤显者乃在是时则始有意为小说。胡应麟(《笔丛》三十六)云,'变异之谈,盛于六朝,然多是传录舛讹,未必尽幻设语。至唐人乃作意好奇,假小说以寄笔端。'其云'作意',云'幻设'者,则即意识之创造矣。"①鲁迅特意强调胡氏所言"作意"与"幻设",以证明其至唐人"始有意为小说"一说乃胡氏"至唐人乃作意好奇"一语的转述与承袭。然而审视二者的上下文语境,结合胡应麟本人的小说观念,并将其置于相应的时代背景下去理解,我们发现二者之间并非"无缝对接",而是"移花接木",鲁迅巧妙地利用胡应麟对唐人小说的评

①　鲁迅《中国小说史略》,人民文学出版社1981年版,第70页。

价,成功地在传统小说观念的基础上"嫁接"了现代小说观念。从"作意好奇"到"有意为小说",实际上反映了在古今交融与中西交替的大背景下,现代小说观念的形成。本章试图以鲁迅对胡应麟小说观念的接受为中心,从学术史的角度考察小说虚构论的生成。

## 第一节 《少室山房笔丛》与鲁迅的 古代小说研究

胡应麟并非专门的小说理论家,相对于其诗学体系来说,有关小说的论述只是片言只语,散见于《少室山房笔丛》等著述之中。饶是如此,胡应麟的小说理论仍然是中国古代小说理论发展史上极为重要的部分,对后世影响深远,其中就包括鲁迅的小说研究。鲁迅在古代小说研究史上的开创之功,至今无人能出其右;但也毋庸讳言,鲁迅吸收并转化了前人的许多理论资源,其中胡应麟的影响尤其显著。《中国小说史略》有五篇直接引用了胡应麟的研究成果:

> 第一篇 史家对于小说之著录及论述:明胡应麟(《少室山房笔丛》二十八)以小说繁夥,派别滋多,于是综核大凡,分为六类:一曰志怪……一曰传奇……一曰杂录……一曰丛谈……一曰辩订……一曰箴规……清乾隆中,敕撰《四库全书总目提要》,以纪昀总其事,于小说别为三派……其一叙述杂事,其一记录异闻,其一缀缉琐语也……右三派者,校以胡应麟之所分,实止两类,前一即杂录,后二即志怪,第析叙事有条贯者为异闻,钞录细碎者为琐语而已。①

---

① 《中国小说史略》,第8—9页。

第六篇　六朝之鬼神志怪书（下）：《拾遗记》十卷，题晋陇西王嘉撰，梁萧绮录……其文笔颇靡丽，而事皆诞谩无实，萧绮之录亦附会，胡应麟（《笔丛》三十二）以为"盖即绮撰而托之王嘉"者也。①

第八篇　唐之传奇文（上）：小说亦如诗，至唐代而一变，虽尚不离于搜奇记逸，然叙述宛转，文辞华艳，与六朝之粗陈梗概者较，演进之迹甚明，而尤显者乃在是时则始有意为小说。胡应麟（《笔丛》三十六）云，"变异之谈，盛于六朝，然多是传录舛讹，未必尽幻设语，至唐人乃作意好奇，假小说以寄笔端。"其云"作意"，云"幻设"者，则即意识之创造矣。②

第十四篇　元明传来之讲史（上）：贯中，名本，钱唐人（明郎瑛《七修类稿》二十三田汝成《西湖游览志余》二十五胡应麟《少室山房笔丛》四十一），或云名贯，字贯中（明王圻《续文献通考》一百七十七），或云越人，生洪武初（周亮工《书影》），盖元明间人（约一三三〇——一四〇〇）。③

第十五篇　元明传来之讲史（下）：……此种故事，当时载在人口者必甚多，虽或已有种种书本，而失之简略，或多舛迕，于是又复有人起而荟萃取舍之，缀为巨帙，使较有条理，可观览，是为后来之大部《水浒传》。其缀集者，或曰罗贯中（王圻田汝成郎瑛说），或曰施耐庵（胡应麟说），或曰施作罗编（李贽说），或曰施作罗续（金人瑞说）。④

---

① 《中国小说史略》，第57页。
② 《中国小说史略》，第78页。
③ 《中国小说史略》，第129页。
④ 《中国小说史略》，第140页。

　　除《中国小说史略》外,鲁迅在其他著述中也多次直接引用胡应麟的研究成果,如:

> 东越胡应麟在明代,博涉四部,尝云:"凡变异之谈,盛于六朝,然多是传录舛讹,未必尽幻设语。至唐人乃作意好奇,假小说以寄笔端……"其言盖几是也。①

> 罗氏的论断,在日本或者很被引为典据罢,但我却并不尽信奉,不但书跋,连书画金石的题跋,无不皆然。即如罗氏所举宋代平话四种中,《宣和遗事》我也定为元人作,但这并非我的轻轻断定,是根据了明人胡应麟氏所说的。②

> 明汤显祖又本《枕中记》以作《邯郸记传奇》,其事遂大显于世……洞宾以开成年下第入山,在开元后,不应先已得神仙术,且称翁也。然宋时固已涠为一谈,吴曾《能改斋漫录》赵与峕《宾退录》皆尝辨之。明胡应麟亦有考正,见《少室山房笔丛》中之《玉壶遐览》。③

> 《古岳渎经》……胡应麟(《笔丛》三十二)亦有说,以为:"盖即六朝人踵《山海经》体而赝作者。或唐人滑稽玩世之文,命名《岳渎》可见。以其说颇诡异,故后世或喜道之。宋太史景濂亦稍隐括集中,总之以文为戏耳……"然未审元瑞所据者为善本,抑但以意更定也? 故不据改。④

> 《周秦行记》……三本兼题牛僧孺撰……胡应麟(《笔丛》三十二)云:"中有'沈婆儿作天子'等语,所为根蒂者不浅。独

---

① 鲁迅《唐宋传奇集》"序例",齐鲁书社 1997 年版,第 1 页。
② 鲁迅《华盖集续编补编》"关于《三藏取经记》等",人民文学出版社 1981 年版,第 388 页。
③ 鲁迅《唐宋传奇集》,第 220 页。
④ 鲁迅《唐宋传奇集》,第 224—225 页。

怪思黯罹此巨谤，不亟自明，何也？牛、李二党曲直，大都鲁、卫间。牛撰《玄怪》等录，亡只词构李，李之徒顾作此以危之。于戏，二子者，用心睹矣！"①

《赵飞燕别传》出前集卷七，亦见于原本《说郛》三十二，今参校录之。胡应麟(《笔丛》二十九)云："戊辰之岁，余偶过燕中书肆，得残刻十数纸，题《赵飞燕别集》。阅之，乃知即《说郛》中陶氏删本。"②

胡应麟　明人　《少室山房笔丛》广雅书局本　亦有石印本。③

马总《意林》：《任子》十二卷，注云：名奕。《御览》引《会稽典录》："任奕，字安和，句章人。"……奕书宋时已失，《志》云今有者，盖第据《意林》言之，隋唐志又未著录，故名氏转晦。胡元瑞疑即任昄《道论》，徐象梅复以为临海任旭。④

除了直接引用，鲁迅还间接采纳了胡应麟的研究成果。比如胡应麟将古代小说分为"汉《艺文志》所谓小说"、"六朝小说"、"唐人小说"、"宋人小说"、"本朝小说"加以论述，《中国小说史略》设计小说史的分期时明显受此影响；胡应麟说"古今志怪小说，率以祖夷坚、齐谐。齐谐即《庄》，夷坚即《列》耳，二书固极恢诡，第寓言为近，纪事为远"⑤，《中国小说史略》第二篇开头即云"志怪之作，庄子谓有齐谐，列子则称夷坚，然皆寓言，不足征信"，显然借用了

---

①　鲁迅《唐宋传奇集》，第 231—232 页。
②　鲁迅《唐宋传奇集》，第 245 页。
③　鲁迅《集外集拾遗补编》"开给许世瑛的书单"，人民文学出版社 1981 年版，第 441 页。
④　鲁迅《古籍序跋集》"《任子》序"，人民文学出版社 1981 年版，第 29 页。
⑤　(明)胡应麟《少室山房笔丛》卷二九"九流绪论下"，上海书店出版社 2001 年版，第 362 页。

胡应麟的观点。胡应麟说"魏晋好长生，故多灵变之说；齐梁弘释典，故多因果之谈"①，《中国小说史略》第五篇开头云"凡此，皆张皇鬼神，称道灵异，故自晋讫隋，特多鬼神志怪之书"，无疑是化用了胡应麟的说法。

　　大致而言，鲁迅对胡应麟的接受主要体现在两个方面：一是小说理论的总结，如小说的起源、性质、价值、地位、分类等，陈平原先生就指出鲁迅"将唐及唐以前的小说分为'志人'、'志怪'、'传奇'；其中'志怪'、'传奇'的命名与界说，受明人胡应麟的影响"②；二是小说文献的考索，如《中国小说史略》"六朝之鬼神志怪书（下）"考证《拾遗记》的作者，《唐宋传奇集》"稗边小缀"考证《古岳渎经》的真伪等。在胡应麟的小说理论中，关于小说的地位（如将小说从《汉志》的不入流提升至"九流"中第七）、小说的分类（如将刘知幾《史通》中的"逸事"、"琐言"等十类简化为"志怪"、"传奇"等六类）着墨较多，影响也较大。而在鲁迅的接受中，则关于小说的性质影响至为深远。可以这样说，胡应麟对古代小说虚实性质的论述，成了鲁迅古代小说史论得以建立的重要基石；而后者对小说性质的界定，又影响了中国现代小说观念的形成。限于篇幅，下文只讨论鲁迅对胡应麟小说理论中关于小说性质的解读。

## 第二节　佛道语境下"至唐人乃作意好奇"的真实意涵

　　小说是什么？抑或什么是小说？胡应麟并没有直接给出定

---

① 《少室山房笔丛》卷二九"九流绪论下"，第 283 页。
② 陈平原《小说史：理论与实践》，北京大学出版社 1993 年版，第 205 页。

义,但他有从小说的来源、特征、价值、功能等方面加以说明,事实上已间接规定了小说的定义:"说主风刺箴规,而浮诞怪迂之录附之……说出稗官,其言淫诡而失实,至时用以洽见闻,有足采也。"[1]"小说,子书流也。然谈说理道或近于经,又有类注疏者;纪述事迹或通于史,又有类志传者。他如孟棨《本事》、卢瓌《抒情》,例以诗话、文评,附见集类,究其体制,实小说者流也。至于子类杂家,尤相出入。"[2]"小说者流,或骚人墨客游戏笔端,或奇士洽人蒐罗宇外,纪述见闻无所回忌,覃研理道务极幽深,其善者足以备经解之异同、存史官之讨覈,总之有补于世,无害于时。"[3]综合这些因素来看,胡应麟的小说观念虽然有局部的修正,但总体上与《汉书·艺文志》以来的传统小说观念并无太大区别,他将小说定位为子部,但又认为与经、史甚至集部皆有相似相通之处,而这与历代史志目录对小说的著录情况大体一致。

　　鲁迅基本上直接采纳了胡应麟在小说分类、小说史分期等方面的观点,但对胡应麟关于小说性质的认定则有自己的理解。鲁迅认为唐代小说与六朝小说相比,除了在文体形态上显得"叙述宛转,文辞华艳",更重要的是作者写作意识的转变:"而尤显者则在是时则始有意为小说",理由是胡应麟也作如是观:"胡应麟(《笔丛》三十六)云,'变异之谈,盛于六朝,然多是传录舛讹,未必尽幻设语。至唐人乃作意好奇,假小说以寄笔端。'其云'作意',云'幻设'者,则即意识之创造矣。"不难看出,鲁迅将"作意"理解为"有意",将"幻设"理解为"虚构",将"作意好奇"理解为"有意为小说",说明他对唐人自觉意识的判定是以先验的小说性质认定为前提

---

① 《少室山房笔丛》卷二七"九流绪论上",第 261 页。
② 《少室山房笔丛》卷二九"九流绪论下",第 283 页。
③ 同上。

的，里面包含两个理论预设：一、小说是虚构的文学作品；二、小说是有意识的创造活动的产物。二者之间互为因果关系：因为是虚构的，所以必定是有意识的；因为是有意识的，所以肯定是虚构的。然而这种解读与胡应麟对小说特征的描述以及小说价值的定位扞格不入——如果小说是虚构的，那么借助小说"谈说理道"未免有些荒唐，非但不可能"或近于经"，"备经解之异同"，恐怕还会"离经叛道"；如果小说是虚构的，那么通过小说"纪述事迹"同样不可靠，又怎么可能"或通于史"、"存史官之讨覈"呢？显然在对小说性质的认定方面，鲁迅与胡应麟之间并非"无缝对接"，而是"移花接木"。在接受过程中，鲁迅以预设的小说观念为提前，创造性地转化了胡应麟的观点，转化的关键就在鲁迅对胡应麟所言"作意"与"幻设"这两个词语的解读。那么在胡应麟的语境里，这两个词语的本义是否如同鲁迅所言呢？为了还原胡应麟的本意，我们完整逐录了胡应麟的原话，希望结合具体的历史背景与上下文之间的逻辑关系，从整体语义上来理解这两个词语。

> 凡变异之谈，盛于六朝，然多是传录舛讹，未必尽幻设语。至唐人乃作意好奇，假小说以寄笔端，如《毛颖》、《南柯》之类尚可，若《东阳夜怪录》称成自虚、《玄怪录》元无有，皆但可付之一笑，其文气亦卑下亡足论。宋人所记，乃多有近实者，而文采无足观。本朝"新"、"余"等话，本出名流，以皆幻设，而时益以俚俗，又在前数家下。惟《广记》所录唐人闺阁事，咸绰有情致，诗词亦大率可喜。①

---

① 《少室山房笔丛》卷三六"二酉缀遗中"，第 371 页。

胡应麟此论贯串六朝、唐、宋、明(本朝)四个时段,以六朝为起点,以"变异之谈"为主线,意在清理"变异之谈"在不同朝代的历史流变。因此要解读"作意"与"幻设"这两个词语的含义,就不能离开"变异之谈"这个特定话题,不能离开六朝这个历史背景,否则有可能导致郢书燕说。

六朝时期,文学与佛道关系密切,佛道两家对作者观念以及作品题材、文体、方法、语词等诸多方面都有影响。如《法华经》卷七《观世音菩萨普门品》云:"无量百千万亿众生受诸苦恼,闻是观世音菩萨,一心称名,观世音菩萨即时观其音声,皆得解脱",并举出火不能烧、水不能飘、避海上风暴、除罗刹之害等诸种灵异加以验证。[①] 与之相应,六朝时便出现了一批记录观世音菩萨灵验与业报的故事集,如谢敷《光世音应验记》、张演《续光世音应验记》,陆杲《系光世音应验记》等,此即鲁迅所谓"释氏辅教之书",其中已多"变异之谈",介于小说与佛典之间。小说领域的"变异之谈",是指记录神鬼怪异的志怪小说。以干宝《搜神记》、刘敬叔《异苑》、刘义庆《幽明录》、王琰《冥祥记》、颜之推《冤魂志》等为代表的志怪小说大量描写幽明世界与人鬼行动,并将其当作现实生活的体验,这种思想观念与思维方式与中国传统的意识有很大区别,显然是受佛道影响所致。在作者方面,刘义庆、王琰、颜之推等人本身便是虔诚的佛教徒。在作品方面,不少小说的题材出于佛典,比如分别见于《异苑》与《幽明录》中的鹦鹉"入水濡羽,飞而洒之"以灭山火的故事,其本事见于《僧伽罗刹经》、《大智度论》、《杂宝藏经》与《大宝积经》等佛典。而唐人小说《南柯太守传》、《枕中记》以及《樱桃青衣》等作品中借助人梦以彻悟的桥段,其源头亦可追溯至鸠摩罗什

---

① 参孙昌武《佛教与中国文学》,上海人民出版社 1988 年版。

所译《大庄严论经》之迦旃延为婆罗那现梦点化的情节。[①]　胡应麟
追溯各类小说的源头时说："《飞燕》，传奇之首也。《洞冥》，杂俎之
源也。《搜神》，玄怪之先也。《博物》，杜阳之祖也。魏晋好长生，
故多灵变之说；齐梁弘释典，故多因果之谈。"[②]因此讨论小说中的
"变异之谈"，自然不能离开六朝"好长生"与"弘释典"的大背景。

　　除了六朝这个历史背景，胡应麟的思想观念也是不可或缺的
参考依据。胡应麟的母亲是佛教徒，信奉观世音；胡应麟本人亦言
曾见过观世音显灵，以至于想收集观世音显灵的材料编著一书以
尝母亲夙愿。他说："余母宋宜人素善病，中岁虔精奉大士。每困
迫辄梦大士化身，辄愈。又余邑叶氏妇病不知人数日，亦梦大士救
之而愈。此皆余所目击。其他显化灵异往往闻之四方。余尝欲因
长公本纪而汇集诸经中大士言行散见者，及六朝以还诸杂记、小说
中大士应迹较著者，合为一编，盖余母志云。"[③]这或许就是他编辑
《百家异苑》的初衷。从小耳濡目染，加上科考与仕途的不顺，胡应
麟思想中的佛道意识非常明显，比如取佛门胜地少室山为书斋名
"少室山房"，用道家赤松仙子幻石为羊的典故自号"石羊生"。万
历八年(1580)，胡应麟三十岁生日时作《抒怀六百字》，其中说道：
"浮生寄天地，瞬息如风霆。回首尘埃中，倏已三十龄……咄嗟大
运谬，采药寻仙灵。倏忽负瓢笠，独往事遐征……道逢牧羊子，恍
惚黄初平。将随赤松去，永与尘世冥。"[④]字里行间，颇有遗世独
立、羽化登仙的意味。万历二十年(1592)十二月，胡应麟抄录《祇
树幻钞》三卷成书，自序中说：

---

① 　王国良《六朝志怪小说考论》，台湾文史哲出版社1988年版，第9—10页。
② 　《少室山房笔丛》卷二九"九流绪论下"，第283页。
③ 　《少室山房笔丛》卷四〇"庄岳委谈上"，第411—412页。
④ 　转引自吴晗《胡应麟年谱》，1934年1月《清华学报》九卷一期单行本。

为老氏之道者曰清静，为释氏之道者曰苦空。由清静而之于长生，有苦空而之于顿悟，二氏之能事也。清静矣，即未能长生而足以亡扰于事物；苦空矣，即未能顿悟而足以亡乱于去来，学二氏之能事也。自后世之为老氏者之日支也，而翀举之说长；为释氏者之日诞也，而轮回之证夥。彼其以匪翀举蔑由鼓天下之羡心，匪轮回蔑由作天下之畏心，自秦汉以迄宋元，宇宙之内，云合景从，而二氏之本真渺矣。虽然，翀举轮回二者均幻也，幻之中厥有等焉，四方上下之寥漠，尘劫运会之始终，幻而疑于有者也。层城阆苑之巍峨，光音净乐之瑰丽，幻而究于无者也。无者吾存焉而弗论，有者吾论焉而弗议，是二氏者之言，亡论幻弗幻，皆吾博闻助也。园之东有祇树焉，吾日坐其下，取其言而钞之而名之。世之人将亦以余为好幻矣夫。[1]

胡应麟将佛道两教的精义均归结为"幻"，"幻"与有无相生，有者存而不论，无者论而不议。"祇树"本是佛教术语，作者自称日坐祇树之下，于是"世之人将亦以余为好幻"。佛道两教对胡应麟思想观念的影响，于此可见一斑。因此讨论小说中的"变异之谈"，也不能离开胡应麟本人的释道思想。

综上，我们认为胡应麟所言"作意"与"幻设"，不能置于鲁迅时代的常规语境下去理解，而应置于胡应麟所处的佛道语境下去解读。那么佛道语境下的"作意"与"幻设"，又是何意呢？

"作意"是佛教术语，乃梵文 manaskāra 的意译，为俱舍七十五法之一，唯识百法之一。《佛光大辞典》云："作意：心之所名。即

---

① 　转引自吴晗《胡应麟年谱》，1934 年 1 月《清华学报》九卷一期单行本。

突然警觉而将心投注某处以引起活动之精神作用。"①《佛学大辞典》云："作意：（术语）心所名，相应于一切之心而起者，具使心惊觉而趣所缘之境之作用。《俱舍论·四》曰：'作意，谓能令心警觉。'《成唯识论·三》曰：'作意，谓能警心为性，于所缘境引心为业。'"②《华严孔目章》云："随有一识最初生起，不应道理。何以故？尔时作意无有差别，根及境界不坏现前，何因缘？故不根转。"③通俗点讲，"作意"就是"指使心警觉，以引起思维自觉活动的心理"④。我们平常所言"听而不闻，视而不见"，是因为没有作意心所的生起，根与境没有被触动，所以感觉不到外界事物的存在；所言"千里眼""顺风耳"，则是有了作意心所的警觉，思维产生自觉活动，注意力被外界变化所吸引。由于能令心警觉的对象和机缘有很多种，因此作意也分很多种，《俱舍论》将作意分为三种，《瑜伽师地论》将作意分为七种，《大乘庄严经论》将作意分为十一种，并由此衍生出许多相关的语词，如"作意正行"、"作意善巧"、"作意无倒"等⑤。胡应麟所言"作意好奇"，造词方式与"作意善巧"等相同，对其含义的解读也应当由"作意"引发。"好奇"之"奇"与"正"相对，指怪异、特殊、不常见之事物。"作意好奇"，当是指内心受到警觉，而将注意力投向怪异或不常见之物（如鬼神怪异）的思维活动。

　　"幻"亦为佛教术语，乃梵语 maya 的意译，空法十喻之一。《佛光大辞典》云："幻，指假相。一切事象皆无实体性，唯现出如幻

---

① 慈怡法师主编《佛光大词典》(3)，书目文献出版社据台湾佛光山出版社 1989 年 6 月第五版影印，第 2779 页。
② 丁福保编《佛学大辞典》卷上，中国书店 2011 年版，第 1189 页。
③ （唐）智俨法师《华严孔目章》，大正新修大藏本，第 22 页。
④ 任继愈主编《佛教大辞典》，江苏古籍出版社 2002 年版，第 623 页。
⑤ 释义详见吴汝钧编著《佛教思想大辞典》，台湾商务印书馆 2011 年版，第 269 页。

之假相,即幻相;其存在则谓幻有。所显现之如幻相象,又如魔术师之化作,故称幻化。此外,使魔法者,称为幻师、幻人。"①《佛学大辞典》云:"幻(术语),空法十喻之一。如幻术师于无实体者能变化而见是也。《智度论·五十五》曰:'众生如幻,听法者亦如幻。'《演密钞·四》曰:'幻者化也。无而忽有之谓也。先无形质,假因缘有,名为幻化。又幻者诈也,或以不实事惑人眼目,故曰幻也。'《圆觉经略疏·上二》曰:'幻者,谓世有幻法,依草木等幻作人畜,宛似往来动作之相,须臾法谢,还成草木。然诸经教,幻喻偏多,良以五天,此术颇众。简文既审,法理易明,及传此方,翻为难晓。'"②"幻设"一词,其义与"幻化"、"幻相"、"幻有"、"幻惑"近似,当是指因机缘触发无而忽有之事,本质上仍然属于假相。《观音义疏记》云:"恚害是苦,故以幻事调他令离。若其机缘宜以实杀,而得益者,即如仙豫杀婆罗门为瞋法门,此乃假实互现例于贪痴,亦可幻设。"③

现在重新回到胡应麟所言"凡变异之谈,盛于六朝"一段。置于佛道语境,这段话应该这样理解:六朝的"变异之谈"(即志怪小说)大多是对"舛讹"(即差错、不正确,与经史相较)之事的记载,不一定都是无而忽有之假相。唐朝的"变异之谈"则不同,唐人因机缘触动,内心受到警觉,因而将注意力投向怪异之事,便以小说这种形式将心中的幻相记录下来。证以胡应麟所举四部唐人小说——《毛颖传》中毛笔幻化为人,《南柯太守传》中蚂蚁幻化为人,《东阳夜怪录》"成自虚"篇中橐驼、驴、牛、公鸡、猫、刺猬幻化为人,《玄怪录》"元无有"篇中故杵、灯台、水桶、破铛幻化为人,可知这样

---

① 《佛光大词典》,第 1390 页。
② 《佛学大辞典》,第 741 页。
③ 大正新修《大藏经》第 34 卷,《观音义疏记》卷三,第 1729 页。

解读更加符合胡氏原意。为何胡应麟认为多"灵怪之说"与"因果之谈"的六朝志怪，反而不一定都是幻相的记载呢？正因为崇尚佛道，视幻相为常态，所以许多灵异之事在六朝人看来本为实有，并非幻相。换句话说，在六朝人眼里，"变异之谈"本身不存在真与幻的区别，只有作者记载对与错的不同。干宝《搜神记序》便声称那些"非一耳一目之所亲闻睹"的记载难免失实，但他坚称"搜神"目的就是为了"发明神道之不诬"①。

因此我们认为，胡应麟所言"作意"与"幻设"不能等同于"有意"与"虚构"，从"至唐人乃作意好奇"无法推导出至唐人"始有意为小说"的结论，这既不是胡应麟的原意，也不符合明人对小说的理解。

## 第三节　期待视域中唐人"始有意为小说"论的生成

客观地说，胡应麟的小说观念虽然与《汉志》以来的传统大体上并无出入，可也并非照单全收，这从他对《汉志》十五家小说性质的质疑可见端倪，如他认为"汉《艺文志》所谓小说，虽曰街谈巷语，实与后世博物、志怪等书迥别，盖亦杂家者流，稍错以事耳。如所列《伊尹》二十七篇、《黄帝》四十篇、《成汤》三篇，立义命名动依圣哲，岂后世所谓小说乎？"②胡应麟也曾多次论及小说的虚实问题，但这并不代表他就认为小说是虚构的。相反，胡应麟对小说内容虚实的认定，都是站在实录的小说观念立场上所作的判断，试看以下论述：

① （晋）干宝《搜神记序》，中华书局1979年。
② 《少室山房笔丛》卷二九"九流绪论下"，第280页。

　　《拾遗记》称王嘉子年,萧绮传录,盖即绮撰而托之王嘉。中所记无一事实者。①

　　白行简《三梦记》……右载陶氏《说郛》,《太平广记》梦类数事皆类此,此盖实录,余悉祖此假托也。②

　　《列仙传》……当是六朝间人因向传列女,又好神仙家言,遂伪撰托之。其书既不得为真,则所传之人恐亦未必皆实。③

　　《集异记》……载王之涣酒楼事,大非实录,且昌龄、适集中绝少与之涣倡酬诗。④

　　张、刘诸子世推博极,此仅一斑。至郭宪、王嘉全构虚词,亡征实学,斯班氏所以致讥、子玄因之绝倒者也。⑤

　　其实自《汉志》以迄《四库总目》,历代官修目录对小说的认定都是以经、史为参照系的,凡与经、史内容不合者即为小说,姚振宗指出"梁武作《通史》时,凡不经之说为《通史》所不取者,皆令殷芸别集为《小说》,是《小说》因《通史》而作,犹《通史》之外乘也"⑥,便是这种思路。实则在古人的小说观念中,"真伪"比"虚实"更贴近小说的性质,因此古人对小说属性的认定,大多以"诞妄"、"荒诞"、"悠谬"、"不经"、"不根"等词语来描述,而不是今人所用的"虚构"。也由于这个缘故,当小说家们急于为自家小说"洗白"时,往往会强调其"羽翼信史而不违"、"补经史之所未赅"的功能。在这个方面,胡应麟的小说观念与传统如出一辙:

---

① 《少室山房笔丛》卷三二"四部证伪下",第 318 页。
② 《少室山房笔丛》卷三六"二酉缀遗中",第 366—367 页。
③ 《少室山房笔丛》卷三二"四部证伪下",第 318 页。
④ 《少室山房笔丛》卷三六"二酉缀遗中",第 366 页。
⑤ 《少室山房笔丛》卷三八"华阳博议上",第 384 页。
⑥ (清)姚振宗《隋书经籍志考证》,《二十五史补编》第四册,开明书店年 1936 版,第 499 页。

《山海经》……读者但以禹、益治水不当至海外，而怪诞之词圣人所不道以破之，而不据其本书。[1]

《琐语》其说诡诞不根固不待辩，至所记诸国怪事得诸耳目，或匪尽诬，且文出汲冢必奇古，昔无从备见之。[2]

秦汉以还，家相沿袭，荒唐悠谬，此类实繁，《神异》、《洞冥》、《拾遗》、《杂俎》之属率假托名流，恣言六合。[3]

段成式《酉阳杂俎》记事多诞妄。[4]

唐人小说如柳毅传书洞庭事，极鄙诞不根，文士亟当唾去，而诗人往往好用之。[5]

鲁迅从胡应麟对唐人小说与六朝小说的比较中得出至唐人"始有意为小说"的结论，与他本人对小说性质的前理解息息相关。在鲁迅的观念里，小说是作者有意虚构的，这已是不证自明的存在。带着这种前理解，鲁迅在解读胡应麟的小说理论时便形成了自己的期待视野，于是胡应麟对小说特征的描述与小说价值的定位被选择性过滤，而对唐人"变异之谈"的论述则被关注并加以援引。由于对小说的性质已有成见，鲁迅在考察中国古代小说的发展时便以"有意虚构"为标尺，以此衡量什么是小说，什么不是小说。比如他追溯小说起源时说："小说是如何起源的呢？据《汉书·艺文志》上说：'小说家者流，盖出于稗官。'稗官采集小说的有无，是另一问题；即使真有，也不过是小说书之起源，不是小说之起

---

[1]　《少室山房笔丛》卷三二"四部正伪下"，第314页。
[2]　《少室山房笔丛》卷三六"二酉缀遗中"，第362页。
[3]　《少室山房笔丛》卷三八"华阳博议上"，第382页。
[4]　《少室山房笔丛》卷三九"华阳博议下"，第406页。
[5]　《少室山房笔丛》卷三六"二酉缀遗中"，第370页。

源。"①《汉书·艺文志》认为小说就是稗官对街谈巷语的纪录,后来《隋书·经籍志》将稗官采集街谈巷语制作小说的过程讲得非常详细。但鲁迅认为稗官采集的只能算是小说书,不能算是小说,原因即在于他认为小说是作者有意虚构的,而稗官只是奉命采集,当然谈不上有意虚构。在鲁迅的小说观念中,"有意虚构"俨然已成检验小说的试金石,而唐人小说则是"有意"与"无意"之间的分水岭:

> 但刘向的《列仙传》,在当时并非有意作小说,乃是当作真实事情做的,不过我们以现在的眼光看去,只可作小说观而已。②

> 六朝人之志怪,却大抵一如今日之记新闻,在当时并非有意作小说。③

> 六朝人小说,是没有记叙神仙或鬼怪的,所写的几乎都是人事;文笔是简洁的;材料是笑柄,谈资;但好像很排斥虚构,例如《世说新语》说裴启《语林》记谢安语不实,谢安一说,这书即大损声价云云,就是。唐代传奇文可就大两样了:神仙人鬼妖物,都可以随便驱使;文笔是精细,曲折的,至于被崇尚简古者所诟病;所叙的事,也大抵具有首尾和波澜,不止一点断片的谈柄;而且作者往往故意显示着这事迹的虚构,以见他想象的才能了。④

---

① 鲁迅《中国小说的历史的变迁》,人民文学出版社 1981 年版,第 301 页。
② 鲁迅《中国小说的历史的变迁》,人民文学出版社 1981 年版,第 305 页。
③ 同上,第 309 页。
④ 鲁迅《六朝小说和唐代传奇文有怎样的区别?——答文学社问》,《且介亭杂文二集》,人民文学出版社 1981 年版,第 323 页。

　　那么鲁迅的前理解又是如何形成的呢？要回答这个问题，还得回到鲁迅所处的那个时代。

　　自十九世纪后期西方小说与小说理论传入中国以来，中国传统的小说观念受到了前所未有的冲击，人们重新诠释了小说的定义、价值、地位、类型、作法等诸多方面，至十九世纪末二十世纪初，中国的小说理论已几乎"旧貌换新颜"。在小说的虚实本质方面，由《汉志》开创的实录观念开始动摇，尽管仍然有人坚持"小说家言，必以纪实研理，足资考核为正宗"[①]，但主张虚构的声音已是主流，并形成压倒之势。姑以时间先后为序，胪列数例：

　　　　书之纪人事者，谓之史；书之纪人事而不必果有此事者，谓之稗史。[②]

　　　　小说者，一种之文学也。文学之性，宜于凌虚，不宜于征实。[③]

　　　　小说者，虚拟者也。[④]

　　　　小说者，第二人间之创造也。第二人间之创造者，人类能离乎现社会之外而为想象，因能以想化之力，造出第二之社会之谓也。[⑤]

　　　　小说为美的制作，义主创造，不尚传述。[⑥]

---

① 邱炜菱《小说》，1897年刊本《菽园赘谈》。转引自陈平原、夏晓虹编《二十世纪中国小说理论资料》（第一卷），北京大学出版社1989年版，第14页。

② 几道、别士《本馆附印说部缘起》，《国闻报》光绪二十三年（1897）十月十六日至十一月十八日。

③ 侠人、定一等《小说丛话》，光绪三十一年二月（1905）《新小说》第二年第一号。

④ 同上。

⑤ 成之《小说丛话》，1914年《中华小说界》第三期。

⑥ 同上。

　　　　小说之为物，不出幻想；若记事实，即是别裁。[①]

　　　　Novel（小说，或近代小说）是散文的文艺作品，主要是描
　　写现实人生，必须有精密的结构，活泼有灵魂的人物，并且要
　　有合于书中时代与人物身份的背景或环境。[②]

上述小说定义，与《汉志》所言"小说家者流，盖出于稗官"相比，的
确能给人耳目一新的感觉。

　　历代史志目录中，"小说"隶属于子部，并与经史有着若即若离
的关系。由于内涵比较含混而外延又相当宽广，古人始终无法精
确界定小说是什么，只能感性描述小说怎么样。也因为这个缘故，
从《汉志》到《四库总目》，对小说作品的著录常有出入，难以定夺。
十九世纪末期以来，尤其是经历"小说界革命"与"新文学运动"的
双重洗礼之后，国人的小说观念发生了脱胎换骨的改变，小说属性
也重新作了界定，由传统的学术派别之一家变为现代的学科门类
之一类，与诗歌、散文、戏剧并列为文学。重新定义小说的原委与
方法，陈均的论述颇具代表性：

　　　　小说之界说　　吾国古有十家之说，小说家实居其一。汉
　　张衡《西京赋》谓"小说九百，本自虞初"。小说之得名，盖始于
　　此。汉代以后，作者如林。搜神、述异、杂记、故事等书，层见
　　叠出。然多记载见闻，附会神怪。既不足当小说之名，更无由
　　窥其定义。降及后世，自唐宋元明迄今，中国小说事业，乃渐
　　臻发达矣……以视西人之列小说于文学四种之一，诚不可同

① 铁樵《〈作者七人〉序》，1915 年《小说月报》第六卷第七号。
② 沈雁冰《小说研究 ABC》，世界书局 1928 年版，第 14 页。

日而语矣。今欲明定其界说，固不得不藉助于西人之论也。

西文中有 fiction 与 novel 二语……兹特假定其界说如下。Fiction 者，以若干想象之事实蝉联而小，藉以表现人生也。Novel 者，散文成篇之 fiction，而结构（plot）、人物（character）、环境（setting）、对语（dialogue）四项无不具备者也。①

"西人之论"对小说特征最主要的确认，已不是胡应麟所言"谈说理道或近于经，又有类注疏者；纪述事迹或通于史，又有类志传者"，而是强调其虚构、想象的本质以及人物、情节、环境、对语等要素。表述或许有所不同，但小说是虚构的散体叙事文学，具备人物、情节、环境等要素，已成共识。

有了科学的小说定义，人们便拿着这把标尺去衡量中国古代的小说，符合条件者承认其合法性，不符合条件者便剔除出小说之门。陈均的做法同样具有代表性："笔记及《聊斋》之类，不得目为小说，以其篇幅既短，结构、人物、环境等多不完善，仅供读者以事实而已也。《燕山外史》不得视为小说，以其通体骈俪无人物之对语也。"②陈均的看法当然不无偏颇，《聊斋》中的笔记体部分，如《瓜异》、《赤字》等固然因"结构、人物、环境等多不完善"而"不得视为小说"，但里面的传奇体部分如《清凤》、《婴宁》还是与现代的小说定义一致的。那么古代小说中，究竟什么小说最符合"西人之论"呢？当然是唐人小说——准确地说，是唐代的传奇体小说。唐人小说除了在开头言之凿凿地注明故事发生的时间、地点、人物外，大多还在末尾煞有介事交代故事的来源以及写作此篇的缘由。

---

① 陈均《小说通论·总论》，1923 年 3 月《文哲学报》第三期。
② 陈均《小说通论·总论》，1923 年 3 月《文哲学报》第三期。

试举几例：

> 沈既济《任氏传》：建中二年，既济自左拾遗于金吴将军
> 裴冀，京兆少尹孙成，户部郎中崔需，右拾遗陆淳，皆适居东
> 南，自秦徂吴，水陆同道……昼宴夜话，各征其异说。众君子
> 闻任氏之事，共深叹骇，因请既济传之，以志异云。沈既
> 济撰。①
>
> 李公佐《庐江冯媪传》：元和六年夏五月，江淮从事李公
> 佐使至京，回次汉南，与渤海高钺、天水赵儹、河南宇文鼎会于
> 传舍。宵话征异，各尽见闻。钺具道其事，公佐因为之传。②
>
> 白行简《李娃传》：贞元中，予与陇西李公佐话妇人操烈
> 之品格，因遂述沔国之事。公佐拊掌竦听，命予为传。乃握管
> 濡翰，疏而存之。时乙亥岁秋八月，太原白行简。③

站在西方的小说立场看，沈既济等人明明在虚构故事，可偏偏要把
自己写进小说中去，还要拉上一帮亲朋好友作证，显得这事跟真的
发生过一样，通俗点讲是"睁眼说瞎话"，专业地说便是"有意作小
说"。于是从十九世纪末期开始，有人陆续提出唐代才是中国小说
的起点："小说始自唐代，初名传奇"④，"小说发达之次序，本写实
先而理想后，此文学进化之序也。大抵理想小说始于唐，自唐以
前，无纯结撰事实为小说者"⑤。就是在这样的语境下，鲁迅发现
了胡应麟所言"至唐人乃作意好奇，假小说以寄笔端"与现代小说

---

① 李时人编《全唐五代小说》卷一九，中华书局 2014 年版，第 673 页。
② 《全唐五代小说》卷二三，第 796 页。
③ 同上，第 780 页。
④ 韩邦庆《太仙漫稿》"例言"，光绪十八年（1892）五月十五日《海水奇书》第八期。
⑤ 成之《小说丛话》，《中华小说界》1914 年第一年第四期。

观念不谋而合，于是以此为据，便有了至唐人"始有意为小说"的论断。

　　在西方小说理论传入中国以前，"实录"是衡量小说价值的重要依据，并因此形成了重文言轻白话、重笔记轻传奇的倾向；西方小说理论传入中国之后，"虚构"成了小说的本质属性，古代小说的价值序列随之发生根本转变，变成了重白话轻文言、重传奇轻笔记的格局。小说虚构论发生在十九世纪末二十世纪初，是西方小说理论作用下的结果；但促使这种小说观念确立并颠覆传统小说观念的是鲁迅《中国小说史略》。我们无意于对小说虚构论作任何层面的价值判断，只是想以鲁迅对胡应麟小说观念的接受为中心，通过还原现场、回到历史语境的方式，再现这种小说观念的形成过程。我们认为鲁迅以虚构的小说观念为前理解，对胡应麟的小说观念作了符合自己期待视野的解读，这并不符合胡应麟的原意。因此小说虚构论的建构过程，本身就是一个被虚构的过程。

# 第八章 唐人"始有意为小说"：一个以今律古的经典案例

　　作为中国小说史的开山之作，鲁迅《中国小说史略》对后世小说史书写的影响无远弗届，其中最重要的莫过于唐人"始有意为小说"论。鲁迅将这个论断的理论源头上溯至明人胡应麟，认为胡应麟已指证唐人"始有意为小说"。然而仔细思索，这个推论从前提到结论都难免让人疑惑：如果唐人"始有意"为小说，那么先唐人就是"无意"为小说了。小说作为精神产品，本来就是人类意识活动的产物，先唐人怎能"无意"为小说？如果是指先唐人"误打误撞"地作了小说，那么先唐人作的是谁人的"小说"？唐人的？明人的？抑或是鲁迅自己的？如果是以鲁迅所处时代的小说为标准，而胡应麟已经"意识"到唐人是"有意识"地作小说，那么中国小说现代性的发生时间就不是人们常说的清末民初，而是要往前推几百甚至上千年——思想观念的现代性发生在明代，创作实践的现代性则发生在唐代。如果是这样，那么我们讨论中国现代小说的发生，就无需从西人那里寻找基因，可以直接从唐人写起。凡此种种，夏虫未免疑冰。鲁迅对小说史学的贡献毋庸置疑，但唐人"始有意为小说"之论着实令人费解。本章将围绕此一论断的学理依据、逻辑推理与应用场景等方面辨析以下问题：胡应麟是否认为唐人"始有意为小说"？唐人是否确实"始有意为小说"？鲁迅为何认定唐人"始有意为小说"？我们又该如何看待唐人"始有意为小说"？

## 第一节 无效的证言："至唐人乃作意好奇"

胡应麟"至唐人乃作意好奇"一语是鲁迅唐人"始有意为小说"论的重要论据。鲁迅认为，胡应麟所言"作意"与"幻设"就是"意识之创造"（鲁迅更多地阐释为"故意虚构"，详见下文）的意思，因此他的唐人"始有意为小说"只不过是胡应麟"唐人乃作意好奇"的转述。百年来，人们理所当然地接受了鲁迅的这个推论。但实际上这个推论是有问题的，鲁迅以小说虚构论为前理解，对胡应麟的话作了符合自己期待视域的解读，其中不无断章取义之处。结合胡应麟原话的情境与语境，我们发现"至唐人乃作意好奇"其实是一句无效的证言，它不能证明唐人"始有意为小说"。

为了还原胡应麟的本意，我们回到历史现场，从整体上对胡应麟此语进行解读：

> 凡变异之谈，盛于六朝，然多是传录舛讹，未必尽幻设语。至唐人乃作意好奇，假小说以寄笔端，如《毛颖》、《南柯》之类尚可，若《东阳夜怪录》称成自虚、《玄怪录》元无有，皆但可付之一笑，其文气亦卑下亡足论。宋人所记，乃多有近实者，而文采无足观。本朝"新"、"余"等话，本出名流，以皆幻设，而时益以俚俗，又在前数家下。惟《广记》所录唐人闺阁事，咸绰有情致，诗词亦大率可喜。[1]

---

[1] （明）胡应麟《少室山房笔丛》卷三十六"二酉缀遗中"，上海书店出版社 2001 年版，第 367 页。

不难看出,"变异之谈"是胡应麟这段话的中心语。他从六朝开始,历经唐、宋,直至明朝,意在梳理"变异之谈"在不同朝代小说中的发展变化。结尾话锋一转,由"变异之谈"转向"唐人闺阁事",也即由"志怪"转向"传奇"。[①] 相应地,被鲁迅解读成"故意虚构"的"作意"与"幻设"两个关键词,也与"变异之谈"存在密切关联。而要厘清"变异之谈"的指涉对象以及"作意"与"幻设"的真正意涵,就必须结合六朝时期的佛道语境与胡应麟本人的宗教信仰。[②]

"变异"即变幻灵异之事;"变异之谈"指谈论变幻灵异之事的街谈巷语,即志怪小说。六朝时期佛道盛行,不少宗教故事充满变幻灵异的色彩。受其影响,产生了大批记录变幻灵异之事的小说,如干宝《搜神记》、刘敬叔《异苑》、刘义庆《幽明录》、王琰《冥祥记》、颜之推《冤魂志》等。胡应麟说"魏晋好长生,故多灵变之说;齐梁弘释典,故多因果之谈"[③],所谓"灵变之说"与"因果之谈"即指"变异之谈"。"作意"与"幻设"皆佛教术语。"作意"是"指使心警觉,以引起思维自觉活动的心理"[④],"作意好奇"是指内心受到警觉,而将注意力投向怪异或非常之物的思维活动。"幻设"与"幻化"、"幻相"近义,指因机缘触发而产生幻觉,生出无而忽有之事,本质上属于假相。《观音义疏记》云:"恚害是苦,故以幻事调他令离。若其机缘宜以实杀,而得益者,即如仙豫杀婆罗门为瞋法门,此乃

---

① 一般认为,唐传奇主要指描写男女情事的作品。胡应麟将小说题材分为六类,其中志怪与传奇相对:"一曰志怪,《搜神》、《述异》、《宣室》、《酉阳》之类是也;一曰传奇,《飞燕》、《太真》、《崔莺》、《霍玉》之类是也。"所举"传奇"的例子,全为男女情事的篇目。(《少室山房笔丛》卷二十九"九流绪论下",第 374 页。)章学诚更是直指唐人传奇即写男女悲欢离合之事:"唐人乃有单篇,别为传奇一类。大抵情钟男女,不外离合悲欢。红拂辞杨,秀襦报郑,韩、李缘通落叶,崔、张情导琴心……"(章学诚著,叶瑛校注《文史通义校注》卷四内篇四"诗话",中华书局 1985 年版,第 560 页。)
② 详见本书第七章第二节。
③ 《少室山房笔丛》卷二十九"九流绪论下",第 283 页。
④ 任继愈主编《佛教大辞典》,江苏古籍出版社 2002 年版,第 623 页。

假实互现例于贪痴,亦可幻设。"①弄清了这几个语词的含义,我们再逐句分析胡应麟这段话的含义。

　　第一句论六朝小说,第二句论唐朝小说。胡应麟说"至唐人乃作意好奇,假小说以寄笔端",指的是相对于六朝而言唐人"变异之谈"的特点。置于佛道语境,这两句话应该这样理解:六朝小说中的"变异之谈"大多是记录神鬼怪异时发生错误("传录舛讹")所致,不一定都是无而忽有之假相。唐朝小说中的"变异之谈"则不同,唐人因机缘触动,内心受到警觉,将注意力投向神鬼怪异之事,便用文字将心中的幻相记录下来("假小说以寄笔端")。为何胡应麟认为多"灵怪之说"与"因果之谈"的六朝志怪,反而不一定都是对幻相的记载呢? 正因为崇尚佛道,视幻相为常态,所以变幻灵异之事在六朝人看来本为实有,并非幻相。换句话说,在六朝人眼里,"变异之谈"本身不存在真与幻的区别,只有作者记录对与错的不同。何以见得唐人因机缘触动而将注意力投向神鬼怪异之事?如韩愈有感于皇帝薄情寡恩而将毛笔幻化为人,李公佐有感于人生荣辱如梦幻泡影而将蚁穴幻化为国,《毛颖传》中的毛颖与《南柯太守传》中的槐安国,本质上都是幻相。

　　第三句论宋代小说,说的还是"变异之谈"。宋人重实尚理,故跟前朝相比,宋代小说中的"变异之谈"思理多于虚幻。除了这一句,胡应麟还说过"小说,唐人以前纪述多虚而藻绘可观,宋人以后论次多实而彩艳殊乏"②。

　　第四句论明代小说,话题依旧是"变异之谈"。"新"、"余"等话,指《剪灯新话》与《剪灯余话》等小说。这两部小说的绝大多数

---

① 大正新修《大藏经》第 34 卷,《观音义疏记》卷三,第 1729 页。
② 《少室山房笔丛》卷二十九"九流绪论下",第 283 页。

篇目都与变幻灵异之事有关，或记人鬼恋情，如《绿衣人传》；或记因果报应，如《三山福地志》。时人已指出《剪灯新话》"粉饰闺情，假托冥报"①，《剪灯余话》"所载皆幽冥人物灵异之事"②，且两者皆因"假托怪异之事，饰以无根之言"的罪名先后遭到禁毁。③ 胡应麟认为，《剪灯新话》与《剪灯余话》虽然出自名流，但内容荒诞不经，水准比前面几部小说还要低下。

最后一句话锋陡转，由"变异之谈"转向"唐人闺阁事"，即《莺莺传》、《李娃传》等小说中的男女情事。"惟《广记》所录唐人闺阁事"一语，与起首"凡变异之谈"一句遥相呼应，形成语意之间的切换："凡"字统领"变异之谈"，"惟"字转向"唐人闺阁事"。话题至此发生转换，恰恰说明前文讨论的是同一个主题，即"变异之谈"。

上述近乎琐细的分析，只是为了厘清"至唐人乃作意好奇"能否解读为唐人"始有意为小说"。我们认为，胡应麟整段话的核心意涵是"变异之谈"，即六朝以迄明代小说中变幻灵异之事的区别。胡应麟对六朝小说与唐人小说的比较，意在区分两朝小说中变幻灵异之事的来源和性质，关注的是题材问题而非文体问题。唐人"作意"所"好"之"奇"，仍然是指小说中的变幻灵异之事，并不是指描写男女情事的唐人传奇，更不是指后人视为小说文体的传奇体小说。胡应麟此处所言"幻设"，指处于宗教迷狂状态中的心理投

① （明）田汝成《西湖游览志余》，东方出版社 2012 年版，第 237 页。
② （明）王英《剪灯余话序》，李昌祺著，周夷校注《剪灯余话》，古典文学出版社 1957 年版，第 124 页。
③ （清）顾炎武《日知录之余》卷四"禁小说"："《实录》：正统七年二月辛未，国子监祭酒李时勉言：'近有俗儒，假托怪异之事，饰以无根之言，如《剪灯新话》之类。不惟市井轻浮之徒争相诵习，至于经生儒士多舍正学不讲，日夜记忆，以资谈论。若不严禁，恐邪说异端日新月盛，惑乱人心。乞敕礼部行文内外衙门及提调学校金事、御史并按察司官，巡历去处，凡遇此等书籍，即令焚毁。有印卖及藏习者，问罪如律。庶俾人知正道，不为邪妄所惑。'从之。"（清）顾炎武著，（清）黄汝成集释《日知录集释》，岳麓书社 1994 年版，第 1255—1256 页。

射，与作为文学创作方式的"虚构"有着本质的区别。无论唐人还是明人的观念里，小说都是指不本经史的街谈巷语、道听途说之类记录（详见下文）。"虚幻"、"诞妄"是小说与生俱来的客观属性，这与"故意虚构"是两回事。至于《东阳夜怪录》中的"成自虚"，《玄怪录》中的"元无有"，其立意命名也只是作者的文字游戏，不能过度诠释为文学创作的主观故意。这种游戏汉人早就玩过，司马相如《子虚赋》中便有"乌有先生"与"无是公"之名。如果因唐人虚拟了"成自虚"与"元无有"就认为唐人"始有意为小说"，那么汉人虚拟了"乌有先生"与"无是公"，岂不是汉代就已进入"文学自觉的时代"？因此我们认为，胡应麟的"唐人乃作意好奇"是一句无效的证言，据此无法推导出唐人"始有意为小说"。

　　那么在胡应麟的小说观念里，又是否认为从唐人开始故意虚构小说呢？我们以胡应麟的小说定义与小说评论作为旁证。胡应麟说："小说，子书流也，然谈说理道或近于经，又有类注疏者；纪述事迹或通于史，又有类志传者"①；"小说者流，或骚人墨客游戏笔端，或奇士洽人蒐罗宇外，纪述见闻无所回忌，覃研理道务极幽深，其善者足以备经解之异同、存史官之讨覈"②。不难看出，胡应麟将小说内容分为记言与记事两类，记言者"谈说理道"、"覃研理道"，近于经；记事者"纪述事迹"、"纪述见闻"，通于史。无论记言还是记事，其生成方式都是实录而非虚构。他批评唐前小说所记非实，如说《琐语》"所记诸国怪事得诸耳目，或匪尽诬"③，《列仙传》"其书既不得为真，则所传之人恐亦未必皆实"④。对唐人小说

---

① 《少室山房笔丛》卷二十九"九流绪论下"，第283页。
② 同上。
③ 《少室山房笔丛》卷三十六"二酉缀遗中"，第362页。
④ 《少室山房笔丛》卷三十二"四部证伪下"，第318页。

也作如是观,如说《酉阳杂俎》"记事多诞妄"①,《集异记》记王之涣
酒楼事"大非实录"②,《三梦记》只有记陶氏《说郛》梦"盖实录,余
悉祖此假托"③。显然,只有站在实录小说而非虚构小说的立场,
胡应麟才会指摘唐人小说记录不够真实,但记录失实不等于故意
虚构。至于《莺莺传》等唐人传奇,胡应麟注意到了此类小说专记
"闺阁事"的特点,故将其与记录"变异之谈"的志怪区分开来。但
也仅仅是题材的区分,不涉及写法的区别,这从他将"志怪"与"传
奇"对举便可见一斑:"志怪"指记录怪异之事,而"传奇"指传录奇
人奇事,无论"志"还是"传",都没有"虚构"的意思。因此我们认
为,根据胡应麟本人的小说观念,同样无法得出唐人"始有意为小
说"的结论。

## 第二节    失落的证据:唐传奇的文体属性<br>与唐人的小说观念

作为证言,从"唐人乃作意好奇"无法推导出唐人"始有意为小
说";作为证人,胡应麟也不认为从唐人开始故意虚构小说。实际
上,判断唐人是否"始有意为小说",唐人的小说实践与小说观念才
是最直接、最有效的证据。只是自《史略》问世以来,唐人"始有意
为小说"已成不证自明的真理。人们既已接受唐传奇是中国最早
的小说,便不再怀疑唐传奇的文体属性与唐人对小说的理解。我
们不妨重拾这个失落的证据,从唐传奇的文体属性与唐人的小说
观念入手,判断唐人是否"始有意为小说"。

---

① 《少室山房笔丛》卷三十九"华阳博议下",第 406 页。
② 《少室山房笔丛》卷三十六"二酉缀遗中",第 366 页。
③ 同上,第 367 页。

　　文献的命名往往能够反映作者或整理者对该文献文体属性的认知。唐人对选文篇名的拟定，体现了唐人对此类文献题材内容、创作目的与体制形式等方面的研判和认定。通过对篇籍名称的考辨，能够大致还原唐人的文体观念。我们以鲁迅《唐宋传奇集》为例，考察唐传奇的文体属性。

　　《唐宋传奇集》共收唐传奇 38 篇，宋传奇 10 篇。从篇籍名称来看，38 篇唐传奇中，以"传"命篇者 19，以"记"命篇者 10，以"录"命篇者 5，以其他方式命篇者 4，"传"、"记"、"录"合计 34 篇，占总数的 89.5％。10 篇宋传奇中，以"传"命篇者 8，以"记"命篇者 2，"传"、"记"合计 10 篇，占总数的 100％。就全书而言，以"传"、"记"、"录"命篇者共计 44 篇，占总数的 91.7％。从篇章名称不难看出，我们今天称为"传奇"的这种文献，唐人（包括宋人）实际上视为"传记"。《李娃传》、《周秦行记》、《冥音录》等 14 篇唐人传奇，便收录在《太平广记》卷四八四至四九二的"杂传记"类中。命篇为"传"者，叙一人之始末，如《任氏传》叙狐女任氏始与郑六相遇于长安道中，终被猎狗击毙于马嵬草间的经历；命篇为"记"者，叙一事之始末，如《古镜记》叙大业七年五月王度从侯生处得镜，至大业十三年七月失镜的过程。传奇的这种特征与杂传大致相同。自西汉刘向撰《列仙》、《列士》与《列女》三传，嗣后曹丕撰《列异记》，于是神仙、高士、奇女与鬼魅、精怪都可立传，"皆因其志尚，率尔而作，不在正史"，"又杂以虚诞怪妄之说"，故《隋书·经籍志》列入"史部·杂传"类。[①] 从书籍名称来看，《隋书·经籍志》收杂传 217 部，其中以"传"命籍者 140 部，以"记"命籍者 32 部，以"录"命籍者 10 部，以"志"命籍者 10 部，以其他方式命籍者 25 部，"传"、"记"、

―――――――――

① 详见《隋书·经籍志》"杂传序"，中华书局 1985 年版，第 54—55 页。

"录"、"志"等合计 192 部,占总数的 88.5％。这个比例与唐传奇的 89.5％大体一致。从具体的篇籍名称来看,唐传奇与杂传也基本相同,如传奇有《灵应传》、《离魂记》、《冥音录》,而杂传有《感应传》、《冤魂志》、《幽冥录》等。

"传"体叙人生之经历,"记"体叙事件之经过,无论"传"与"记",秉持的都是实录的叙事原则。唐人以"传记"手法撰作传奇,自然会在文本中留下记录的标记,如有据可查的人物与事件、具体可知的时间与地点等,尤其值得关注的是,大多数作者在文中交待了故事来源与撰作缘起。仍然以《唐宋传奇集》为例,38 篇唐传奇中,明确交待故事来源与撰作缘起的有 26 篇,占全部作品的68.4％。唐传奇作者介入或参与故事的方式主要有三种:

一是亲历,即作者作为事件的当事人或见证人,亲身经历了事件的始末并亲笔记录了事件的经过,如王度《古镜记》与李公佐《谢小娥传》等。《古镜记》用编年体的方式,记录了王度从侯生处得古镜,最后又失古镜的经过。记中留下了鲜明的时间刻度:"大业七年五月,度自御史罢归河东,适遇侯生卒,而得此镜";"大业十年,度弟勣……得镜,遂行,不知所适";"大业十三年夏六月,始归长安,以镜归";"大业十三年七月十五日……开匣视之,即失镜矣"。除了时间标记,作者还在篇首交待了撰作此记的动机:"今具其异迹,列之于后,数千载之下,倘有得者,知其所由耳。"[①]《谢小娥传》记录了传主谢小娥父婿为强盗所杀,在李公佐的帮助下找到仇人线索,报仇雪恨后出家为尼的经历。李公佐是谢小娥报仇事件的见证人,开篇云:"元和八年春,余罢江西从事,扁舟东下,淹泊建业,登瓦官寺阁……娥因问余姓氏官族,垂涕而去。"其年夏天,李

---

① 《唐宋传奇集》,第1—7页。

公佐回到长安，在善义寺巧遇谢小娥，"娥因泣，具写记申兰、申春，复父夫之仇，志愿相毕，经营终始之状。"结尾同样交待了撰作此传的动机："余备详前事，发明隐文，暗与冥会，符于人心。知善不录，非《春秋》之义也。故作传以旌美之。"①

二是亲闻，即作者本人虽未亲历所叙事件，但事件的当事人或见证人亲口告诉了作者，作者便记录了事件发生的始末经过，如沈既济《任氏传》、白行简《李娃传》等。《任氏传》中韦崟既是事件的当事人，又是沈既济的友朋辈，任氏的故事便来自韦崟的讲述："大历中，沈既济居钟陵，尝与崟游，屡言其事，故最详悉。"后来沈既济与友人"昼宴夜话，各征其异说。众君子闻任氏之事，共深叹骇，因请既济传之"，于是撰写了《任氏传》。②《李娃传》中的当事人郑生与白行简的伯祖素有交情——"予伯祖尝牧晋州，转户部，为水陆运使。三任皆与生为代，故谙详其事"——白行简从伯祖处得知李娃的故事，又告诉了李公佐，"公佐拊掌竦听，命予为传。乃握管濡翰，疏而存之"。③

三是转述，即作者与事件的当事人或见证人没有直接关联，故事来自第三者的转述，作者只是记录了他人转述的内容，如陈玄祐《离魂记》、李公佐《庐江冯媪传》等。《离魂记》中张镒是事件的当事人倩娘的父亲，莱芜县令张仲规是张镒的侄儿，陈玄祐从张仲规处得知倩娘离魂的故事："玄祐少常闻此说，而多异同，或谓其虚。大历末，遇莱芜县令张仲规，因备述其本末。镒则仲规堂叔，而说极备悉，故记之。"④《庐江冯媪传》中冯媪的故事源自高铖的讲述：

————————

① 　《唐宋传奇集》，第60—62页。
② 　同上，第12—22页。
③ 　同上，第63—69页。
④ 　同上，第11—12页。

"元和六年夏五月,江淮从事李公佐使至京,回次汉南,与渤海高
钺、天水赵儹、河南宇文鼎会于传舍。宵话征异,各尽见闻。钺具
道其事,公佐因为之传。"①

唐传奇的篇章名称与文体形态表明,作者是以传记的方式在
记人或者记事。无论所记内容是否符合现实生活的逻辑,也无论
所记事件是否为自己亲历亲闻,作者试图展示的是事件真实发生
且作者如实记录的场景。此外,大多数唐传奇在篇末强调了作为
传记的文体属性,如《离魂记》"说极备悉,故记之",《任氏传》"请既
济传之,以志异云",李吉甫《编次郑钦悦辨大同古铭论》"时贞元九
年十一月二十八日,赵郡李吉甫记"②,《南柯太守传》"事皆摭实,
辄编录成传"③,《庐江冯媪传》"钺具道其事,公佐因为之传",《三
梦记》"今备记其事,以存录焉"④。这些标志性话语说明,唐人"有
意为"的是"传记"而非"小说"。

那么在唐人的小说观念里,又是否认为小说是故意虚构的呢?
由长孙无忌等人编纂的《隋志》体现了唐初的小说观念。《隋志》承
袭了《汉志》以来的小说观,认为小说乃"街说巷语之说";所著录的
二十五家小说,也体现了小说"道听途说,靡不毕纪"的特点,如顾
协《琐语》、邯郸淳《笑林》、刘义庆《世说》、殷芸《小说》等,都是对人
物言行或奇闻异事的记录。正因为是对街谈巷语的记录,庾元威
《座右方》、佚名《鲁史欹器图》等完全不具备人物与情节的文献也
可以厕身于小说之列。刘昫等人编纂的《旧唐志》以唐开元年间毋
煚修撰的《古今书录》为底本改编而成,代表了盛唐时期的小说观

———————————

① 《唐宋传奇集》,第58—59页。
② 同上,第25页。
③ 同上,第51页。
④ 同上,第71页。

念。所著录的十三家小说，如《鬻子》、《博物志》、《释俗语》、《酒孝经》等，同样是对街谈巷语、道听途说之类内容的记录，《旧唐志》云"九曰小说家，以纪刍辞舆诵"①，便明确了小说家如实记录的特征。刘知幾《史通》将正史之外的文献都视作"偏记小说"，坚持实录的小说观念："大抵偏记小录之书，皆记即日当时之事，求诸国史，最为实录。"②如葛洪《西京杂记》等逸事类"皆前史所遗，后人所记，求诸异说，为益实多"，刘义庆《世说》等琐言类"多载当时辨对，流俗嘲谑，俾夫枢机者藉为舌端，谈话者将为口实"。③唐中晚期以来，记录见闻仍然是小说撰作的基本法则，如李翱《卓异记》自序云"随所闻见，杂载其事"④，李肇《唐国史补》自序云"因见闻而备故实"⑤，佚名《大唐传载》自序云"传其所闻而载之"⑥。不少小说更是直接在书名标榜记录见闻，如《封氏闻见记》、《皮氏见闻录》、《小说旧闻记》、《耳目记》等。

通过调查唐传奇的文体属性与唐人的小说观念，我们认为唐人并非"有意为小说"。依据有三：

其一，今人称为传奇的《莺莺传》之类篇章，唐人视为传记而非小说。终唐一代，唐人并未将"传奇"当作一种文体，与小说文体更没有关系。"传奇"一词与篇籍相关联，一见于元稹《莺莺传》（原名《传奇》），一见于裴铏《传奇》，两者皆为篇籍专名而非文体类名。作为传记，无论如何"叙述婉转，文辞华艳"，其文体属性终究属于史体，撰作方式仍以实录为宗。诚然，唐传奇中不少篇目内容荒诞

---

① （后晋）刘昫等撰《旧唐书》卷四十六"经籍上"，中华书局 1975 年版，第 1963 页。

② （唐）刘知幾撰，（清）浦起龙释《史通通释》卷十"杂述"，上海古籍出版社 1982 年版，第 275 页。

③ 同上，第 275 页。

④ （唐）李翱《卓异记》，中华书局 1985 年版，第 1 页。

⑤ （唐）李肇《唐国史补》，中华书局 1991 年版，第 1 页。

⑥ （唐）佚名《大唐传载》，中华书局 1991 年版，第 1 页。

不经,属无根之谈,但这正是杂传"率尔而作"、"杂以虚诞怪妄之说"的特点。宋代以后,部分涉及"变异之谈"的传奇才被著录在"小说家"类,且与六朝小说同列。胡应麟也只是将"传奇"当作小说的一种题材类型,而不是另一种小说文体。

其二,唐人眼中的小说与《汉志》以来并无不同,仍然是对"街谈巷议,道听途说"的记录,并不存在故意虚构的问题。唐代官、私书目对小说的判定与著录仍然以经史为参照系,且更偏重于史。小说家论及自己的撰作缘由,也大多以补史为己任,如李肇《唐国史补》"序"称"虑史氏或阙则补之意"①,李德裕《次柳氏旧闻》"序"称"以备史官之阙"②,康骈《剧谈录》"序"称"或得史官残事"③。既然要补史,当然得实录。所录容或有虚错,但未必故意虚构。

其三,小说在唐代的目录体系中仍居九流之末,"小道可观"、"致远恐泥"仍然是小说的价值定位。而今人视为小说的唐传奇,在《隋志》与《旧唐志》的"子部·小说家"并无著录,它们要么被归入"史部·杂传记"类,要么收录于"集部·文集"中,如沈亚之《湘中怨解》、《冯燕传》见于《沈下贤文集》,陈鸿《长恨歌传》见于《白氏长庆集》,柳宗元《李赤传》见于《河东先生集》。无论隶属于"史部·杂传记"还是"集部·文集",价值序列都高于"子部·小说家",唐人必不至于"自甘堕落",把杂传记或传体文的撰写视作"有意为小说"。

## 第三节　偏颇的心证:虚构成见下的逻辑推理

以上我们结合胡应麟语的原意及其小说观念、唐传奇的文体

———————————

① 《唐国史补》,第1页。
② (唐)李德裕《次柳氏旧闻》,中华书局1985年版,第1页。
③ (唐)康骈《剧谈录》,古典文学出版社1958年版,第1页。

属性与唐人的小说观念,证明并不存在唐人"始有意为小说"的问题。既然证人、证言与证据都不支持这个观点,为何鲁迅还会产生这样的认知? 显然,根源在于鲁迅本人的心证。鲁迅在考察中国古代小说的发展时预设了一个理论前提,即认定小说是虚构的叙事文学,出自作者的想象。以"想象"与"虚构"作为小说的认证标准,他发现"六朝人小说……好像很排斥虚构……唐代传奇文可就大两样了……作者往往故意显示着这事迹的虚构,以见他想象的才能了"①,于是就形成了基于先验判断的心证:小说是虚构的,唐传奇是小说,所以唐传奇是虚构的;唐人煞有介事地交待故事来源与撰作缘起,所以是故意虚构的;唐人故意虚构故事,所以是"有意为小说"。

　　将小说理解为作者想象与虚构而成的作品,鲁迅便从小说的发生与属性两方面颠覆了传统的小说观念。自《汉志》以迄《四库总目》,历代官修目录都认为小说是对见闻的记录。可在鲁迅看来这种记录无非就是采集,只能说明小说文献的产生,不能说明小说文体的产生。他说:"小说是如何起源的呢? 据《汉书·艺文志》上说:'小说家者流,盖出于稗官。'稗官采集小说的有无,是另一问题;即使真有,也不过是小说书之起源,不是小说之起源。"②在这里,"小说书"指的是形而下的小说文献,如《黄帝说》、《虞初周说》之类;"小说"指的是形而上的小说文体,即作者发挥想象故意虚构而成的叙事文学。鲁迅认为稗官采集小说书,表明小说的发生尚处于自发的状态;只有当作者创造小说时,才说明小说的发生已进入自觉的状态,也即"有意为小说"的阶段。以是否"创造"作为判

---

① 鲁迅《六朝小说和唐代传奇文有怎样的区别?——答文学社问》,《且介亭杂文二集》,人民文学出版社1981年版,第323页。

② 鲁迅《中国小说的历史的变迁》,人民文学出版社1981年版,第302页。

断作者是否"有意为小说"的标志,这种意识几乎贯穿了鲁迅对整部小说史的梳理。他说:"《汉志》乃云出于稗官,然稗官者,职惟采集而非创作,'街谈巷语'自生于民间,固非一谁某之所独造也"①,"其书(刘义庆《幽冥录》)今虽不存,而他书征引甚多,大抵如《搜神》、《列异》之类;然似皆集录前人撰作,非自造也"②,"(沈既济《枕中记》)如是意想,在歆慕功名之唐代,虽诡幻动人,而亦非出于独创"③。既然小说出自作者的想象,不再是出于对见闻的记录,小说的属性自然也变成了虚构,不再以实录为宗。

以"想象"作为小说的生成方式,以"虚构"作为小说的本质属性,鲁迅用这套认证体系检视先秦以迄晚清的小说,最终以唐代为界将中国小说的发展分为前后两期,先唐人"无意为小说",唐人"始有意为小说"。这个观点在后出的《中国小说的历史的变迁》中讲得更加直白:

> 刘向的《列仙传》,在当时并非有意作小说,乃是当作真实事情做的,不过我们以现在的眼光看去,只可作小说观而已。《列仙传》、《神仙传》中片断的神话,到现在还多拿它做儿童读物的材料。④

> 六朝人并非有意作小说,因为他们看鬼事和人事,是一样的,统当作事实;所以《旧唐书·艺文志》,把那种志怪的书,并不放在小说里,而归入历史的传记一类,一直到了宋欧阳修才把它归到小说里。⑤

---

① 《中国小说史略》,第 17 页。
② 同上,第 48 页。
③ 同上,第 73 页。
④ 鲁迅《中国小说的历史的变迁》,第 305 页。
⑤ 《中国小说的历史的变迁》第二讲"六朝时之志怪与志人",第 311 页。

　　　　小说到了唐时，却起了一个大变迁。我前次说过：六朝
　　时之志怪与志人底文章，都很简短，而且当作记事实；及到唐
　　时，则为有意识的作小说，这在小说史上可算是一大进步。①

　综合鲁迅的小说史论，很容易复盘唐人"始有意为小说"论的逻辑
推理：为什么说先唐人"并非有意作小说"，唐人"则为有意识的作
小说"？理由有三：其一，汉魏六朝的志怪虽然叙述神鬼怪异等并
不存在的东西，但当时人们相信鬼神是存在的，"以为幽明虽殊途，
而人鬼乃皆实有"②，所以作者是当作事实记录，不是故意虚构；
《列仙传》至今有人当作儿童读物，《旧唐志》把六朝的志怪书归入
传记便是明证。其二，唐传奇"虽尚不离于搜奇记逸，然叙述宛转，
文辞华艳，与六朝之粗陈梗概者较，演进之迹甚明"③，"其间虽亦
或托讽喻以纾牢愁，谈祸福以寓惩劝，而大归则究在文采与意想，
与昔之传鬼神明因果而外无他意者，甚异其趣矣"④，也就是说唐
人传奇的题材内容虽然跟六朝志怪一样，但文体形态已大为不同，
且著述宗旨也超越了六朝志怪"传鬼神明因果"的实用目的，上升
到讲究"文采与意想"的审美层次。其三，唐传奇的"作者往往故意
显示着这事迹的虚构，以见他想象的才能"，说具体点就是唐传奇
明明在虚构故事，可作者却故意宣称故事出于自己的亲历、亲闻或
他人转述，不但把自己编进小说里，还要拉上一干有名有姓的亲友
作伪证。三条理由，最后一条尤其重要。

　　然而仔细思索，唐人"始有意为小说"论的逻辑推理仍然经不

---

① 《中国小说的历史的变迁》第三讲"唐之传奇文"，第313页。
② 《中国小说史略》第五篇"六朝之鬼神志怪书"（上），第43页。
③ 《中国小说史略》第八篇"唐之传奇文"（上），第70页。
④ 同上，第70页。

起推敲。

其一，说汉魏六朝人把神鬼怪异当作事实记录，并非故意虚构，是因为当时人相信鬼神是存在的，这没问题。问题在于，为什么同类题材到了唐人笔下就成了故意虚构？难道唐人已经不相信鬼神的存在？唐人对佛道的迷恋虽不及六朝狂热，但远不至于到无神论的地步。王度撰《古镜记》、唐临撰《冥报记》、李公佐撰《南柯太守传》等，同样是在"张皇鬼神，称道灵异"，以发明神道之不诬，与六朝志怪书没有区别。《旧唐志》不把六朝的志怪书当作小说，而是当作传记，这是事实；可唐人也没把自己撰写的传奇当作小说，同样是当作传记。既然都以唐人的认知为依据，为什么说六朝人"并非有意作小说"，而唐人"则为有意识的作小说"？

其二，说六朝志怪"粗陈梗概"，"传鬼神明因果外无他意"；说唐人传奇"叙述婉转，文辞华艳"，"大归则究在文辞与意想"，如是区分两种小说文体，这没问题。但因此将唐人传奇视为六朝志怪进化而成的结果，并衍生出从"无意"到"有意"的"大变迁"，就很有问题。二十一世纪以来，学界已有不少成果证明唐人传奇源自汉魏六朝的人物杂传而非志怪小说。[1] 六朝志怪"粗陈梗概"，唐人传奇"叙述婉转"，这是受文体自身规范约束形成的本质特征——六朝志怪属笔记体，唐人传奇属传记体——体例不同，写法自然不同，并不存在由低级到高级的"演进之迹"，更不是因六朝人"无意作小说"而唐人"有意作小说"造成的结果。退一步讲，即便承认"传奇者流，源盖出于志怪"[2]，我们也无法根据文字的详略与篇幅

---

[1]  详见王运熙《简论唐传奇和汉魏六朝杂传的关系》，《中西学术》第 2 辑，复旦大学出版社 1996 年版；孙逊、潘建国《唐传奇文体考辨》，《文学遗产》1999 年第 6 期；陈文新《传、记辞章化：从中国叙事传统看唐人传奇的文体特征》《武汉大学学报》（人文社科版）2005 年第 2 期）等论述。

[2]  《中国小说史略》第八篇"唐之传奇文"（上），第 70 页。

的长短判断谁"无意作小说"，谁"有意作小说"。① 《聊斋志异》"叙述婉转"，相比之下《阅微草堂笔记》"粗陈梗概"，我们能说蒲松龄是"有意作小说"而纪昀是"无意作小说"吗？《聊斋志异》一书兼笔记与传奇二体，其中笔记体"粗陈梗概"，传奇体"叙述婉转"，那么蒲松龄究竟是"无意作小说"还是"有意作小说"？

其三，说唐传奇作者故意虚构故事以炫耀自己想象的才能，显然是受赵彦卫"温卷"说影响，以为作者"歆慕功名"，将传奇当作晋身的敲门砖。姑且不说大多数作者在撰写传奇时已功成名就，如沈既济、白行简等人进士及第，张说、房千里等人更是身居高位，没有必要再以传奇做晋身之阶。即便真如赵彦卫所言据此可见作者的"史才"，作者也不可能故意虚构故事。"史才"指叙事的能力，而史官叙事以实录为工，在"修国史"与"进士擢第"、"娶五姓女"同等重要的唐代，作者怎么敢故意虚构故事来表现自己的"史才"？何况不少作者本身就是史官，如王度、顾况等人是著作郎，沈既济、李吉甫等人担任过史馆修撰或国史监修。事实上，将近70％的唐传奇明确交待了故事来源与撰作缘起，作者反复强调友朋聚会"征异话奇"，他为之"传""记"而已。我们为何就不能相信唐人的确是在记录事件，而要一口咬定他们是集体说谎呢？

## 第四节 尴尬的判决：唐人"始有意为小说"论的困境与困惑

唐人"始有意为小说"论的出现，改变了中国小说史的书写格

---

① 鲁迅认为房千里《杨娼传》"记叙简率，殊不似作意为传奇"，便是据叙事之详略来判断是否有意作小说。见《唐宋传奇集》"稗边小缀"，第113页。

局。二十世纪三十年代以前,小说史家延续传统的小说实录观,以史志目录对小说的定义与著录为依据,坚持笔记体小说的正统地位,视唐传奇为史家之支流或笔记之变体;对小说史的描述或从先秦开始(着眼于小说文本),或从汉代发端(着眼于小说观念)。三十年代以后,唐人"始有意为小说"论的影响开始发酵,小说史家强化了小说虚构论,以作家是否故意虚构作为确认小说文本的标准;唐传奇成了小说文体独立的标志,小说史从唐代写起,唐前是"小说前史"。

先看二十世纪早期的小说史论。天僇生《中国历代小说史论》认为"自黄帝藏书小酉之山,是为小说之起点";小说分记事体与杂记体,唐传奇属记事体,"为史家之支流",源出《穆天子传》等书。① 盐谷温《中国小说概论》从汉魏六朝小说谈起,认为小说"是一种闾里的细言,一种民间的闲话",唐人传奇"其实也不过是文人的余业,所谓茶余酒后的谈助"。② 张静庐《中国小说史大纲》认为小说创始时期在周,发达时期在唐,但唐朝小说"仍以谈鬼说怪之文字占最多数",作者"创作仍不能尽发挥其个人性"③;周剑云在该书《序》中认为小说"创始于汉魏六朝",唐代的《虬髯客传》等"都是笔记体裁,没有什么整部大著"④。徐敬修《说部常识》认为自先秦至宋初,中国小说都为记载体,"无论为异闻、为杂事、为琐语、为别传,皆用此种体例",而他所说"别传",就是指唐传奇。⑤ 范烟桥《中国小说史》认为自《汉志》将小说从诸子中"提挈而出之,从此小说乃告独立",而"唐人所谓传奇者,传述瑰奇之谓也……盖仍是杂

---

① 天僇生《中国历代小说史论》,《月月小说》第一年第十一号(1907年)。
② 〔日〕盐谷温著,君左译《中国小说概论》,1920年《小说月报》号外,第6页。
③ 张静庐《中国小说史大纲》,泰东图书局1920年版,第9—17页。
④ 周剑云《序》,张静庐著《中国小说史大纲》,泰东图书局1920年版。
⑤ 徐敬修《说部常识》,上海大东书局1925年版,第8页。

记小说，惟实质上较为新奇耳。"①穆济波《中国文学史》认为中国小说"肇于春秋，盛于战国，渐备于秦汉之间"，自《汉志》"列诸子凡十家而小说备其一，名于是乎始"。② 显然，上述小说史论都遵循《汉志》以来的小说实录观念，以笔记体为正统，唐传奇无论记人还是记事，本质上仍然属于记载体裁。同时，标志着小说文体发生转变的也不是唐传奇，而是宋元以来的白话小说，比如盐谷温认为"真的中国小说，实起于元朝以后，唐代的所谓传奇小说，是止于一篇的逸事奇谈之类"③，徐敬修认为"及乎宋元之时，始有章回长篇小说产生，吾国小说界之局面，为之一变"④。

再看二十世纪三十年代以来的小说史论。刘麟生《中国文学史》认为中国的短篇小说"到了唐时，方才告成。因为这时候的小说，渐渐有结构，有章法。换言之，就是有好的布局"⑤。胡怀琛《中国小说概论》认为"在唐以前，'小说'不曾成为一种体裁……自从唐人的'传奇'产生了，乃自己成为一种体裁了"。⑥ 蒋祖怡《小说纂要》认为"中国小说形态之完成，始于唐人的传奇。胡应麟所谓：'至唐人乃作意好奇，假小说以寄笔端。'鲁迅亦云：'小说亦如诗，至唐代而一变……而尤显者乃在是时始有意为小说'"⑦。刘开荣《唐代小说研究》认为"唐人小说虽大都尚不能脱搜奇记逸，然而叙述婉转，文辞华艳，与六朝时之粗陈梗概，两相比较，则迥然有别了。所以唐人以前的小说，只能说是中国小说的滥觞，若说真正

---

① 范烟桥《中国小说史》，苏州秋叶社 1927 年出版，第 14、46 页。

② 穆济波《中国文学史》（上），乐群书店 1930 年版，第 83 页。

③ 《中国小说概论》，第 18—19 页。

④ 《说部常识》，第 4 页。

⑤ 刘麟生《中国文学史》，世界书局 1933 年版，第 229 页。

⑥ 胡怀琛《中国小说概论》，世界书局 1944 年版，第 53 页。

⑦ 蒋祖怡《小说纂要》，正中书局 1948 年版，第 47 页。

的中国小说史,还要从唐代开始"①。北京大学中文系 1955 级集体编撰的《中国小说史》,将唐人"始有意为小说"论带进了二十世纪下半叶的小说史书写:"到了唐代……古小说也进入成熟阶段,成为独立的文学形式——传奇。作家意识到这是一种艺术创作,摆脱了对事实的拘泥,开始了大胆的想象和虚构。"②石昌渝先生认为"唐前的志怪志人小说,只是小说的孕育形态,唐代传奇小说是小说文体的发端"③。吴志达先生称唐前的小说为"前小说","它们的作者无意作小说";唐传奇的出现标志着小说发展史上的一次飞跃,作者"已经自觉地、有意识地进行小说创作"④。董乃斌先生认为唐传奇标志着中国古典小说的文体独立,因为唐传奇"突破了史述的记叙唯真准则,而进入自觉虚构,力求达到可以乱真的'第二自然'"⑤。侯忠义先生认为唐传奇是小说发展质的飞跃,"作家自觉地、有意识地进行小说创作。小说不再是'记实',而是要'虚构'了"⑥。向楷先生认为唐传奇的作者不仅"有意为小说,而且开始有意识地将人情世态写进小说之中"⑦。基于同样的理由,陈洪先生认为"中国小说史的正文当由唐代传奇写起"⑧。何满子先生认为"唐代以前的各种叙事体文学只是自在的而非自为的小说雏形,唐传奇出现前的历史只是'小说前史'"⑨。显而易见,自唐人"始有意为小说"论出,小说内涵的广度与小说史的长度均被压缩,

① 刘开荣《唐代小说研究》,商务印书馆 1947 年版,第 2 页。
② 北京大学中文系 1955 级编《中国小说史稿》,人民文学出版社 1960 年版,第 73 页。
③ 石昌渝《中国小说源流论》,生活·读书·新知三联书店,1994 年版,第 12 页。
④ 吴志达《中国文言小说史》,齐鲁书社 1994 年版,第 10—12 页。
⑤ 董乃斌《中国古典小说的文体独立》,中国社会科学出版社 1994 年版,第 5 页。
⑥ 侯忠义《隋唐五代小说史》,浙江古籍出版社 1997 年版,第 1 页。
⑦ 向楷《世情小说史》,浙江古籍出版社 1998 年版,第 4 页。
⑧ 陈洪《中国小说理论史》(修订本),天津教育出版社 2005 年版,第 20 页。
⑨ 何满子《唐五代文化的一项基础工程——李时人〈全唐五代小说〉》,《中华读书报》2000 年 4 月 19 日。

人们以唐传奇作为小说文体独立的标志，小说被视为虚构的叙事文学，且具备人物、情节与环境三要素。

建基于小说虚构论的唐人"始有意为小说"论，本质上是"以西例律我国小说"的结果。学理依据既不具备完全的正当性，逻辑推理的过程也不太经得起推敲。以之作为认证标准来确认小说本体，往往会得出令人匪夷所思的结论，比较常见的是将笔记体小说逐出小说行列，如陈均提出"笔记及《聊斋》之类，不得目为小说，以其篇幅既短，结构、人物、环境等多不完善，仅供读者以事实而已"[1]，胡云翼提出《阅微草堂笔记》等"皆属志怪，但体例已不似小说"[2]。以之作为理论基石建构小说发展史，同样会陷入左支右绌的困境，如胡怀琛一面承认唐传奇为独立的小说体裁，一面又断言"中国在'五四运动'以前没有小说"[3]；蒋祖怡一面认为中国小说文体形态的完成始于唐人传奇，一面又认为"直到明清之际，小说方才独立"[4]。当代小说史家也常常面临顾此失彼的尴尬——既不能无视中国小说发展的实际，又无法摆脱西方小说观念的桎梏——于是尽管论述时煞费苦心，结论处却往往难以妥帖周延。如石昌渝先生认为"文言小说发端于唐代，包括传奇小说和笔记小说，而以传奇小说为主体"[5]。既然笔记小说也发端于唐代，那么六朝的《搜神记》《世说新语》之类算不算小说？鲁迅虽说六朝人"并非有意作小说"，但好歹承认它们是小说。董乃斌先生声称研究中国古典小说文体的独立，"当然必须从中国古代小说创作和理论的实际情况出发"，但在分析种种历史现象时，又"只能是以今人

---

①　陈均《小说通义·总论》，《文哲学报》1923 年第三期。
②　胡云翼《新著中国文学史》，上海北新书局 1947 年版，第 296 页。
③　《中国小说概论》，第 1 页。
④　《小说纂要》，第 52 页。
⑤　《中国小说源流论》，第 12 页。

的观念去观照和审视历史上的文学现象"。这样一来,虽然作者
"时时想到划清这种界限和反思自己有没有'以今例古'的问题",
可具体论述时不仅是"以今例古",而且是"以西律中"①。李剑国
先生声称"不能以今人的小说观念作为衡量古代小说的尺度",可
又要求小说"具有一定的故事性,具有一定程度的形象性,要表现
出故事的相对完整性和一定的虚构性"②。然而所谓"故事性"、
"形象性"、"完整性"与"虚构性",正是"今人的小说观念"下的尺
度。为了迎合唐人"始有意为小说"论,小说史家甚至生造了不少
概念,如将唐前的志人志怪小说称为"小说的孕育形态"或"前小
说",唐前的小说史为"小说前史"。可只要承认《搜神记》、《世说新
语》等为小说经典,我们就很难回答以下追问:人类文明史上何曾
有过如此成熟的"孕育形态"? 何曾有过如此漫长的"小说前史"?
又何曾有过哪部"前小说"如《世说新语》般在后世形成"世说体"?
毋庸置疑,当代小说史家对唐人"始有意为小说"论作了明显过度
的解读,鲁迅自己也只是将唐代作为小说家"有意作小说"与"无意
作小说"的分水岭,并没有否认唐前的小说为小说,更没有从唐代
腰斩中国小说史。这一点,杨义先生的认识独具慧眼,他说:"所谓
唐人'始有意为小说',主要是指这种文体构成形态融合的自觉程
度和成功程度。因为鲁迅在做这个判断的开头,说了一句话:'小
说亦如诗,至唐代而一变。'他讲的只是'变',并不否定唐前有相对
独立的小说发展史,正如并不否定唐前有相对独立的诗歌发展史
一样。"③

---

① 《中国古典小说的文体独立》,第 6—7 页。
② 李剑国《唐前志怪小说史》(修订本)"志怪叙略",天津教育出版社 2005 年版,第
3 页。
③ 杨义《中国古典小说史论》,中国社会科学出版社 1995 年版,第 20 页。

# 结　语

自十九世纪下半叶西方小说与小说理论传入中国，至二十世纪前期，小说虚构论取代传统的小说实录观，形成了现代小说观念。时人认为"小说每多凭空杜撰"①，"小说之为物，不出幻想；若记事实，即是别裁"②。以想象与虚构为尺度，时人发现唐传奇才是"真小说"。光绪十八年（1892），韩邦庆提出"小说始自唐代，初名传奇"③。1914年，吕思勉提出"理想小说始于唐，自唐以前，无纯结撰事实为小说者"，并强调理想小说（即虚构小说）才是小说的"正格"。④ 1915年，吴虞提出"吾国后来小说，多宗袭唐人"⑤，同样肯定了唐传奇的始祖地位。至二十世纪三十年代，小说始自唐代，由作者虚构而成的观念成为主流，认为"中国的小说到唐朝才有组织完美，富有文学兴味的短篇小说——'传奇'"⑥。从这个意义上讲，唐人"始有意为小说"不只是鲁迅个人的看法，它代表了晚清民初萌生的一种小说史观。鲁迅于二十世纪初接受审美无功利的纯文学观，认为文学"与个人暨邦国之存，无所系属，实利离尽，究理弗存"⑦，这与传统标榜"虽小道，必有可观者焉"的实用主义小说观格格不入。以之观照传统小说，自然会摒弃"补史之阙"的笔记

---

① 我佛山人《〈剖心记〉凡例》，《竞立社小说月报》第二期，1907年。
② 铁樵《〈作者七人〉序》，《小说月报》1915年第6卷第7号。
③ 韩邦庆《太仙漫稿》"例言"，光绪十八年（1892）五月十五日《海上奇书》第八期。
④ 成之《小说丛话》，《中华小说界》1914年第3期。
⑤ 吴虞《〈松岗小史〉序》，成都昌福公司1915年版。
⑥ 贺凯《中国文学史纲要》，新兴文化研究会1933年版，第161页。
⑦ 1907年，鲁迅创作《摩罗诗力说》，提出"由纯文学上言之，则以一切美术之本质，皆在使观听之人，为之兴感怡悦"。初发表于《河南》1908年第2—3号，后收入《坟》，人民文学出版社1998年版，第202—203页。

体而推崇讲究"文采与意想"的唐传奇。除了作为现代学者,鲁迅的另一个身份——作为现代小说家,也是影响他用现代小说观念检视传统小说的重要因素,甚至可能是关键因素。① 鲁迅自己就秉持想象虚构的理念创作小说,如小说人物"杂取种种人,合成一个"②,"往往嘴在浙江,脸在北京,衣服在山西,是一个拼凑起来的脚色"③。《中国小说史略》(1920—1924)与《中国小说的历史的变迁》(1924)等小说史论著产生的年代,正是鲁迅创作中国文学史上"第一篇现代小说"《狂人日记》(1918)的时代,也是鲁迅出版"在中国底小说史上为了它就得'划分时代'的小说集"《呐喊》(1923)的时代④。鲁迅以现代小说家的眼光审视他古代的同行们,从小说的属性、小说的发生、小说文本的确认到小说文体的演变等无一不带有现代的印记。⑤ 这套由现代小说观念组成的评价体系源自西方,因此唐人"始有意为小说"的结论,实际上是"以西例律我国小说"的结果;唐人"始有意为小说"一语中的"小说",也并非唐人笔下的"小说",而是鲁迅心中的"小说"。作为以今律古的典型案例,唐人"始有意为小说"论改变了小说史的书写格局,中国小说史的书写成了论证西方小说观念在中国合法化的过程,符合西方观念的小说被视为有利证据得以保留,不符合西方观念的小说便被排

---

① 关诗珮《唐"始有意为小说"——从鲁迅的〈中国小说史略〉看现代小说(fiction)观念》(《鲁迅研究月刊》2007 年第 4 期)对此所论甚详,可参。

② 鲁迅《出关的"关"》,《且介亭杂文末编》,人民文学出版社 1981 年版,第 519 页。

③ 鲁迅《我怎么做起小说来?》,《南腔北调集》,人民文学出版社 1981 年版,第 513 页。

④ 1923 年 8 月鲁迅的第一部小说集《呐喊》由北大新潮社出版。8 月 31 日,上海《民国日报》副刊刊载《小说集〈呐喊〉》的出版消息,称《呐喊》是"在中国底小说史上为了它就得'划分时代'的小说集"。

⑤ 鲁迅批评纪昀不懂"创作"便是一例。纪昀质疑《聊斋志异》叙事"随意装点",鲁迅批评纪昀说:"如果他先意识到这一切是创作,即是他个人的造作,便自然没有一切挂碍了。"(鲁迅《三闲集·怎么写》,人民文学出版社 1981 年版,第 23 页。)在叙事以实录为宗的古代,纪昀不可能意识到小说是"创作"出来的,他的《阅微草堂笔记》都是记录旧闻而成。

除在小说史之外。此外，它以消解传统小说的本土特色为代价，表面上为中国小说的发展理出了一条清晰的脉络，但事实上使后世的小说研究陷入了更加迷茫的境地：孰是小说？谁的小说？

# 第九章　近代语言革新与
## 小说语体的变革

在中国小说文体演变的历史进程中,曾出现两次重大的语体变革。一次是宋代白话语体异军突起,产生了话本小说,至明代章回小说发展臻于鼎盛,形成与文言语体平分秋色的局面,文言系的笔记体、传奇体与白话系的话本体、章回体呈现双峰并峙、四水分流的状态。另一次是近代白话语体强势突围,在吸收欧美、日本等外来语体的养分之后渐趋规范与平稳,最终挤压了文言语体的生存空间而一家独大,并迫使文言小说退出历史舞台。关于宋代小说语体的变革,前贤已有论述。[①] 本章拟对近代小说语体的变革略陈浅见。

## 第一节　语言革新运动与文白消长

近代小说语体的变革并非单纯的语言问题或文学问题,而是政治革新背景下语言革新的结果。它发端于晚清的言文合一运动,终结于民初的国语统一运动,在白话语体臻于完善并确立唯我独尊的地位之后,与文学革命的浪潮合流,最终完成小说语体的变

---

① 　详见孟昭连《宋代文白消长与小说语体之变》,《中国社会科学》2011 年第 3 期。

革。近代语言革新运动既是小说语体变革发生的外部语境，又是小说语体变革形成的内在推力，庶几成为小说语体变革的重要内容。

中国言文分离始于汉代，先秦或不存在言文合一的问题。扬雄云"言心声也，书心画也"①，孔颖达云"言者意之声，书者言之记"②，古人因言语难以传远垂后，故立文字以代之。出于唇吻谓之言，著于竹帛谓之文，是以文根于言而言外无文。至汉代，文士作文辞尚淫丽，语必典雅，语言与文字开始分离。《论衡》因"欲悟俗人，故形露其指"而见诋于时人，王充回应云："夫文，由语也，或浅露分别，或深迂优雅，孰为辩者？故口言以明志，言恐灭遗，故著之文字。文字与言同趋，何为犹当隐闭指意？"③时人对王充的指责说明东汉已出现"言文分离"的现象，且以文言为重；而王充的辩解"文由语也"、"文字与语同趋"，则表明了王充"言文合一"的主张。自两汉以迄清前中期，言文分离遂成常态。降至晚清，甲午海战与戊戌变法相继失败，维新人士谋求变革的眼光便从军事、政治等领域转向思想、文学等领域，试图借助文学之力以改造国民思想。作为思想、文学的载体，言文分离便成一大阻碍，有人即以为"中国文字衍形不衍声，故言文分离，此俗语文体进步之一障碍，而即社会进步之一障碍也"④，于是开启了言文合一运动的序幕。

同治年间，黄遵宪提出以俗语入诗："我手写我口，古岂能拘牵？即今流俗语，我若登简编。"⑤黄遵宪所言"我手写我口"，其理论内核即言文合一，手写者文也，口说者言也。光绪三年(1877)至

---

① （汉）扬雄《法言·问神篇》，中华书局1985年版，第14页。
② （汉）孔颖达《尚书序疏》，《尚书正义》，《四部丛刊》本，上海书店出版社1935年版。
③ （汉）王充著，陈蒲青点校《论衡·自纪》，岳麓书社2006年版，第376页。
④ 狄葆贤《论文学上小说之位置》，《新小说》1903年第7号。
⑤ 黄遵宪《杂感》，陈铮编《黄遵宪全集》(上册)，中华书局2005年版，第75页。

八年(1882),黄遵宪在担任驻日参赞期间目睹日本明治维新后的巨变,开始编撰《日本国志》并构想中国的维新变革。黄遵宪根据中日语言文字的对比,明确提出要改变中国长期以来言文分离的现状,实现言文合一:

> 汉字多有一字而兼数音者,则审音也难;有一音而具数字者,则择字也难;有一字而具数十撇画者,则识字也又难。自草书平假名行世,音不过四十七字,点画又简,极易习识,而其用遂广……盖语言与文字离,则通文者少;语言与文字合,则通文者多,其势然也。然则日本之假名,有裨于东方文教者多矣,庸可废乎? 泰西论者,谓五部洲中以中国文字为最古,学中国文字为最难,亦谓语言文字之不相合也。[①]

梁启超与黄遵宪过从甚密。光绪二十一年(1895),黄遵宪创办《时务报》,邀请梁启超担任主笔;光绪二十三年(1897),黄遵宪代理湖南按察使,又邀请梁启超担任时务学堂总教习。同为维新运动的主将,梁启超在晚清言文合一运动中的立场与黄遵宪完全一致,或许即受黄遵宪影响。梁启超提出:"古人文字与语言合,今人文字与语言离,其利病既缕言之矣……今宜专用俚语,广著群书。上之可以借阐圣教,下之可以杂述史事,近之可以激发国耻,远之可以旁及夷情,乃至宦途丑态、试场恶趣、鸦片顽癖、缠足虐刑、皆可穷极异形,振厉末俗。其为补益,岂可量耶!"[②]

言文合一落到实处便是以言代文,于是倡导白话、废除文言就

---

① 黄遵宪《日本国志·学术志》,陈铮编《黄遵宪全集》(下册),中华书局 2005 年版,第1419—1420 页。

② 梁启超《变法通议·论幼学》,《时务报》1897 年 2 月第 18 册第 221 页。

成了这场语言革新运动的主要目标。在理论上清算文言之恶并揄
扬白话之美,在实践上创办白话报刊并创作白话文学,则是语言革
新的具体措施。维新派志士中,较早从理论与实践两方面践行言
文合一主张的要数裘廷梁。这位清末举人极力鼓吹白话,光绪二
十四年(1898)五月创办《无锡白话报》(从第 5、第 6 期合刊始改名
为《中国官音白话报》),之前曾进行过白话实验,"令再从侄女梅倡
以白话演格致启蒙,又令族孙剑岑以白话演地球养民关系,观者称
善"①,之后又与裘梅倡创办中国第一个白话学会。在《论白话为
维新之本》一文中,裘廷梁首先从反面历数文言之害,认为"中国有
文字而不得为智国,民识字而不得为智民,何哉? 文言之为害",且
"愈工于文言者,其受困愈甚"。接着从正面肯定白话之利,认为白
话有"省日力"、"便贫民"等八益,"农书、商书、工艺书,用白话辑
译,乡僻童子各就其业,受读一二年,终身受用"。最后从"中国古
时"、"泰西"、"日本"三方面举例说明"用白话之效",得出结论云:
"文言兴而后实学废,白话行而后实学兴。实学不兴,是谓无
民"。② 裘廷梁这篇雄文气势磅礴,极富感染力,其在白话文运动
中的价值,实与小说界革命中梁启超《论小说与群治之关系》一文
相当,堪称双璧。在晚清白话文的崛起过程中,白话报刊居功至
伟。自 1876 年 3 月 30 日申报馆创办第一份白话报刊《民报》以
来,数年间涌现了大批白话报刊,如 1897 年的《演义白话报》,1898
年的《无锡白话报》,1901 年的《杭州白话报》,1903 年的《智群白话
报》,1904 年的《宁波白话报》、《中国白话报》、《新白话报》等。据
统计,1911 年以前标明"白话"或"俗话"的报刊有 41 种,连同无白
话之名但有白话之实的报刊一共 140 余种,仅上海一地印行的白

---

① 裘廷梁《无锡白话报序》,《时报》1898 年第 61 期。
② 裘廷梁《论白话为维新之本》,《中国官音白话报》1898 年第 20 期。

话报刊就有 27 种。① 创办白话报刊的目的是为了开启民智,裘廷
梁便认为"欲民智大启,必自广兴学校始;不得已而求其次,必自阅
报始;安能人人而阅之? 必自白话报始"②。这与梁启超对小说功
能的认定不谋而合,梁氏认为小说具有支配人道的"熏"、"浸"、
"刺"、"提"四种力,正是开启民智的具体表现。③ 而在小说中,尤
以白话体为佳,梁氏认为"小说者,决非以古语之文体而能工者
也"④。于是白话报刊与白话小说联姻,"通文字于语言,与小说和
而为一,使人之喜看者亦如泰西之盛,可以变中国人之性质,改中
国人之风气,由是以津逮于文言各报,盖无难矣"⑤。白话报刊为
白话小说的翻译与创作提供了广阔的空间,培育并刺激了白话小
说的发展,客观上促进了小说语体的变革。

　　发端于晚清的言文合一运动,至民初已演变为白话文运动,并
成为文学革命的重要组成部分。胡适、陈独秀等人以较为激进的
方式倡导白话废除文言,加速了文白之间的消长。1917 年,胡适
发表《文学改良刍议》,断言白话文学"为中国文学之正宗","为将
来文学之利器",主张采用俗语俗字,"与其用三千年前之死字,不
如用二十世纪之活字"⑥。为声援胡适的文学主张,陈独秀于 1917
年发表《文学革命论》,主张"推倒雕琢的阿谀的贵族文学,建设平
易的抒情的国民文学","推倒陈腐的铺张的古典文学,建设新鲜的
立诚的写实文学","推倒迂晦的艰涩的山林文学,建设明了的通俗
的社会文学"。此说从文学的思想情感与价值内涵等角度立意,可

---

① 　参熊月之主编《上海通史》第 6 卷,上海人民出版社 1999 年版,第 496 页。
② 　裘廷梁《无锡白话报序》,《时务报》1898 年第 61 期。
③ 　梁启超《论小说与群治之关系》,《新小说》1902 年第 1 号。
④ 　梁启超《小说丛话》,《新小说》1903 年第 7 期。
⑤ 　"《杭州白话报》书后",1901 年 7 月 18 日《中外日报》。
⑥ 　胡适《文学改良刍议》,《新青年》1917 年第 2 卷第 5 期。

立论基础仍在语言,只有白话才有可能促成他的文学革命,陈独秀自己也赞同"《国风》多里巷猥辞,《楚辞》盛用土语方物,非不斐然可观"①。1918 年,胡适又发表《建设的文学革命论》,断言"自从《三百篇》到于今,中国的文学凡是有一些价值,有一些儿生命的,都是白话的,或是近于白话的。其余的都是没有生气的古董,都是博物院中的陈列品",主张借助白话这个工具,通过"多读模范的白话文学"与"用白话作各种文学",实现"国语的文学"与"文学的国语"。② 除了理论上倡导白话,胡适与陈独秀在实践上也身体力行。1906 年至 1917 年间,胡适先后用白话翻译了《暴堪海舰之沉没》③、《生死之交》④、《二渔夫》⑤、《梅吕哀》⑥、《决斗》⑦等外国小说,自创小说《东洋车夫》⑧《真如岛》⑨、《苦学生》⑩等也均以白话写成。此外,胡适还大量创作白话诗歌,甚至用白话填词。仅 1917 年,胡适就在《留美学生周报》、《新青年》、《通俗周报》等报刊发表白话诗词上百首。光绪三十年(1904)二月,陈独秀创办《安徽俗话报》,初衷便是"要把各项浅近的学问,用通行的俗话演出来,好教我们安徽人无钱多读书的,看了这俗话报,也可以长点见识"⑪。这其实就是维新人士利用白话以开启民智的形象说法。《安徽俗话报》的各种栏目,如论说、新闻、历史、地理、教育、实业、小说、诗

---

① 陈独秀《文学革命论》,《新青年》1917 年第 2 卷第 6 期。
② 胡适《建设的文学革命论:国语的文学——文学的国语》,《新青年》1918 年第 4 卷第 4 期。
③ 《竞业旬报》1906 年第 5 期。
④ 《竞业旬报》1908 年第 12 期。
⑤ 《新青年》1917 年第 3 卷第 1 期。
⑥ 《新青年》1917 年第 3 卷第 2 期。
⑦ 《留美学生季报》1917 年第 4 卷第 3 期。
⑧ 《竞业旬报》1908 年第 27 期。
⑨ 《竞业旬报》1906 年第 3 期—1908 年第 37 期。
⑩ 《竞业旬报》1908 年第 33 期。
⑪ 三爱(陈独秀)《开办安徽俗话报的缘故》,《安徽俗话报》1904 年第 1 期。

词、闲谈等全用白话。除了办白话报纸,陈独秀还创作了章回体小说《黑天国》[①]等白话作品。

自黄遵宪、梁启超诸辈提出言文合一的口号,至胡适、陈独秀等人发起白话文运动,白话对文言已成压倒之势。然而在倡导白话废除文言的主流话语背后,仍然存在部分不合流的杂音。不少人对言文合一的学理性表示怀疑,尤其对以言代文的可行性表示担忧。姑举数例:

> 欲谋今日之言文合一,则有二难。言文合一,必用白话。白话繁而文话简,文话一字可达者,白话必须数字,而意义犹觉不完。去简就繁,一难也。既用白话,必多别字。而方言各异,南北迥殊。如南人所作之小说,北人读之,则莫名其妙,去同就异,二难也。二难不去,安在其教育普及耶?[②]

> 吾国幅员寥廓,方言庞杂,以言代文,将以何者为标准乎?……吾悲楚人齐语,其难且甚于文言。若各以其地之方言为标准,则是破坏统一之文字而从纷庞之语言也。故国语未统一,则言文合一决不能见诸实行也。……以之为科学之说明、日用之文字则可,以之为优美之文章则不可也。[③]

上述担忧并非杞人忧天,自有其道理。白话固然比文言通俗,但不见得比文言准确,更不见得比文言优美。相反,因方言的存在,白话在表情达意方面甚至比文言要困窘得多,往往“甲地之谦辞,而

---

① 《安徽俗话报》1904 年第 11 期至 15 期。
② 《论言文合一与普及教育之关系》,《直隶教育杂志》1906 年第 9 期。
③ 周时敏《论言文合一》,《教育周报(杭州)》1917 年第 185 期。

乙地以为傲语；丙地之方言，而丁地以为忌讳"①，"姑苏白话小说，燕人观之，难知有过《殷盘》；燕都通俗文章，滇人诵之，费解十倍《周诰》"②。因应"将以何者为标准"的问题，便产生了"官话"与"国语"概念，催生了国语统一运动。

　　较早直面方言并进而提出使用官话的是西方传教士。道光十二年（1832），英国传教士麦都思出版了《福建方言词典》。道光十四年（1834）年，德国传教士郭实腊用闽南语创作了小说《赎罪之道传》。咸丰三年（1853），美国传教士打马字和玛高温用厦门土白翻译了《天路历程》。同治十年（1871），福州福音堂译印英国传教士米怜所著《甲乙二友论述》（即《张远两友相论》），书首序云"撮其大意，译为榕腔，俾野叟村童，易于诵读"，"榕腔"即福州方言。同年，《中国教会报》刊载招聘广告"请教官话先生启"，称"有西国人欲请一教官话先生"。③ 同治十一年（1872），《中国教会报》又刊载售书广告"《圣经》译官话本告成"，称"《圣经》译官话本经英美两国丁、艾、包、施、布五牧师会译，《旧约》已译成数卷，《新约》已全译成"。④ 以官话翻译圣经，受众范围显然要比"译为榕腔"大得多。所谓官话，即一定范围内通行较广的语言。王照《官话合声字母·新增例言》如是说："语言必归划一，宜取京话。因北至黑龙江，西逾太行宛洛，南距扬子江，东传于海，纵横数千里，百余兆人皆解京话。外此诸省之语，则各不相通，是京话推广最便，故曰官话。官者公也，公用之话，自宜择其占幅员人数多者。"⑤也有人用别的称

---

① 吴兴让《统一言文议》，《教育公报》1916 年第 3 卷第 9 期。
② 张煊言《文合一平议》，《国故》1919 年第 1 期。
③ 《中国教会新报》1871 年第 132 期。
④ 《中国教会新报》1872 年第 195 期。
⑤ 芦中穷士（王照）《重刊官话合声字母序例及关系论说》，北京裱褙胡同"官话字母义塾"1903 年重印本。

谓代替"官话"一词,如黎锦熙代之以"大众语",称"一国全民族大多数的人同时彼此能听得懂说得出的语言,就叫'大众语'"①;郭绍虞称之为"普通话",指与方言相对的雅言。② 所谓国语,即在全国范围内通行的官话,为一国语言的代表。

要推行官话和国语教育,就得有物质基础与制度保障。光绪二十六年(1900),王照编成《官话合声字母》。字母完全模仿日本的片假名(此即黄遵宪心仪已久的日本实现言文合一的利器),采取汉字中的一部分作为字母,如现今注音字母的"夂",他作"扌",便是采取"扑"字的偏旁。凡声母五十,叫"字母";韵母十二,叫"喉音",合计六十二字母。③ 光绪二十九年(1903),张百熙等人奏定学堂章程,要求"各学堂皆学官音",主张从制度层面保障官话教育的实行:"兹以官音统一天下之语言,故自师范以及高等小学堂,均于国文一科内,附入'官语'一门,其练习官话,各学堂皆应用。"④光绪三十二年(1906),学部拟将《四子全书》改编为官话体,并作为教科书颁行各省。⑤ 仅有官话教材还不够,还得有教学官话的场所,于是官话学会、官话学堂及官话学科应运而生:"今若使各省通行官话,大而府厅州县,小而镇市村庄,立为定章,无任假借,或组织官话学会,或创兴官话学堂,或即在于已设置学堂中增设官话一门为科学。"⑥宣统二年(1910),学部颁文要求"各省学司所有省城

---

① 黎锦熙《大众语和方言是否矛盾?》,《社会月报》1934 年第 1 卷第 4 期。

② 郭绍虞《谈方言文学》,《观察》1948 年第 5 卷第 5 期。

③ 编撰拼音方案是晚清推广官话的主要措施。除王照《官话合声字母》外,晚清尚有卢赣章《切音新字》等七部拼音方案。

④ 《学务纲要》(续第七册),《四川官报》1904 年第 8 期。

⑤ "学务摘要:学部拟编《四子全书》为官话体":"闻近日学部堂官拟饬司员,《四子全书》编为官话体,插入图画,俟将来全书告成,当即颁发各省蒙小学堂,藉作教科书云。"《寰球中国学生报》1906 年第 1 卷第 2 期。

⑥ 董韵笙《论中国各省宜通行官话以收整齐画一之效》,《大同报》1907 年第 7 卷第7 期。

初级师范学堂及中小学堂兼习官话"，并规定"各学堂应于正课时间之外，添课官话时限，每星期二小时至三小时"，"官话教员每堂各聘一员"。[①] 1918 年 12 月 23 日，"教育部"正式公布注音字母。1919 年 4 月，"教育部"召开第一次国语统一筹备会，会后送呈议案三件："请从速加添注音字母以利通俗教育的议案"；"请颁行新式标点符号的议案"；"国语统一进行方法的议案"。[②] 1920 年 1 月，"教育部"下令"自本年秋季起，凡国民学校一二年级，先改国文为语体文，以期收言文一致之效"；又修正《国民学校令》，"第十三条第十五条'国文'均改为'国语'"。[③] 至此，国语统一运动宣告完成，具备白话文字、注音字母与新式标点的白话语体也基本取代文言语体，真正成为"文学之正宗"。

## 第二节　文白之争与小说语体的变革

从同光年间黄遵宪提出言文合一的构想，到民国初年"教育部"颁行改"国文"为"国语"的训令，近代语言革新运动用不到五十年时间便大致实现了文白消长。如此高效快速的语言革新是外界力量强势干预的结果，与语言发展的自然规律并不合拍。制度层面的改革或许一朝一夕可以实现，但思维层面的改变需要一点一滴才能完成。小说语体的变革无疑会受语言革新运动的影响，但文学语言有其自身的发展规律，与语言革新运动并不同步。在小说语体变革的过程中，文言与白话存在着双重意义的竞争。在显

---

① 《学部咨行各省学堂添聘官话教员师范尤当注重文》，《浙江教育官报》1910 年第 44 期。

② 《国语统一筹备会议案三件》，《北京大学月刊》1919 年第 1 卷第 4 期。

③ 《教育部通告》，《政府公报》1920 年第 1465 期。

性层面,文言小说与白话小说互别苗头,在文学革命完成以前,二者无论数量还是影响都难分伯仲,之后白话才逐步战胜文言,成为文言小说的终结者。在隐性层面,存在小说家对白话语体的有意识选择与潜意识中对文言语体的使用惯性之间的矛盾,绝大多数小说家在接受白话以前,都曾有过用文言翻译或创作小说的经历。小说语体文白之争的平息,一方面表明小说家克服了用文言组织语言的思维习惯,另一方面也体现了白话语体自身的完善过程,这标志着小说语体变革的真正完成。

　　在语言革新运动的论述策略中,白话的优点被尽力渲染,而文言的长处则被有意遮蔽。小说家在翻译或创作时选择白话语体,一般都着眼于其通俗易懂与明白晓畅的特征,认为"小说之理境,贵涵泳而曲折也,白话则显豁而展布之;小说之词笔,贵离奇而展拓也,白话则明白而晓畅之"①,"小说最好用白话体,以用白话方能描写得尽情尽致"②。光绪二十一年(1895)五月初二日《申报》登载"求著时新小说启",要求征文"辞句以浅明为要,语意以趣雅为宗,虽妇人幼子,皆能得而明之"。虽未明言用白话,但要合乎"妇人幼子,皆能得而明之"的要求,显然只有白话做得到。彭翼仲用白话改写林纾翻译的《黑奴吁天录》,声称"(原书)文义略高,只能给那通文墨的读读,识字不多,合那文理浅近的人,可就看不懂了。我们把他演成白话,附在报后,请学生们到处传说,照着原文高声念念,连那不识字的,亦可以叫他们知道知道黑奴被人欺压……"③。程宗启解释他用白话作《天足引》的原因时说:"女人

---

① 老伯(黄伯耀)《曲本小说与白话小说之宜于普通社会》,《中外小说林》1908 年第 6 期。
② 梦生《小说丛话》,《雅言》1914 年第 1 卷第 7 期。
③ 彭翼仲《黑奴传》首回"鉴黑奴伤心论时事,演白话苦口劝痴人",北京《启蒙画报》1903 第 8 册,第 2 页。

家虽有识字的,到底文墨深的狠少,故把白话编成小说。况且将来女学堂必定越开越多,女先生把这白话,说与小女学生听,格外容易懂些。就是乡村人家,照书念念,也容易懂了。所以我这部书,连每回目录都用白话的。"①《母夜叉》的译者说"这种侦探小说,不拿白话去刻画他,那骨头缝里的原液,吸不出来"②,《新恋情》的译者也认为"翻译东西洋的小说,往往有些地方说话的口气、举动的神情,和那骨头缝里的汁髓,不拿俗话去描画他,到底有些达不出,吸不尽"③。一时间,使用白话语体已成书商竞相标榜的噱头,如《天足引》"纯用白话,浅近易知,老妪都解"④,《珊瑚美人》"全书纯用白话,描写得神,尤为爽心悦目"⑤,《禽海石》"用纯粹京语编成"⑥,《钱塘狱》"以简便之笔,用白话演出,洵足占近时著作之一席而无愧"⑦,《北京繁华梦》"纯用北京白话编成,人人可读"⑧。然而晚清以降的小说领域并非全是白话的天下,文言曾经占据半壁江山,甚至一度"越界"渗入到传统白话小说的地盘,产生了不少长篇小说。咸丰三年(1853),魏文中所撰《绣云阁》便是一部文言章回小说,全书共八卷一百四十三回,如第一回"聚仙台诸真论道,虚无子四境游神"开头即云:"黄龙初,道君身临八卦台中,宣诸真而谕之曰:'道本无私,而世之传道者,何多私相授受也。'"⑨此外,光绪三十四年(1908)蔡召华所撰《笏山记》(六十九回),宣统三年

①　程宗启《〈天足引〉序例》,上海鸿文书局 1907 版,第 1 页。
②　"闲评八则",《母夜叉》,上海小说林社 1905 年版。
③　〔英〕赫德著,鹤笙译《新恋情》"新恋情闲评",上海小说林社 1906 年版。
④　鸿文书局新书广告,《时报》1906 年 11 月 6 日。
⑤　"商务印书馆新出小说",《中外日报》1905 年 9 月 5 日。
⑥　言情小说《禽海石》"广告,《时报》1906 年 6 月 4 日。
⑦　"新出版",《时报》1906 年 12 月 19 日。
⑧　"请看新出小说",《申报》1911 年 5 月 22 日。
⑨　(清)魏文中《绣云阁》,江西人民出版社 1989 年版,第 1 页。

(1911)何诹所撰《碎琴楼》(三十四章),都是文言长篇小说。林纾用文言翻译了一百六十三种长篇小说,还用文言创作了十余种长篇小说,如《京华碧血录》、《劫外昙花》、《金陵秋》等。在横跨晚清民初的鸳鸯蝴蝶派小说中,文言长篇也非常之多,如徐枕亚《玉梨魂》、《雪鸿泪史》、《双鬟记》、《余之妻》等,吴双热《孽冤镜》、《兰娘哀史》、《断肠花》等,李定夷《霣玉怨》、《茜窗泪》、《鸳湖潮》等,刘铁冷《斗艳记》、《桃李姻缘》等,蒋箸超《琵琶泪》、《蝶花劫》等,以及喻血轮《悲红悼翠录》、许指严《泣路记》、杨南村《孤鸳语》、陈韬园《兰闺恨》等是文言骈体;周瘦鹃《落花怨》、《恨不相逢未嫁时》、《遥指红楼是妾家》、《此恨绵绵无绝期》等,陈蝶仙《泪珠缘》、《玉田恨史》、《美人泪》等,胡寄尘《蜂首蛇心录》、《藕丝记》等,以及吴绮缘《冷红日记》、童爱楼《血泪碑》、黄花奴《杨花梦》、贡少芹《恨海鹃声谱》、俞天愤《镜中人》、闻野鹤《红鹃啼血记》等是文言散体。①

尽管自言文合一运动以来,白话的声势明显压倒文言,但在实际的写作行为中,选择文言还是白话主要受制于作者的文化素养、语言习惯以及具体的写作情境,与文言白话的优劣高下没有太多关联。以小说翻译为例,有人坚持使用白话,认为"那骨头缝里的原液"非白话不能吸出来;有人却在白话面前屡屡碰壁而不得不拥抱文言。梁启超翻译《十五小豪杰》,"原拟依《水浒》、《红楼》等书体裁,纯用俗话,但翻译之时,甚为困难。参用文言,劳半功倍。计前数回文体,每点钟仅能译千字,此次则译二千五百字。译者贪省时日,只得文俗并用"②。鲁迅(周树人)翻译《月界旅行》,"初拟译以俗语,稍逸读者之思索,然纯用俗语,复嫌冗繁,因参用文言,以

---

① 参魏绍昌《我看鸳鸯蝴蝶派》,上海书店出版社 2015 年版,第 161—164 页。
② 《十五小豪杰》第四回"译后语",《新民丛报》1902 年第 6 期。

省篇页"①。吴士毅、无竟生合译《大彼得遗嘱》,认为"此书如演成通行白话,字数当增两倍,尚恐不能尽其意,且以通行白话译传,于曲折之处惧不能显,故用简洁之文言以传之,自谓不后于林氏《茶花女》"②。1908 年,徐念慈对上一年(1907)小说界的销售情况做了一个统计,得出两个结论:一是在著作小说与翻译小说中,"著作者十不得一二,翻译者十常居八九";二是在文言小说与白话小说中,"文言小说之销行,较之白话小说为优"。③ 1909 年,上海《新闻报》分析了当前翻译小说的现状,认为:"今之译泰西小说者,文字盖有两种。一则文言,此体本自唐人,非善叙事能古文者不能为之。一则白话,即章回小说之体裁,而略变之。然俗语行文,更难于文言……一书之中,大抵用文言者十之五六,而用白话者仅十之三四耳。"④两者结合,似乎说明晚清小说界以翻译小说占优,翻译小说中又以文言语体占优。结论不一定准确,但翻译家弃白话而选文言,至少表明在小说语体的文白之争中,文言的优势并未丧失:白话固然明白晓畅,却难免冗繁啰嗦;文言容或古奥难解,却大多言简意赅。

对于绝大多数接受旧式教育、习惯于以文言表达思想情感的人来说,使用文言几乎是一种本能的反应。姚鹏图对此有着切身体会:

> 凡文义稍高之人,授以纯全白话之书,转不如文话之易阅。鄙人近年为人捉刀,作开会演说、启蒙讲义,皆用白话体

---

① 周树人《〈月界旅行〉弁言》,《月界旅行》,日本东京进化社 1903 年版。
② 《大彼得遗嘱》篇首《译言》,《时报》1904 年 12 月 1 日。
③ 觉我(徐念慈)《余之小说观》,《小说林》1908 年第 9 期。
④ 《新小说之平议》,《新闻报》1909 年 3 月 1 日。

裁,下笔之难,百倍于文话。其初每倩人执笔,而口授之,久之乃能搦管自书。然总不如文话之简捷易明,往往累牍连篇,笔不及挥,不过抵文话数十字、数句之用。固自以为文人结习过深,断不可据一人之私见,以议白话之短长也。①

姚鹏图说"文义稍高之人"反而不习惯使用白话,这与裘廷梁说的"愈工于文言者,其受困愈甚"如出一辙,道出了习惯以文言组织语言者的思维困境。至文学革命后,仍有人认为"白话诚不如文言之便利":"吾宁草万言粗浅之文,吾不愿草千言之白话。吾宁阅万言古雅之文,吾不愿阅千言之白话……然此或根于习惯,吾自幼时执笔,未尝为白话文,故今为之,较难于文言。若以教今日之少年,则其将来收功或不如是,以其本未知文言而惟习白话故也。"②林纾使用文言翻译外国小说,是因为林纾对先秦两汉以及唐宋古文深有研究。林纾自称"八年读《汉书》,八年读《史记》,近年则专读《左氏传》及《庄子》,至于韩、柳、欧三氏之文,楮叶汗渍近四十年"③,浸淫古文多年,古文的词汇、句法、修辞自然得心应手,所以同是翻译家的徐念慈要赞叹其译作"遣词缀句,胎息史汉"。君朔(伍光建)使用白话翻译外国小说,是因为他十五岁入天津北洋水师学堂接受西式教育,毕业后又去英国留学。学成回国后,又长期出使日本。这种教育经历与文化素养使得君朔比常人更早实现言文合一,运用白话组织语言的能力更加突出。且因长期与西人打交道的缘故,君朔的白话又明显带有欧化的影响。所以胡适对其赞赏

---

① 姚鹏图《论白话小说》,转引自陈大康《中国近代小说史编年》,人民文学出版社2014年,第807页。
② 佛灵《文言与白话之研究》,《来复》1919年第50期。
③ 林纾《答徐敏书》,《畏庐三集》,中国书店1985年版,第60页。

有加,称"近年译西洋小说,当以君朔所译诸书为第一。君朔所用白话,全非抄袭旧小说的白话,乃是一种特创的白话,最能传达原书的神气。其价值高出林纾百倍"①。最能说明语体选择容易受作家思维惯性左右的是,维新派人士大张旗鼓地呼吁废除文言,可他们声讨文言的"檄文"几乎都是用文言写的:黄遵宪的整部《日本国志》是文言,裘廷梁的《论白话为维新之本》是文言,梁启超的《变法通议》、《论小说与群治之关系》等是文言。严复声称"若其书之所陈,与口说之语言相近者,则其书易传。若其书与口说之语言相远者,则其书不传"②,可他翻译《原富》、《天演论》等用的却是古奥的文言。作为白话文运动的主将,胡适与陈独秀的几篇纲领性论文《文学改良刍议》、《文学革命论》等都是文言。陈独秀曾武断地说,"独至改良中国文学,当以白话为文学正宗之说,其是非甚明,必不容反对者有讨论之余地;必以吾辈所主张者为绝对之是,而不容他人之匡正也"③,可这段满口之乎者也的话,仍然属于文言。

选用文言还是白话,除了受制于作者的文化素养与写作习惯,还与具体的写作情境有关。章学诚曾经区分过"叙事之文"与"记言之文"的语体特征,指出:"文人固能文矣,文人所书之人,不必尽能文也。叙事之文,作者之言也,为文为质,惟其所欲,期如其事而已矣。记言之文,则非作者之言也;为文为质,期于适如其人之言,非作者所能自主也。"④如果将章学诚的意思稍稍延伸,就可以这

① 胡适《论短篇小说》,《新青年》1918 年第 4 卷第 5 期。
② 几道、别士《本馆附印说部缘起》,转引自陈平原、夏晓红编《二十世纪中国小说理论资料》(第一卷),北京大学出版社 1987 年版,第 10 页。
③ "陈独秀答胡适之书",《新青年》1917 年第 3 卷第 3 期。
④ (清)章学诚著,叶瑛校注《文史通义校注》"古文十弊",中华书局 1985 年版,第 508 页。

么理解：小说中叙述者的语言与人物的语言要区别对待，叙述者的语言可随作者意愿，但人物的语言用文言还是白话，需视人物身份而定。后来项起凤便明确提出，"叙事以白话体裁，虽谓阅者不索而解，理易明晓。惟近于滑稽，叙鄙俚事则宜之。是书多系学界中人，若编以浅说，情文似不合宜。故删除一切俗套繁文，多以情文相生为主义"①。

大致在五四前后，文白势力的对比开始失衡，文言小说逐渐衰落，白话小说日益发达。以侦探小说为例：1916 年中华书局出版天虚我生等人翻译的《福尔摩斯侦探案全集》，是文言语体；到1925 年，大东书局出版周瘦鹃等人翻译的《福尔摩斯新探案全集》与《亚森罗苹案全集》便是白话语体；1927 年世界书局出版程小青等人翻译的《福尔摩斯探案大全集》也用白话，其中不少篇目更是直接由文言转译成白话。鸳鸯蝴蝶派的短篇小说，也明显分前后两期。前期以文言为主，如徐枕亚《枕亚浪墨》，吴双热《双热嚼墨》、《双热新嚼墨》、《双热小说精华》，徐天啸《天啸残墨》，刘铁冷《铁冷丛谈》、《铁冷碎墨》，李定夷《定夷丛刊》、《定夷小说精华》，以及蒋箸超《箸超丛刊》、许指严《指严小说精华》、闻野鹤《野鹤零墨》、朱鸳雏《红蚕茧集》、周瘦鹃《紫罗兰庵言情丛刊》等，都是文言小说集。后期以白话为主，世界书局编印的"小说集"类，如《西神小说集》、《独鹤小说集》、《瞻庐小说集》、《叔鸾小说集》、《红蕉小说集》、《卓呆小说集》、《禹钟小说集》、《寄尘小说集》、《枕绿小说集》、《舍我小说集》十种，以及大东书局编印的"说集"类小说，如《包天笑说集》、《江红蕉说集》、《李定夷说集》、《沈禹钟说集》、《周瘦鹃说集》、《胡寄尘说集》、《范烟桥说集》、《徐卓呆说集》、《袁寒云说集》、

①　项起凤《浔州黑暗》卷首"鉴原说略"，上海集成图书公司 1910 年版。

《张枕绿说集》、《张碧梧说集》、《张舍我说集》、《姚民哀说集》、《毕倚虹说集》、《许指严说集》、《赵苕狂说集》、《严芙孙说集》十七种，全是白话小说集。[①] 针对鸳鸯蝴蝶派小说语体的转变，瞿秋白曾有过论述，他说："礼拜六派在'五四'之后，虽然在思想上没有投降新青年派，他们也决不会投降，可是文腔上都投降了。礼拜六派的小说，从那个时候起，就一天天的文言的少，白话的多了。可是，这亦只是市场的公律罢了。并不是他们赞成废除文言的原则上的主张，而是他们受着市场的支配：白话小说的销路一天天的好起来，文言的一天天的坏下去。"[②] 其实五四前后"文腔"发生转变的何止"礼拜六派"，不少作家都有过"弃文从白"的经历。包天笑曾在《时报》创刊号发表过文言小说《一缕麻》(1909)，又根据意大利小说家亚米契斯的《爱的教育》改编成文言小说《馨儿就学记》(1910)，到1917年创办《小说画报》时便宣称"小说以白话为正宗"，不登文言小说。陈景韩作为晚清第一批白话短篇小说作家，之前也写过文言小说《催醒术》(1909)。鲁迅在发表白话小说《狂人日记》(1918)前，用文言写了人生中第一篇小说《怀旧》(1913)。作为新文学运动的主将，刘半侬自1913年至1917年，在《小说月报》《礼拜六》等杂志上发表了大量的文言小说，创作小说如《匕首》、《假发》、《女侦探》、《催租叟》、《稗史罪言》、《歇浦陆沉急记》等，翻译小说包括狄更斯、托尔斯泰、屠格列夫、德富芦花、欧文等人的作品，都是文言。甚至连白话文运动的旗手胡适，也曾有过用文言翻译小说的经历，如所译法国作家都德的小说《柏林之围》(1914)："余等与卫医士过凯旋门大街，徘徊于枪弹所穿之颓垣破壁间，凭吊巴黎被围时之往

---

① 　参魏绍昌《我看鸳鸯蝴蝶派》，上海书店出版社2015年版，第188—191页。
② 　瞿秋白《论中国文学革命·鬼门关以外的战争》，生活·读书·新知三联书店2012年版，第92页。

迹。余等行近拿破仑帝凯旋门,卫医士忽不进,而指凯旋门附近诸屋之一,谓余等曰:'君等见彼严扃之四窗乎? ……'"①

## 第三节  众声喧哗与白话小说的语体形态

从历时态角度看,经过近半个世纪的变革,小说语体基本实现了文白消长,白话最终成为小说语体唯一的选项。从共时态角度看,白话语体自身又呈现出较为复杂的形态:一方面文言遗响犹存,不少单音词、成语、俗语、典故等羼入白话并作为惯用语内化为白话的组成部分;另一方面外邦声音传进,新名词、对话体、欧化句式、新式标点等洋人的话语模式引发了白话语体的欧化倾向;再加上白话内部一直存在的官话与方言双声齐奏,便形成了近代白话小说众声喧哗的语体形态。

言文合一运动倡导白话废除文言采取的是"矫枉必须过正"的策略,就语言本身来说,白话未必如此美好,而文言也未必如此不堪。相对于"时说时新"的白话,历经上千年磨练的文言已经变得稳定、精练与典雅。撇开审美意义不谈,至少在表达的准确性与传播的时效性方面,文言具有白话不可比拟的优势。阮元指出,"古人以简策传事者少,以口舌传事者多,以目治事者少,以口耳治事者多。故同为一言,转相告语,必有愆误,是必寡其词,协其音,以文其言,使人易于记诵,无能增改,且无方言俗语杂于其间,使能达意,使能行远"②。作为书面文学,白话小说也并非口语的简单堆

---

① 〔法〕都德著,胡适译《柏林之围》(*Le Siege de Berlin*),《甲寅(东京)》1914 年第 1 卷第 4 期。

② (清)阮元著,邓经元点校《研经室三集》卷二《文言说》,中华书局 1993 年版,第 605 页。

砌，必然会经过作者的过滤筛选和加工提炼，才能形成文字的排列组合，一定程度上也是"文"过之"言"。梁启超是小说领域中有意使用白话的先驱，可他依然难以忘怀文言"劳半功倍"的长处，在翻译《佳人奇遇》、《十五小豪杰》等小说时大量使用单音词、生僻词、四字格、省略句，是典型的文言语体。即便是构思五年之久、为发表政见而作的白话小说《新中国未来记》——该书实际上是一篇套着小说外壳的演讲稿，因而不得不使用白话——其中也羼杂有不少文言词汇，如第二回"孔觉民演说近世史　黄毅伯组织宪政党"：

> 　　且说二月初一日午后十二点半钟，听众都已齐集讲堂，史学会干事长、大学校史学科助教林君志衡，先登讲坛第二级左侧，向众人鞠躬，演述开会之意，并谢孔博士以如此高年，不辞劳苦，为国民演说国事，实可为今次祝典一大纪念等语。演述已毕，众人静穆毋哗，一齐恭候。正交一点钟，只见曲阜先生……道貌堂堂，温容可掬，徐步登坛，满座听众一齐起立致敬，拍掌欢迎之声忽如山崩涛涌，听众坐下，满堂肃静……①

这段文字中，没有白话口语中常见的"的"、"地"、"得"等语气助词，却有"之"、"已"、"为"等常见的文言虚词，"君"、"登"、"意"、"谢"、"毕"等单音词以及"静穆毋哗"、"道貌堂堂"、"温容可掬"、"山崩涛涌"等四字格更是屡见不鲜。全文语句简洁凝练，语气干脆利落，散发出浓郁的文言气息，绝非一般意义上的白话。《狂人日记》是鲁迅第一篇白话小说，然而小说开头的楔子却用的是文言："某君昆仲，今隐其名，皆余昔日在中学校时良友；分隔多年，消息渐阙，

---

① 梁启超《新中国未来记》，《新小说》1902 年第 1 卷第 1 期。

日前偶闻其一大病；适归故乡，迂道往访，则仅唔一人，言病者其弟也……"①楔子用文言交代故事缘起，显得庄重严肃；正文以白话描写迫害症患者的内心独白，充满荒诞戏谑，在文言的煞有介事与白话的语无伦次之间，便产生了反讽的张力。

其实在白话文运动中，即使胡适、陈独秀阵营，也有人主张给予文言应有的地位，以收言文互补之效。就在胡适主张"白话为文学之正宗"、钱玄同主张"白话为文学之进化"的同时，刘半侬提出"文言白话可暂处于对待的地位……以二者各有所长，各有不相及处，未能偏废故"②。傅斯年提出"言文合一"十条建议，其中有三条明确要求保留文言："文词所独具、白话所未有，文词能分别，白话所含混者，即不能曲徇白话，不采文言""白话之不足用，以文词益之；状况物象之词，用文词较用俗语为有力者，便用文词。如'高明'、'博大'、'庄严'等""凡直肖物情之俗语，宜尽量收容此种词最能肖物，故最有力量"，如"灼灼"、"依依"、"杲杲"等。③ 结合具体文本来看，不仅近代白话小说如晚清四大谴责小说都留有文言的遗响，现代小说如鲁迅、茅盾等人的作品中也时常可见文言的痕迹，傅斯年所举"文词"与"俗语"，实已完全内化为白话的组成部分。

近代小说语体的欧化首先表现在新名词的译入。随着中西交流日益频繁，新生事物不断涌现，原有的汉语词汇已难以满足表达的需要。美国传教士林乐知说："恃中国之六万字，彼西方尚有十四万字，何从表见于中国之文中乎？故新名词不能不撰……余前与傅兰雅先生同译书于制造局，计为中国新添之字与名词，已不啻

---

① 鲁迅《狂人日记》，《新青年》1918 年第 4 卷第 5 期。
② 刘半侬《我之文学改良观》，《新青年》1917 年第 3 卷第 3 期
③ 傅斯年《文言合一草议》，《新青年》1918 年第 4 卷第 2 期。

一万有奇矣。"①新名词的译入丰富了汉语的词汇量,增强了汉语的表现力,给小说语体增添了新鲜的活力。白话小说使用新名词的年代颇早,同治十一年(1872)《申报》刊载蠡勺居士所译《昕夕闲谈》,第一回的回目"山桥村排士遇友　礼拜堂非利成亲"便使用了"礼拜堂"、"排士"、"非利"三个新名词。光绪二十六年(1900)《开智录》刊载的郑贯公所译《摩西传》,回目如"产孩子例投尼罗河　救婴儿带归埃及国"、"为救同胞远至沙漠　欲脱奴隶奔走风尘"等;光绪二十九年(1903)《科学世界》刊载的王本祥所译《蝴蝶书生漫游记》,回目如"新世界游目骇奇观　造物主挥手施淘汰"、"飞行器乘风游汗漫　无线电通信慰寂寥"等,其中"尼罗河"、"埃及国"、"同胞"、"奴隶"、"新世界"、"造物主"、"飞行器"、"无线电"等语词都是舶来品。翻译小说如此,创作小说也依样画瓢,如光绪二十九年(1903)杭州上贤斋版沈惟贤所作《万国演义》,同样堆砌了大量新名词,仅据其回目便可见一斑,如"亚述国神权尊伯路　婆罗门梵典演韦驼"、"以色列大兴新种族　耶和华一洗旧神权"等。相对于新名词,欧化句式、对话体等修辞手法对近代小说语体的影响更为显著。新庵(周桂笙)翻译《解颐语》时曾感慨地说:"(泰西小说)其叙述一事也,往往直录个中人对答之辞,以尽其态,口吻毕肖,举动如生,令人读之,有如闻其声、如见其人之妙,而不知皆作者之狡狯也……语极隽妙,殊足解颐。"②这种以直录对话推进叙事进程、塑造人物形象的表达方式很快为近代小说家借鉴,光绪三十三年(1907)吴趼人在《月月小说》上发表的《查功课》便是一例:

---

① 〔美〕林乐知、范祎《新名词之辨惑》,李天纲编校《万国公报文选》,读书·生活·新知三联书店 1998 年版,第 679 页。
② 新庵《〈解颐语〉叙言》,《月月小说》1907 年第 7 号。

　　的零零,的零零,的零零零零零零响个不了。

　　啊! 到底是什么人? 披衣起,下床着履。拧亮了洋灯,走近电箱处,拿起听筒。"哈罗! 哈罗! 你是那里? 是谁?"

　　有声如蝇,从听筒传来,曰:"我是督署。你是那里?"

　　"啊! 督署。你是谁? 我这里是□□学堂。"

　　"你是谁?"

　　"我是监督某。"

　　"传语各学生,不可睡觉。这里派员来查功课。"

　　"啊! 查功课? 是是是,几时来?"

　　"马上就来。"

　　"是是是,这里准预备……"①

小说在描写监督与学堂人员的对话时,并未如传统小说那样标明话语来源,如"某某道"之类,而是直接呈现你来我往的对答之辞。省略了说话人的身份,话语本身成为对话的主角,读者需要根据说什么去判断谁在说,颇有耳目一新之感,在当时能产生陌生化的效果。又由于说话人退隐幕后,声音走向前台,缺少说话人身份转换时形成的时间停顿,读者无暇思索,需直面话语内容的冲击,便能最大程度地获得现场感。

　　当文言消沉而白话坐大时,白话作为文学语言的缺点便浮出水面。一如此前以白话烛照文言来凸显文言之不足,此时人们以西文为参照来审视白话,发现白话同样存在诸多缺陷,比如文法弹性较大,许多虚字可用可不用,字与词的位置可随意颠倒,不如西文谨严;较少复句和插句,往往一义自成一句,有时难免失之松散

---

① 　见《月月小说》1907 年第 1 卷第 8 期。标点符号为笔者所加。

平滑,不如西文曲折变化且能见出轻重疾徐。<sup>①</sup>有鉴于此,学界便产生了学习西文,使白话语体欧化的动议。傅斯年认为白话在"文典学"、"言语学"、"修词学"三方面均存在缺陷,要改变这种状况,一是留心说话,"吸收说话里自然的简截的活泼的手段";二是乞灵于洋文,"直用西洋文的款式、文法、词法、句法、章法、词枝(Figure of Speech)……一切修词学上的方法,造成一种超于现在的国语、欧化的国语,因而成就一种欧化国语的文学"。<sup>②</sup>傅斯年的主张很快得到沈雁冰、郑振铎、王统照等人的呼应,继白话文运动之后,又掀起了一场"语体文欧化"运动,并影响了现代小说语体的形成。《妇女杂志》1922 年第 8 卷第 7 期刊登了英国作家王尔德的小说《煊赫的流星》,有读者给译者写信,称对其中的欧化句式难以理解,建议按照中国人的审美趣味改写。读者提出,小说中"'你的照像是美丽的,'他喃喃的说,'但你比……'"这样的直接引语,应该改写成"他喃喃的说,'你的照像是美丽的,但你比……'"这样的间接引语。译者在复信中指出:"把西文谈话体的各种形式,一律范成一个样子,实在是于原文语气及其优美有损的,于是他们不得不把国语上谈话体的文句来'欧化'一下,翻译外国文的时候,便把原文的形式,完全保留起来。现在便是创作界,也有许多人理会了'欧化'的好处,各拣便利的形式,仿着应用了。"<sup>③</sup>若干年后,人们果真"理会了'欧化'的好处",在现代小说中习以为常了。

方言大量进入小说,与官话杂糅甚或分庭抗礼,是近代白话小

---

① 详见陈望道《语体文欧化底我观》(1921 年 6 月 16 日《民国日报》"觉悟副刊")、袁寿田《语体文欧化》(1924 年 7 月 5 日《觉悟》)与朱光潜《谈翻译》(《华声》1944 年第 1 卷第 4 期)等。

② 傅斯年《怎样做白话文?》,《新潮》1919 年第 1 卷第 2 期。

③ 谁君、仲持《通信:欧化句法的讨论》,《妇女杂志》1922 年第 8 卷第 10 期。

说语体的一大特点。其实以方言入小说古已有之,但从方言的种类以及方言小说的数量与影响来看,近代小说无疑前无古人且鲜有来者。尤可关注的是,宋元至清前中期的白话小说使用方言,大多只是以零星词汇、音韵或句法的形式作为官话的点缀,如《金瓶梅》用鲁语,但其中也有吴语的成分;《红楼梦》用北京话,同样还存在南京方言,方言在小说中尚未形成气候,其地位不足以改变小说语体的官话性质。近代小说中的方言,则大多以写作策略甚至是思维方式的姿态出现,如《海上花列传》中妓女用苏白而嫖客用官话,《九尾龟》中挂牌的妓女用苏白而从良的妓女用官话,方言在小说中已成地域与身份的象征,是可与官话相提并论的语言形态。按照流行的区域划分,近代方言小说主要有京津地区的京味小说、江南一带的吴语小说、东南沿海的粤语小说与闽语小说以及西南地区的川音小说。各种方言都有代表作品,如京味小说《儿女英雄传》、吴语小说《海上花列传》、粤语小说《续黄粱梦》、闽语小说《闽都别记》、川音小说《跻春台》。受所在地域政治、经济、文化、人口等因素制约,方言在小说中的发展并不平衡,与白话语体的关系也并不一致。

在方言小说中,京味小说数量较多。据不完全统计,清末民初的京味小说多达 1123 篇。[1] 京味小说的发达,一方面与京津地区报刊业的发达有关,另一方面与北京话自身的特质相关。比如发展变化快,古音成分少;语音结构简单,尤其是声调少,只有阴平、阳平、上声、去声,入声消失。北京话的这些特点使得京味小说可以超越其方言领域,在全国畅通无阻。《北京繁华梦》在上海发布的售书广告称,"是书纯用北京白话编成,人人可读,非若他说部之

---

① 参刘永文《晚清小说目录·前言》,上海古籍出版社 2008 年版,第 8 页。

限于一方言者"①。山东人傅斯年比较广东话与北京话的区别时
说,"广东人到北京,学语三四个月,便可上口。北人至广东,虽三
四年不能言也"②,强调的都是北京话易学、好懂的特点。因此当
方言成为言文合一运动的技术难题,面临以何者为标准的质疑时,
人们不约而同想到的是以北京话为基础,经过加工改造形成全国
通用的国语:"现在中国全国通行官话,只须摹仿北京官话,自成一
种普通国语"③;"小说一道,文话不如俗话,各处的土话又不如北
京的官话"④;"国语以官话为衡,而官话以京音为主"⑤。1913 年,
读音统一会决定以北京语音为基础,同时吸收其他方言的特点,制
定标准的国音。那么小说中的北京话与官话关系如何呢? 不妨稍
作比较:

　　……我现在有一种日本的小说,要慢慢的说出来,就是盼
望中国人学他的意思。这小说的名字叫《新岛·约瑟》,是一
个日本留学生的名字,他的姓叫做新岛。日本人的规矩,都喜
欢用两个字的姓,并且喜欢用地名做她的姓……这小说把新
岛在世五十八年里头的事情也一一说出来,也可算是日本起
初变法直到成功的历史。一总儿有十六回,不是一个两个月
能说完的。请列位看官听我一回一回的细细讲来。⑥

　　　　　　　　　　　　　　　　　　　　——《新岛·约瑟》
　　……恐怕诸位嫌絮烦,所以把闲话儿去掉,净说书核儿。

① "请看新出小说",1911 年 5 月 22 日《申报》。
② 傅斯年《文言合一草议》,《新青年》1918 年第 4 卷第 2 期。
③ 大武《论学官话的好处》,《竞业旬报》1906 年第 1 期。
④ 〔英〕赫德著,鹤笙译《新恋情》"新恋情闲评",上海小说林社 1906 年版。
⑤ 《论言文合一与普及教育之关系》,《直隶教育杂志》1906 年第 9 期。
⑥ 任美丽《新岛·约瑟》,《通学报》1906 年第 1 卷第 2 期。

又恐怕人家说我偷懒,所以再找补一段儿。并且前次所说的几段儿,都是男女感情深厚,各得美满效果的故事,这段《云翠仙》,是负心男子遭恶报的故事。前后比例着说,正是为大家别跟这样人学。又因为妇女烧香拜庙,是件最伤风败俗的事,不信到十五日上江南城隍庙瞧去,什么怪现象都有。诸位要嫌天热不爱去,您就等瞧各报的新闻。所以张嘴说了这段《西江月》,咱们就接着说这段儿《云翠仙》,容我说完了这段儿,再请耀亭先生说热闹的,您瞧得不得?①

——《云翠仙·楔子》

《新岛·约瑟》光绪三十二年(1906)连载于《通学报》,标"官话小说"。《云翠仙》宣统二年(1910)连载于《北京新报》,标"说聊斋"。上述两段文字都在模仿说书人口吻,介绍小说内容。所不同的是,《云翠仙》用的是北京口语,除标志性的儿化音外,还有许多其他特征,比如"找补"、"瞧去"、"您"、"咱们"、"得"等北京口语常见的词汇以及时常省略主语的句式。《新岛·约瑟》则几乎不带方言色彩,从词语、句式以及语法修辞来看,已是标准的国语,与现代普通话也没有区别。《新岛·约瑟》产生的年代,正是王照等人推行官话字母,朝野大办官话学堂的时代,《新岛·约瑟》以"官话小说"的标志刊载,可视为晚清官话教育的成果。而比它晚出多年的《云翠仙》仍以北京方言写就,说明在很长时间里,方言一直与官话并存,是白话语体的重要成员。

除了京味小说,其他方言小说都程度不等地存在流通障碍。同样是写近代上海的青楼女子,孙家振《海上繁华梦》用官话,韩邦

---

① 尹箴明《云翠仙·楔子》,《北京新报》1910 年 8 月 15 日。

庆《海上花列传》操吴语,读者反应却有天壤之别:"(《海上花列传》)客省人几难卒读,遂令绝好笔墨竟不获风行于时。而《繁华梦》则年必再版,所销已不知几十万册。"①或许正因为吴语、粤语、闽语等方言过于艰涩,与外省人士交流困难,所以江、浙与闽、广人士对语言革新颇为上心。晚清切音运动的主要参与者如卢戆章、王炳耀、蔡锡勇等人,都是闽、广人;而民初国语统一运动中江、浙两省人士更是占半壁江山,蔡元培、吴敬恒、汪荣宝等都是江、浙人。经过国语统一与文学革命的双重洗礼,方言逐渐从白话语体中退隐,最终确立了以普通话为标准的现代白话小说语体模式。

中国小说语体的两次变革,结果均表现为文言与白话之间的此消彼长,但二者的动因及意义与影响有着很大的不同。宋代小说语体的变革是文学语言发展内在的自发行为,是白话的力量经过长期积聚之后由量变到质变的结果。白话的崛起打破了文言独霸天下的局面,但仍然无法与文言匹敌,在官方与正式场合,文言依旧掌握着话语权力,故白话小说难入史志目录。近代小说语体的变革则是在外界力量的干预下,由语言与文学两界学者联手完成的自觉改革。得力于政治与制度的保驾护航,白话最终取代文言,成为小说语体唯一的选项,并影响了现代小说语体的生成。

---

① 孙家振《退醒庐笔记》卷下"海上花列传"条,上海书店出版社1997年版,第65页。

# 第十章　小说作法与中国小说
# 文体的现代化

　　所谓小说作法,指一种以阐述小说的基本原理、介绍小说的创作法则为旨归的理论形态,包括小说的本体论(什么是小说)与艺术论(怎样作小说)两方面的内容。与以往小说评点、序跋等印象式的阅读体验不同,小说作法专注于小说创作的理论指导,对小说的性质、类型、价值、地位等方面有着明确的定义,对小说的人物塑造、情节铺排、环境设定等方面也有着详细的解说。可以这样认为,小说作法的出现,标志着中国小说理论从萌生于单一文本的感性批评升华到建基于文体类型的系统论述,弥补了长期以来小说理论发展的不足,使得小说理论初步具有跟传统诗文理论相颉颃的资本。同时,作为小说课程的教材小说作法又具有其他小说理论形态所缺乏的实践性功能,在推动小说理论的传播与接受方面,小说作法具有广泛的受众面和强大的影响力。在中国小说文体古今演变的过程中,小说作法扮演着非常重要的角色,它以传统小说理论的传承者与西方小说理论的布道者的双重身份,直接推动了文体观念与文体形态的现代化,从而实现了中国小说文体的古今演变。

## 第一节　从传统到现代：晚清
## 民国的小说作法

　　小说作法较早表现为晚清小说家对翻译小说与自创小说写作技巧的介绍，如周桂笙推崇法国小说家鲍福的《毒蛇圈》"起笔处即就父母问答之词，凭空落墨，恍如奇峰突兀，从天外飞来，又如燃放花炮，火星乱起。然细察之，皆有条理"[①]，洪兴全自诩其《中东大战演义》"实无谬妄之言，唯有闻一件记一件，得一说载一说，虚则作实之，实则作虚之"[②]。只是诸如"凭空落墨"、"虚实相生"之类的写作技巧仍然属于经验式的感性认知，本质上跟明清小说评点中的文法没有区别，林纾甚至直接用文法术语来总结小说作法，比如他说《黑奴吁天录》"开场、伏脉、接笋、结穴，处处均得古文家义法。可知中西文法，有同而不同者"[③]。具有较强理论色彩的小说作法，始自晚清"小说界革命"浪潮中的小说话。梁启超、狄平子等人首创的小说话"相与纵论小说，各述其所心得之微言大义"[④]，虽然并非专论小说作法，但其中已有不少"心得"论及小说创作的技巧和法则，具有相当的理论色彩。黄人《小说小话》云："小说之描写人物，当如镜中取影，妍媸好丑，令观者自知，最忌掺入作者论断。……小说虽小道，亦不容着一我之见。……语云'神龙见首不见尾'，龙非无尾，一使人见，则失其神也。此作文之秘诀。"[⑤]解弢《小说话》云："作小说须独创一格，不落他人之窠臼，方为上乘……

---

① 　知新室主人《毒蛇圈》译者识语，《新小说》1903 年第八号。
② 　洪兴全《中东大战演义》"序"，香港中华印务总局 1900 年版。
③ 　［美］斯吐活著，林纾、魏易译《黑奴吁天录》，武林魏氏 1901 年版。
④ 　饮冰等《小说丛话》，《新小说》1903 年第七号。
⑤ 　《小说林》1907 年第 1 期。

历史小说,不能虚造事实。虚造而寓他意,则已非历史小说矣。若虚造而不寓他意,则既非历史小说,又非他种小说,直不成其为书。"①直到民国初期,仍然有人以小说话的形式谈论小说作法,如孙郎《小说话·我的小说作法观》:"小说之文,须立意新颖,文情屈折,方称佳构。未落笔时,先将全篇的意思想定,次将结构段落,支配成序……此虽作文之定法,而小说尤甚。"②鉏农《小说话·小说作法之质言》:"作小说之秘诀,惟情与景两字耳。……写情则须描其状态真谛,入于深切细密,使一举一动,活现纸上。写景亦须如写真,先已设身处地,而后描其实质,如引人至其境。"③只不过此类"定法"与"秘诀",因受制于谈话体的缘故,大多数话题即兴而起又浅尝辄止,既不成体系,也缺乏深度。

民国时期,出现了有深度且系统论述小说基本原理与创作法则的小说作法专论。论文如〔日〕田山花袋《小说作法》(野鹤、海栗译,《礼拜花》1921 年第 1 期)、谢六逸《小说作法》(《文学旬刊》1921 年第 16、17)、瞿世英《小说的研究》(《小说月报》1922 年第 13 期)、宓汝卓《小说的"做"的问题》(《文学旬刊》1922 年第 4 期)、程小青《侦探小说作法的管见》(《侦探世界(上海)》1923 年第 1 期)、朴斋《侦探小说的作法》(《侦探世界(上海)》1923 年第 3 期)、寒星《小说作法漫谈》(《最小》1923 年第 5 期)、沈雁冰《人物的描写》(《小说月报》1925 年第 3 期)、禹钟《小说作法之一得》(《民众文学》1925 年第 12 期)、唐化琴《论初学短篇小说法》(《学生文艺汇编》1926 第 1 期)、翰《小说之价值及作法》(《唤群特刊》1926 年第 2 期)、赵景深《短篇小说的结构》(《文学周报》1927 年第 283

---

① 解弢《小说话》,中华书局 1919 年版,第 17 页。
② 《小说日报》1923 年 1 月 27 日。
③ 《小说日报》1923 年 3 月 10 日。

期)、〔日〕芥川龙之介《小说作法十则》(訒生译,《小说月报》1927
年第 9 期)等;论著如清华小说研究社《短篇小说作法》(共和印刷
局 1921 年)、孙俍工《小说作法讲义》(上海民智书局 1923 年)、
〔美〕哈米顿《小说法程》(华林一译,商务印书馆 1924 年)、张舍我
《短篇小说作法》(梁溪图书馆 1924 年)、闻野鹤《短篇小说作法》
(梁溪图书馆 1924 年)、〔美〕培里《小说的研究》(汤澄波译,商务
印书馆 1925 年)、〔美〕威廉《短篇小说作法研究》(张志澄译,商务
印书馆 1928 年)、金慧莲《小说学大纲》(天一书院 1928 年)、〔美〕
佛雷特立克《短篇小说作法纲要》(马仲殊译,真善美书店 1929
年)、詹奇《小说作法纲要》(神州国光社 1931 年)、马仲殊《中学小
说作法》(上海中学生书局 1931 年)、赵恂九《小说作法之研究》(大
连启东书社 1943 年)、〔日〕田山花袋《小说作法讲话》(查士元译,
中国联合出版公司 1944 年)、张天翼《谈人物描写》(上海作家书屋
1947 年)等。此类文献大多以"小说作法"标题,专论小说的基本
原理与创作法则。据不完全统计,自二十世纪二十年代至四十年
代,短短 30 年时间里产生了专论小说作法的论著 30 余部,论文近
100 篇。国人探讨小说理论的热情,达到了前所未有的高潮。

　　作为小说理论的新形态,小说作法与传统小说评点中的小说
读法存在若即若离、似是而非的关系。

　　一方面,两者渊源颇近。小说作法是小说读法的继承性延续
与创造性转化。晚清民初,传统的小说读法已被发掘殆尽而难以
出新,西方的小说理论又逐步传入中国并影响了小说创作,小说理
论家便另辟蹊径,转而探索小说作法。从读法到作法,概念命名与
思维逻辑都存在一以贯之的连续性。佚名《读新小说法》云:"窃以
为诸书或可无读法,小说不可无读法;小说或可无读法,新小说不
可无读法。既已谓之新矣,不可不换新眼以阅之,不可不换新口以

诵之,不可不换新脑筋以绣之,新灵魂以游之",主张"新小说宜作史读"、"新小说宜作子读"、"新小说宜作志读"、"新小说宜作经读"。① 虽然标新立异,实则未脱传统窠臼,毫无新意可言。作为新型理论形态的小说作法源自日本,而日本小说理论家"发明"的小说作法,又与中国小说评点家归纳的小说文法有着千丝万缕的联系。曲亭马琴论小说法则时说:"中国元明的才子们所做的稗史自有法则。所谓法则即:一曰'主客'、二曰'伏线'、三曰'衬染'、四曰'照应'、五曰'反面对应'、六曰'省笔'、七曰'隐微'。"曲亭马琴对小说作法的阐释,基本上没有脱离小说文法的范畴,如他说"所谓'伏线',是将后面肯定要出现的情节,在几章之前先落上几笔,而'衬染'则是先着上一层底色,即如今所说的'打埋伏'。这是为了在以后写出大关目的美妙情节,在几章之前,先埋伏下这一事件的起源和来历"。② 曲亭马琴说的"打埋伏",其实即金圣叹"草蛇灰线"论的翻版。田山花袋《小说作法》认为,"修炼"(即个体的人生经验与生命感悟)才是小说创作最重要的"作法":"修炼非学问,与学者做学问之功夫大异。惟专心于读书、执笔,而欲成一出色之作者,绝不可得。读十年书而无自己独创之处,则亦不能成作者。即执笔一生,唯能发为文字,而绝非自己之文字,其原因究在修炼不足,不能与自己之心境相触故也。"③田山花袋的"修炼"说,同样脱胎于金圣叹的"格物"论。金圣叹说:"施耐庵以一心所运,而一百八人,各自入妙者,无他,十年格物而一朝物格,斯以一笔而

---

① 《新世界小说月报》1907 年第六期。
② 转引自〔日〕坪内逍遥著,刘振瀛译《小说神髓》,人民文学出版社 1991 年版,第 117 页。
③ 〔日〕田山花袋著,野鹤、海粟合译《小说作法:第一篇　小说与作法》,《礼拜花》1921 年第 1 期。

写百千万人,固不以为难也。"①"修炼"与"格物",都强调对外界事物的感知与体认,强调作家下笔之前对现实生活的观察与领悟。又如金圣叹《读第五才子书法》指出,《水浒传》刻画人物形象时,不仅从动作、肖像、对话等方面进行直接描写,还通过人物之间的对比反衬、环境景物的烘托渲染等方面进行间接描写。他使用"背面铺粉法"、"烘云托月法"、"染叶衬花法"等文法术语来形容人物描写的对照映衬与烘托渲染,强调不同人物之间通过对比可以使形象更加鲜明。如以宋江与李逵、石秀与杨雄这两组人物的对比解释"背面敷粉法":"有背面铺粉法。如要衬托宋江奸诈,不觉写作李逵真率;要衬石秀尖利,不觉写作杨雄糊涂是也。"②郁达夫《小说论》同样将人物性格的描写分为直接描写和间接描写两种,直接描写即"作者系立于读者和人物之间,做一种正直的报告,与照相者的摄影完全一样";间接描写即"作者不露原形,烘云托月,使旁的作(品)中的机会人物,将主要的人物的性格报告给读者"。③不难看出,郁达夫的小说作法化用了金圣叹的小说读法,其用"机会人物"衬托"主要人物"的方法,更是直接借用了金圣叹的"烘云托月法"。

另一方面,两者本质不同。小说读法是归纳法,是对既有经典小说创作技巧的理论总结,以指导读者"会读"小说为旨归。金圣叹《读第五才子书法》云:"旧时《水浒传》,子弟读了,便晓得许多闲事。此本虽是点阅得粗略,子弟读了,便晓得许多文法;不惟晓得《水浒传》中有许多文法,他便将《国策》、《史记》等书,中间但有若

---

① (明)施耐庵著,(清)金圣叹评《水浒传》,上海古籍出版社 2015 年版,第 990—991 页。
② (明)施耐庵著,(清)金圣叹评《水浒传》,上海古籍出版社 2015 年版,第 1003 页。
③ 郁达夫《小说论》,光华书局 1926 年版,第 58—59 页。

干文法,也都看得出来。旧时子弟读《国策》、《史记》等书,都只看了闲事,煞是好笑。"①圣叹提醒读者不要仅仅盯着小说中的"闲事",即热闹的故事情节;而应关注小说中的"文法",即高明的写作技巧。毛氏父子《读三国志法》云:"古人本无雷同之事,而今人好为雷同之文。则何不取余所批《三国志》而读之?"②毛氏继而揭示了《三国演义》文法上的若干"妙处",如"追本穷源之妙"、"巧收幻结之妙"、"以宾衬主之妙"等,认为读者一旦领悟如许妙处,便会觉得读《三国》胜读《列国志》、胜读《西游记》、胜读《水浒传》。尽管现代学者对古人的小说读法不屑一顾,以为是八股流毒,但其中不少文法的确总结了古代小说的创作技巧,有助于理解古代小说的创作规律。降及晚清,仍然有读者奉为圭臬。定一对金圣叹的《读第五才子书法》推崇备至,他说:"《水浒》可做文法教科书读。就金圣叹所言,即有十五法:(一)倒插法,(二)夹叙法,(三)草蛇灰线法……溯其本原,都因是顺着笔性去,削高补低都由我。若无圣叹之读法评语,则读《水浒》毕竟是吃苦事。"③觚庵同样服膺毛氏父子的《读三国志法》,认为"《三国演义》一书,其能普及于社会者,不仅文字之力。余谓得力于毛氏之批评,能使读者不至如猪八戒吃人参果,囫囵吞下,绝未注意于篇法、章法、句法"④。小说作法是演绎法,是以经典小说为例证,指导小说创作的基本原理和具体法则,以指导作者"会写"小说为目的。孙俍工《小说作法讲义》指出,"凡小说家未必都有天才,中才以下的作家大半都是由学习得来,有法则以为学习的门径,自能收事半功倍的效果;且作法不仅是创

---

① (明)施耐庵著,(清)金圣叹评《水浒传》,上海古籍出版社 2015 年版,第 1004 页。
② (明)罗贯中著,(清)毛宗岗评《三国演义》,上海古籍出版社 2015 年版,第 1158 页。
③ 定一《小说丛话》,《新小说》1905 年第十五号。
④ 《觚庵漫笔》,《小说林》1908 年第 11 期。

作所必需,还可以供研究小说者底参考"。其所列小说作法,便包含了人物描写——包括"外面的描写"(容貌、身材、人品、衣服、表情、动作、言语等)与"内面的描写"(情绪、思想、性格等)、环境描写,结构设定——包括长篇和短篇、文体选择——包括日记式、书简式、自叙式与他叙式等诸多方面。孙俍工认为,对于初学写作的青年来说,"有了法则,究竟能使人不至走错了路,这就是作法无用而亦有用的地方"①。詹奇对小说作法的价值功能说的更加明白,他说:"小说作法告诉我们的,是怎样选择材料,怎样运用我们的笔,才能把它如实地有力地表现出来。一个作家,当他把故事中的情节,通过自己的意识,传到笔尖上的时候,已经是作法的作用。不过,因为熟练的缘故,没有特别感觉到罢了。至于初学,更其不能认小说作法为无用的模形。"②其《小说作法纲要》对小说作法的介绍非常全面,涵盖宏观的原理阐述与微观的技巧介绍:第一章论小说的定义、发生与目的以及小说作法与小说的关系等基本原理;第二章论小说家的生活、思想、情绪与想象以及小说创作的四个阶段;第三章论"小说之外围诸力及其流派";第四章论"小说家之性格及其注意之点";第五章论小说的"形式与内容";第六章论小说的描写,包括人物、环境、动作、心理与会话等方面;第七章论小说的文体,包括长篇、中篇与短篇以及日记体、书信体与传记体。

## 第二节　小说作法与小说观念的现代化

1918 年 4 月 19 日,周作人在北京大学文科研究所小说研究会演讲时指出,自晚清小说界革命以来,"中国讲新小说也二十多

---

① 　孙俍工《小说作法讲义》,上海民智书局 1923 年版,第 1 页。
② 　詹奇《小说作法纲要》,神州国光社 1931 年版,第 11 页。

年了,算起来却毫无成绩":"形式结构上,多是冗长散漫,思想上又没有一定的人生观,只是'随意言之'。问他著书本意,不是教训,便是讽刺嘲骂污蔑。讲到底,还是'戏作者'的态度,好比日本假名垣鲁文的一流。所以我还是把他放在旧小说项下,因为他总是旧思想,旧形式"。周氏的演讲实际上触及两个问题——小说观念(思想)与文体形态(形式),他认为小说界革命并未从根本上改变小说观念与文体形态,所谓新小说其实还是旧小说。要想创作真正的新小说,周作人提出向日本学习,"真心的先去模仿别人。随后自能从模仿中,蜕化出独创的文学来,日本就是个榜样。……中国现时小说情形,仿佛明治十七八年时的样子";而在模仿之前,"又须说明小说的意义,方才免得误会,被一般人拉去归入子部杂家,或并入《精忠岳传》一类闲书"。①也就是说,先转变旧的小说观念,再创造新的文体形态。

　　无独有偶。1919年1月,君实在《东方杂志》撰文批评新小说创作的乱象,他说:"吾国输入新小说后,垂二十年。旷观最近小说界,其能文字整洁、稍知致意于通俗教育者,已颇自矜贵,不可多得。而卑污猥琐、芜秽陈腐、败俗伤风之作,几于触目皆是。盖其根本原因,实在一般人之视小说,仍不脱所谓'闲书'之眼光。"君实认为新小说创作失败,原因就在于小说观念陈旧,将小说视作"犹贤乎已"的"闲书"。要想根除这种乱象,首先得改变人们的小说观念:"欲图改良,不可不自根本上改革一般人对于小说之概念。使读者作者,皆确知文学之本质、艺术之意义、小说在文学上艺术上所处之位置,不复敢目之为'闲书'。而后小说之廓清可期,文学之革新有望矣。若徒沾沾于文字之末,拘拘于惩劝之见,无当也。"如

---

① 周作人《日本近三十年小说之发达》,《新青年》1918年第5卷第1号。

何改变小说观念？君实主张师法欧美。他说："盖小说本为一种艺术。欧美文学家,往往殚精竭虑,倾毕生之心力于其中,于以表示国性,阐扬文化。读者亦由是以窥见其精神思想,尊重其价值。不特不能视为游戏之作,而亦不敢仅以儆世劝俗目之。"[①]

1926 年,即周作人与君实批评新小说创作的七、八年后,郁达夫发表了《小说论》,其第一章以"现代的小说"为题,对古代小说与现代小说进行了对比。郁达夫从班固《汉书·艺文志》的"小说"定义出发,认为中国古人的小说观念有两种表现:第一是对小说的轻视,即小说是小道,"君子弗为也";第二是要求小说的实用,即小说也可观,"如或一言可采,此亦刍荛狂夫之议"。新文学运动以后的五六年间,随着"翻译西洋的小说及关于小说的论著者日多,我们才知道看小说并不是不道德的事情,做小说亦并不是君子所耻的小道。并且小说的内容,也受了西洋近代小说的影响,结构人物背景,都与从前的章回体、才子佳人体、忠君爱国体、善恶果报体等不同了。所以现代我们所说的小说,与其说是'中国文学最近的一种新的格式',还不如说是'中国小说的世界化',比较的妥当。"[②]郁达夫所言现代小说,显然跟古代小说做了彻底的决断。无论是小说观念还是小说内容,抑或文体形态,都发生了显著的变化。差异之大,以至于郁达夫要否认其为中国小说"新的格式"。

郁达夫点出了中国小说文体古今演变的关键时节,即以 1919年五四文学革命为界,此前的小说属于古典小说时期,此后则进入现代小说阶段。晚清小说界革命催生的"新小说"本质上仍然属于旧小说,根源在于人们的小说观念并未更新,仍然把小说当作消遣娱乐的闲书或儆世劝俗的工具;民初新文学运动催生的"五四小说"

---

① 君实《小说之概念》,《东方杂志》1919 年第 16 卷第 1 号。
② 郁达夫《小说论》,上海光华书局 1926 年版,第 2—3 页。

才逐步摆脱旧小说的影响,人们以现代小说观念取代传统小说观念,小说成为独立的文学艺术门类,不再是经史的附庸。问题在于,为何倡导"新小说"的小说界革命耗时二十多年犹未能革除旧小说之命,而主张"新文学"的五四运动仅花费五六年就实现了"中国小说的世界化"? 是何种因素促成小说观念发生如此巨大的转变? 郁达夫归结为翻译小说与小说论著的影响,这自然不假。周作人1918年在北大文科研究所小说研究会的演讲中就呼吁,"目下切要办法,也便是提倡翻译及研究外国著作"。暂且撇开翻译小说的示范效应不谈,小说论著的理论指导更是促成小说观念转变的重要力量。而彼时的小说论著,又大多为小说作法,或涉及作法的小说研究,如清华小说研究社《短篇小说作法》(1921)、孙俍工《小说作法讲义》(1923)、哈米顿《小说法程》(1924)、培里《小说的研究》(1925)等。郁达夫本人的《小说论》(1926)前三章论小说的基本原理,如现代小说的定义、渊源与目的,后三章论小说的创作法则,分小说的结构、人物与背景;各章附录的参考文献中,又有木村毅《小说研究十六讲》与《小说底创作与鉴赏》、哈米顿《小说法程》以及培里《小说的研究》等小说作法类书籍,同样属于小说作法。因此可以这样认为,在中国小说观念的古今演变过程中,小说作法发挥了重要的推动作用。

正如周作人和君实期待的那样,中国小说观念的现代化之路,是从师法日本和欧美开始的。其中影响至为深远的论著,便是日本人坪内逍遥的《小说神髓》、美国人培里的《小说的研究》与哈米顿的《小说法程》三种。

周作人曾经提醒国人,"中国要新小说发达,须得从头做起;目下所缺第一切要的书,就是一部讲小说是什么东西的《小说神髓》"①。这

---

① 周作人《日本近三十年小说之发达》,《新青年》1918年第5卷第1号。

部被周作人寄予厚望的小说论著,是部地地道道的小说作法。《小说神髓》初刊于 1885 年,次年 4 月全部完成。原作内容分上下两卷,上卷讨论小说的基本原理,包括何为艺术,小说为艺术的理由("小说总论");小说与历史的起源,小说与演剧的区别("小说的变迁");描写人情世态为小说的题材("小说的眼目");描写小说与劝善惩恶小说,历史小说与社会小说的区别("小说的种类");小说的价值与功能("小说的裨益")等;下卷谈论小说的创作法则,包括小说遵守规律和法则的必要性("小说法则总论");各种小说文体的差别与得失("文体论");设置小说情节的诸种忌讳("小说情节安排的法则");时事小说与历史小说情节设置的区别("时代小说的情节安排");中心人物的设置("主人公的设置");叙述方法的种类("叙事法")等内容。作者坪内逍遥是日本近代"文学改良运动"的先驱,是日本近代第一个引入西方文学理论对抗封建文学观念的启蒙主义者。谢六逸将坪内逍遥的功绩与日本著名思想家福泽谕吉相提并论,认为"福泽打破了日本的封建的道德,而逍遥呢,他用此书打倒了日本的封建文艺"①。

　　《小说神髓》成了日本新旧文学的分水岭,其对旧小说观念的冲击,最重要的就在于他重新定义了"小说是什么东西",并由此确立了现代小说观念,主要表现在三个方面。首先是提升了小说的地位,小说不再是下等的"戏作",而是"无形的艺术"。坪内逍遥认为,有形艺术如绘画、雕刻等诉之于目,无形艺术中的音乐、歌唱等诉之于耳,诗歌、戏剧、小说等则诉之于心。而小说又不像诗歌那样受字数与韵律的限制,也不像戏剧那样受空间和舞台的桎梏,作者有着广泛的创作自由,更容易直达读者的心灵,因此小说"终将

① 谢六逸《我的书:〈小说神髓〉》,《文学》(上海)1933 年第 4 卷 5 号。

凌驾于传奇、戏曲之上,被认为是文学中唯一的、最大的艺术"①。其次是发掘了小说的美学价值,将其从劝善惩恶的功利主义泥淖中剥离出来,确立了纯文学的小说观念。坪内逍遥批评传统小说家"以为小说、稗史的主要目的就在于寓劝惩之意",于是按照道德模式安排情节,结果"只能写出趣意雷同、如出一辙的稗史"。②他认为"小说的主旨,说到底,在于写人情世态"。他用充满诗意的语言描述小说的功能:"使用新奇的构思这条线巧妙地织出人的情感,并根据无穷无尽、隐妙不可思议的原因,十分美妙地编织出千姿百态的结果,描绘出恍如洞见这人世因果奥秘的画面,使那些隐微难见的事物显现出来——这就是小说的本分。"③第三是重新界定了小说的本质属性与生成方式,强调小说是对人类生活经验与情感的描述,是作者根据现实生活想象虚构而成。坪内逍遥指出,小说"是以写世间的人情与风俗为主旨的,以一般世间可能有的事实为素材,来进行构思的"④;"小说不同于一般的传记、实录,它的人物也好,事迹也好,都是作者通过想象虚构出来的架空故事,是无凭无据的"⑤。由于晚清"小说界革命"与民初"新文学运动"的主将大多留学日本,因此坪内逍遥事实上成了中国现代小说观念的启蒙者。

　　培里(Bliss Perry)的《小说的研究》(*A Study of Prose Fiction*,1902)与哈米顿(Clay Hamilton)的《小说法程》(*A Manual of the Art of Fiction*,1908)虽然问世二十多年后才有中

---

① 〔日〕坪内逍遥著,刘振瀛译《小说神髓》"小说总论",人民文学出版社1991年版,第26—27页。
② 〔日〕坪内逍遥《小说神髓》,第17页。
③ 同上,第26页。
④ 同上,第30页。
⑤ 同上,第79页。

译本,但其小说理论早已由留学生传入中国。①《小说的研究》与
《小说法程》对现代小说观念的影响是全方位的。如对小说本质属
性与生成方式的界定,《小说的研究》认为"小说所涉及的题材……
就是人生自身;人类在生存的种种情形之下的经验。小说作者放
入故事里的是关于人类的种种观察、思想及感情","一章上乘的小
说处处都是能够惹起注意的,它提起趣味,唤起好奇心,挑动读者
去和自己的经验作比较,并且它能运用想像而把它集中起来";②
《小说法程》认为"稗史之目的,在以想象连贯之事实,阐明人生之
真理","创造的作家,欲于过去人物中,发明理会而表现其人之真
理,必先将其人化成稗史中之人物"。③　二者对中国现代小说观念
形成最重要的影响,莫过于对小说构成因素的规定,即著名的"三
要素"说:"我们常常都说,任一种小说都包含三种有隐蓄趣味的元
素,就是人物、布局及处景或背景。换言之,说故事的人要指出某
种人物在某种情况中干某种事情"④,"事实之构成有三要素:所作
之事、作事之人与其事发生之时地是也。简言之,动作、人物、环境
也。必此三要素全具,而后能发生事实"⑤。从此,"三要素"成了
现代小说的核心意涵,非此则不足以称之为小说。威廉(Blanche
Colton Williams)《短篇小说作法研究》认为"小说中间最重要的不
外动作(action)和人物(character),所以叙述的根据便是人

---

① 吴宓《小说法程》中译本"序"云:"其书在美国极通行,哈佛大学至用为教科书。予
　年来在东南大学教授,亦用此书为课本。"〔美〕哈米顿(Clay Hamilton)著,华林一
　译《小说法程》,商务印书馆 1924 年版,第 1 页。
② 〔美〕培里(Bliss Perry)著,汤澄波译《小说的研究》,商务印书馆 1925 年版,第 14—
　15 页。
③ 〔美〕哈米顿《小说法程》,第 1、第 8 页。
④ 〔美〕培里《小说的研究》,第 69—70 页。
⑤ 〔美〕哈米顿《小说法程》,第 47 页。

(people)和事迹（events）和境遇（situation）"①。高明《小说作法》提出"小说是用散文写的表现人生的比较是理智的文艺作品，它起码具备着结构、人物、背景这三个要素"②。中国权威的工具书都如是定义小说，《汉语大词典》："小说：（近现代的小说含义）它通过完整的故事情节和具体环境的描写，塑造多种多样的人物形象，广泛地反映社会生活。"③《辞海》："小说：文学的一大样式。以叙述为主，具体表现人物在一定环境中的相互关系、行动和事件以及相应的心理状态、意识流动等，从不同角度塑造人物，表现社会生活。"④时至今日，具备人物、情节与环境三要素，已然成为人们根深蒂固的小说观念。

小说作法改变了中国传统的小说观念，促成了小说观念的现代化，主要表现在小说的本质属性、价值功能与文学地位等方面。传统小说观念认为小说是对街谈巷议、道听途说之类内容的记载，本质上是一种实录的文献类型，因其出于稗官，思想学说与观念立场有别于出于王官的儒、墨、道等九家而另立一家，位列诸子之末，"小"字作为修饰语表明了目录学家对稗官之学的价值判断。汉儒说它"虽小道，必有可观者焉"，清儒说它"可以寓劝诫、广见闻、资考证"，但无论如何有用，终究为不入流的末学。现代小说观念认为，小说是文学的一种类型，与诗歌、戏剧鼎足而三（四分法里则加上散文），本质上属于艺术门类，蔡元培便提出"美术文，大约可分

---

① 〔英〕威廉（Blanche Colton Williams）著，张志澄译《短篇小说作法研究》，商务印书馆 1927 年版，第 11 页。
② 高明《小说作法》，《文艺创作讲座》第一卷，大光书局 1935 年版，第 6 页。
③ 《汉语大词典》（第二卷），汉语大词典出版社 1998 年版，第 1365 页。
④ 《辞海》，上海辞书出版社 2011 年版，第 2521 页。

为诗歌,小说,剧本三类"①。小说是作者通过想象与虚构的方式
对人类经验与情感的描述,小说描述的世界比现实世界更接近真
理。哈米顿甚至将小说中的事实比作经过蒸馏的纯净水,将现实
中的实事比作未经蒸馏的污水,认为"水之已就蒸馏者,其轻二养
一(案:即水的分子式 $H_2O$)远较未经蒸馏之污水为纯洁。人生之
经稗史作家窥选理会者,较汇录时事尤近真际,亦是理也"②。孙
俍工认为小说的价值内涵表现在人生与社会两个方面,具体而言
落实在四个方面:"(1) 伟大的思想或原理底承认、包含或解释,
(2) 时代精神底分析,(3) 人性底解释,(4) 高尚的理想与永久的
情绪底表现。"③这种理解跟"小道可观"、"补史之阙"之类传统认
知相比,几乎是脱胎换骨的变化。当目录学家将小说定性为君子
不为的"小道"时,小说作法的编撰者以"小说是艺术"的定位给予
了小说无上的荣光。坪内逍遥只是预言小说终将成为"文学中唯
一的、最大的艺术",木村毅已经断言"现代乃小说的世纪,至少我
们以文艺在社会上的声价和势力和功绩为标准立说时,是不妨这
样说。……我们可以断言,小说占着一切文艺的中心地位:而为
其心脏,为其中核,为其精华。"④就具体的影响而言,现代小说创
作的两大主流——创造社提出的"为艺术"与文学研究会主张的
"为人生",理论内核全都来自小说作法。

## 第三节　小说作法与文体形态的现代化

　　胡怀琛曾这样定义"现代小说"并概括现代小说的特征:"现代

---

① 蔡元培《国文之将来——在女子高等师范学校演说》,胡适选编《中国新文学大系·
　建设理论集》,第 98 页。
② 〔美〕哈米顿《小说法程》,第 14 页。
③ 《小说作法讲义》,第 4 页。
④ 〔日〕木村毅著,高明译《小说研究十六讲》,北新书局 1930 年版,第 2 页。

小说,是指最近在中国最通行的小说,也是我们以后作小说所当视为标准的小说。不论长篇或短篇,都包括在里面。"与传统小说不同的是,现代小说具有如下特质:

（一）是用现代语写,脱尽了古代文言的遗迹。

（二）绝对是写的,不是说的,绝对脱尽了说书的遗迹。

（三）所写的是一般人的日常生活,不是特殊阶级的特殊生活。

（四）绝对脱尽了神话和寓言的意味。

（五）结构无妨平淡,不必曲折离奇。

（六）结构却不可不缜密,绝对不可松懈。

（七）注意能表现出民众的生活实况,及某地方的人情风俗。

（八）注意于人物描写的逼真,和环境与人物配置的适宜。[①]

上述八条特征,涵盖了现代小说文体形态的诸多方面:（一）、（二）两条论及小说语体,认为现代小说应该使用现代汉语而非古代文言,应该祛除口头文学的影响而成为纯粹的书面文学;（三）、（四）两条论及小说人物,提出现代小说应该关注普通人物而非帝王将相、才子佳人或妖魔鬼怪;（五）、（六）两条论及小说结构,认为现代小说不必追求情节的离奇曲折,但要保持结构的连贯统一;（七）、（八）两条论及小说环境,主张现代小说要反映人物的生活状况与地方的民俗风情,写"典型环境中的典型人物"。按照胡怀琛的设

---

① 胡怀琛著《中国小说的起源及其演变》,南京正中书局1934年版,第115—116页。

想,以后的小说创作要以现代小说为标准,具备上述八点特质。这意味着中国小说将从此告别古典时代,实现文体形态的古今演变。胡怀琛坦承,"这种小说,当然是受了西洋小说的影响而产生的"。郁达夫也承认,"中国现代的小说,实际上是属于欧洲的文学系统的,所以要论到目下及今后的小说技巧结构上去,非要先从欧洲方面的状态说起不可"①。而西洋的"小说技巧结构",又是通过小说作法传入中国并影响小说创作的,因此我们又可以这样认为,小说作法促成了中国小说文体形态的现代化。

关于小说语体问题,前文已有专门论述,此处不再赘述。小说"三要素"中,人物与情节尤为重要,用哈米顿的话说是"先有环境发达而成故事"者实不多见,"作者之创造故事,始于动作要素及人物要素也"。② 小说作法论及人物与情节时,往往将二者视为相辅相成的关系。孙俍工认为"小说所有组合成的要素,就是人物与事件。事件是从人物生出来的,描写人物,同时就是描写事件。所以人物与事件的描写是很有关联的"③,谢六逸主张"人物和事件,为构成一篇小说所不可少的。有时由人物中生出事件,有时又由事件中生出人物"④。有鉴于此,下文主要论述小说作法与小说人物、情节结构的现代化。

现代小说理论中,人物是小说的灵魂,情节为塑造人物形象设置,环境是人物活动的背景。坪内逍遥指出,"一般地说,当我们阅读小说时,与其说重视后来的情节发展,无宁说更关心主人公的性格。如果小说的人物具有非凡的品质,那么读者自然会对他产生

---

① 郁达夫《小说论》,第 4 页。
② 〔美〕哈米顿《小说法程》,第 48 页。
③ 孙俍工《小说作法讲义》,第 25 页。
④ 六逸《小说作法》(续),《文学旬刊》1921 年 10 月 21 日第 17 期。

景仰之心,总希望了解他将来的结局"①。小说作法大多将人物的创作置于首要地位,提出了许多不同于传统小说理论的创作法则,包括人物的共性与个性、类型人物与典型人物以及人物描写的方法等方面。

坪内逍遥率先提出人物类型理论。他将小说人物分为"现实派"和"理想派"两种,所谓现实派,"是以现实社会中常见的人物性格为基础来塑造虚构的人物";所谓理想派,"是以人类社会应该有的人物为基础来塑造虚构的人物"。现实派照着现实中的人物样子写,依样画瓢,"入其门易而登堂入室难";理想派按着想象中的人物样子写,天马行空,"入其门难而登堂入室易"。②坪内逍遥的小说人物理论,有点类似中国古代的绘画理论。《后汉书·张衡传》说画工"恶图犬马而好作鬼魅,诚以实事难形,而虚伪不穷也"③,犬马是现实生活中存在的,虽然有模特可以参照,但画工得其形易,传其神难,小说家创作现实派人物也是如此;鬼魅是人们想象虚构出来的,虽然没有现成的模板可以参考,但画工可以自由落墨,恣意发挥,小说家创作理想派人物也即这样。哈米顿将小说人物分为"不变的人物"与"变的人物"两种,"不变的人物始终一致,变的人物则随环境之影响、一己之意志,及他人之意志而有所变更"④。吉百龄早年所作作短篇小说中的人物都是不变的人物,而唐克孝与班柴小说中的人物都是变的人物。与哈米顿的理论类似,郁达夫将小说人物分为"单纯的静止的"与"复杂的开展的"两种,"前者在一篇小说之中,自始至终,毫无变化开展,而后者则因

①　〔日〕坪内逍遥《小说神髓》,第 143 页。
②　同上,第 145 页。
③　(宋)范晔撰,(唐)李贤等注《后汉书》,中华书局 1965 年,第 1912 页。
④　〔美〕哈米顿《小说法程》,第 73 页。

四围的境遇和自他的意志的影响,不断的在那里进变消长的"①。
《红楼梦》里林黛玉是前者的代表,克雷克夫人(Mrs Craik)的约
翰·哈利法克斯(John Halifax)和堂吉诃德(Don Quixote)等人物
则是后者的代表。相对而言,小说作法认为"变的人物"更有价值。
哈米顿指出,读者之所以会觉得小说人物比现实人物更有价值,是
因为读者通过阅读小说便可在一两天内得知人物的全部经历;而
现实生活中即便交往数年,也难以洞悉人物的人格性情。人物性
格如果缺乏变化发展,读者将无法获得真实全面的印象,自然也无
法体会人物的价值。

　　哈米顿较早提出小说人物的共性与个性问题。他认为小说之
所以能够表现人生,是因为小说人物包含多人的性格,即公(共)
性;而现实人物却不能兼及他人的性情,只有个性:"小说家之能使
其人物,有为人人识知之价值者,要在补充实世以具公性之男女
也。"小说人物除了有共性,还应该有个性:"虽然,既具公性矣,尤
不得不有个性。如其人物,无与同级人物不同之性质,则不克表现
实际之真义。故稗史人物,必当兼具公性与个性。盖有公性,则人
物始终为真实;有个性,则人物始克使人信。"②清华小说研究社的
同仁们发挥了哈米顿的共性与个性理论,将小说人物分为"表样人
物"与"表性人物"。所谓表样人物,就是"根据共有的特性,而聚为
一类……足以代表一类特性之人物";表性人物,就是"表现个性的
人物,并不管他们属于那一种类"。③在人物的共性与个性问题
上,小说作法更看重人物的个性。《短篇小说作法》提出"一人的个

---

①　郁达夫《小说论》,第58页。
②　〔美〕哈米顿《小说法程》,第71页。
③　清华小说研究社《短篇小说作法》,严家炎编《二十世纪中国小说理论资料》(第二
　　卷),北京大学出版社1997年版,第160页。

性,总要能胜过其为某类人物的特性,否则徒成傀儡,为抽象的人物而已"①。孙俍工《小说作法讲义》主张人物描写重在"真确、生动和个性",他批评中国传统小说"都是没有个性的千篇一律的人物;写男子必是才子佳人,写女子必是美人烈妇,那样呆笨的描写法,现在是极不宜学的了"。② 郁达夫综合共性人物与表样人物理论,提出典型人物理论。他认为小说人物之所以有吸引力,主要是"因为作(品)中的人物,大抵是典型的人物,所以较之实际社会的人物更为有趣。这'典型的'(Typical)三字,在小说的人物创造上,最要留意。大抵作家的人物,总系具有一阶级或一社会的特性者居多"。但是郁达夫又提醒作者,典型人物如果过于抽象化,就会失去人物的个性,变成寓言中的人物,失去其现实性。因此塑造典型人物是"小说家创造人物最难之点,也是成功失败的最大关头"。③

小说作法论及人物描写的方法时,大多分直接描写与间接描写,而偏重间接描写;分外面描写与内面描写,而强调内面描写,尤其重视人物的心理描写,通过人物自身的心理活动展示人物性格与人物形象。培里较早将人物描写的方法分为直接描写和间接描写,认为除了人物的肖像、动作、语言等方面可直接描写之外,"小说家必要常时视'表白'各人物的个人形象为满足,而不加以'注释'"④。也就是说,小说家要避免对小说人物做过多的评价,尽量让人物自身客观呈现在读者面前。哈米顿同样将人物性格的描写分为直接的方法与间接的方法两种,"直接的方法,在以作者之言

---

① 《短篇小说作法》,严家炎编《二十世纪中国小说理论资料》(第二卷)第 161 页。
② 孙俍工《小说作法讲义》,第 209 页。
③ 郁达夫《小说论》,第 57—58 页。
④ 〔美〕培里《小说的研究》,第 75 页。

字,将人物之性质,直接示诸阅者。间接的方法,在使阅者研察其叙事文,间接得知人物之特性"。用直接的方法时,"作者居阅者与人物之间,而为之解释";用间接的方法时,"作者力避己意己见,第直叙其事,不加论释,使阅者自与其人物交接"。① 间接的方法虽难于直接的方法,但更有美学价值。孙俍工将人物描写分为外面描写与内面描写。外面描写是"一个人底颜面、身体、服装、言语、动作、表情以及行为事业等底描写"②;内面描写"是进一步的心理底描写","可分为情绪、思想与性格三种"。③ 值得注意的是,小说作法特别注重心理描写。孙俍工认为,"惟用此法,始能将人物之思想、感情,为其动作之所由生者,直接示诸阅者。苟于重要时,吾人不知人物之心理,则断不能洞悉其人物。故作者之叙述人物心理也,于阅者颇多裨益"。④ 郁达夫也认为"心理解剖(Psychological Analysis)为直接描写法中最有用之一法。要明示人物的性格,随时随地,把这一个人物的心理描写一点出来,力量最大"。⑤ 韩德生(W. H. Hudson)进一步将心理描写细分为两种:直接的或分析的(direct or analytical)方法与间接的或表演的(indirect or dramatic)方法。用前一种方法时,"作者系从旁边描写书中人物,剖析他们的热情、动机、思想、情感,说明他们,解释他们,并常加以可靠的评判";用后一种方法时,"作者完全立于事外,让书中人物自己由言语与动作表现自己,更由书中其他人物的解释与评判,以补他们自己表现的不足"。⑥ 韩德生认为,近代的小

---

① 〔美〕哈米顿《小说法程》,第74页。
② 孙俍工《小说作法讲义》,第31页。
③ 同上,第61—62页。
④ 同上,第78页。
⑤ 郁达夫《小说论》,第61页。
⑥ 〔英〕韩德生(W. H. Hudson)著,宋桂煌译《小说的研究》,上海光华书局1941年版,第41页。

说批评家竭力提倡表演法,即通过人物自身来展示人物心理。

　　无论以何种方法描写人物,小说作法都要求作者保持客观中正的立场,尽量不要将自己的道德与情感强加于小说人物,更不要对小说人物做过多的议论以至于影响读者的主观判断。坪内逍遥特别提醒初学写作者,"在塑造小说的人物时,最值得注意的是,必须将作者本人的个性隐蔽起来,不让它流露在作品人物的行动上",否则"很可能使整个故事显得虚假;读者也会失去兴趣,不可能产生遨游于梦幻一般佳境的感觉。初学写作者的作品,往往犯有此病"。① 清华小说研究社《短篇小说作法》提出,"小说家之天职在乎描写吾人内部之生活,当然就包含着神圣的权威。他们对于自己艺术品中的人物,无论其为善为恶,皆应该加以相当的怜恤与爱护"②。哈米顿反对作者使用议论的方式塑造小说人物,他认为作者的议论固然能够使读者很容易了解人物的全部,但此法有两大弊端:"既为论说,则不为叙事文,故似说理文而非故事。如用于篇中,且足阻止动作之进行,其弊一也。此法抽象而非具体,不使阅者见其人物,而使闻其解释,阅者于其人物,犹于某世人,仅闻友朋之所言,未尝目睹,其弊二也。"③简而言之,小说中大量使用议论方法,一是会改变小说的文体属性,由叙事变成说理,且阻碍故事情节的发展;二是会让读者对于小说人物仅停留在耳听为虚的层面,无法获得眼见为实的感受。

　　中国传统的小说读法也曾注意到人物的共性与个性、类型与典型问题。金圣叹《读第五才子书法》说"《水浒传》只是写人粗卤

---

① 〔日〕坪内逍遥《小说神髓》,第148页。
② 清华小说研究社《短篇小说作法》,严家炎编《二十世纪中国小说理论资料》(第二卷),第161页。
③ 〔美〕哈米顿《小说法程》,第75页。

处，便有许多写法。如鲁达粗卤是性急，史进粗卤是少年任气……"①，"粗卤"属于鲁达、史进等人的共性，而"性急"、"少年任气"等则分别是鲁达、史进等人的个性。毛宗岗《读三国志法》说"三国有三奇，可称三绝：诸葛孔明一绝也，关云长一绝也，曹操亦一绝也"②，"三绝"即智绝、义绝与奸绝，"智"、"义"、"奸"者属于人物类型；诸葛亮、关羽、曹操为三绝之代表，则属于典型人物。只是此类"写法"纯属对单个文本写作特点的概括，不具普遍性。评点家既没有阐述基本原理，也没有介绍创作技巧，说到底属于"读法"，是阅读体验而非创作理论，初学写作者不易领会，对小说文体形态影响不大。传统小说刻画人物大多使用直接描写和外貌描写，如外貌、服饰、动作、语言等。只是容易落入俗套，缺乏个性，如描写英雄人物的"尧眉舜目，禹背汤肩"，描写青年男女的"唇若涂朱，齿若编贝"，都是大而无当的套话，呈现给读者的是模糊的轮廓而非清晰的五官。传统小说多"单纯的静止的人物"，少"复杂的发展的人物"，大多数人物甫一登场形象便已定型，直到退场都难以改变。不但人物自身的品格"从一而终"，而且很容易让读者"爱憎分明"——正面人物一切皆好，反面人物一无是处，脸谱化十分明显。小说作法的引入，从多方面改变了小说人物的塑造，其中影响最大者当属心理描写和去议论化。而这两种作法的引入，又消解了传统小说中说话伎艺的遗迹。受说话伎艺影响，传统白话小说在读者（"看官"）与人物之间，设置了一个无所不知、无处不在的叙述者（"说话的"），"看官"眼中的人物经由"说话的"转述，以"怎见得"、"但见"之类语词导出。这种模仿舞台表演的写作思维使作者

---

① （明）施耐庵著，（清）金圣叹评《水浒传》，上海古籍出版社 2015 年版，第 1000 页。
② （明）罗贯中著，（清）毛宗岗评《三国演义》，上海古籍出版社 2014 年版，第 1156 页。

倾向于以最直观的方式将人物呈现给读者，无暇对人物做深入细致的心理分析。对于较为隐秘的人物性格或命运结局等，作者往往饶过人物自身，采取议论的方式直接表述，以"看官听说"、"也是合当有事"之类语词引入评判。其结果是小说的叙事进程变得支离破碎，而读者也时常被"说话的"牵着鼻子走，无法形成独立自主的判断。晚清民初，有学者开始注意到议论方式对小说品质的伤害。夏曾佑直言"以大段议论羼入叙事之中，最为讨厌"①，梁启超也承认他借以发表政见的《新中国未来记》"似稗史非稗史，似论著非论著，不知成何种文体"②。心理描写对于人物塑造的重要性也引起关注，孙俍工便提出"创作一道，全是作者心理上一种表现的要求，故心理底研究在作法里实在占很重要的位置"，所以他在《小说作法讲义》末尾"特附南庶熙《艺术的心理》一文，以便教学者去参考"。③ 随着小说作法的大量涌现，心理描写的正面作用与议论手法的负面效应均被不断强化，加上人物塑造理论的日趋完善，小说人物描写的理念、方式与方法遂完成了古今演变。

在小说作法里，情节又称结构或布局。汪佩之《小说作法》说："所谓结构，就是全文布置的计划，叙述先后的步骤……这种计划和步骤，是作者底第一步功夫，就是文艺家所叫做的布局。"④赵景深《小说作法》说："结构在英文称为 plot，意即情节，也就是故事里的事实，不过另外还有这事实是如何经过有机组织这一层意思，所以便译作结构。我们在未作小说之前，大半都已将大意想好，这时便将这情节布置起来，写成短篇或长篇小说。这种情节的布置法，

---

① 别士《小说原理》，《绣像小说》1903 年第 3 期。
② 梁启超《〈新中国未来记〉绪言》，《新小说》1902 年第 1 号。
③ 孙俍工《小说作法讲义》，第 3 页。
④ 汪佩之《小说作法》，世界书局 1932 年版，第 145 页。

便是结构。"①简单点讲,情节就是小说中人物与故事的组合方式。

坪内逍遥最早论及小说作法对情节安排的重要性。他认为如果毫无法则,作家必然会想到哪里就写到哪里,导致情节错乱,所以《小说神髓》用两章篇幅谈小说情节,一为"小说情节安排的法则",通论小说情节的作法;一为"时代小说的情节安排",专论历史小说的情节作法。在他总结的十一条小说构思的忌讳中,只有"爱憎偏颇"与"特殊庇护"两条与人物描写有关,其他九条都关乎情节设置,如"相互龃龉"论故事情节的前后矛盾,"拖沓停滞"论故事拖得太长,总要"且听下回分解"。哈米顿同样强调结构设置在小说创作中的基础性地位,他说:"叙事之法,当先有完全之结构,而后始可动笔写作。书中事实,步步向确定之主结进行,虽未待书终,常预明其结果,然却觉作者于未开章前,已早事规划了,此种感觉,是记叙文兴味之主要来源。"②小说作法对中国现代小说情节设置的影响,主要表现为三个方面:有机统一的结构观、打破时间顺序的倒叙法以及横截面式的短篇小说理念。

受西方戏剧理论"三一律"影响,现代小说理论要求作家保持小说情节结构的有机统一。坪内逍遥较早提出统一的小说结构观,他说:"在创作小说时,最不可等闲视之的是脉络贯通。所谓脉络贯通是指整个作品中的事物不论巨细彼此脉络贯通,互不脱节……首尾照应,前后相关。如果本末毫无联系,缺乏因果关系,就不能叫作小说。"③嗣后,哈米顿提出小说结构的"编织"理论。他说:"'结构'二字,含编织之义。必有二数以上之线索始能编织,故最简单之结构,亦以二不同之连贯事实编织而成也。编织之法,

---

① 赵景深《小说作法》,《绸缪月刊》1935 年第 2 卷第 2 期。
② 〔美〕哈米顿《小说法程》,第 54 页。
③ 〔日〕坪内逍遥《小说神髓》,第 116 页。

在使二不同之连贯事实,始虽殊途,渐向同一之主结进行,终至彼此互关之事实。此事实为各连贯事实之主结,以系二有因果关系之线索而为一结也。"①哈米顿指出,小说结构无论如何复杂,小说线索无论如何繁多,都必须按照"论理"(即逻辑关系),围绕主线铺叙情节。他用"小结"指称次要事件,构成"副结构";用"主结"指称中心事件,构成"主结构"。所有"小结"都应系于"主结",所有"副结构"都应连接"主结构",这样经纬交织,就能"编织"成完整统一的小说结构。反过来说,如果"小结"不能说明"主结",如果"副结构"不能强化"主结构",就应该毫无保留地摒弃,这样才能保证小说结构不枝不蔓,成为一体。根据"小结"与"主结"的疏密程度,哈米顿将小说结构分为散漫与紧密两种类型,"散漫小说所表现之人生,较为广泛;紧密小说所表现之人生,较为精深"。他认为英国作家的结构多趋散漫,而欧陆作家的结构多趋紧密,他本人则倾向紧密型结构,以为"结构之精善者,常能引起阅者之兴味"。②

　　木村毅沿袭了哈米顿的小说结构观。他说:"'结构'这两个字的意思,乃是编织,或是组织。不过无论是'编织'还是'组织',总之其须预想两个以上的构成要素的交错和共存,是不待言的。"③木村毅认为小说结构(plot)是小说技巧里最重要的部分,同其他语言艺术如诗歌、戏剧一样,必须追求统一性(unity)。作家应当把全部关注的焦点投于想要完成的目标之上,凡是与目标无关的材料都要排除在外。木村毅引用史蒂芬孙的话说,要缜密地形成一个结构,则小说里所有的材料"都能对于作品有一致或照应的密切的关系"。例如对话,如果与中心事件无关,"便是片言只句,作

---

① 〔美〕哈米顿《小说法程》,第 59 页。
② 〔美〕哈米顿《小说法程》,第 63—67 页。
③ 〔日〕木村毅《小说研究十六讲》,第 215 页。

者和作中人物都不应当说"。即便因此导致小说篇幅缩短也在所不惜,因为"附加上多余的事情,非但不能增长作品,反能消失了它的价值"。要想保持小说结构的统一,作家在下笔之前就要明白小说中应当有的事情和不应当有的事情,否则"如初学者和没有什么事情可写的作家那样,写到半途方才弄得头绪,那样的事,是绝对不可有的"。木村毅把小说结构分为"解剖的结构"和"综合的结构"两种类型。综合的结构指"从小说的起点出发按着顺序一直推究下去,以至于论理的高顶点",即常说的顺叙;解剖的结构指"从某个高潮点出发,一直溯行到离得很远的起端",即常说的倒叙。①木村毅认为沙尔克小说一般用顺叙,而莫泊桑小说大多用倒叙,侦探小说则常常采用倒叙。值得注意的是,木村毅极力推崇倒叙的叙述方式,认为倒叙对保持结构的统一效果更好。他说:"作家是表现事件的论理的发展的,所以毫无追逐时间的顺序的必要。故事可是前进的,也可是回顾的",他以沙克雷小说常常使用倒叙方式为例,强调"时间的溯行在小说上不但是应当容许,并且是必然的"。②受史传叙事影响,中国传统小说在铺排故事情节时一般采用编年方式,沿着时间的长河顺流而下,很少采用倒叙的方式。对同一时段发生的多个事件,叙述者一般采用"花开两朵,各表一枝"的策略,最终还是按照事件的轻重缓急这个顺序展开叙述。部分小说在追叙事件发生的原委时,会以"初"字作为标志进行回顾,但也只是一段插曲,小说整体仍然使用顺叙。现代小说,尤其是侦探小说大量使用倒叙,很大程度上归功于小说作法对情节设置与叙述方法的论述与推荐。

　　韩德生同样强调小说情节结构的有机统一。他说:"一部小

---

① 〔日〕木村毅《小说研究十六讲》,第206—208页。
② 同上,第224页。

说,须虽经详密检验,亦不露丝毫裂痕或不贯串之处;其各部分的排列须含有相当的平衡与均齐的意义;其事变须表现得源源本本,并且前后衔接自然;平凡的事,须能因作者的笔端而成为有意义的事;事实的演变,纵是非常的,亦须铺叙得头头是道,使我们觉得井井有条,在那种环境中理所当然,毫不牵强;至于结局(catastraphe),不论是否能够预先见到,均须能使我们觉得其为合于论理的结果,并能收束全篇,与以前所述者一一叫应。"①韩德生对小说情节的统一性要求甚严,简而言之,小说的情节结构应该成为天衣无缝的浑然一体。韩德生将小说情节分为松弛情节(loose plot)与有机情节(arganic plot)两种类型。松弛情节的小说由若干分离的事件组成,事件之间很少必然联系,叙述的统一完全依赖于中心人物的统摄力,如《鲁滨孙漂流记》《约翰·安德鲁兹传》等,"其中系以各情节相联缀,人物则交相穿错;但就全书而观,很少结构的骨干或有机的统一";有机情节的小说中,"各事变并不独立叙述;反之,必使之犬牙交错,各成为一确定的整个情节的完备的构成要素",作者下笔前必须考虑周全,"人物与事变,必先为布置适当的地位;各线索,必事先埋伏,预备归结成结局"。② 韩德生提出,小说情节可以是单一的,也可以是复合的。换句话说,小说可以只由一个故事组成,也可以由两个或两个以上的故事联合而成。但无论几个故事,"依照统一律说来,复合情节中的各部分须联贯成一整个体"。③ 同时,韩德生也提醒作者,有机情节的小说固然最好,但如果组织过于严密,可能会显露太多人为雕琢的痕迹,反而让人难以置信。

---

① 〔英〕韩德生《小说的研究》,第 17—18 页。
② 〔英〕韩德生《小说的研究》,第 21—23 页。
③ 同上,第 26 页。

西方的小说情节结构理论经由小说作法传入中国后，很快被中国的小说家与小说理论家们接受。郁达夫几乎全盘继承了哈米顿和木村毅等人的情节结构理论，如他提出最简单的小说结构"就是只用一个人物，单描写他或她一个人的性格的开展。或者就事件而论，单叙一件事情，从原因到结果，一直的平叙下去"；小说的结构可以分为"起头，纷杂，最高点，释明，团圆的各部"（即我们现在常说的开端、发展、高潮、结局）；小说叙述的方法，可以先从结果开始，逐渐将原因解剖出来；也可以先从原因写起，逐渐引到必然的结果上去，"或者顺叙，或者倒叙，或者顺倒兼叙"。[①] 詹奇将小说结构分为单纯结构与错综结构。单纯结构一人或一事直叙到底，可平叙或倒叙。平叙常用于自传体小说，如郁达夫《日记九种》和郭沫若《我的幼年》；倒叙一般用于回忆或幻想。单纯结构表现力较弱，叙事单调，为了改变这种情况，常常使用巧合和配角。错综的结构至少要有两个事件形成系列，两个人物形成对比，中国传统小说如《水浒传》、《红楼梦》之类都是错综的结构，能把许多人物和事件统一成一个整体。詹奇强调，无论是单纯结构还是错综结构，都必须使"故事中的焦点"保持不变，"因为小说最低的评价，是要使读者读了一篇小说后，有一个具体的统一的印象"。[②]

关于小说结构的统一性问题，中国古代的小说评点其实早有论及。像坪内逍遥所言"脉络贯通"，明清小说评点家早就说过。李开先《词谑》引唐顺之等人的话说"《水浒传》委曲详尽，血脉贯通，《史记》而下，便是此书"[③]，但明伦说《聊斋志异·宦娘》"以琴

---

① 郁达夫《小说论》，第 49—53 页。
② 詹奇《小说作法纲要》，神州国光社 1931 年版，第 69 页。
③ （明）李开先《词谑》，卜键笺校《李开先全集》（中），文化艺术出版社 2004 年版，第 1276 页。

起,以琴结,脉络贯通,始终一线"①。至于哈米顿的"编织"观与韩德生的"有机"论,小说评点家们也有过类似表述。范金门说《荡寇志》"穿针度线,弥缝无迹,竟是无缝天衣,足见匠心之苦"②,毛宗岗甚至夸张地说《三国演义》"彼此相伏、前后相因,殆合十数卷而只如一篇、只如一句"③。由于模仿说书体制的缘故,中国古代章回小说以"回"为单位,"回"成为相对独立的叙事单元。尽管全书内在的逻辑保持一致,但外在的形式由数回联缀而成是不争的事实;而回末套语"且听下回分解"实际上又割断了前后故事之间的连接,因此早期汉学家认为中国古代小说缺乏艺术上的整体感(unity)。浦安迪分析道:"中国明清长篇章回小说在'外形'上的致命弱点,在于它的'缀段性'(episodic),一段一段的故事,形如散沙,缺乏西方 novel 那种'头、身、尾'一以贯之的有机结构,因而也就欠缺所谓的整体感。"④西方有机统一的结构观传入中国后,人们据此烛照古代小说尤其是章回小说,便得出了与评点家截然不同的结论。以《儒林外史》为例,胡适指摘它"体裁结构太不紧严,全篇是杂凑起来的……分出来,可成无数札记小说;接下去,可长至无穷无极"⑤,鲁迅批评它"全书无主干,仅驱使各种人物,行列而来,事与其来俱起,亦与其去俱讫,虽云长篇,颇同短制;但如集诸碎锦,合为帖子"⑥。可在古人眼里,《儒林外史》"全书之血脉经络,无不贯穿玲珑,真是不肯浪费笔墨","其中起伏照应,前后映

① (清)蒲松龄著,但明伦批评《聊斋志异》,齐鲁书社 1994 年版,第 652 页。
② 《荡寇志》范金门、邵循伯评本第七十七回,转引自孙逊、孙菊园编《中国古典小说美学资料荟萃》,上海古籍出版社 1991 年版,第 243 页。
③ (明)罗贯中著,(清)毛宗岗评《三国演义》,上海古籍出版社 2014 年版,第 904 页。
④ 〔美〕浦安迪《中国叙事学》(第 2 版),北京大学出版社 2018 年版,第 70 页。
⑤ 胡适《建设的文学革命论》,《遂安教育公报》1920 年第 2 卷第 2 期。
⑥ 鲁迅《中国小说史略》,人民文学出版社 1981 年版,第 221 页。

带,便有无数作文之法在","是国手布子,步步照应",①怎么可能没有布局?② 不管古人怎么说,西方的情节结构理论深入中国后,传统章回小说的体制形态土崩瓦解,现代小说中再也见不着以"回"为独立单位的叙事单元,至少在外形上实现了有机统一,成为"unity"。

小说作法对中国现代小说结构影响最大的,其实是短篇小说。按照张舍我的说法,中国古代的笔记体与传奇体小说,如《搜神记》、《聊斋志异》之类都不是短篇小说;即便是"中国今日的文人,真正晓得短篇小说的,实可算得'凤毛麟角'。他们在报纸杂志里发表的'短篇小说',若以严格的眼光批判之,十九不能称短篇小说一个名词"③。这话当然不无偏颇,但作为文体概念的"短篇小说"的确是西方的舶来品,而引入这种文体观念和文体形态的载体就是小说作法。仅 1921 至 1928 年,光是研究短篇小说作法的专著便有清华小说研究社《短篇小说作法》(1921)、张舍我《短篇小说作法》(1924)、张志澄《短篇小说作法研究》(1924)、闻野鹤《短篇小说作法》(1924)、威廉《短篇小说作法研究》(张志澄编译,1928)五部,短篇小说作法无疑是那个时代的热门话题。

哈米顿根据使用材料与方法的不同,将小说分为长篇小说(romance)、中篇小说(nouvelle)与短篇小说(tale)。长篇小说与中篇小说除了有篇幅长短和范围广狭之分,材料与方法完全一致,所以只有量的区别而非质的不同;"短篇小说与长篇小说、中篇小

---

① （清）吴敬梓著,卧闲草堂评本《儒林外史》第一、四、四十七回回评,岳麓书社 2007年版,第 10、33、334 页。

② 关于《儒林外史》的结构方式,详见刘晓军《章回小说文体研究》第九章"'递入'与'互见':论《儒林外史》的结构方式及其影响",华东师范大学出版社 2011 年版,第292—317 页。

③ 张舍我《短篇小说作法》,梁溪图书馆 1924 年版,第 3 页。

说,则非惟量有不同,而质亦异;非惟长短之不同,亦种类之不同也",故短篇小说自成一体。[①] 像莫泊桑《项链》、都德《最后一课》等短篇小说,既不是长篇小说的一章,也不能与其他故事组合成长篇小说,它完好无缺,不可增减。哈米顿给短篇小说下了一个堪称经典的定义:"短篇小说之目的,在以最经济之法,最能动人之力,使发生独一之叙事文感应。(The aim of a short-story is to produce a single narrative effect with the economy of means that is consistent with the utmost emphasis。)"[②]哈米顿解释说,短篇小说不同于述略(sketch),它一定要叙述一个故事;又不同于长篇小说,人物、情节与环境三要素中,偏重其中一个即可。短篇小说叙述人物与事件的数量,能少则少,一人一事能完成的,绝不用两个两件以上;涉及时间与空间的范围,能小则小,一时一地能展示的,绝不涉及异时异地。

哈米顿的短篇小说论述几乎成为中国现代短篇小说研究与创作的指南。胡适那篇影响深远的《论短篇小说》基本不出哈米顿左右,就连那著名的"横截面"小说定义都是哈米顿的翻版。胡适说:"短篇小说是用最经济的文学手段,描写事实中最精彩的一段,或一方面,而能使人充分满意的文章。"[③]何谓"最经济"? 胡适指出,凡是可以拉长作章回小说的短篇,叙事抒情不能尽心尽意的短篇,都不是真正的短篇小说。何谓最精彩? 胡适解释道,植物学家看了树身的横截面,数了树的年轮便可知道树的年纪;小说家通过故事的横截面,便可反映个人、国家或社会的全体。谢六逸同样将短篇小说的结构比作人生的横截面:"长篇小说是描写人间生活的纵

---

① 〔美〕哈米顿《小说法程》,第 149 页。
② 同上,第 153 页。
③ 胡适《论短篇小说》,《新青年》1918 年第 4 卷第 5 期。

面,富于时间连续的性质。短篇小说则写人生的横断面,属于空间,富于暗示的性质。"①孙俍工《小说作法讲义》如是区分长篇小说与短篇小说:"长篇小说是自始至终描写人物底全体或是一生的一种小说……篇幅是扩张的,题材是叙述面面俱到的人生,容载的人物多而描写详细,事实复杂,往往有许多枝枝叶叶";"短篇小说是描写人生底片断的小说……篇幅是紧缩的,题材是描写某事某人或某物底最精警的一段,容载的人物少而简,事实是单纯的、日常琐细的生活"。孙俍工同样以横截面比喻短篇小说的结构:"假定人生底全体譬如一棵大树,干、根、叶、枝杈等譬如人生事实底全部,我们把树身截取一横断片,把来尽力地描写出来,并且从这横断片可以看出树底全体,这就是短篇小说底结构。"②

　　不难看出,上述对短篇小说的界说,都是从材料与方法入手,进而论及短篇小说的情节结构。相对于长篇小说,短篇小说受人物与事件、时间与空间的桎梏要严厉得多,因而情节结构的设置难度更大,对小说家的要求也更高。哈米顿说:"长篇小说作家,苟能与阅者以新颖真正之人生批评,则其结构文笔,虽或不尽善,亦必能得阅者之原宥。而短篇小说,若于结构文笔,有不尽善,则必不为短篇小说矣。必结构谨严,始能以最经济之方法叙述之;必文势畅顺,始能产生动人之力。"③赵景深也认为"短篇小说与长篇小说不同的地方,便是篇幅简短,只能描写生活的片段,不能描写社会的众生相,而因此结构却也能够紧严,前后脉络相联,形成一个极有组织,一丝不漏的东西。"④古代的笔记体与传奇体小说中,精彩

---

① 谢六逸《小说作法》,《文学旬刊》1921 年 10 月 21 日第 17 期。
② 孙俍工《小说作法讲义》,第 200—202 页。
③ 〔美〕哈米顿《小说法程》,第 161 页。
④ 赵景深《短篇小说的结构:在新华艺术大学演讲》,《文学周报》1928 年 2 月第 5 卷,第 233 页。

的篇目不绝如缕,盖因小说家较少受情节结构的掣肘,或专注于人物的风神情韵(如《世说新语》),或刻意于小说的文采与意想(如唐传奇),集中笔墨写某一方面,反而成就了大批经典之作。现代短篇小说既要考虑精巧严密的情节结构,又不敢忽视人物形象与故事背景,螺蛳壳里做道场,难以放开手脚。胡适说短篇小说要用最经济的文学手段,便是"增之一分则太长,减之一分则太短",不可增减,不可涂饰,处处恰到好处。这话说起来容易做起来难。或许由于这个缘故,现代短篇小说中的经典之作实不多见。

谈及西方小说对中国现代小说的影响,一般会强调翻译小说的示范作用。这当然没有问题,现代小说家的早期创作大多有过依样画瓢的经历,鲁迅的《狂人日记》在文体形式上就明显有着果戈里同名小说的痕迹。但这只是精英作家的成功之道,不具有普遍意义。对于普通作者,尤其是初学者说,从根本上改变他们的传统小说观念,指导他们创作现代小说的其实是小说作法。小说作法与小说教学存在着密切关系,姑略举数例:孙俍工《小说作法讲义》是其任教东南大学附中时编的"中学国文读本参考书",马仲殊《中学生小说作法》收入"中学生丛书",1923年陈望道为上海艺术师范学校学生讲"短篇小说作法"①,1931年赵景深在上海中国公学中文系教《小说法程》②。作为小说课程教材的小说作法,系统讲述了现代小说的基本原理和创作法则,不仅培养了大批的小说

---

① 《时报》1923年11月7日第13版刊登"艺术界消息":"本埠上海艺术师范学校文学教授陈望道先生近为该校高师二年级讲短篇小说作法,每星期二小时。学生均十分欢迎云。"
② 详见赵景深辑注《现代小说家书简——现代作家书简之一》,《中国现代文艺资料丛刊》第6辑,上海文艺出版社981年版,第224页。

作者,还改变了小说读者的审美趣味和阅读期待,而后者对现代小说发展的推动作用更大。这些在今天看来了无新意的小说常识,百年前却是革故鼎新的启蒙利器。凭借小说作法的鼓吹与提倡,中国小说最终实现了文体观念与文体形态的古今演变。

# 后　记

　　我关注中国小说文体的古今演变,始于十多年前撰写博士论文期间。那时考察章回小说文体的发展,发现从民国初期开始,传统章回小说固有的文体形态特征,如对句式回目、开头结尾的套语以及说书人声口等逐渐消失,这种变化在张恨水的写作生涯中最为明显。再联想到自《汉书·艺文志》以迄《四库全书总目》,古人对小说地位与价值功能的定位都是"小道可观";可自晚清小说界革命后,小说一夜之间成为"文学之最上乘",是改造国民性的利器。观念变化之大,令人拍案惊奇。2011年,我协助谭帆教授成功申报国家社科基金重大项目"中国小说文体发展史",并负责撰写"清代与近代"卷,开始思考小说文体的近代转变。2012年,我申报了国家社科基金一般项目"中国小说文体古今演变研究",开始系统研究这个问题。这本小书便是项目的结项成果。

　　既然是古今演变,当然得有时序概念。但我无意按照时间顺序铺陈各朝代的演变状况,因为小说的发展与王朝的更替完全是两回事,并非每个朝代的小说文体都在发生变化,也并非每样事物的发展都能描绘脉络清晰的线索。即便如此,中国小说文体的古今演变仍然是个庞大的话题,区区一本小书无法穷尽其中的奥妙。限于学识与精力,我只能抓住若干最能体现这种演变的知识点,如文体观念、文体形态、叙述方式、语体形态等去设计论述的框架。

每一个知识点，又选取若干有代表性的论题或现象做深入阐述，力求完整呈现其演变的过程并揭示其意义。而在具体的论述中，我将精力更多地集中在先秦与近代两端。希望通过这两端的对比，凸显中国小说文体的古今演变。需要说明的是，由于关注这个话题由来已久，这本小书的撰写实际上经历了漫长的过程。成稿最早与最晚的章节相隔有十年之久，这导致部分章节的表述风格不一。另外，在我写完《被虚构的小说虚构论：以鲁迅对胡应麟的接受为中心》与《"才子之笔"与"著书者之笔"：文言小说的两种叙述风格》后，发现意犹未尽，于是又相继写了《唐人"始有意为小说"：一个以今律古的经典案例》和《"著书者之笔"：传统小说观念与乾嘉考据学风》两篇，对前文进行补充和完善。由于这两组文章事实上存在互补关系，我都收进了书稿。但这样一来，这两组文章便不可避免地在材料与观点上产生了部分重复。这可能会给读者带来不好的阅读体验，敬请谅解。

借这本小书出版的机会，我要向曾经帮助过我、支持过我的人表达谢意。首先要感谢我的博士生导师谭帆教授。自 2004 年入门以来，我已习惯于论文完稿后首先发给先生过目，请先生提出修改意见。有时还只是个初步构想，也要禀告先生，希望得到先生指点。在先生面前，我永远是个不成熟的学生。炎炎夏日，先生抱恙为小书作序，弟子感激涕零。其次要感谢诸家杂志编辑。书中各章，先后在《中山大学学报》（哲社版）、《学术研究》、《文学遗产》、《学术月刊》、《明清小说研究》、《文艺理论研究》、《求是学刊》、《中国文学研究》、《诸子学刊》等刊物发表。诸位编辑雪中送炭，本人铭记在心。其次要感谢华东师范大学，先是文科院把本书列入"精品力作培育项目"，后是中文系把本书列入"学术著作出版计划"，这是一个有温度的集体。其次要感谢上海古籍出版社的编辑，对我交稿时的拖沓如此宽容,对我书稿中的错误如此严苛,我向她们致敬。其次要感谢我的学生王文娟、李鑫、韩蓉、洪梦醒、雒馨怡等。这个学期,我每周要承担十多个课时的本科教学,还要应付家务和各种杂事,常常疲于奔命。她们帮我校对文字,核对引文,替我减轻了负担。最后要感谢我的家人。父母身体健康,爱人工作顺利,小孩学习努力,这是我最大的慰藉。没有后顾之忧,我得以心无旁骛地前行。

刘晓军

2019 年 7 月 9 日

于樱桃河畔人文楼

**图书在版编目(CIP)数据**

中国小说文体古今演变研究 / 刘晓军著. —上海：
上海古籍出版社，2019.10
ISBN 978-7-5325-9313-2

Ⅰ.①中… Ⅱ.①刘… Ⅲ.①小说研究－中国 Ⅳ.
①I207.4

中国版本图书馆 CIP 数据核字(2019)第 176473 号

中国小说文体古今演变研究

刘晓军　著

上海古籍出版社出版发行

(上海瑞金二路 272 号　邮政编码 200020)

(1) 网址：www.guji.com.cn
(2) E-mail：guji1@guji.com.cn
(3) 易文网网址：www.ewen.co

上海颛辉印刷厂印刷

开本 890×1240　1/32　印张 9.75　插页 2　字数 244,000
2019 年 10 月第 1 版　2019 年 10 月第 1 次印刷
ISBN 978-7-5325-9313-2

Ⅰ·3414　定价：42.00 元

如有质量问题,请与承印公司联系